ACTES NOIRS
série dirigée par Manuel Tricoteaux

CATHARSIS

DU MÊME AUTEUR

PERSONA, Actes Sud, 2013.
TRAUMA, Actes Sud, 2014.

Titre original :
Pythians anvisningar
Éditeur original :
Ordupplaget, Stockholm

ISBN 978-2-330-03193-0

ERIK AXL SUND

Catharsis

LES VISAGES
DE VICTORIA BERGMAN 3

roman traduit du suédois
par Rémi Cassaigne

ACTES SUD

À vous qui avez pardonné.

Now I Wanna Sniff Some Glue.

RAMONES

Danemark, 1994

Ne va pas croire que l'été viendra,
Sans personne pour le pousser
Et le rendre estival,
Alors seulement viendront les fleurs.
Je fais fleurir les fleurs
Je fais verdir les prés
Et voilà l'été arrivé
Car je viens d'ôter la neige.

Il n'y avait personne sur la plage, à part eux et les mouettes.

Les cris des oiseaux et le ressac, elle s'y était habituée, mais le froissement du grand pare-vent en bâche plastique bleue énervait Madeleine. Ça l'empêchait de dormir.

Couchée sur le ventre, elle cuisait au soleil. Elle avait plié le grand drap de bain pour qu'il lui couvre la tête, mais en laissant une ouverture sur le côté pour qu'elle puisse voir ce qui se passait.

Dix figurines en lego.

Et la fillette de Karl et Annette qui jouait, insouciante, à la lisière des vagues.

Tous nus à part l'éleveur de porcs, car il disait avoir de l'eczéma et ne pas supporter le soleil. Il était au bord de l'eau et surveillait la fillette. Son chien était là lui aussi, un gros rottweiler à qui elle n'avait jamais pu faire confiance. Même les autres chiens s'en méfiaient. Ils étaient attachés à un pieu en bois planté dans le sable un peu plus loin.

Elle suça sa dent. Elle semblait ne jamais vouloir cesser de saigner, sans non plus se détacher.

Le plus près d'elle était comme d'habitude son père adoptif. Il était bronzé et avait un duvet clair sur tout le corps. De temps en temps, il passait la main sur son dos pour l'enduire de crème solaire. Par deux fois, il lui avait demandé de se retourner, mais elle avait fait semblant de dormir.

À côté de lui, cette femme qui s'appelait Regina et qui ne parlait que de l'enfant qui lui donnait des coups de pied et ne demandait qu'à sortir. Ce ne serait sûrement pas une fille, car son ventre était énorme alors que le reste de son corps n'avait pas beaucoup pris, signe clair, d'après elle, que c'était un garçon.

Il s'appellerait Jonathan, ce qui, en hébreu, signifiait don de Dieu.

Ils parlaient ensemble tout bas, presque en chuchotant, et à cause du bruit de la bâche, il était difficile d'entendre ce qu'ils disaient. Mais quand il lui caressa le ventre, elle lui sourit et, alors, elle l'entendit lui dire que c'était bon, qu'il avait les mains douces.

Elle était belle, avec de longs cheveux sombres et un visage de rêve, comme un mannequin.

Mais son ventre était répugnant. Le nombril retourné formait une petite cloque rouge. Une traînée de poils noirs en descendait vers le pubis. Elle n'avait jusqu'alors vu que des hommes avec autant de poils, et elle ne voulait pas en voir davantage.

Elle tourna la tête sous son drap de bain et regarda de l'autre côté. Par là, la plage était déserte, rien que du sable jusqu'au pont et au phare rouge et blanc, au loin. Mais les mouettes y étaient plus nombreuses, peut-être qu'un vacancier avait laissé traîner des déchets.

"Ah, tu t'es réveillée ?"

Sa voix était douce. "Tourne-toi sur le dos, tu vas attraper un coup de soleil."

Elle obéit en silence et ferma les yeux, tandis qu'elle l'entendait secouer le flacon de crème solaire. Méticuleusement, il commença par bien enlever tout le sable de son ventre, une attention qu'elle ne comprenait pas. Elle replia alors le drap de bain sur son visage, sans qu'il proteste.

Ses mains étaient chaudes, elle ne savait pas ce qu'elle ressentait. C'était à la fois bon et désagréable, exactement comme sa dent. Elle la démangeait et, quand elle passait sa langue dessus, ses aspérités la faisaient frissonner, tout comme elle frissonnait au contact de ses mains.

"Tu es si jolie", dit-il.

Elle savait que son corps était plus développé que chez beaucoup de filles de son âge. Elle était beaucoup plus grande et commençait même à avoir des seins. En tout cas elle le pensait, car ils semblaient gonflés et la démangeaient comme s'ils poussaient. C'était aussi ça qui la démangeait sous la dent de lait branlante : une nouvelle dent pointait dessous, une dent d'adulte.

Parfois, toutes ces démangeaisons la rendaient folle. Comme si son squelette lui-même la démangeait, qu'il grandissait si vite que les articulations frottaient sur les chairs.

Il lui avait dit que le corps vieillissait vite, mais qu'il n'y avait pas à en avoir honte. Dans quelques années seulement, son corps serait abîmé d'avoir tant grandi. Il serait couvert de vergetures, ces petits étirements de la peau apparus au rythme de la croissance, un peu comme sur le ventre d'une femme enceinte.

Il lui avait aussi dit qu'il était important qu'elle aime son corps et qu'il était bon pour l'image qu'elle avait d'elle-même d'être le plus souvent nue avec les autres. Il appelait ça la nudité sociale, cela consistait à se rapprocher des autres et à les respecter comme ils étaient, avec tous leurs défauts physiques. Être nu mettait en confiance.

Elle ne le croyait pas, mais trouvait pourtant ses mains agréables, malgré elle.

Il cessa de la toucher plus tôt qu'elle ne s'y attendait.

Une voix sourde de femme lui demanda de se coucher, et elle entendit ses coudes s'enfoncer dans le sable.

"Couche-toi...", chuchota doucement la même voix.

Elle tourna la tête avec précaution. Par le pli de son drap de bain, elle vit que c'était la grosse, Fredrika, qui s'asseyait près de lui avec un sourire.

Elle songea aux figurines en lego. Des petits personnages en plastique dont on peut faire ce qu'on veut et qui continuent à sourire quand on les fait fondre au four.

Elle ne put s'empêcher de regarder quand la femme se pencha sur lui et ouvrit la bouche.

Par le pli, elle vit bientôt sa tête monter et descendre. Elle venait de se baigner, ses cheveux collaient à ses joues et tout avait l'air mouillé. Rouge et mouillé.

Un peu plus loin, elle voyait encore quelques visages. Le policier moustachu se leva et s'approcha d'eux. Son corps était velu et vieux, son ventre presque aussi gros que celui de la femme enceinte. Il était rouge lui aussi, mais à cause du soleil, et sous son ventre tout était ratatiné.

Ce n'étaient que des legos. Elle ne les comprenait pas, mais ne pouvait s'empêcher de regarder.

Elle songea à la fois où ils étaient à Skagen, quand son père adoptif l'avait frappée pour la première fois. Elle ne les comprenait pas non plus alors.

Il y avait alors beaucoup de monde sur la plage, ce n'était pas aussi désert qu'ici, et tout le monde portait un maillot de bain. Maintenant, après coup, elle ne savait pas pourquoi elle avait fait ça, mais elle était allée voir un homme qui fumait en buvant un café, assis tout seul sur un plaid. Elle avait baissé son maillot devant lui, car elle pensait qu'il voulait la voir nue.

Il lui avait juste adressé un sourire crispé en soufflant sa fumée, mais eux s'étaient fâchés et papa Peo était allé la chercher en la tirant par les cheveux. "Pas ici !" avait-il dit.

Aujourd'hui, ils étaient juste curieux, tous, et leurs corps commençaient à lui faire de l'ombre.

Sa dent la démangeait et elle sentait l'air devenir froid quand le soleil disparaissait.

Le rottweiler de l'éleveur de porcs s'approcha. Il grattait le sable et agitait la queue, curieux lui aussi. Sa langue pendait, luisante, et il haletait, comme désireux de participer.

Ils regardaient, elle regardait. Il n'y avait rien de honteux.

Une des nouvelles, une femme blonde, sortit son appareil photo. Un modèle qui figeait les images et les crachait aussitôt. Un polaroïd. Qui faisait geler les molécules.

Le pare-vent s'agita et elle referma les yeux quand l'appareil cliqueta.

Alors, soudain, sa dent tomba.

Le trou froid dans sa gencive l'élançait, elle y laissa jouer sa langue tout en continuant à regarder.

Ça la démangeait et avait un goût de sang.

Södermalm

Le début de la fin est une voiture bleue en feu au sommet de Tantoberget.

Une montagne en feu au cœur de Södermalm : la commissaire Jeanette Kihlberg ne s'attend pas à ce que ce soit la clé de voûte de tout. Quand avec son collègue Jens Hurtig elle passe à vive allure Hornstull et aperçoit Tantoberget, on dirait un volcan.

Avant que la zone située entre Ringvägen et Årstaviken ne devienne un parc, Tantoberget était une vaste décharge, un cimetière pour les rebuts, et voilà qu'une fois encore la montagne recueille une épave et des carcasses.

L'incendie au point culminant du parc se voit de la plus grande partie de Stockholm. Les flammes de la voiture ont embrasé un bouleau desséché par l'automne. Dans un crépitement d'étincelles, le feu menace de se propager aux cabanons, une dizaine de mètres plus loin.

Pour l'heure, Jeanette est loin de se douter que ceci est le début de la fin, que tout se tient d'une certaine façon et finira par s'expliquer. Mais comme le commun des mortels, elle ne connaîtra qu'une parcelle de ce tout.

Hannah Östlund et sa camarade du lycée de Sigtuna Jessica Friberg sont recherchées, soupçonnées de quatre meurtres. Le procureur Kenneth von Kwist a déclaré qu'il y aurait sans doute lieu de les mettre en examen.

La voiture en train d'être dévorée par les flammes au sommet de la montagne est immatriculée au nom de Hannah Östlund, raison pour laquelle Jeanette a été contactée.

Ils descendent Hornsgatan jusqu'à Zinkensdamm, où deux camions de pompiers arrivent en face à vive allure. Hurtig ralentit pour les laisser passer, puis tourne à droite sur Ringvägen, dépasse le terrain de hockey et entre dans le parc. La route monte en lacet à flanc de colline.

Jeanette voit des badauds rassemblés autour de l'incendie mais, le réservoir risquant d'exploser, ils se tiennent à bonne distance. Unis par leur impuissance à intervenir, ils partagent la honte de la lâcheté. Ils ne se regardent pas, l'un d'eux baisse les yeux, creuse du pied dans le gravier, honteux de ne pas être un héros.

En ouvrant sa portière, Jeanette sent la fumée noire, brûlante et empoisonnée.

Elle pue l'huile, le caoutchouc et le plastique fondu.

À l'avant de la voiture, dans la chaleur mortelle des flammes, elle voit les silhouettes de deux corps sans vie.

Barnängen

Le ciel nocturne baigne dans le nuage de pollution jaunâtre qui stagne au-dessus de Stockholm : seule l'étoile Polaire est visible à l'œil nu. L'éclairage artificiel des réverbères, des néons et des ampoules rend l'espace en contrebas du pont de Skanstull encore plus sombre que s'il n'y avait que le ciel étoilé dans la nuit noire.

Les rares promeneurs qui traversent le pont et jettent un œil vers le port de Norra Hammarby ne voient qu'un mélange toxique d'ombres et de lumières, tantôt éblouissant, tantôt aveuglant.

Ils ne voient pas la silhouette courbée qui marche le long de la voie ferrée désaffectée ; ils ne voient pas qu'elle porte un sac plastique noir, quitte les rails, gagne le quai pour finalement disparaître dans l'ombre du pont.

Personne ne voit non plus le sac être avalé par l'eau noire.

Quand une péniche entre dans le bassin de Hammarby avec une poignée de mouettes dans son sillage, la personne sur le quai allume une cigarette, dont le bout incandescent luit distinctement, un point rouge dans le noir. Le point rouge demeure un moment immobile, puis il rebrousse chemin, traverse la voie ferrée et s'arrête devant une voiture. Là, le mégot tombe à terre, projetant quelques étincelles rouges.

La silhouette ouvre une portière, s'installe au volant, allume la lumière et sort une liasse de papiers de la boîte à gants. Quelques minutes plus tard, la lumière s'éteint et la voiture démarre.

Le gros 4×4 blanc sort du parking et se dirige vers le nord, avec l'étoile Polaire pour guide au-dessus du pare-brise.

La femme dans la voiture reconnaît la lumière jaune maladive du ciel, elle l'a vue ailleurs.

Elle voit ce que les autres ne voient pas.

Sur le quai, près des voies, elle a vu des wagonnets passer en bringuebalant, chargés de cadavres ; sur l'eau une frégate battant pavillon soviétique, dont elle savait l'équipage atteint de scorbut après des mois passés sur la mer Noire. Le ciel au-dessus de Sébastopol et de la péninsule de Crimée avait le même jaune moutarde et, dans l'ombre des ponts, s'empilaient les ruines des maisons bombardées et les dépotoirs des usines de fusées.

Le garçon dans le sac, elle l'avait trouvé à Kiev, à la station de métro Babi Yar, voilà plus d'un an. La station portait le nom du ravin où tant de ceux qu'elle avait connus avaient été systématiquement exécutés. Les nazis y avaient ensuite installé un camp de concentration.

Syrets.

Elle a encore le goût du garçon dans la bouche. Un goût jaune, fade, qui rappelle l'huile de colza. Comme un ciel empoisonné de lumière et des champs de blés.

Syrets. Le nom lui-même est imbibé de ce goût jaune.

Le monde est divisé en deux, et elle est la seule à le savoir. Il y a deux mondes, aussi distincts qu'une image radio et un corps humain.

Le garçon dans le sac appartient à présent aux deux mondes. Quand on le trouvera, on verra à quoi il ressemblait à l'âge de neuf ans. Son corps est conservé comme une photographie du passé, embaumé comme un enfant roi immémorial. Enfant pour l'éternité.

La femme dans la voiture continue à rouler vers le nord à travers la ville. Elle voit les gens qu'elle croise.

Ses sens sont aiguisés à l'extrême et elle sait que personne ne peut ne serait-ce que soupçonner ce qui se passe en elle. Personne ne sait. Elle voit l'angoisse que les gens charrient toujours avec eux. Elle voit leurs pensées mauvaises déteindre dans l'atmosphère qui les entoure. Mais personne ne sait ce qu'elle voit sur leur visage.

Elle, on ne la voit pas. Son apparence est soignée, d'une discrétion impeccable. Elle a le don de se rendre invisible, les gens ne se souviennent pas de son image. Mais elle est toujours là, bien présente, elle observe et comprend ce qui l'entoure.

Et elle n'oublie jamais un visage.

Un peu plus tôt, elle a vu une femme seule descendre jusqu'au quai du port de Norra Hammarby. Très peu couverte pour la saison, elle est restée à peine une demi-heure assise au bord de l'eau. Quand elle a fini par rebrousser chemin et que la lueur d'un réverbère est tombée sur son visage, elle l'a reconnue.

Victoria Bergman.

La femme conduit à travers la ville endormie, les gens se cachent derrière des rideaux et des persiennes tirés, les rues de Stockholm sont mortes alors qu'il est à peine onze heures.

Elle pense aux yeux de Victoria Bergman. Plus de vingt ans ont passé depuis la dernière fois. À l'époque, les yeux de cette fille étaient ardents, presque immortels. Ils contenaient une force inouïe.

Aujourd'hui, elle y a vu une nuance mate, comme une lassitude répandue dans tout son être : son expérience des visages humains lui dit que Victoria Bergman est déjà morte.

Allemagne, 1945

En vertu du décret "Nacht und Nebel", tout civil mettant en danger la sécurité du Troisième Reich est puni de mort. Les personnes contrevenant aux dispositions du décret ou cachant des informations concernant une activité ennemie seront arrêtées.

Gilah Berkowitz avait dans la poche un document attestant qu'elle était citoyenne danoise et avait, à ce titre, droit à être soignée au camp de Neuengamme près de Hambourg avant d'être transportée en quarantaine au Danemark. Mais la vérité a été relative pour elle depuis si longtemps qu'elle ne croyait plus à rien. Rien n'était plus faux que la vérité.

Dans sa poche, elle avait aussi le presse-doigt, un petit serre-joint en bois que le gardien-chef lui avait donné pour détourner et redistribuer la douleur. Cela l'avait soulagée de ses migraines comme de ses crampes d'estomac, et cela l'aidait à présent à lutter contre cette sensation de succion au bas-ventre. Elle fixa la presse sur le pouce et vissa un tour. Puis encore un tour tandis qu'elle regardait autour d'elle dans le bus.

La puanteur et l'angoisse sont les mêmes qu'à Dachau.

Gilah ferma les yeux en essayant de penser à la liberté,

mais c'était comme si elle n'avait jamais existé et n'existerait jamais. Ni avant, ni après Dachau. Les souvenirs étaient là, mais elle avait l'impression qu'ils ne lui appartenaient pas.

Elle était arrivée deux ans plus tôt à Lemberg, en Ukraine occidentale, âgée de treize ans, mais avec le corps d'un jeune homme de vingt ans. Elle avait volé une valise dans un bus militaire allemand, avait été arrêtée par la Gestapo et avait rejoint les milliers de prisonniers NN déportés dans des camps.

Les Allemands ne l'avaient pas examinée lors de son internement, lui avaient juste jeté une pioche et des habits de travail. Il n'y avait pas besoin de contrôle sanitaire. Elle était forte et en pleine santé.

Elle avait aimé le travail forcé, qu'il s'agisse de creuser des fossés ou d'assembler des machines. Au début, son corps s'était endurci, et elle avait eu plaisir à voir ses codétenus aller au tapis les uns après les autres. Elle était plus endurante que tous les hommes adultes du camp.

Ça avait été plus dur sur la fin, mais elle avait tenu jusqu'à l'arrivée des Bus blancs.

Seuls les ressortissants scandinaves étaient évacués : à l'appel du dernier nom danois, Gilah Berkowitz avait levé le bras.

Ils l'avaient revêtue d'un manteau gris marqué d'une croix blanche indiquant qu'elle était libre.

Vita Bergen

Sofia Zetterlund marche le long de Renstiernas Gata et lève les yeux vers la paroi rocheuse sur sa droite. Dans une cavité creusée dans le granit, sous l'église de la reine Sophie, se trouve le plus important serveur de Suède.

On dirait que la montagne brûle, mais c'est la chaleur dégagée par les ordinateurs qui rencontre l'air froid du dehors. La vapeur forme un voile blanc dont les rafales glacées de la soirée d'automne drapent les pentes rocailleuses.

Surplus de chaleur. Comme une cocotte-minute.

Elle sait que les transformateurs et les générateurs diesel garantissent que toutes les données informatiques des autorités suédoises survivraient à une catastrophe, même si la ville était rasée. Entre autres, les dossiers confidentiels sur elle. Sur Victoria Bergman.

Les informations numérisées dans les années 1990 à l'hôpital de Nacka pour être ensuite stockées en copie de sauvegarde sous le parc de Vitaberg. Juste à côté de son appartement de Borgmästargatan, sa vie est conservée pour l'éternité et elle n'y peut rien, à moins de faire sauter la montagne et d'anéantir le feu qui brûle sous terre.

Elle traverse la vapeur épaisse et humide et un instant n'y voit plus rien.

Juste après, elle arrive devant chez elle. Elle jette un œil à sa montre. Dix heures et quart, ce qui signifie qu'elle a bien marché quatre heures et demie.

Elle ne se rappelle plus les rues, les endroits par où elle est passée. À peine si elle se rappelle ses propres pensées au cours de la promenade. C'est comme essayer de se souvenir d'un rêve.

Je marche en dormant, se dit-elle en composant le code de la porte.

Elle prend l'escalier, l'écho sonore des talons de ses bottes la réveille. Elle secoue son manteau trempé de pluie, passe une main dans ses cheveux, rajuste son chemisier humide et, quand elle introduit la clé dans la serrure, elle a oublié sa longue promenade.

Sofia Zetterlund ne se souvient pas qu'elle était à son bureau en train d'imaginer le quartier de Södermalm comme un labyrinthe dont l'entrée était la porte de sa consultation de Sankt Paulsgatan et la sortie la porte de son appartement de Vita Bergen.

Elle ne se souvient pas non plus qu'un quart d'heure plus tard elle a dit au revoir à sa secrétaire Ann-Britt Eriksson et a quitté la consultation.

Elle ne se souvient pas non plus qu'au premier embranchement du labyrinthe elle a choisi de prendre sur la droite Swedenborgsgatan en descendant vers la gare Sud, dans l'espoir de revoir la femme qu'elle avait une autre fois suivie dans cette même rue. Une femme à la démarche chaloupée familière, ses cheveux gris soigneusement attachés en chignon, les pieds un peu en canard. Une femme qu'elle avait vue à deux reprises.

Elle ne se souvient pas davantage de l'homme rencontré au bar du Clarion à Skanstull, qu'elle a suivi dans sa chambre ; pas non plus de son étonnement quand elle a refusé qu'il la paie. Elle ne se souvient pas avoir ensuite traversé en titubant le hall de l'hôtel, pris Ringvägen vers l'est, puis être descendue par Katarina Bangata jusqu'au port de Norra Hammarby pour regarder l'eau, les péniches et les entrepôts sur le quai d'en face, ni être remontée sur Ringvägen qui oblique vers le nord et devient Renstiernas Gata, qui passe sous les pentes rocheuses abruptes de Vita Bergen.

Elle ne se souvient pas comment elle a retrouvé le chemin de chez elle, la sortie du labyrinthe.

Le labyrinthe n'est pas Södermalm, c'est le cerveau d'une somnambule, ses canaux, ses signaux, son système nerveux aux innombrables replis, embranchements et impasses. Une marche dans des rues crépusculaires, dans le rêve d'une somnambule.

La clé tourne bruyamment dans la serrure, deux tours vers la droite et la porte s'ouvre.

Elle a trouvé la sortie du labyrinthe.

Sofia regarde sa montre. Tout ce qu'elle veut, c'est dormir.

Elle ôte son manteau et avance dans le séjour. Sur la table, des piles de documents, des classeurs, des livres. Toutes ses tentatives pour aider Jeanette avec un profil du meurtrier dans l'enquête sur les jeunes immigrés assassinés.

À quoi bon ? pense-t-elle en retournant distraitement quelques papiers. De toute façon, ça n'aurait mené à rien. Elles avaient fini au lit et Jeanette n'en avait plus parlé après la nuit à Gamla Enskede. Peut-être n'était-ce qu'un prétexte pour se voir ?

Elle se sent insatisfaite parce que le travail n'est pas fini, et Victoria ne l'aide pas, ne lui montre aucun souvenir. Rien.

Qu'elle a tué Martin, elle le sait.

Mais les autres ? Les enfants sans nom, le garçon biélorusse ?

Aucun souvenir. Rien que cet entêtant sentiment de culpabilité.

Elle s'avance vers la bibliothèque qui camoufle la pièce insonorisée. En ôtant le crochet pour la faire coulisser, elle sait que la pièce sera vide. Il n'y a là-dedans que des traces d'elle-même et l'odeur de sa propre transpiration.

Gao Lian n'est jamais monté sur le vélo d'appartement, au fond, dans le coin gauche, c'est de ses cheveux à elle, le long de son dos et de ses bras, que sa sueur a coulé.

Elle a fait plusieurs fois le tour de la terre ses roues tournant dans le vide, son corps s'est renforcé sans qu'elle avance d'un centimètre. Il ne s'est rien passé. Elle n'a fait que pédaler sur place.

Gao Lian de Wuhan a beau ne pas exister, il est partout dans la pièce. Sur les dessins, les coupures de journaux, sur une feuille de carnet et sur le reçu d'une pharmacie où elle a entouré les initiales des médicaments pour former GAO.

Gao Lian de Wuhan est venu vers elle parce qu'elle avait besoin de quelqu'un pour canaliser sa culpabilité. Pour payer l'addition de ce qu'elle devait à l'humanité.

Elle a cru que tous les textes, tous les articles sur les garçons assassinés parlaient d'elle. Tout en suivant les événements, elle leur a cherché des explications, qu'elle a trouvées en elle-même.

Sa découverte s'appelle Gao Lian de Wuhan, et c'est son environnement immédiat qui lui a inspiré cette personnalité.

Elle va prendre dans la bibliothèque le vieux livre à la reliure de cuir craquelé.

Gao Lian, *Huit traités sur la consolidation de la vie.*

Elle l'a acheté pour trente couronnes aux puces, l'a à peine ouvert, mais le nom de l'auteur est toujours bien visible sur le dos élimé du livre, rangé à sa place dans la bibliothèque à côté du mécanisme de fermeture de la pièce secrète.

Elle repose le livre et va dans la cuisine. Sur la table, un journal grand ouvert.

Un article sur Wuhan, capitale de la province chinoise du Hubei, avec la photo d'une tour octogonale, une pagode. Elle replie le journal et l'écarte.

Quoi d'autre ?

L'extrait d'un rapport de l'Office des migrations sur les enfants sans papiers, un autre rapport sur les conditions d'adoption en Asie de l'Est et un autre encore traitant spécifiquement du trafic d'êtres humains entre la Chine et l'Europe occidentale.

Elle comprend pourquoi elle l'a inventé. En plus d'un exutoire pour son sentiment de culpabilité, il lui a servi d'ersatz à l'enfant qu'elle n'a pas pu garder. Élever Gao a été s'élever soi-même, son isolement une purification, une façon d'aiguiser ses sens à l'extrême. De fortifier son esprit comme son corps.

Mais quelque part en cours de route, elle a perdu le contrôle de Gao.

Il n'est pas devenu celui qu'elle désirait, voilà pourquoi il a fini par cesser d'exister et elle ne croit plus en lui.

Elle sait qu'il n'y a personne là-dedans.

Gao Lian de Wuhan n'a jamais été.

Sofia pénètre à nouveau dans la chambre secrète, ramasse les manchettes roulées des journaux du soir et les étale par terre. MOMIE TROUVÉE DANS UN BUISSON et DÉCOUVERTE MACABRE AU CENTRE DE STOCKHOLM.

Elle lit ce qu'on a écrit sur le meurtre de Youri Krylov, le garçon de Molodetchno retrouvé mort sur l'île de Svartsjö, et elle s'intéresse tout particulièrement à ce qu'elle a souligné. Des détails, des noms, des lieux.

C'est moi qui ai fait ça ? se demande-t-elle.

Elle retourne le vieux matelas. Le courant d'air fait voler devant elle d'autres papiers épars. La poussière lui pique le nez.

Des pages arrachées à une édition allemande du livre de Zbarsky sur l'art russe de l'embaumement. Des pages imprimées sur Internet. Des notes, des passages de Zbarsky soulignés de sa main. Une description complète de l'embaumement de Vladimir Ilitch Oulianov, Lénine, réalisé par un certain professeur Vorobiov à l'institut anatomique de Kharkov, Ukraine.

À nouveau son écriture sur quelques feuilles couvertes de chiffres. Des dosages de produits chimiques en fonction de la masse corporelle.

Enfin la photocopie d'un article sur une société privée qui, dans les années 1990, avait embaumé des boss de la mafia russe assassinés. Certains avaient été empoisonnés, d'autres étaient morts dans des voitures piégées : la société facturait l'embaumement en fonction de l'état du corps.

Au moment où Sofia repose ces articles, son téléphone sonne : c'est Jeanette. Elle se lève pour répondre, en regardant autour d'elle dans la pièce.

Le sol est jonché d'une épaisse couche de papiers, il n'y a presque plus un seul endroit libre. Mais le sens, l'explication, le grand Pourquoi ?

La réponse est ici, se dit-elle en décrochant.

Les pensées d'une personne déchiquetées en petits papiers.

Un cerveau explosé.

Gamla Enskede

Une petite vie bien tranquille, songe Jeanette Kihlberg en se garant devant sa maison de Gamla Enskede. Aujourd'hui, la simplicité prévisible lui manque. Se sentir contente après une longue journée de dur labeur et pouvoir tout mettre de côté en rentrant chez soi. Être libérée de tous ses soucis professionnels dès lors qu'elle n'est plus payée pour y penser.

Johan dort en ville chez Åke et Alexandra : dès le seuil, elle sent le vide. Åke avait beau être terriblement égocentrique avant leur divorce, leurs conversations autour d'une bière à la cuisine, leurs chamailleries devant un film policier américain dont elle ne pouvait s'empêcher de relever les invraisemblances lui manquent. C'était affectueux : ils s'aimaient malgré tout.

À présent, la cuisine est silencieuse, on n'entend plus que le ronron du réfrigérateur et les craquements du radiateur.

Sur la porte du frigo, la carte postale de ses parents retraités partis en voyage organisé. Un bonjour de Chine. Jeanette se sent un peu coupable de ne pas s'inquiéter pour eux. De ne pas avoir pensé à eux depuis bien longtemps. Mais surtout parce qu'ils ne lui manquent pas vraiment.

Depuis le départ d'Åke, la maison a une odeur différente. Elle est bien forcée de reconnaître que les odeurs de peinture, d'huile de lin et de térébenthine lui manquent, tout en appréciant de ne plus avoir à s'inquiéter de s'asseoir sur du bleu de Prusse ou de trouver une tache intempestive de carmin sur un mur. Pourtant, elle songe à cette époque avec une certaine nostalgie et, un instant, elle oublie son inquiétude de ne pas joindre les deux bouts. La désinvolture d'Åke vis-à-vis de l'argent. Les choses avaient fini par s'arranger pour lui, son rêve de vivre de son art avait fini par se réaliser. Avait-elle été trop impatiente ? Trop faible pour lui donner le dernier coup de pouce dans la bonne direction quand il avait douté de son talent ? Peut-être, mais cela n'avait plus aucune importance. Ils ne sont plus mariés, et ce qu'il fait ne la concerne plus. Et puis elle croule sous le travail et n'a pas le temps de ruminer ce qu'elle aurait pu faire autrement.

Les deux femmes dans la voiture étaient très probablement Hannah Östlund et Jessica Friberg. Ivo Andrić travaillait d'arrache-pied pour le confirmer.

Demain matin elle aura la réponse : si elle a vu juste, le dossier ira chez le procureur et l'enquête sera déclarée close.

Mais il faudra d'abord procéder à une perquisition chez les deux femmes pour rassembler des preuves de leur culpabilité, puis il ne restera plus à Hurtig et à elle qu'à faire leur rapport et à l'envoyer à von Kwist. Non qu'elle considère avoir particulièrement bien travaillé. Elle a suivi un chemin tortueux et, avec un peu de chance et un certain métier, tout a été élucidé.

Fredrika Grünewald, Per-Ola Silfverberg, Regina Ceder et son fils Jonathan ont tous été assassinés par ces deux femmes pour assouvir leur vengeance.

Folie à deux. La psychose symbiotique, selon le terme consacré, se produit presque exclusivement au sein d'une même famille. Par exemple entre une mère et une fille isolées qui partagent une même maladie mentale.

D'après ce que sait Jeanette, Hannah Östlund et Jessica Friberg ne sont certes pas parentes, mais elles ont grandi ensemble, fréquenté les mêmes écoles puis choisi de vivre l'une à côté de l'autre.

Près de Grünewald, on avait déposé des tulipes jaunes. Et le soir de sa mort, Karl Lundström avait lui aussi reçu un bouquet de tulipes jaunes. L'auraient-elles tué, lui aussi ? Une overdose de morphine ? Oui, pourquoi pas ? Karl Lundström et Per-Ola Silfverberg étaient tous les deux des pédophiles ayant abusé de leur fille. Il y avait forcément un rapport. Les dénominateurs communs étaient les tulipes jaunes et l'internat de Sigtuna.

Elle allume la lumière de la cuisine et va prendre du fromage et du beurre dans le réfrigérateur.

La vengeance, se dit-elle. Mais comment diable peut-on en arriver à ces extrémités ?

Tandis qu'elle cherche du pain à griller au fond du congélateur, ses pensées vont à Jonathan Ceder. Elles ont tué un gamin innocent. Même s'il s'agit d'infliger à sa mère la plus grande douleur imaginable avant d'en finir avec elle, elle trouve ça incompréhensible.

Jeanette sort le pain, en détache deux tranches qu'elle glisse dans le grille-pain.

Elle comprend qu'elle ne doit pas s'attendre à trouver des réponses à toutes ses questions.

Jeanette, ma vieille, il serait temps d'apprendre que s'il y a bien une chose que tu ne dois pas espérer dans la police, c'est la satisfaction. On ne peut pas tout comprendre, c'est impossible.

Elle s'assoit à table et feuillette distraitement un catalogue Ikea. Peut-être que ce ne serait pas une mauvaise idée d'acheter dès maintenant de nouveaux meubles ? La vente de la maison va probablement prendre du temps, et elle ne veut plus se souvenir sans arrêt de sa vie passée.

Parfois, en entrant dans le séjour, elle croit voir Åke avachi sur le vieux canapé. La table et les chaises de la cuisine, ils les ont achetées ensemble chez Emmaüs près d'Uppsala, quand Johan venait de naître. Et toutes les lampes, tous les tapis sont à eux deux, pas à elle. Même l'étagère à chaussures. Tout semble imprégné des souvenirs de leur vie commune.

Le grille-pain sursaute, et elle a juste le temps de l'ajouter à l'inventaire de leurs biens communs quand son téléphone sonne.

Tu es sentimentale, Jeanette, pense-t-elle en refermant le catalogue Ikea avant de décrocher.

C'est naturellement Åke, comme s'il avait deviné ce qu'elle était en train de ressasser.

"Salut.

— Salut, comment ça va ?

— Ça va."

Des phrases creuses. Que dire d'autre, à part s'en tenir aux questions pratiques ? Aussi demande-t-elle :

"Comment ça se passe avec Johan ?

— Johan ? Je crois que ça va... Il dort."

Silence. Elle s'impatiente. "C'est toi qui as appelé, donc je suppose que tu veux quelque chose ? C'est encore au sujet de Johan ?"

Il se racle la gorge. "Oui, je voudrais l'emmener à Londres ce week-end. Un match de foot. Juste lui et moi. Être son père, quoi..."

Son père ? Il serait temps, pense-t-elle. "Bon. Il est d'accord ?"

Åke étouffe un rire. "Oh, sans aucun doute. Le derby de Londres, tu sais..."

Elle se surprend à répondre en souriant au rire d'Åke. "Très bien, ça lui fera sûrement du bien. Mais vous deux, seulement ? Et Alexandra ?"

Nouveau silence. Elle regarde le grille-pain d'un air absent. Deux tranches dorées pointent, probablement déjà en train de refroidir.

"Elle a organisé une nouvelle exposition et vendu plein de tableaux…

— À des gogos, ajoute-t-elle spontanément.

— Arrête ça… Devine à qui ? L'administration pénitentiaire en a acheté dix pour la maison d'arrêt de Kronoberg. Presque ton lieu de travail, non ?" Il rit. "Et Alexandra reste à Stockholm. D'autres tableaux à vendre, tu vois… Les affaires marchent.

— Ah bon… Félicitations. Je suis contente pour toi."

Elle l'entend déglutir à l'autre bout du fil.

"Et comment vont tes parents ?" dit-il soudain. Jeanette reconnaît sa façon de changer de sujet. "Toujours au Japon ?"

Jeanette sourit toute seule en songeant au mal que pense Åke de son père. "Ils sont en Chine et rentrent dans deux ou trois semaines."

Åke se tait, ils restent un moment sans rien dire. Jeanette repense à leur vie commune qui lui semble à présent perdue dans le lointain.

"Dis-moi…, finit-il par dire, tu n'aurais pas envie qu'on casse la croûte ensemble un midi, avant ce week-end à Londres ?"

Elle hésite. "Un midi ? Tu as vraiment le temps ?

— Je ne te proposerais pas, sinon, s'irrite-t-il. Demain, tu pourrais ?

— Après-demain, ce serait mieux. Mais j'attends les résultats d'une perquisition, je ne peux rien te promettre."

Il soupire. "D'accord. Fais-moi signe quand tu peux, alors." Et il raccroche.

Elle soupire à son tour dans le silence, puis va sortir les toasts du grille-pain. Mauvais, ça, se dit-elle en préparant ses tartines. Pas bon pour Johan. Pas la moindre stabilité. Elle se souvient du commentaire de Hurtig dans la voiture, en route pour Svavelsö, où Hannah Östlund et Jessica Friberg avaient achevé la tragédie de la famille Ceder : "À cet âge, tout prend tout de suite des proportions…" – et dans le cas d'Östlund et Friberg, il n'avait que trop raison.

Mais Johan ? D'abord le divorce, puis sa disparition à la fête foraine de Gröna Lund, et maintenant ce fichu yoyo entre elle qui a à peine le temps de s'occuper de lui et Åke et Alexandra qui se comportent comme des ados incapables de prévoir ne serait-ce que deux jours à l'avance.

Elle avale la dernière bouchée de pain froid et sec et retourne au téléphone. Elle a besoin de parler à quelqu'un, et elle ne voit que Sofia Zetterlund.

Pendant les sonneries, elle frissonne dans le courant d'air de la fenêtre.

La soirée d'automne est limpide, scintillante d'étoiles. Au moment où Jeanette se demande ce qui pousse les gens à toujours s'empoisonner la vie, Sofia décroche.

"Tu me manques, dit-elle.

— Toi aussi." Jeanette sent revenir la chaleur. "Je me sens si seule."

La respiration de Sofia est toute proche. "Moi aussi. J'ai envie de te voir très vite."

Jeanette ferme les yeux et imagine que Sofia est réellement chez elle, qu'elle s'appuie contre son épaule et chuchote à son oreille, tout près.

"Je viens de m'assoupir, dit Sofia. J'ai rêvé de toi."

Les yeux toujours fermés, elle se cale au fond de sa chaise en souriant. "Qu'est-ce que tu as rêvé ?"

Sofia rit tout bas, presque timide.

"J'étais en train de me noyer et tu m'as sauvée."

Institut médicolégal

Le légiste Ivo Andrić ôte sa casquette de base-ball et la pose sur le chariot en acier inoxydable. D'un pas lourd, l'air accablé, il va à l'évier se laver soigneusement les mains jusqu'aux coudes. Quand il a fini, il se sèche et attrape dans un distributeur à côté du miroir une paire de gants jetables en caoutchouc talqué. Il les enfile en revenant vers les deux civières, placées au milieu de la pièce.

Les deux sacs à cadavres dégagent une forte odeur de brûlé et d'essence.

Il regarde sa montre et comprend qu'il en a pour toute la nuit.

Ivo Andrić est fier de son talent. Il lui a fallu du temps pour affiner ses connaissances en la matière, au prix de gros sacrifices personnels. Il a fait ses études de médecine à Sarajevo, puis est rentré travailler chez lui, à Prozor : c'est surtout de cette époque qu'il garde de bons souvenirs. Seul diplômé du village, il faisait la fierté de ses parents et jouissait du respect dû à sa profession.

Il n'était pas seulement doué pour les études, d'autres l'étaient aussi mais, contrairement à la plupart, il a su se donner les moyens de son ambition. Quand les autres jeunes gens se rassemblaient sur la place pour fumer et boire des bières, il restait enfermé chez lui à lire des livres de médecine en anglais. Quand par la suite les politiques ont commencé à pousser à la guerre et que l'armée a été envoyée patrouiller dans les rues, il a choisi de rester en dehors. Il avait beau avoir achevé son service militaire avec de bons rapports, il n'en faisait pas état.

Quand la Slovénie et la Croatie ont demandé à sortir de la Yougoslavie, on a voté par référendum pour décider si la Bosnie devait les imiter, et la question divisait les familles et le village. En l'absence d'un accord, l'enfer s'est déchaîné. Des voisins, qui jusqu'alors se fréquentaient, ont commencé à se haïr du jour au lendemain. Et la guerre a fini par arriver jusqu'à Prozor.

Ivo Andrić regarde les deux sacs et décide de commencer par celui qui contient très probablement les restes de Jessica Friberg. La fermeture éclair bloque un peu, il doit insister pour l'ouvrir, et la puissante odeur de brûlé lui saute à la gorge.

Il commence par prélever des tissus. Dès que possible, on procédera à un test ADN pour confirmer l'identité de la morte, puis on recherchera la présence de dioxyde de carbone dans le sang : cela peut donner une indication sur la cause du décès.

Un tube d'aspirateur branché sur le pot d'échappement a refoulé les gaz toxiques dans l'habitacle. Comme les deux femmes avaient leur ceinture de sécurité, Ivo Andrić part de l'hypothèse qu'elles se sont suicidées ensemble.

La femme qu'il a sous les yeux a la quarantaine, le plus bel âge, paraît-il.

Ivo Andrić remonte la fermeture éclair et ouvre l'autre sac avec un soupir. Là aussi, on pense connaître l'identité de la victime. D'après les informations dont il dispose, elle s'appellerait Hannah Östlund et présenterait une particularité physique.

La première chose qu'il voit est l'hématome de la brûlure, qui n'est pas dû à une violence mécanique. La femme est morte dans l'incendie. Le crâne a été violemment chauffé, le sang s'est mis à bouillir et, entre le crâne et ses membranes protectrices, Ivo Andrić observe une couche de deux centimètres de sang coagulé, rosâtre et spongieux.

Il soulève la main de la femme et obtient confirmation de ses informations.

Le signalement correspond.

En constatant qu'il lui manque l'annulaire droit, il sent que le corps de la femme est encore chaud.

Vita Bergen

Les étoiles brillent au-dessus des toits mais, en bas, la rue Borgmästargatan est sombre et grise. Sofia Zetterlund repose le téléphone et se laisse tomber à terre. Elle a parlé avec Jeanette, mais ne sait pas de quoi.

Un vague sentiment de tendresse partagée. Un désir confus de chaleur.

Pourquoi est-ce si difficile de dire ce que l'on ressent vraiment ? Pourquoi ai-je tant de mal à cesser de mentir ?

Elle a besoin d'uriner, elle va aux toilettes et, en baissant sa culotte pour s'asseoir sur la lunette, elle comprend qu'elle est allée à l'hôtel Clarion plus tôt dans la soirée. L'homme qu'elle a dû y rencontrer a laissé une trace à l'intérieur de sa cuisse.

Une fine croûte de sperme séché s'est collée à ses poils pubiens, qu'elle lave devant l'évier. Elle se sèche ensuite longuement avec la serviette des invités, puis retourne dans la pièce cachée derrière la bibliothèque. Autrefois la chambre de Gao, désormais le musée de la vie d'errance de Victoria Bergman. Ulysse, songe-t-elle. Ici se trouve enfermée la clé du passé.

Elle feuillette les papiers de Victoria Bergman, essaie de classer tous les croquis, les notes, les coupures de presse. Malgré ce qu'elle a sous les yeux, elle doute.

Elle voit une vie qui a été la sienne et qui, reconstruite, redevient sinon sienne, du moins une vie. La vie de Victoria. La vie de Victoria Bergman.

Et c'est l'histoire d'un déclin.

Dans beaucoup de notes apparaît un nom mystérieux qui suscite en elle une vive émotion.

Madeleine.

La sœur et la fille de Victoria. La sœur et la fille de Sofia. Sa sœur et sa fille.

Madeleine est l'enfant qu'elle a eue autrefois avec son propre père, Bengt Bergman, fonctionnaire respecté de l'agence d'aide au développement SIDA, l'homme qui a abusé de Victoria pendant toute son enfance. C'est à cause de lui qu'elle s'est créé des personnalités alternatives.

Pour survivre. Pour avoir la force de continuer à vivre.

Madeleine est la fille qu'on l'a forcée à laisser adopter par Per-Ola et Charlotte Silfverberg.

À ces notes sur Madeleine s'ajoute une photo que Sofia a trouvée dans la poche de sa veste, sans avoir la moindre idée de comment elle a pu arriver là.

Un polaroïd d'une fillette d'une dizaine d'années debout sur une plage, habillée en rouge et blanc.

Sofia examine l'image de près, convaincue que c'est sa fille : elle y retrouve un air de famille. Son visage a une expression accablée et la photographie met Sofia très mal à l'aise. Qu'est devenue Madeleine, à l'âge adulte ?

Sur un autre papier, il est question de Martin. Le garçon disparu dans une fête foraine qu'on a ensuite retrouvé noyé dans le Fyrisån. Le garçon qu'elle a frappé à la tête avec une pierre puis jeté à l'eau. La police avait conclu à un accident, mais elle a vécu depuis avec le poids d'une culpabilité implacable.

Sofia se rappelle aussi la sortie à la fête foraine de Gröna Lund où Johan, le fils de Jeanette, avait disparu.

Les événements se ressemblent, mais elle est certaine que jamais elle n'aurait fait de mal à Johan. Il avait disparu soit tout seul, soit enlevé par une tierce personne. Quelqu'un qui avait ensuite changé d'avis, puisque Johan avait peu après été retrouvé indemne.

Dans tous ces papiers, ici, pas un mot de Johan.

Elle se souvient d'être elle-même montée avec lui dans la Chute libre. Mais ensuite ce n'est plus qu'un chaos. Elle se revoit avec lui assise sur un banc. Mais non, ce n'était pas elle. Aurait-elle alors vu Madeleine ?

Elle secoue la tête. Ce n'est pas logique. Pourquoi Madeleine s'intéresserait-elle à Johan ?

Elle rassemble les papiers, les range avec la photo dans une chemise plastique qu'elle marque de la lettre M. Elle se doute qu'elle aura l'occasion d'y revenir.

Sofia Zetterlund continue de chercher dans ses souvenirs couchés sur le papier. Met une feuille de côté, en prend une autre. Elle la regarde, lit et se souvient alors ce qu'elle pensait au moment précis d'écrire cette note. Elle vivait alors continuellement étourdie par l'alcool et les médicaments, refoulait tous les souvenirs désagréables. Cachait sous sa peau des pans entiers d'elle-même.

Pendant de nombreuses années, ça avait fonctionné.

La peau, dans ses parties les plus fines, ne fait pas plus d'un cinquième de millimètre, mais constitue pourtant une ligne de défense infranchissable entre l'intérieur et l'extérieur. Entre la réalité rationnelle et le chaos irrationnel. En cet instant précis, sa mémoire n'est plus floue, mais parfaitement claire. Mais elle ignore pour combien de temps.

Sofia lit le journal tenu par Victoria à l'internat du lycée de Sigtuna. Deux ans de punitions, de brimades et de tortures psychiques. Les mots qui reviennent sont *vengeance*, *représailles* – elle se souvient d'avoir rêvé de revenir tout faire sauter. Maintenant, deux des personnes mentionnées dans ce journal sont mortes.

Elle sait que Victoria n'a rien à voir avec ces meurtres. Nulle part elle ne trouve quoi que ce soit qui le laisse penser. Le journal ne concerne que l'époque du lycée, après quoi Victoria semble se désintéresser de ses anciennes camarades de classe.

Même si elle se sait innocente de ces deux meurtres en particulier, elle sait ce qu'elle a fait.

Elle a tué ses parents. Mis le feu à la maison de son enfance, à Grisslinge, sur l'île de Värmdö, puis s'est enfermée dans la pièce secrète pour dessiner au fusain des pages et des pages de maisons en flammes.

Sofia pense à Lasse, son ex-mari. Mais sans ressentir à son égard la même haine que pour ses parents. Plutôt une déception sans fond. Un bref instant, le doute la saisit : l'a-t-elle vraiment tué, lui aussi ?

L'émotion est vivace dans son souvenir, mais elle ne se revoit pas le faire.

Mais elle sait qu'avoir tué, malgré tout, est quelque chose avec quoi elle devra vivre le restant de ses jours. Qu'elle devra apprendre à accepter.

Judarskogen

À l'ouest de Stockholm, coincée entre Ängby et Åkeshov, se trouve la première réserve naturelle de la ville.

C'est un paysage sculpté par la glace, une centaine d'hectares de bois, de champs, et même un petit lac. Les glaciers y ont laissé de hautes moraines. Après avoir tassé le sol de mille mètres, la glace l'a broyé et a dispersé les blocs détachés du socle rocheux.

Ici et là, dans la forêt, on rencontre les ruines de murs qui n'ont pas été formés par la glace mais par la main humaine. D'après la tradition, ces pierres ont été empilées par des prisonniers de guerre russes. On les imagine, voûtés, lorgnant avec envie les crêtes rocheuses des moraines.

Le lac situé au milieu des bois s'appelle le Judarn. Le nom vient de *ljuda*, faire du bruit, sonner, mais cette étymologie n'a rien à voir avec les plaintes des bagnards affamés ni avec le cri qui retentit en ce moment dans la forêt.

Une jeune femme blonde en manteau bleu cobalt lève les yeux vers les étoiles au-dessus des arbres.

Des milliers et des milliers de boules de glace et de pierre qui brûlent.

Après avoir une nouvelle fois vidé ses poumons en criant sa rage, Madeleine Silfverberg regagne sa voiture garée près d'un bouquet d'arbres au bord du lac.

Le troisième cri retentit cinq minutes plus tard dans la voiture, à presque quatre-vingt-dix kilomètres à l'heure.

Le monde est un pare-brise, une bande d'asphalte au centre, des arbres flous aux marges du champ visuel. Elle ferme les yeux et compte jusqu'à cinq en écoutant le moteur et la friction des pneus sur le revêtement. Quand elle les rouvre, elle se sent calme.

Tout s'est passé comme prévu.

La police va bientôt fouiller la maison de Fagerstrand.

À côté du gros bouquet de tulipes jaunes sur la table de la cuisine, ils trouveront aussi une série bien alignée de polaroïds documentant les meurtres.

Karl Lundström sur son lit à l'hôpital Karolinska.

Per-Ola Silfverberg, éventré comme un porc dans son joli appartement.

Fredrika Grünewald, sous sa tente dans la crypte de l'église Saint-Jean, éblouie par le flash, son visage bouffi et gras tordu par une grimace d'ivrogne.

Et Regina Ceder abattue sur le sol de sa cuisine, un trou rouge sombre au cou.

La seule photo qui manque, la police l'a déjà : on y voit une femme en train de noyer le petit garçon de Regina Ceder. Une femme sans annulaire droit.

En descendant à la cave, ils trouveront l'origine de la puanteur.

La forêt cesse d'un coup, les habitations se font plus denses, elle ralentit. Bientôt elle doit stopper tout à fait au croisement de Gubbkärrvägen et Drottningholmsvägen. Quelques voitures tardent à dégager le passage, elle s'impatiente en tambourinant de ses neuf doigts sur le volant.

Hannah Östlund avait dû être amputée après une morsure de chien.

Elle-même avait utilisé une cisaille.

En s'engageant sur Drottningholmsvägen, elle songe à ceux qui vont bientôt mourir, à ceux qui sont déjà morts, mais aussi à ceux qu'elle aurait voulu avoir le plaisir de tuer elle-même.

Bengt Bergman. Son père et son grand-père. Papapapy.

Le feu l'avait pris avant qu'elle n'en ait le temps. Mais son feu à elle, personne ne le lui prendra. Il prendra les autres. Et d'abord cette femme qui s'est jadis appelée sa mère. Puis il prendra Victoria, sa vraie mère.

Tandis qu'elle roule sur Drottningholmsvägen en direction du centre-ville, elle tend la main vers le gobelet de chez McDonald's, l'ouvre et prend une poignée de glaçons, qu'elle mâche avidement avant d'avaler.

Il n'y a rien de plus pur que l'eau gelée. Les isotopes sont lavés de leurs souillures terrestres et peuvent capter les signaux cosmiques. Si elle mange assez d'eau gelée, celle-ci se répandra dans tout son corps et en changera les caractéristiques. Elle aiguisera son cerveau.

Danemark, 1994

Je remplis d'eau le ruisseau
Pour qu'il bondisse et coule.
Je fais voler plein d'hirondelles
Et de moustiques pour elles.
Je couvre les arbres de feuilles nouvelles
Et de petits nids çà et là.
J'embellis le ciel le soir,
Car je le fais couleur de rose.

Elle sourit devant le miroir. Passa le doigt sur ses dents du haut en comptant les intervalles. Un, deux, trois et quatre. Et celles du bas. Un et deux.

Elle tritura doucement la dent qui bougeait en haut à gauche. Elle allait bientôt se détacher, pas maintenant, mais peut-être ce soir.

Elle ferma la bouche et suça. Ça avait goût de sang et élançait comme de la glace.

La petite souris lui avait donné six cents couronnes. Un billet de cent pour chaque dent posée sous l'oreiller. Elle gardait l'argent dans sa boîte secrète, qu'elle cachait sous le lit et que personne ne connaissait. Elle contenait à présent sept cent vingt-sept couronnes, avec l'argent qu'elle avait pris à l'éleveur de porcs. Elle avait passé tout l'été chez lui, c'était la troisième fois que ses parents adoptifs passaient la voir et, curieusement, elle avait toujours perdu ses dents à l'occasion de leurs visites.

Elle ne les appelait jamais *maman* ou *papa*, puisqu'ils n'étaient pas ses vrais parents. *Per-Ola* et *Charlotte* étaient aussi exclus, ils auraient pu croire qu'elle les respectait. Les rares occasions où elle leur adressait la parole, elle leur donnait du *tu* et du *toi*, ce à quoi ils avaient presque fini par s'habituer.

Cette fois-ci, ils étaient venus avec leurs amis de Suède.

Et ces deux nouvelles blondes. Juristes ou quelque chose comme ça.

Elles avaient un air d'anges, mais elle les trouvait très bizarres. On aurait presque dit qu'elles étaient de son côté, car elles avaient visiblement hésité quand tout avait commencé, le soir. Mais elles n'étaient pas enfermées comme elle, elles étaient libres d'aller et venir comme bon leur semblait, voilà pourquoi elles étaient si bizarres : elles revenaient toujours.

L'une d'elles avait en plus eu un doigt arraché par son chien. Elle continuait pourtant à le gâter, et ça aussi, c'était bizarre.

Sa chambre, dans le plus petit bâtiment, sentait le moisi. Il n'y avait qu'un lit qui grinçait, une vieille armoire qui sentait la naphtaline et une petite fenêtre sur le jardin. Pour tout jeu, elle avait quelques feutres, du papier machine jauni et une caisse de legos.

Son père adoptif n'était pas très fort en danois, mais savait que *lego* était une abréviation de *leg godt*, "joue bien", il n'arrêtait pas de le répéter.

Tu mérites le meilleur.

S'il le pensait vraiment, il ne la forcerait pas à vivre comme ça. À Copenhague, elle avait une pièce pleine de jouets. Bien sûr, ils l'y enfermaient aussi, mais elle avait quelque chose à faire. Ici, elle était forcée de jouer aux legos.

À contrecœur, elle avait malgré tout construit une maison sur le grand plateau vert. Une jolie maison rouge, comme elles étaient en Suède. Elle avait d'abord pensé construire la maison de ses rêves, mais peu à peu, elle prit les apparences de la ferme.

La maison en lego finie, elle commença à y placer les petites figurines. Il y avait en tout une dizaine de bonshommes en plastique, juste autant qu'il y avait de personnes à la ferme, à part elle et la fillette que les Suédois avaient avec eux.

Elle fixa les figurines une à une pour former une longue rangée au pied de la maison en lego. Elle dut faire semblant que six d'entre elles étaient des femmes, puisque les legos n'étaient que des bonshommes, et bientôt ils furent tous là avec leurs sourires en plastique.

L'éleveur de porcs et les deux femmes juristes.

Celle qui était enceinte, qui s'appelait Regina, et celui qu'ils appelaient Berglind, qui était policier mais ne se comportait pas comme tel. C'était le seul des bonshommes en plastique vraiment ressemblant. Il avait l'uniforme de police, mais aussi la même moustache.

À côté de lui, il y avait Fredrika, qui était beaucoup plus grosse que sa figurine. Puis les parents de la fillette, Karl et Annette.

Tout à droite de la rangée, ses parents adoptifs.

Elle les regardait fixement tout en jouant avec sa langue sur sa dent branlante. Ses pensées étaient parties ailleurs quand quelqu'un ouvrit la porte.

"C'est l'heure de partir. Tu as rangé tes affaires ? Tu n'as pas oublié ta serviette, cette fois ?"

Deux questions qui exigeaient qu'on réponde à la fois oui et non, ce qui lui interdisait de garder le silence.

Impossible de hocher ou de secouer la tête : c'était son truc pour la forcer à lui parler.

"J'ai tout rangé", marmonna-t-elle.

Il referma la porte, ce qui lui fit se souvenir du moment où elle avait perdu sa première dent.

Il lui avait expliqué ce qui se passait quand un enfant offrait ses dents à la petite souris.

Si le soir on les laissait dans un verre d'eau ou sous l'oreiller, la petite souris venait pendant la nuit les chercher, en laissant un cadeau en échange. Elle collectionnait les dents des enfants, quelque part, très loin, elle avait un palais qui en était entièrement bâti, et elle payait cent couronnes par dent.

Il l'avait aidée à faire tomber la première, pour qu'elle puisse devenir riche.

C'était quand ils étaient venus la voir au début de l'été. Elle était assise au même endroit qu'aujourd'hui, mais sur un petit tabouret, et il avait noué un fil autour de sa dent. Puis il avait attaché l'autre bout à la poignée de la porte et dit qu'il allait chercher un truc. Mais il l'avait trompée et avait claqué la porte sans prévenir.

La dent avait volé par terre, et lui avait rapporté ses premières cent couronnes.

Mais la petite souris n'était pas venue la voir au cours de la nuit. C'était lui qui s'était glissé dans sa chambre, croyant qu'elle était endormie, pour déposer l'argent sous son oreiller.

Par la suite, elle avait dû le mériter, et elle avait compris que la petite souris n'était pas un personnage de conte de fées, mais juste un homme qui achetait des dents de lait.

Quartier Kronoberg

Après avoir allumé sa lampe de bureau, Jeanette étale les photos devant elle.

Le visage carbonisé et affaissé de Hannah Östlund. Il y a encore peu de temps une parfaite inconnue, mais à présent une des principales suspectes de plusieurs meurtres. On ne peut jamais se fier aux apparences, se dit-elle.

Image suivante, Jessica Friberg, l'amie de Hannah. Comme elle carbonisée à en être méconnaissable.

Folie à deux. Deux personnes qui partageaient les mêmes délires et la même paranoïa, les mêmes hallucinations et la même folie.

En général, une des deux personnes est dominée par son parent ou son meilleur ami plus malade qu'elle.

Laquelle des deux femmes était la meneuse ? Quelle importance ? Elle est policière, elle doit rassembler des faits, pas spéculer sur le pourquoi et le comment. Aujourd'hui, ces deux femmes sont l'écho d'un passé qui se sera bientôt tu, et aura disparu en laissant ces corps derrière lui.

Le feu, songe-t-elle. Hannah et Jessica dans une voiture en flammes.

Puis Dürer et le bateau.

Les époux Bergman dans leur villa réduite en cendres.

Ce n'est pas un hasard. Elle décide d'aborder le sujet avec Billing dès que possible. S'il est du même avis qu'elle, l'enquête pourrait être rouverte.

Jeanette décroche le téléphone et compose le numéro du procureur. Comme d'habitude, Kenneth von Kwist tarde à ordonner une perquisition, alors que la plupart du temps, comme ici, il n'a qu'un papier à signer.

Elle a du mal à cacher son mépris pour l'incompétence du procureur, et il s'en rend peut-être compte, car il répond à ses questions au mieux avec des mots de deux syllabes, et d'un ton indifférent.

Il lui promet cependant un mandat de perquisition d'ici une heure. En raccrochant, Jeanette se demande comment von Kwist se motive pour aller travailler le matin.

Avant d'aller voir Hurtig pour le briefer avant la visite du domicile des deux victimes, elle passe chez Åhlund.

Elle a une mission pour Schwartz et lui.

L'avocat Viggo Dürer, songe-t-elle. Même s'il est mort, il faut en savoir plus à son sujet. Il y a peut-être dans son passé des indices qui nous conduiront à l'assassin.

Dürer n'était pas seulement l'avocat de plusieurs des morts, les pédophiles Karl Lundström, Bengt Bergman et Per-Ola Silfverberg, mais aussi leur ami proche.

Jeanette sait que quelqu'un a versé un demi-million de couronnes sur le compte d'Annette Lundström et elle comprend qu'il s'agit d'un pot-de-vin, même s'ils n'ont pas encore réussi à identifier l'origine de cet argent. Et puis Sofia lui avait raconté qu'Ulrika Wendin avait beaucoup de liquide sur elle, et suggéré que Dürer pourrait être derrière. Et dans les lettres écrites par Karl Lundström à sa fille Linnea, l'avocat est mentionné comme un pédophile potentiel, ce qui est confirmé par les dessins d'enfant de Linnea.

Lac Klara

Le procureur von Kwist ne se sent pas bien.

L'ulcère à l'estomac est une chose, l'inquiétude de la catastrophe imminente en est une autre. Entre les deux, c'est une spirale infernale qu'il ne peut freiner qu'à coup de médicaments.

Après sa conversation avec Jeanette Kihlberg, le procureur va aux toilettes, se passe le visage à l'eau froide, puis déboutonne le pantalon de son costume.

Son secret pour vite se reprendre en main se nomme Diazepam Desitin, un anxiolytique. Le désagrément d'avoir à le prendre par voie rectale est compensé par la puissante sensation de calme qu'il provoque : il remercie son médecin de lui en avoir si rapidement délivré une copieuse ordonnance. Il lui a en outre prescrit un verre de whisky trois fois par jour pour en renforcer l'effet.

En revenant à son bureau, le procureur a décidé de prendre les choses les unes après les autres, et il va commencer par accorder à Jeanette Kihlberg une perquisition chez Hannah Östlund et Jessica Friberg. Dix minutes devant l'ordinateur et le document est prêt. Il en scanne une copie qu'il envoie par mail à l'hôtel de police.

L'inquiétude qu'il ressent n'a rien à voir avec Hannah Östlund et Jessica Friberg.

Elle vient de ce que les choses sont en train d'échapper à son contrôle. Il se cale au fond de son siège pour réfléchir encore.

Il sait que l'avocat Viggo Dürer a acheté le silence d'Annette Lundström et d'Ulrika Wendin, et sait aussi que l'idée était de lui.

C'est mal, bien sûr, et cela ne doit à aucun prix être rendu public.

Une possibilité serait d'essayer de continuer à brosser Jeanette Kihlberg dans le sens du poil, pour se montrer sous un meilleur jour. Le problème, c'est qu'il n'a pour le moment pas d'autre information à lui donner, à part ce qu'elle ne doit absolument pas connaître.

S'il racontait ce qu'il sait au sujet de l'avocat Viggo Dürer, de Karl Lundström, de Bengt Bergman et de l'ancien chef de la police Gert Berglind, il serait lui-même inexorablement entraîné dans le vide. Il serait littéralement anéanti. Humilié et exclu de l'ordre des magistrats. Chômeur et ruiné.

Chaque fois qu'il a rendu des services à Dürer, Berglind ou Lundström, la récompense est arrivée vite, le plus souvent au noir, sous forme d'argent liquide, mais parfois autrement. La dernière fois qu'il a fait disparaître des documents compromettants pour Dürer, il a reçu le conseil de reconfigurer son portefeuille d'actions sans quoi, quelques jours après seulement, avec le krach bancaire, ses anciens titres n'auraient plus rien valu. Sans compter, depuis des années, tous les tuyaux sur les courses hippiques. Il calcule en silence sur ses doigts, puis s'interrompt en réalisant qu'il est devenu un rouage dans un système de corruption plus important et plus profondément ramifié dans les couloirs du pouvoir qu'il ne l'avait imaginé.

Le médicament calme Kenneth von Kwist et lui permet de penser rationnellement, mais ne lui donne aucune idée pour résoudre son dilemme. Il décide donc de repousser le problème à plus tard, de voir le tour que prendront les choses et en attendant de rester en bons termes avec les personnes impliquées, Jeanette Kihlberg en particulier.

Une posture passive et complaisante. Mais on ne peut pas rester longtemps le cul entre deux chaises.

Nulle part

Quand Ulrika Wendin se réveille, elle ne sent d'abord rien, mais bientôt une vague de douleur déferle en elle. Son visage palpite, son nez est douloureux et elle a un goût de sang dans la bouche.

Il fait noir comme dans un four, elle n'a aucune idée d'où elle se trouve.

Son dernier souvenir est la puanteur du séparateur de graisse, dans le sous-sol. L'homme qui l'a poursuivie dans la forêt a dû l'anesthésier.

Ulrika Wendin se maudit d'avoir accepté l'argent. Cinquante mille, qu'elle a flambés en moins d'une semaine.

Quelqu'un a peut-être deviné que, malgré l'argent, elle avait parlé. Mais de toute façon, sa déclaration à la police n'avait mené à rien. Personne ne l'avait crue.

Pourquoi je suis là, bordel ? pense-t-elle.

Son visage est figé et la tire autour de la bouche. Elle est étendue nue sur le dos, sans pouvoir bouger, les mains attachées avec de l'adhésif.

De part et d'autre, il y a une paroi rugueuse en bois et des tuyaux métalliques en travers de ses genoux et de sa poitrine l'empêchent de se redresser.

Ce qu'elle a d'abord pris pour du sang séché figé sur son visage se révèle être une bande adhésive collée sur sa bouche. C'est humide sous elle, elle suppose qu'elle s'est pissée dessus.

Je suis enterrée vivante, se dit-elle. L'air est sec, la chaleur étouffante, ça sent comme dans une cave. Son cœur bat à tout rompre, son sang déferle dans ses artères.

La panique grandit, elle commence à haleter. Elle ne sait pas d'où vient son cri, mais elle sait qu'il est là, même si elle ne peut pas l'entendre.

C'est comme crier en plein cauchemar, essayer de fuir alors qu'on est incapable de bouger.

Elle se met à pleurer et tout son corps tremble comme pris d'une crise d'épilepsie.

Elle respire si violemment par la bouche que tout se met à tourner. Avant que le goût de colle lui rappelle la bande adhésive, elle est trempée de sueur et sur le point de s'évanouir.

Respire par le nez. Du calme. Tu vas t'en tirer, se dit-elle. Tu t'en es tirée toute ta vie sans que personne ait à s'occuper de toi.

Cinq ans plus tôt, quand elle venait d'avoir seize ans, elle avait trouvé sa mère gisant sans vie sur le sol de la cuisine et, depuis, elle avait été seule. Elle ne s'est jamais adressée aux services sociaux quand l'argent lui a manqué, elle a préféré voler de la nourriture, et son loyer, elle l'a payé avec la petite assurance-vie de sa mère. Elle n'a jamais été à la charge de personne.

Elle ne sait pas qui est son père, sa mère a emporté ce secret au ciel. Si c'est bien là qu'on va quand, à force d'alcool et de médicaments, lentement mais sûrement, on sombre pour l'éternité avant même ses quarante ans.

Sa mère n'était pas méchante, juste malheureuse, et Ulrika sait que les gens malheureux font parfois des choses qui paraissent méchantes.

La vraie méchanceté, c'est tout autre chose.

Grand-mère ne va pas s'inquiéter avant une semaine, pense-t-elle. Elles n'ont pas de contact plus fréquent que ça.

Sa respiration se calme, ses pensées se font plus rationnelles.

Peut-être manquera-t-elle à la psychologue Sofia Zetterlund ? Ulrika regrette d'avoir téléphoné pour annuler tous ses rendez-vous.

Et Jeanette Kihlberg ? Peut-être, mais probablement pas.

Son rythme cardiaque revient bientôt à la normale et, même si elle a toujours du mal à respirer à cause de la morve qui encombre son nez et de l'humidité salée de sa sueur et de ses larmes, elle a recouvré l'usage de ses sens. Au moins provisoirement.

Ses yeux s'habituent à l'obscurité compacte et elle sait qu'elle n'est pas aveugle. Les ombres autour d'elle ont différentes nuances de gris et, au-dessus, elle discerne bientôt les contours de ce qui ressemble à une chaudière reliée à de nombreux tuyaux.

À intervalles réguliers, un grondement dans le mur. Un crissement métallique, un choc, puis quelques secondes de silence avant le retour du grondement.

Elle suppose d'abord que c'est le bruit d'un ascenseur.

Une chaudière, des tuyaux… Un ascenseur ?

Quand enfin elle comprend qu'elle n'est pas enterrée vivante dans un cercueil, le soulagement la glace. Elle frissonne.

Mais où est-elle donc ?

Elle tourne la tête, à la recherche d'une source de lumière.

Rien au-dessus, rien au-dessous d'elle. Rien à droite, ni à gauche.

Ce n'est qu'en jetant la tête en arrière, si loin qu'elle a l'impression que ses veines et sa pomme d'Adam vont faire éclater la peau de son cou, qu'elle aperçoit quelque chose.

Ses yeux révulsés vibrent dans ses orbites.

À la lisière de son champ visuel, un mince rai de lumière, comme un reflet diffus sur un mur.

Fagerstrand

“On commence par qui ? demande Hurtig en roulant sur Drottningholmsvägen. Hannah Östlund ou Jessica Friberg ?” Il se tourne vers Jeanette.

“Elles sont presque voisines, dit-elle. On commence par la plus près d'ici, c'est-à-dire Hannah Östlund.”

Au rond-point de Brommaplan, ils prennent Bergslagsvägen vers l'ouest, et le reste du trajet s'effectue en silence, ce qui convient à Hurtig.

Un des traits qu'il apprécie chez sa chef, c'est sa capacité à rendre le silence agréable : au passage de la réserve naturelle de Judarskogen, il lui adresse un petit sourire, qu'elle ne semble pourtant pas remarquer. Ses pensées sont visiblement ailleurs.

À quel point sont-ils proches, lui et Jeanette ? Difficile à dire. Il y a quelque chose chez elle qui contredit son franc-parler, comme si elle portait un secret. Il jette un coup d'œil à sa chef, qui regarde dehors d'un air absent. Pense-t-elle à Sofia Zetterlund ? Quelle relation ont-elles, exactement ? Une liaison ? Probablement. Mais pourquoi Jeanette n'en parle-t-elle pas ?

Bah, pense-t-il. Qu'elle prenne le temps qu'il lui faut. Ce n'est pas si compliqué qu'elle se l'imagine peut-être.

Leurs chefs et leurs collègues la trouvent hommasse et l'appellent parfois Nénette Kihlberg, par dérision. Il a une fois aussi entendu Schwarz la traiter de gouine. Dans son dos, bien sûr, mais à la cantonade dans la salle de repos. Son argument était que toutes les footballeuses sont homosexuelles. Contrairement aux footballeurs, alors, songe Hurtig, en se souvenant de l'unique joueur de haut niveau à avoir fait son coming out. Un Anglais qui, quelques années plus tard, s'était pendu. Voilà à quoi menait d'être à la fois pédé et footballeur, quelle misère !

Ils entrent dans la zone pavillonnaire et descendent vers Fagerstrand.

"Là, ralentis, dit Jeanette. Ça doit être la maison, là-bas."

Il freine, longe la haie qui entoure la villa puis remonte vers le garage avant de s'arrêter.

La grande maison est en partie éclairée, alors que sa propriétaire ne peut bien évidemment pas y être. C'est allumé dans l'entrée, à la cuisine et dans une chambre à l'étage.

En se dirigeant vers la maison, il aperçoit par la fenêtre de la cuisine quelque chose qu'ils ont déjà vu ailleurs.

Un bouquet de fleurs jaunes.

Hôtel de la Marine

La vengeance a un goût de bile : on a beau se brosser les dents, ça ne part pas. Ça s'incruste dans l'émail et les gencives.

Madeleine Silfverberg est descendue à l'hôtel de la Marine à Sussen. Elle fait sa toilette. Dans quelques heures, elle va rencontrer la femme qui jadis se faisait appeler sa mère, et elle veut être à son avantage. Elle sort de sa trousse un crayon de khôl et se maquille discrètement.

Tout comme la haine, la vengeance forme de minuscules rides sur un visage par ailleurs beau mais, alors que l'amertume produit des plis nets à la commissure des lèvres, la vengeance se manifeste plutôt autour des yeux et sur le front. Elle sait qu'on la trouve jolie, mais elle-même ne l'a jamais cru. Elle s'est toujours vue laide. Le sillon marqué entre ses yeux, juste au-dessus du nez, s'est encore creusé. Les soucis lui ont fait froncer les sourcils depuis bien trop longtemps et le goût aigre dans sa bouche l'a trop fait grimacer.

Elle n'a jamais eu le temps d'oublier. Entre celle qu'elle est aujourd'hui et celle qu'elle était autrefois s'étend un univers d'événements et de circonstances. Elle s'imagine que d'autres versions d'elle-même existent en même temps, dans des mondes parallèles.

Mais c'est ce monde-ci qui est le sien et, ici, elle est une meurtrière qui a déjà ôté la vie à sept personnes. Six d'entre elles le méritaient, la septième n'était que potentiellement coupable, conditionnée par son milieu et son hérédité.

Elle referme sa trousse, sort des toilettes, et s'assoit sur le lit de sa petite chambre, où des milliers de gens se sont déjà assis, ont déjà dormi, déjà aimé et probablement déjà haï.

Le sac de voyage posé au pied du lit est si neuf qu'elle n'entretient encore aucune relation avec, mais il contient tout ce dont elle a besoin. Elle a téléphoné à Charlotte Silfverberg et dit qu'elle voulait la rencontrer. Qu'il fallait qu'elles se parlent, et qu'après elle la laisserait tranquille.

Dans quelques heures, elle sera assise en face de la femme qui jadis se faisait appeler sa mère. Elles parleront de l'élevage de porcs près de Struer, et de ce qui s'y est passé.

Ensemble, elles vont se souvenir de l'époque du Danemark, de ce qui se passait dans les box des cochons, comme des gens normaux évoquant leurs jolis souvenirs de vacances. Mais au lieu de beaux couchers de soleil, de sable fin et de restaurants agréables, elles parleront de jeunes garçons drogués poussés à se battre, d'hommes en sueur sur des petites filles, sous le regard avide et excité de femmes se disant des mères.

Elles en parleront aussi longtemps qu'il faudra et elle illustrera son récit par une vingtaine de photos polaroïd révélant les activités de ses parents adoptifs.

Elle lui montrera les papiers délivrés par le Rigshospital de Copenhague, d'où il ressort qu'elle est née en siège, et qu'on l'a enlevée avec le placenta à sa mère biologique. Et aussi qu'elle mesurait trente-neuf centimètres, pesait à peine deux kilos et a été placée en couveuse avec un risque de jaunisse. À la maternité, on a estimé qu'elle était née bien plus avant terme que ne l'indiquait son dossier.

Elle a bien d'autres documents dans son sac, elle les connaît tous par cœur. L'un d'eux provient de la consultation pédopsychiatrique de Copenhague.

Septième ligne : "La fillette manifeste des signes de dépression." Deux lignes plus loin : "A développé de profondes tendances autodestructrices et peut être violente." Page suivante : "A accusé à plusieurs reprises son père d'agression sexuelle, mais n'a pas été considérée comme crédible."

Ensuite une note marginale au crayon, rendue presque illisible par le temps, mais elle la connaît : "Motif principal : sa mère a certifié qu'elle avait toujours eu une imagination débordante, ce que confirment ses récits fréquents et incohérents au sujet d'une ferme du Jutland. Hallucinations récurrentes."

Un autre document portant le tampon des services sociaux est une ordonnance de "placement en famille d'accueil".

Famille d'accueil, se dit-elle, quel beau mot !

Elle ferme son sac et se demande ce qui va se passer, après, quand elle aura parlé avec sa mère adoptive et compris le choix qu'il lui fallait faire.

La vengeance est comme un gâteau : on ne peut pas à la fois le manger et le conserver. La vengeance accomplie, il faut aller de l'avant et donner un sens nouveau à sa vie, qui, sinon, serait absurde.

Mais elle sait ce qu'elle va faire. Elle va retourner dans sa maison de Blaron, près de Saint-Julien-du-Verdon, en Provence. Retrouver ses chats, son petit atelier et le calme solitaire dans le parfum puissant des champs de lavande. Elle va s'occuper de la ride de son front, tous les jours la masser avec de l'huile et utiliser désormais les muscles de son visage pour rire et sourire.

Quand tout sera fini, elle cessera de haïr et apprendra à aimer. Viendra le temps du pardon et, après vingt années dans les ténèbres, elle apprendra à voir la beauté de la vie.

Mais d'abord, la femme qui jadis se faisait appeler sa mère doit mourir.

Fagerstrand

Le droit de la police à procéder à une perquisition est établi d'une manière très claire au chapitre XXVIII du Code de procédure pénale. Quand un crime passible de prison a été commis, on a le droit de perquisitionner le domicile du suspect. Jeanette plie le papier signé par von Kwist et le range dans sa poche intérieure tandis que Hurtig ouvre la porte non verrouillée.

Une odeur lourde et sucrée leur saute au visage, et Hurtig recule instinctivement d'un pas.

"Nom de Dieu!" s'exclame-t-il avec une grimace de dégoût.

La maison est silencieuse, à part le bourdonnement des mouches qui cherchent désespérément à sortir par les fenêtres closes. "Attends ici", dit Jeanette en refermant la porte.

Elle regagne la voiture, ouvre le coffre et y prend deux masques, quatre surchaussures en polyéthylène bleu et deux paires de gants en latex. Depuis sa descente dans la crypte de l'église Saint-Jean, elle veille à toujours avoir ça sous la main. Au cas où.

Elle revient, tend l'équipement de protection à Hurtig et s'assied sur les marches du perron. Elle étire ses jambes fatiguées. La puanteur de la maison flotte toujours dans l'air.

"Merci." Hurtig s'assied à côté d'elle et entreprend de couvrir ses chaussures de cuir noir. Jeanette remarque qu'elles ont l'air coûteuses.

"Elles sont neuves ? lui demande-t-elle en les montrant, sourire aux lèvres.

— Je ne sais pas, répond-il en riant. Mais, sûrement, celui qui me les a offertes a des goûts vestimentaires de luxe."

Il a l'air gêné, comme s'il avait honte. Mais avant qu'elle ait le temps de lui demander, il se lève et s'apprête à entrer dans la maison.

Jeanette enfile une paire de gants en latex et lui emboîte le pas.

Dans l'entrée, ils ne voient rien de particulier. Un portemanteau avec quelques manteaux dans les tons sourds, un parapluie appuyé à une commode sur laquelle sont posés un annuaire téléphonique et un calendrier. Les murs sont blancs, le sol est carrelé de gris. Tout semble normal, mais la puanteur qui prend à la gorge annonce une découverte atroce.

Hurtig passe le premier. Ils veillent à ne rien toucher. Jeanette s'efforce de poser ses pieds dans les traces de Hurtig. La police technique est tatillonne, elle ne veut pas prêter le flanc à des reproches de négligence.

Après l'entrée, ils entrent dans la cuisine. Là, en voyant ce qu'il y a sur la table, Jeanette comprend qu'ils ont fait mouche, même si cela n'explique pas l'horrible puanteur.

Institut médicolégal

Devant la table de dissection, Ivo Andrić se prépare à la première autopsie du jour : un jeune homme retrouvé dans des toilettes publiques à Gullmarsplan, sans doute une overdose, la routine pour Ivo Andrić. À la poursuite du dragon blanc, le cœur de l'homme a explosé et le manque d'oxygène l'a tué. À côté du corps, on a trouvé, comme on pouvait s'y attendre, une pipette en verre et un petit sachet de poudre blanche. Probablement de l'héroïne.

Peut-être de la méthamphétamine, se dit-il, même si c'est moins fréquent que les amphétamines, plus faibles.

Ivo Andrić commence par une inspection extérieure du corps nu. Lèvres bleues avec traces de vomi. Sur les bras tatoués, plusieurs plaies non cicatrisées et infectées. Il sait qu'un des effets habituels de l'overdose est la sensation d'insectes grouillant sous la peau, ce qui pousse souvent à se gratter frénétiquement. À part cela, il ne voit rien de notable. L'homme a été en forme quelques années plus tôt, peut-être un bon sportif. Ivo songe à ses filles, qui avaient joué au foot dans la première équipe féminine de Prozor. Mais c'était avant la guerre.

Les deux fillettes étaient mortes pendant les raids serbes sur Ilidža, un des faubourgs de Sarajevo, ses parents et ses trois frères avaient été exécutés chez eux, dans leur village des environs de Prozor. Sa vie avait volé en miettes et il avait baissé les bras. Son vain espoir de parvenir seul à changer le cours de cette guerre avait été pulvérisé au moment où il avait enterré ses filles.

Il attrape la mâchoire du mort, ouvre sa bouche et constate que plusieurs dents ont commencé à pourrir. Conséquence de la forte diminution de la production de salive que provoque l'héroïne : une soif qu'on calme le plus souvent avec des sodas. Coca-Cola, pense-t-il, quelle ironie ! Même si la recette de John Stith Pemberton est toujours restée secrète, la rumeur selon laquelle le breuvage brun et sucré contenait un stupéfiant ne s'est jamais complètement étiolée.

La dernière chose qu'il observe est un tatouage sur la poitrine gauche. Au-dessus du cœur explosé, un drapeau vert et blanc entouré d'une couronne de feuilles dorées et de l'année 2001.

Qu'il pourrait aussi bien s'agir d'un suicide, que le jeune homme ait pu volontairement surdoser sa drogue, il ne compte pas l'écrire dans son rapport. Ce n'est pas un ordre explicite, mais ses chefs lui ont laissé comprendre entre les lignes qu'il était souhaitable de classer les suicides dans la catégorie des décès dus à la drogue, et Ivo sait qu'il s'agit de statistiques. Il note ses observations, puis signe le certificat de décès. Un travail qui lui a pris moins d'une heure.

Après avoir ramené le corps du toxicomane dans la chambre froide et s'être lavé, il va boire une tasse de café dans le foyer du personnel. Il lui reste encore quelques heures aujourd'hui, et rien d'urgent. Le rapport pour Jeanette Kihlberg sur les deux femmes carbonisées est terminé et envoyé.

Ivo Andrić prend sa tasse, la remplit de café brûlé et s'assied près de la fenêtre. Il feuillette distraitement un des journaux qui traînent toujours sur la table. Il commence par ne parcourir que les titres puis, une fois parvenu aux programmes télé de la dernière page, il revient aux pages culture. Un article sur l'augmentation de la xénophobie, qui ne lui apprend rien de neuf. Toujours les mêmes arguments usés jusqu'à la corde, fondés sur la même vision erronée d'une menace islamiste. Il poursuit sa lecture. La critique d'un livre qui lui semble intéressant : il décide de demander à sa femme de le lui emprunter à la bibliothèque. Il a besoin de lecture, et le titre lui plaît : *Je n'appartiens à personne*, une jolie devise.

Dans la section suivante, un reportage de deux pages sur des habitants de Rosengård qui veulent acheter leurs appartements et former une copropriété. Ils trouvent que le propriétaire privé n'entretient pas assez l'immeuble et exige des loyers bien trop élevés. Tandis qu'il regarde les photos des habitants, son téléphone sonne.

"Salut, Ivo, comment ça va ?" Il entend la voix de Jeanette Kihlberg en fixant l'image floue.

"Tranquille, parvient-il juste à lâcher.

— Je suis devant le domicile de Hannah Östlund à Fagerstrand, et j'ai besoin de ton aide. La police technique va te prendre au passage, ils arrivent d'une minute à l'autre."

Ivo Andrić comprend ce qu'elle lui dit, mais ce qu'il a sous les yeux le paralyse. Plusieurs personnes, certaines visiblement suédoises, d'autres d'origines diverses.

"Allô, tu es toujours là ?"

Bien que la photo soit floue, il est certain de ne pas se tromper.

"Oui ?" dit Ivo Andrić, tandis que toute son existence bascule.

Fagerstrand

Sur la table, dans la cuisine de Hannah Östlund, quatre polaroïds. Jeanette prend une des photos. Hurtig la regarde par-dessus son épaule. “Grünewald”, dit-il.

Jeanette hoche la tête en regardant le visage de Fredrika Grünewald déformé par l'agonie. Le sang coule sur son chemisier blanc et la corde de piano s'est profondément enfoncée dans la chair tendue du cou. “Prise quelques secondes seulement avant sa mort, constate-t-elle.

— Donc l'une de ces deux malades prend la photo pendant que l'autre étrangle la clocharde ? C'est ce qu'on peut en déduire ?

— Oui, je suppose.”

Hurtig s'avance d'un pas et prend une autre photo. “Silfverberg”, dit-il. Il la repose et en prend une autre.

“Laisse-moi deviner, dit Jeanette. Regina Ceder. Abattue d'une balle dans le cou.

— Ce n'est pas le pari du siècle.”

Jeanette prend le dernier polaroïd et le tend à Hurtig. “Regarde ça.”

Il observe la photo quelques secondes. “Karl Lundström, dit-il avant de continuer, hésitant : Alors, elles l'ont tué lui aussi ? Ce ne sont donc pas, comme le docteur le pensait, ses reins qui ont lâché, à cause d'un trop long traitement à la morphine ?

— C'était ce qui semblait, mais elles ont dû trafiquer sa perfusion. On n'a pas fait de recherches approfondies, dans la mesure où la mort semblait naturelle, mais je dois dire que l'idée m'avait effleurée."

Elle repose la photo et regarde la série sur la table de la cuisine.

Quelque chose la turlupine, sans qu'elle puisse mettre le doigt dessus, et le bruit d'une voiture dans la cour interrompt ses pensées.

Jeanette regarde par la fenêtre de la cuisine et, en voyant qui c'est, elle sort sur le perron accueillir Ivo Andrić et l'équipe technique. Elle ôte son masque et prend une grande bouffée d'air frais. Quoi qu'il y ait encore dans la maison, il vaut mieux que l'équipe technique passe en premier.

Ivo ouvre sa portière et sort de la voiture. Il regarde autour de lui, ôte sa casquette de base-ball et se gratte la tête. En voyant Jeanette, il se fend d'un sourire. "Bon..." Il plisse les yeux. "Qu'est-ce qu'il y a au menu, aujourd'hui ?

— Nous savons juste qu'il y a quelque chose qui pue, là-dedans.

— Tu veux dire que ça sent la mort ? dit-il tandis que son sourire s'éteint.

— Quelque chose comme ça, oui.

— Restez dehors pour le moment, Hurtig et toi." Ivo fait un signe à l'équipe technique. "On entre jeter un coup d'œil."

Hurtig se rassoit sur les marches du perron et Jeanette sort son téléphone. "Je vais à la voiture appeler Åhlund. Je l'ai mis avec Schwarz sur Dürer."

Hurtig hoche la tête. "Je t'appelle s'il y a quelque chose."

Jeanette descend l'allée de gravier jusqu'à la voiture. Elle l'ouvre et s'installe au volant au moment où Åhlund répond.

“Salut, chef, comment ça va ?

— Je ne sais pas, mais nous avons trouvé des photos qui lient au moins Hannah Östlund aux meurtres. Et probablement aussi Jessica Friberg. On va bientôt avoir les réponses d’Ivo.” Jeanette a mal aux épaules. Elle s’étire et redresse le dos avant de continuer. “Et vous ? Quelque chose d’intéressant sur l’avocat Dürer ?”

Åhlund soupire. “Les Danois ne font pas de zèle, et c’est de l’histoire ancienne. Mais on a fait de notre mieux.

— D’accord. Raconte.

— Dürer est arrivé à quinze ans au Danemark avec les Bus blancs. Il a été prisonnier au camp de Dachau.”

La Seconde Guerre mondiale ? Un camp de concentration, en d’autres termes. Elle calcule rapidement l’âge de Dürer. “Il a donc eu soixante-dix-huit ans ? Et il n’était pas danois ?

— Si. Des Danois ont été détenus à Dachau, dont les parents de Dürer, mais ils n’y ont pas survécu.”

Dachau, songe Jeanette.

“Tu as pu contrôler qui finissait là ?

— Oui, mais juste sur Wikipedia.” Åhlund a un rire gêné. “Apparemment peu de Juifs, plutôt des réfractaires et des criminels. Et des Tsiganes. Des médecins allemands s’y livraient en plus à d’horribles expériences sur les prisonniers. Je ne sais pas si tu veux entendre ça.

— Non, épargne-moi les détails, s’il te plaît. Et après, qu’est-il devenu ?

— Selon le fisc danois, il a régulièrement déclaré des revenus provenant d’un élevage de porcs. Mais il n’a pas l’air d’avoir fait de très bonnes affaires. Certaines années, il n’a eu aucun revenu. La ferme près de Struer, dans le Jutland, a été vendue voilà bientôt dix ans.

— Comment a-t-il atterri en Suède ?

— À la fin des années 1970, il apparaît à Vuollerim. Travaille comme comptable à la scierie.

— Pas comme avocat, donc ?

— Non, et c'est là que ça devient un peu bizarre. Je n'arrive pas à trouver la moindre trace de diplôme. Pas une note, pas un examen, rien.

— Et pendant toutes les années où il a travaillé comme avocat, personne n'a vérifié ou remis en question ses qualifications ?

— Non, en tout cas je n'ai rien trouvé. Mais il a été soigné pour son cancer et…"

Jeanette voit Ivo Andrić sortir de la maison et dire quelque chose à Hurtig.

"Il faut que je te laisse, on reprendra ça plus tard. Bon boulot, Åhlund."

Elle range son téléphone dans sa veste, sort de la voiture et remonte vers les deux hommes qui l'attendent.

"Deux chiens morts à la cave. C'est ça qui sentait."

Jeanette souffle. On dirait que le légiste sourit. Elle suppose que, comme elle, il est soulagé de n'avoir pas cette fois d'autres cadavres sur les bras.

"Les bêtes sont vidées, comme à l'abattoir, continue-t-il. On est en train de prendre quelques photos. L'équipe qui perquisitionne chez Jessica Friberg n'a en revanche rien trouvé d'intéressant, à première vue.

— OK, rappelle-moi quand vous aurez fini chez Friberg, dit Jeanette, tandis que Hurtig salue Ivo de la tête et se dirige vers la voiture. Autre chose ?

— Non. Ou plutôt si…, dit le légiste. Il y a autre chose, mais ça n'a rien à voir. Tu connais du monde à Malmö ? À Rosengård, plus précisément. J'aurais besoin d'un contact, là-bas.

— Bien sûr", dit Jeanette, un peu absente, car ses pensées sont revenues aux polaroïds sur la table de la cuisine.

Tandis qu'elle note un numéro de téléphone sur un bout de papier, elle songe à ces photos. Elle tend à Ivo Andrić le papier avec le numéro d'un collègue à Malmö, et il la remercie d'un regard rayonnant de joie.

Il y a quelque chose qui me turlupine, songe-t-elle, sans vraiment remarquer la joie d'Ivo.

Swedenborgsgatan

Sofia Zetterlund est assise près de la fenêtre dans le petit pub en face de la sortie est du métro Mariatorget. Elle ne s'est pas encore remise de la crise de la veille et regarde fixement les châtaigniers d'automne moribonds par-dessus une assiette intacte de fricassée aux pommes de terre. L'été, la rue est une des plus verdoyantes de la ville, mais à présent il n'y a que de sinistres squelettes d'arbres. Les branchages se dessinent sur le ciel gris comme les veines d'un poumon. Il fait un froid glacial dehors, un courant d'air entre par la fenêtre et elle n'arrive pas à se décider à manger. Bientôt la neige, songe-t-elle.

Au lieu de manger, elle feuillette un journal à scandale oublié sur la table. Un article attire son attention : il y est question d'une jeune femme qu'elle a coachée un certain temps, mais qui, depuis l'été, n'est plus revenue à sa consultation.

La soi-disant célébrité, modèle déshabillé et à présent actrice porno Carolina Glanz.

L'article lui ôte encore davantage l'appétit. D'après la source informée du journal, en un mois, Mlle Glanz a trouvé le temps de se faire opérer des seins pour la deuxième fois, de se marier et de divorcer d'un riche Américain, de tourner une dizaine de films pour un des plus gros producteurs de porno, ainsi que d'écrire un livre sur le tout. Une autobiographie. À vingt-deux ans.

Sofia repose le journal et reste dix minutes sans toucher à la nourriture. La fatigue et le sentiment d'irréalité après plusieurs nuits de sommeil inquiet – ou de fausse veille – la paralysent. Elle finit pourtant par triturer dans son assiette, dans une tentative gauche de se motiver.

Elle a eu beau demander un œuf cru, on le lui a servi au plat. Cru, pas au plat. Résultat : l'inverse. Mais qu'a-t-elle vraiment demandé ? Peut-être a-t-elle utilisé la double négation ?

Elle ne se rappelle pas, repousse l'assiette, se lève et sort du pub.

Ressaisis-toi, se dit-elle en ouvrant son sac à main pour vérifier qu'elle n'a pas oublié son portefeuille. Tu as du travail.

En traversant la rue en diagonale, elle aperçoit une personne qu'elle connaît : sur le trottoir d'en face, voûtée, vêtue d'un manteau noir et d'un bonnet rouge.

À la vue de cette femme, Sofia se remet à agir rationnellement. Elle reprend pied dans la réalité, resserre son manteau et se dépêche de la rejoindre.

"Annette ?"

La silhouette sombre semble ne pas l'entendre, et passe son chemin.

"Annette ?" répète plus fort Sofia. La femme s'arrête alors et se retourne.

Sofia avance doucement de quelques pas vers elle, ce qui la fait reculer, comme effrayée. "C'est moi, Sofia. Je me suis occupée de Linnea."

Annette Lundström ne dit pas un mot. Elle se contente de rester là, le regard vide, tandis que le vent siffle autour d'elles. Son visage pend, flasque, gris et blême sous le bonnet rouge.

“Où allez-vous ?” tente Sofia.

Annette ne porte que des pantoufles, sans chaussettes. Sous le long manteau, on aperçoit ses chevilles pâles et maigres. Elle bouge un peu les lèvres, mais Sofia ne saisit pas ce qu’elle dit. Elle comprend qu’il est arrivé quelque chose à Annette. C’est elle, et pourtant pas. Sofia s’approche doucement. Lui touche le bras.

“Annette… Qu’est-ce qu’il y a ?”

Elle regarde Sofia. “Je vais déménager…, dit-elle d’une voix sourde et rauque. Retourner à Polcirkeln.”

Sofia la prend sous son bras. “On peut faire un petit bout de chemin ensemble, si vous voulez.”

Annette a l’air vraiment mal. Peut-être une psychose.

“Je vais aller à Polcirkeln…”

Sofia prend la main d’Annette, glaciale. Elle doit être en sérieuse hypothermie.

“Vous êtes très peu couverte. Vous voulez venir avec moi, je vous offre un café ?”

En traînant un peu les pieds, Annette Lundström se laisse escorter le long de Swedenborgsgatan, puis après le coin dans Sankt Paulsgatan, jusqu’au cabinet de Sofia.

À la réception, Ann-Britt les regarde, étonnée.

“Asseyez-vous en attendant”, dit Sofia à Annette en lui avançant un fauteuil. Quand Annette s’assoit, la manche de son manteau remonte et Sofia voit un bracelet plastique autour de son poignet. Un bracelet blanc de patient, portant la marque “Suivi psychiatrique Stockholm Sud”.

Bien sûr, pense Sofia. Elle est internée quelque part et s’est échappée.

Elle demande à Annette d’attendre un instant et va voir Ann-Britt. À voix basse, elle lui demande de préparer un peu de café et deux verres d’eau minérale.

“Annette Lundström est internée dans un des services psychiatriques du secteur sud. Passe des coups de fil.

Commence par les services d'admission de la vieille ville et ceux de Södermalm."

Cinq minutes plus tard, Annette Lundström commence à se réchauffer. Son visage a retrouvé quelques couleurs, mais demeure relâché et sans expression. Elle porte la tasse de café à ses lèvres, les mains tremblantes, et Sofia remarque les plaies aux bouts de ses doigts.

"Qu'est-ce que je fais ici ?" La femme regarde autour d'elle, perdue. Son regard papillonne, visiblement elle ne sait pas où elle est.

Elle repose la tasse, porte une main à sa bouche et commence à mordiller la plaie de son index.

Sofia se penche au-dessus de son bureau. "Nous nous réchauffons juste un peu. Mais vous disiez que vous vous rendiez à Polcirkeln. Pour y faire quoi ?"

La réponse fuse. "Retrouver Karl, Viggo et les autres."

Elle arrache un morceau de peau et le roule un moment avant de se le fourrer dans la bouche.

Karl et Viggo ? Sofia réfléchit. "Et Linnea ?"

Le visage d'Annette change un peu. Elle ferme les yeux et un vague sourire se dessine au coin de ses lèvres.

"Linnea est auprès des siens.

— À la maison ? À Edsviken ?"

Annette se mordille un doigt, les yeux toujours fermés. "Non." Le sourire gagne tout son visage. "Linnea est auprès de Dieu."

Sofia s'inquiète, même si les paroles d'Annette peuvent s'interpréter de plusieurs façons, vu son état. "Que voulez-vous dire, auprès de Dieu ?"

Annette ouvre les yeux, un grand sourire aux lèvres. Son regard est absent. Combiné au sourire, son visage forme un tableau clinique que Sofia connaît bien.

La psychose. Une personne qui n'est plus ce qu'elle a été.

“Je vais d'abord retourner à Polcirkeln…, marmonne Annette. Retrouver Karl et Viggo, puis je vais aussi rejoindre les miens, auprès de Dieu et de Linnea. Tout sera si bien… Viggo m'a donné de l'argent, pour que Linnea n'ait plus à aller voir les psychologues. Qu'elle puisse rentrer auprès de Dieu.”

Sofia tente de rassembler ses idées. Quelques jours plus tôt, Ann-Britt l'a informée qu'Annette Lundström, après avoir récupéré la garde de sa fille Linnea, avait interrompu la thérapie que Sofia avait commencée avec la jeune fille.

“Viggo Dürer vous a donné de l'argent?

— Oui… C'est gentil, n'est-ce pas?” Annette la regarde d'un œil vitreux. “J'ai reçu de l'argent de Viggo et de son juriste, beaucoup d'argent, et avant, j'en ai reçu de la succession de Karl, et la maison aussi va en rapporter… Avec tout cet argent, à Polcirkeln, je vais construire un temple où nous pourrons nous préparer à la splendeur divine qui va bientôt se manifester.”

Le téléphone les interrompt. C'est la sonnerie interne. Sofia s'excuse et décroche.

“Elle est internée à Katarinahuset, à Rosenlund, dit Ann-Britt. Ils viennent la chercher dans un quart d'heure.”

Comme je le pensais, se dit Sofia. “Merci.”

Elle raccroche en regrettant de ne pas avoir attendu avant de demander à Ann-Britt de contacter les services psychiatriques. Katarinahuset est presque au coin de la rue, à un kilomètre à peine, et Sofia aurait volontiers bavardé un peu plus longtemps avec Annette.

À présent il lui reste quinze minutes, il faut être très efficace.

“Sigtuna et le Danemark, lâche Annette Lundström, apparemment complètement absorbée en elle-même. Tous ceux de Sihtunum Diaspora sont bienvenus à Polcirkeln. C’est une des règles fondamentales.

— Polcirkeln ? Sihtunum et le Danemark, c’est ça ? Mais de quelles règles fondamentales parlez-vous ?”

Annette sourit, tête basse, en contemplant ses doigts ensanglantés.

“La parole originelle, dit-elle. Les Préceptes de la Pythie.”

Polcirkeln, 1981

Et je fais les fraises des bois pour les enfants,
Car je veux qu'ils en aient,
Et d'autres choses amusantes
Qui conviennent aux petits.
Et je fais de jolis endroits
Où les enfants puissent gambader,
Comme ça ils s'empliront d'été.

Paria.

Elle a trouvé le mot dans un dictionnaire, et elle en connaît la définition par cœur depuis.

Une personne exclue et méprisée.

Toute la famille Lundström est paria, par là-haut, personne au village ne leur parle.

Ce sont leurs jeux que les autres n'aiment pas. Parce qu'ils ne les comprennent pas. Ils ne savent pas chanter les psaumes de l'Agneau et n'ont jamais entendu parler de la parole originelle.

Que depuis presque un an, depuis ses douze ans, elle soit fiancée à Karl, c'est aussi quelque chose de laid aux yeux des autres. Karl va avoir dix-neuf ans, et c'est son cousin.

Elle l'aime et ils auront ensemble un enfant d'amour, dès qu'elle sera assez grande.

Les autres ne comprennent pas ça non plus.

Et à présent, c'en est au point qu'ils doivent déménager. Par chance, Viggo, qui travaille comme comptable à la scierie de Vuollerim, les a aidés à tout arranger, et elle pourra entrer au pensionnat de Sigtuna dès l'automne. Là-bas, il y a des amis, des gens comme eux, qui les comprennent.

Viggo est ici, à présent. Elle entend son pas pesant dans l'entrée et descend à sa rencontre. Son père et son oncle l'accueillent d'une voix sourde.

Elle sait que, sans Viggo, ils ne seraient rien.

C'est lui qui leur a montré la voie et leur a fait comprendre ce qu'était vraiment le monde. Et c'est encore lui qui va les aider, aujourd'hui que tous les autres, tous les voisins se sont retournés contre eux.

Viggo semble soucieux et la salue de la tête en silence. Il tient un grand sac plastique, elle sait qu'il contient des cadeaux pour elle. Il apporte toujours des choses passionnantes, surtout quand il revient de voyage. Comme aujourd'hui, après avoir passé le week-end à la ferme, au Danemark, et la semaine dans la lointaine Union soviétique. Et malgré ça, il a réussi à tout arranger ici.

Il lui sourit, elle regagne sa chambre.

Si seulement ils pouvaient bientôt cesser de parler, qu'il puisse monter lui offrir les cadeaux, après quoi ils reprendront les préparatifs en vue de son prochain mariage avec Karl.

Elle devra être une bonne mère pour ses enfants et une bonne épouse pour son mari, et pour ça il faut s'entraîner.

Tvålpalatset

“Chaque matin, en me réveillant, je crois que tout est comme d’habitude, dit Annette Lundström. Pendant quinze secondes, peut-être. Puis je me souviens que Linnea n’est plus là. J’aimerais savoir profiter de ce bref instant où tout semble comme d’habitude.”

Linnea, morte ? pense Sofia.

Il y a des éclairs de présence, même pendant une psychose. Sofia comprend que c’en est un, et se dépêche de formuler une nouvelle question, pour garder le contact avec Annette Lundström.

“Que s’est-il passé, Annette ?”

La femme sourit. “Ma fille bien-aimée est auprès de Dieu. Il devait en être ainsi.”

Sofia comprend qu’Annette n’ira pas plus loin pour le moment. Elle obtiendra les détails auprès de la direction de Katarinahuset.

“Quelle relation Linnea avait-elle avec Viggo Dürer ?” demande-t-elle plutôt.

Le sourire figé d’Annette met Sofia mal à l’aise. “Quelle relation ? Eh bien, je ne sais pas… Linnea l’aimait bien. Ils ont beaucoup joué ensemble quand elle était petite.

— Elle m’a raconté que Viggo Dürer l’avait agressée sexuellement.”

Le visage d'Annette s'assombrit, elle se remet à se mordiller les doigts. "Impossible, dit-elle sur le ton du défi. Viggo était si prude. Il veillait toujours à être décent et correctement vêtu. Il ne voulait fâcher personne.

— Fâcher personne ? Que voulez-vous dire ?"

Annette pousse un profond soupir et baisse la tête, son regard à nouveau absent, fixé sur la table. Elle se met à parler à voix basse, Sofia comprend que c'est une citation.

"Hors de la maison des Ombres, tu seras pudique d'âme et de corps, dit-elle. Il y a des gens qui ne te comprennent pas et veulent te faire du mal, te calomnier puis t'emprisonner."

Sofia se doute aussi d'où vient la citation.

"Les Préceptes de la Pythie ?" demande-t-elle, mais Annette Lundström ne répond pas.

Sofia lorgne vers sa montre. Les infirmiers de l'hôpital psychiatrique peuvent arriver d'une seconde à l'autre.

"Vous parlez de la maison des Ombres, tente Sofia. Karl aussi. Il en parlait comme d'une sorte de zone franche pour les gens comme lui."

Le silence se prolonge. Il faut des questions pour Annette Lundström, pas des affirmations.

"Qu'est-ce que la maison des Ombres ?" demande donc Sofia.

Et de fait : Annette lève les yeux vers elle.

"La maison des Ombres est la terre originelle, dit-elle, où les hommes peuvent être proches de Dieu. C'est le pays des enfants. Mais il appartient aussi aux adultes qui ont compris comment vivait l'homme immémorial. Hommes, femmes et enfants, main dans la main. Nous sommes tous des enfants au fond de nous."

Sofia frémit. Un pays pour les enfants, créé par les adultes pour satisfaire leurs désirs.

Elle commence à se demander si le comportement psychotique d'Annette Lundström non seulement n'aurait pas un fond de vérité, mais s'il ne ressemblerait pas tout bonnement à une confession. Ce qu'elle raconte est logique, pour une oreille avertie. La psychose la pousse aux aveux.

"Parlez-vous d'un lieu précis, ou s'agit-il plutôt d'un état d'esprit ?

— La maison des Ombres est partout où se trouvent les vrais fidèles, elle n'existe qu'en présence des élus. Sur une terre bénie du beau Jutland et dans la forêt tout au nord, à Polcirkeln."

Sofia réfléchit. Encore le Danemark et Polcirkeln.

"Vous êtes allée dans ces endroits ?

— Souvent." Annette Lundström regarde Sofia d'un air méfiant. "Attendez, c'est un interrogatoire ? Vous n'êtes quand même pas de la police ?"

Sofia s'avoue qu'au fond elle agit comme un policier. Peut-être à force de fréquenter Jeanette. "Non, pas du tout. Je veux juste en savoir davantage sur vous et…" Elle s'interrompt, cherche ses mots. "… vos activités", finit-elle, mais elle regrette aussitôt ce vocabulaire. Sofia se force à sourire. "Qui vous guidait, vous, les vrais fidèles ?" poursuit-elle d'un ton léger, comme si tout cela n'était qu'une bagatelle.

Ça marche, le visage d'Annette Lundström s'éclaire à nouveau. "Karl et Viggo, commence-t-elle. Et Peo, bien sûr. Avec Viggo, il s'occupait des questions pratiques. Ils veillaient à ce que les enfants aillent bien, qu'ils aient tout ce qu'ils voulaient. Ils leur achetaient des vêtements, des jouets… Veillaient à ce qu'ils soient sages. Que la parole de la Pythie soit respectée et que tout fonctionne, tout simplement.

— Et quel était votre rôle ? Et celui des enfants ?

— Je… nous, les femmes, nous n'étions pas si importantes. Mais les enfants appartenaient naturellement aux initiés. Linnea, Madeleine, et les enfants adoptés, bien sûr.

— Les enfants adoptés ?"

C'est comme si chaque mot prononcé par Annette appelait une question. Mais la réponse vient sans se faire prier, et Sofia en conclut que ce que cette femme raconte sans hésiter est la vérité.

"Oui. Nous les appelions les enfants adoptés de Viggo. Il les aidait à venir en Suède pour échapper à des conditions de vie horribles dans leur pays. Ils vivaient à la ferme en attendant qu'il leur trouve de nouvelles familles. Ils restaient parfois juste quelques jours, parfois plusieurs mois. Nous les élevions selon la parole de la Pythie…"

La sonnerie de l'interphone fait sursauter Annette. Sofia comprend que les infirmiers de Katarinahuset sont arrivés. Elle décroche et demande à Ann-Britt de les faire patienter quelques minutes.

Une dernière question.

"Qui séjournait aussi à la ferme ? Vous avez fait allusion à plusieurs femmes."

Le sourire d'Annette Lundström est intact. Sofia lui trouve un air mort, vide et creux.

"Toutes de Sigtuna, dit-elle gaiement. Et bien sûr d'autres, qui allaient et venaient. D'autres hommes aussi. Et leurs enfants suédois."

Toutes de Sigtuna ?

Sofia comprend qu'il faut en parler à Jeanette, et elle décide de l'appeler dès que possible. Peut-être connaît-elle aussi mieux le contexte familial des Lundström. Et de Viggo Dürer, d'ailleurs.

"Annette, les gens de Katarinahuset sont venus vous chercher."

On frappe à la porte.

La prise en charge se déroule sans drame. Cinq minutes plus tard, Sofia se retrouve seule dans son cabinet à tambouriner avec un crayon sur le bord de son bureau.

La psychose, songe-t-elle. La psychose comme une sorte de sérum de vérité.

Très inhabituel, pour ne pas dire invraisemblable.

Elle se lève, gagne la fenêtre et écarte les rideaux.

On en sait trop peu dans ce domaine, pense-t-elle en observant l'animation de la rue en contrebas.

La psychose est faite d'hallucinations, d'obsessions, de paranoïa. Pas de vérité.

Elle vient d'apprendre des infirmiers de Rosenlund que Linnea Lundström s'est pendue chez elle pendant qu'Annette regardait la télévision à côté, dans le salon.

Elle a l'impression que Linnea vient de quitter la pièce. Sofia la revoit, assise de l'autre côté du bureau. Une jeune fille qui veut raconter, qui veut guérir. Elles avaient progressé dans leurs entretiens. Sofia ressent un profond chagrin. Et de la culpabilité : si Linnea montrait des signes de tendances suicidaires, elle ne les a pas vus.

Elle regarde par la fenêtre. Les deux infirmiers venus chercher Annette la guident jusqu'à la voiture garée de l'autre côté. Cette femme maigre et voûtée semble si faible, comme si le vent et la pluie allaient l'emporter.

Une silhouette frêle, grise, dissoute dans l'air.

Une vie en lambeaux.

Glasbruksgränd

Hurtig s'installe au volant et, en attendant que Jeanette termine sa conversation avec Ivo Andrić, il sort son téléphone. Avant que Jeanette ouvre sa portière, il a eu le temps d'envoyer un court message. "On s'appelle ce soir ? Tu envoies les photos ?"

Il démarre et baisse sa vitre pour faire entrer un peu d'air frais pendant que Jeanette grimpe à bord en lui souriant.

La bonne humeur d'Ivo Andrić est sûrement contagieuse : elle lui assène une claque amicale sur la cuisse.

"Et on fait quoi, maintenant ? dit-il.

— Il vaut mieux aller directement prévenir Charlotte Silfverberg. Apparemment, son mari a été assassiné par ces femmes, elle a le droit de le savoir avant de le lire dans les journaux."

Hurtig franchit le périmètre de sécurité, le portail et sort dans la rue.

Ils traversent en silence Södra Ängby, dépassent Brommaplan et, à la hauteur d'Alvik, en vue des bateaux amarrés autour du restaurant Sjöpaviljongen, à droite du pont de Traneberg, son téléphone bipe.

Il jette un œil sur l'écran. Une courte réponse au message qu'il vient d'envoyer : "Oui." Il se tourne alors vers Jeanette : "Tu aimes les bateaux ?

— Pas spécialement, répond-elle. Åke n'aime pas l'eau, parce qu'il ne sait pas nager, alors il n'a jamais été question d'avoir un bateau. Et moi, je suis plutôt du genre à préférer une maison de vacances.

— Tu veux dire que tu préfères la sécurité ?

— Oui, quelque chose comme ça." Jeanette soupire. "La sécurité. Merde, ce n'est pas réjouissant."

Les mâts nus des voiliers tracent au pied du pont des traits blancs dans l'obscurité. Ici et là on voit quelques gros bateaux à moteur se balancer dans la houle.

Je devrais peut-être quand même m'acheter une vedette Pettersson, se dit-il.

Il voit que Jeanette est à nouveau perdue dans ses pensées, comme à l'aller. Il se demande ce qui la travaille.

"C'est Billing et von Kwist qui vont être contents que l'enquête soit résolue, finit par dire Jeanette. Mais pas moi, et tu sais pourquoi ?"

Sa question le surprend. "Euh, non, je ne sais pas.

— Je ne préfère pas la sécurité, dit-elle avec emphase. Réfléchis... Tout dans cette affaire est trop clair et net. Ça m'a déjà turlupinée dans la cuisine d'Östlund, sans que je puisse mettre le doigt dessus. D'abord, on retrouve à côté de Regina Ceder assassinée, chez elle, une photo où quelqu'un est en train de noyer son fils. On voit clairement que la personne qui tue le garçon n'a pas d'annulaire droit, mais on ne distingue pas son visage. Chez Hannah Östlund, on tombe sur une collection de photos bien alignées, qui ne représentent que les victimes des meurtres. Pour montrer qu'on a commis une série de meurtres, pourquoi ne pas le faire aussi explicitement que possible ? Une photo de Hannah ou de Jessica en train de repeindre son appartement avec du sang, je ne sais pas, merde, n'importe quoi ?"

Il ne comprend pas bien ce que cherche Jeanette. “Mais Beatrice Ceder a pourtant reconnu Hannah Östlund sur la photo prise à la piscine.

— Oui, oui, s’énerve Jeanette. Beatrice a dit que c’était Hannah Östlund parce qu’il lui manquait un annulaire, mais c’est tout. Pourquoi Hannah ne montre-t-elle pas son visage ? Et puis il y a autre chose qui m’embête. Pourquoi tuer ses chiens d’une manière si répugnante ?”

Jeanette a marqué un point, pense Hurtig. Mais il n’est pas encore tout à fait convaincu. “Tu veux donc dire que ce serait quelqu’un d’autre ? Qui aurait arrangé tout ça ? Les photos et le reste ?”

Elle secoue la tête. “Je ne sais pas…” Jeanette le regarde d’un air grave. “C’est peut-être un peu tiré par les cheveux, mais je crois qu’il faut retenter le coup avec Madeleine Silfverberg. Je demande à Åhlund de vérifier tous les hôtels de la ville. Malgré tout, Madeleine avait un mobile pour tuer son père.”

Ça va un peu vite pour lui. “Madeleine ? Ça ressemble à un coup de poker.

— Et c’en est peut-être un.”

Jeanette prend son téléphone tandis que Hurtig passe sous la voie rapide d’Essinge et continue vers Lindhagensplan. Elle demande à Åhlund de se procurer les listes des clients des principaux hôtels de Stockholm, puis elle se tait et note quelque chose avant de raccrocher. La conversation a duré moins d’une minute.

“Åhlund dit que Dürer possédait deux biens à Stockholm : un appartement sur Biblioteksgatan et une maison au nord de Djurgården. Je pense que nous devrions aller y faire un tour après avoir parlé à Charlotte Silfverberg.” Elle lit dans son carnet. “Hundudden, tu sais où c’est ?”

Toujours ces bateaux, se dit-il.

“Oui, il y a une petite base nautique là-bas. Assez sélect, je crois. Réservée aux membres de la SRSV et du Yacht-Club de Suède.

— La SRSV ?

— La Société royale suédoise de voile.”

Ils passent devant l’hôtel de la Marine, remontent vers Tjärhovsplan puis s’engagent dans Glasbruksgränd, où ils trouvent une place libre en face de chez Silfverberg.

Au moment où ils descendent de voiture, le porche s’ouvre et Charlotte Silfverberg sort, une petite valise à la main.

Hurtig et Jeanette vont à sa rencontre. Il trouve bizarre qu’elle n’ait pas l’air plus étonnée. Presque comme si elle les attendait.

L’attitude et l’expression de cette femme sont d’une hostilité criante.

“Vous partez en voyage ? dit Jeanette en désignant la valise.

— Juste une croisière à l’île d’Åland, rien d’extraordinaire, répond Charlotte Silfverberg avec un rire contrefait. J’ai besoin de prendre l’air et de penser à autre chose. C’est une croisière culturelle. On boit un peu de vin en écoutant un artiste en vue parler de son travail. Ça va être intéressant. Ce soir, c’est Lasse Hallström qui parle. Un de mes réalisateurs favoris, d’ailleurs.”

Toujours aussi suffisante et snob, pense-t-il. Même le meurtre de son mari ne l’a pas changée. Mais comment ces gens-là fonctionnent-ils donc ?

“Il s’agit de Per-Ola, dit Jeanette. Nous ne devrions peut-être pas en parler dans la rue, montons, si vous voulez.” Elle fait un geste vers le porche.

“Dans la rue, ce sera très bien.” Charlotte Silfverberg fait la moue et pose sa valise. “La mort, là-haut, on l’a assez vue et on en a assez parlé à tort et à travers. Bon, alors, qu'est-ce que vous me voulez ?"

Jeanette lui raconte ce qu'ils ont trouvé chez Hannah Östlund.

La femme écoute en silence, mâchoire serrée, sans poser la moindre question et quand Jeanette a fini, sa réaction est immédiate. "Ah bon, très bien, comme ça, on connaît les coupables."

Cette constatation glacée fait sursauter Hurtig, qui voit Jeanette réagir elle aussi.

"Ce n'est pas que je sache quoi que ce soit des méthodes de la police, continue Charlotte en dévisageant Hurtig un peu trop longtemps avant de se tourner vers Jeanette. Mais il me semble que vous avez eu une chance presque invraisemblable en résolvant tout si vite. Je me trompe ?"

Hurtig voit Jeanette bouillir, elle grince fébrilement des dents et il sait qu'elle est en train de compter jusqu'à dix.

La femme a un sourire mauvais. "J'ai de la chance que Hannah et Jessica se soient suicidées, dit-elle avec supériorité, elles auraient certainement essayé de me tuer moi aussi. Peut-être était-ce en fait après moi qu'elles en avaient, et non Peo ?"

Il sent à présent la colère le submerger. "Gardez cette théorie pour vous, commence-t-il. Même si l'idée nous a aussi effleurés, j'avoue avoir du mal à comprendre pourquoi. Qu'auraient-elles pu avoir à reprocher à une personne aussi sympathique et sensible que vous ?"

Jeanette lui lance un regard appuyé, et il comprend qu'il est allé trop loin.

La femme le foudroie du regard. "Votre ironie est tout à fait déplacée. Hannah et Jessica étaient déjà dérangées à l'adolescence. Par la suite, quand elles ont choisi de s'isoler, je suppose que leur folie n'a fait qu'empirer."

Il n'y a rien à rajouter. En tout cas pas pour le moment. Plus tard, il y aura peut-être lieu de lui poser des questions complémentaires, mais les meurtrières mortes, l'enquête va être classée. Pourtant Jeanette a l'air de douter, pense-t-il en songeant à ce qu'elle a dit dans la voiture au sujet des preuves arrangées et de la fille de Charlotte Silfverberg, Madeleine.

Elle n'a peut-être pas tort d'hésiter ?

"Bon, merci, conclut Jeanette, qui semble un peu calmée. Nous reviendrons vers vous une fois l'enquête achevée."

Charlotte hoche la tête et prend sa valise. "Très bien, et d'ailleurs voici mon taxi, alors notre petite conversation s'arrête là." Elle fait un signe à la voiture, qui s'arrête à sa hauteur.

Hurtig lui tient la portière et, quand elle monte à bord, il ne peut pas s'empêcher.

"Bien le bonjour à *Lasse*", dit-il avant de refermer derrière elle.

C'est la dernière fois qu'ils voient Charlotte Silfverberg. Une demi-journée plus tard, elle sera en train de lutter pour sa vie dans l'eau à neuf degrés de la mer d'Åland.

Skanstull

Sofia va à nouveau s'enfoncer dans son labyrinthe.

Après sa rencontre avec Annette Lundström, elle reste un moment au cabinet, incapable de rien faire. Elle décroche le téléphone pour appeler Jeanette, mais se ravise. Linnea, morte. Le découragement l'envahit et elle décide de se mettre en congé pour le reste de la journée.

Elle se change, enfile une courte robe noire, une longue cape grise et ses chaussures à hauts talons, bien trop étroites, qui lui font des ampoules. Une fois maquillée, elle salue sa secrétaire de la tête et sort dans Swedenborgsgatan.

Dans l'allée de marronniers, elle voit encore une fois la vieille femme. Presque exactement à l'endroit où, quelques heures plus tôt, elle a rencontré Annette Lundström. Vingt mètres devant elle. Le chignon serré, la démarche chaloupée. Elle hâte le pas, sans courir, et ne lâche pas des yeux le dos de la femme. Son corps est voûté, comme s'il portait quelque chose de lourd, et c'est peut-être pour cela que la vieille ralentit bientôt le pas puis s'arrête pour s'étirer le dos.

Le cœur de Sofia se met à battre fort tandis qu'elle s'approche, sur ses gardes. C'est de la peur qu'elle ressent, mais de quoi a-t-elle peur ?

La femme cherche quelque chose dans son sac à main, puis elle se retourne.

Sofia ne voit pas ce qu'elle s'attendait à voir. Juste un visage totalement étranger. Laid et repoussant. La femme est édentée, usée.

Elle s'est trompée.

À contrecœur, Sofia détourne les yeux, hâte le pas et double la vieille, qui fouille toujours dans son sac.

Elle descend Swedenborgsgatan jusqu'à Magnus Ladulåsgatan où elle prend à droite, puis à gauche et encore à gauche.

Elle s'endort déjà quand elle s'engage sur Ringvägen en direction de l'hôtel Clarion, à Skanstull. "Salauds", marmonne-t-elle entre ses dents tandis que le claquement de ses talons sur l'asphalte s'affaiblit peu à peu, étouffé par le brouillard du rêve.

Bientôt, la Somnambule n'entend plus les voitures, ne voit plus les gens.

Elle fait un signe de tête au portier de l'hôtel et entre. Le bar est tout au fond, elle s'assoit à une table et attend.

Rentre, pense-t-elle. Sofia Zetterlund est rentrée chez elle. Non, elle est allée faire ses courses au supermarché ICA de Folkungagatan, puis elle va rentrer préparer le dîner.

Rentrer manger, dans sa solitude.

Quand le serveur la remarque, elle commande un verre de vin rouge. Un des meilleurs.

Victoria Bergman porte le verre à sa bouche.

Rentre.

La Somnambule a disparu, elle regarde autour d'elle.

Ce n'est encore que l'après-midi, on a vite fait le tour des clients. Deux hommes qui ne semblent pas se connaître sont assis au bar, de dos, occupés par leur bière. Un autre est plus loin à une table, absorbé dans la lecture d'un journal économique.

Victoria Bergman attend. Elle n'est pas pressée. Un des hommes du bar se retourne pour regarder par la grande baie vitrée qui donne sur le pont de Skanstull. Elle l'observe. Il a l'air gras, luisant.

Elle croise presque aussitôt son regard. Mais il est trop tôt pour agir. Il faut être patiente, les faire attendre. Ce sera meilleur. Elle veut les faire exploser. Les voir couchés sur le dos, épuisés, sans défense.

Mais il ne faut pas qu'il ait trop bu : elle constate aussitôt que l'homme est loin d'être à jeun, son visage est luisant de sueur dans la lumière des étagères du bar, il a aussi déboutonné sa chemise et défait sa cravate autour de son cou gonflé par l'alcool.

Il n'est pas intéressant, elle regarde ailleurs.

Cinq minutes plus tard, son verre est vide et elle demande discrètement qu'on le lui remplisse. Tandis qu'on la sert, le brouhaha augmente. Un groupe d'hommes en costumes sombres s'installe dans les fauteuils sur sa gauche, probablement des étrangers venus pour une conférence. Elle jette un rapide coup d'œil dans leur direction. En tout treize hommes en costumes coûteux et une femme en tailleur Versace.

Elle ferme les yeux et écoute leur conversation bruyante.

Au bout de quelques minutes, elle en conclut que douze des costumes sont des Allemands, probablement d'Allemagne du Nord, peut-être de Hambourg. Le tailleur est leur hôtesse suédoise qui baragouine l'allemand avec l'accent de Göteborg. Le dernier des costumes n'a encore rien dit. Quand elle rouvre les yeux, il l'intrigue.

Il est assis dans le fauteuil le plus proche et semble le plus jeune du groupe. Il a l'air timide quand il sourit. C'est sans doute le genre de type que ses collègues encourageront d'une tape dans le dos s'il monte dans sa chambre en compagnie féminine. Entre vingt-cinq et trente ans, pas spécialement mignon. En général, les mignons ne sont pas aussi bons au lit, parce qu'ils s'imaginent que leur apparence les dispense de se donner du mal. D'ailleurs, peu importe qu'ils soient bons ou non, puisque ce n'est pas de l'acte en lui-même qu'elle jouit.

Il ne lui faut pas longtemps pour attirer son attention.

De fait, elle met moins de cinq minutes à l'inviter à prendre un verre à sa table, et parvient en plus à le faire se détendre.

Il commande une bière sombre avec un verre d'eau, elle un troisième verre de vin.

"Ich bezahle die nächste", dit-elle. Je paie la prochaine tournée, je ne suis pas une *escort girl*.

Sa timidité est bientôt comme envolée. Tout sourire, à l'aise, il lui parle de cette conférence à Stockholm, de l'importance de travailler en réseau dans sa branche, sans manquer bien sûr de faire une allusion à son gros salaire. Chez les humains, le mâle n'a pas de plumes pour faire la roue. À la place, il se pavane avec son argent.

Son argent se voit dans son costume, sa chemise et sa cravate ; il se sent à son eau de toilette, brille sur ses chaussures et son épingle de cravate. L'homme croit pourtant être obligé de mentionner sa voiture de luxe au garage et son gros portefeuille d'actions. La seule chose dont il ne parle pas, c'est de sa femme et de ses enfants dans sa villa des environs de Hambourg, mais on le devine sans difficulté, car il porte une alliance et a montré involontairement la photo de deux petites filles en ouvrant son portefeuille.

Il fait l'affaire.

Elle ne se fait jamais payer, même si certains s'y attendent. Il ne s'agit pas de ça. Elle fait ça pour les approcher. Un bref instant, elle peut être à la place de leurs femmes, de leurs filles, de leurs amantes. Toutes en même temps. Puis elle disparaît de leur vie.

Le meilleur, c'est le vide, après.

Victoria Bergman pose la main sur la cuisse de l'homme et lui chuchote quelque chose à l'oreille. Il hoche la tête, l'air à la fois hésitant et partant. Elle s'amuse de l'expression ambiguë de son visage et va lui dire qu'il n'a aucune raison de s'inquiéter, quand elle sent une main sur son épaule.

"Sofia ?"

Elle sursaute et son corps devient inexplicablement lourd, mais elle ne se retourne pas.

Elle regarde toujours le visage du jeune homme, qui soudain devient flou.

Ses traits se mélangent, tout se met à tourner et, un instant, c'est comme si le monde se renversait autour d'elle.

Le réveil se produit très vite. Quand elle lève les yeux, un étranger en costume est assis à côté d'elle. Elle découvre qu'elle a la main posée sur sa cuisse, et l'ôte aussitôt.

"Pardon, je..."

"Sofia Zetterlund ?" répète la voix derrière elle.

Elle la reconnaît, mais s'étonne pourtant en découvrant qu'elle appartient à une de ses anciennes patientes.

Hundudden

Courte visite dans le quartier d'Östermalm. De la cage d'escalier de l'immeuble d'en face, ils ont une bonne vue sur l'intérieur de l'appartement de Biblioteksgatan. Hurtig et Jeanette constatent que le cinq-pièces dont disposait Viggo Dürer a été complètement vidé.

En passant devant le musée de la Marine, en route vers la propriété de Dürer sur la presqu'île de Djurgården, Jeanette a le pressentiment qu'ils vont y trouver à peu près la même chose, c'est-à-dire rien.

Ils roulent sur Djurgårdsbrunnsvägen, passent devant Kaknästornet et s'avancent sur la pointe de Hundudden. La forêt s'épaissit, les bâtiments se font plus clairsemés. Hurtig explique qu'en continuant jusqu'au bout de la route vers l'est on arrive à la Poudrière, au bord de la baie de Lilla Värtan, et à des bases nautiques.

Les ombres s'allongent rapidement autour d'eux, il commence à faire frais et Jeanette demande à Hurtig de monter le chauffage. Ils ont l'impression de rouler dans un tunnel de sapins noirs. Jeanette s'étonne que de tels endroits existent encore si près de la ville. Elle se laisse aller à un calme méditatif qu'interrompt la sonnerie de son téléphone. C'est Åhlund.

"J'ai vérifié tous les hôtels de Stockholm et des environs.

— Alors ?

— Il y a sept Madeleine inscrites en ville, mais pas de Madeleine Silfverberg. J'ai quand même vérifié, par acquit de conscience. Si elle utilise une fausse identité, elle a peut-être conservé son prénom. Statistiquement, c'est assez fréquent. Et puis elle peut être mariée, nous ne savons rien d'elle."

Jeanette est d'accord. "Tout à fait. Bien vu. As-tu trouvé quelque chose d'intéressant ?

— Je ne sais pas. Six de ces femmes sont à éliminer définitivement, je les ai toutes jointes, mais la septième reste introuvable. Elle s'appelle Madeleine Duchamp et s'est enregistrée avec un permis de conduire français."

Jeanette sursaute. Un permis de conduire français ?

"Elle a quitté l'hôtel de la Marine à Slussen plus tôt dans la matinée.

— OK." Elle se calme un peu. Même si Madeleine a vécu dans le Sud de la France ces dernières années, d'après leurs informations elle est toujours citoyenne danoise. "Je veux que tu ailles à l'hôtel parler avec le personnel. Ratisse large, tout peut être important, mais surtout essaye d'obtenir un signalement."

Ils raccrochent. Hurtig la regarde d'un air interrogatif. "Encore un coup de poker, à ton avis ?

— Je ne sais pas, dit-elle. Mais je ne veux pas rater quelque chose."

Hurtig hoche la tête et ralentit quand la route tourne à nouveau. "C'est là", dit-il en prenant à gauche sur une petite allée gravillonnée.

La route serpente entre les arbres, par endroits si étroite qu'il faudrait reculer pour croiser une autre voiture. Jeanette aperçoit un peu plus loin le contour d'un toit contre le ciel nocturne et constate qu'il n'y a pas la moindre lumière sur la propriété. Tout est plongé dans des ténèbres compactes.

Après un autre virage, Hurtig ralentit encore l'allure et la maison leur apparaît alors au milieu de lilas sans doute très beaux au printemps et en été, mais qui, en cet automne, ont juste l'air lamentables, maigres et broussailleux dans la lumière des phares.

Ils se garent devant la grande grille en fer et Hurtig coupe le contact.

"Ça a l'air bien à l'abri des regards", dit-il. Elle opine du chef tout en cherchant une lampe de poche dans la boîte à gants. La forêt de sapins est dense et semble enserrer de toute part la propriété.

Ils descendent de voiture et restent plantés devant la grille, haute de deux mètres cinquante. "Tu sais grimper ? soupire Hurtig, ou on passe par les buissons ?

— On peut toujours essayer de sonner", propose-t-elle en désignant l'interphone.

Ce n'est qu'après trois tentatives sans réponse que Hurtig se tourne vers Jeanette. Elle lui trouve l'air un peu empoté.

"On grimpe", décide-t-elle en attrapant la lampe de poche avec les dents pour avoir les deux mains libres.

Elle saisit alors la grille à pleines mains, pose un pied sur la grosse barre centrale et se soulève d'un mouvement leste.

Elle tend ensuite les bras pour attraper les extrémités pointues des barreaux et, deux secondes plus tard, elle les a enjambées et a atterri en douceur sur l'allée, tandis que Hurtig la regarde avec étonnement de l'autre côté.

Il a un peu plus de mal à passer l'obstacle mais, un moment plus tard, il se retrouve malgré tout à côté d'elle, le sourire aux lèvres et un long accroc à son blouson. "Putain, je ne savais pas que tu grimpais comme ça !" Il a l'air de s'être un peu réveillé. Elle lui rend son sourire.

L'allée de gravier mène à une grosse maison en pierre de deux étages, grise, probablement construite au début du siècle dernier et rénovée assez récemment. Près de deux grands sapins sombres, sur la gauche, se trouve une annexe, un garage, également en pierres grises, mais approximativement d'un siècle plus récent.

Jeanette allume sa lampe et remarque l'herbe haute sur tout le terrain. Malgré la rénovation du bâtiment central, tout semble laissé à l'abandon : plusieurs pommiers le confirment, dont les fruits non cueillis répandent dans le jardin une odeur sucrée de pourriture.

La villa est plongée dans le noir et ils comprennent aussitôt qu'il n'y a personne. Par la vitre de la porte d'entrée clignote une faible lumière bleue, signe qu'une alarme est activée.

Ils remontent l'allée vers la maison. La lampe de poche tressaute au rythme de leurs pas, donnant l'impression que les branches noueuses des pommiers se tendent vers eux.

Jeanette s'accroupit devant la porte du garage. "Traces de pneus, dit-elle, et relativement fraîches." Abrité par les branches des deux grands sapins, le gravier devant le garage est presque sec, couvert d'aiguilles où les pneus ont marqué une ornière très nette.

"Quelqu'un est venu ici, peut-être pas plus tard qu'aujourd'hui. Pneus larges."

Hurtig fourre les mains dans les poches de son blouson et frissonne. "Viens, on va jeter un œil à la maison."

Ils font le tour de la villa, mais la propriété semble aussi inhabitée que l'appartement de Dürer en ville. Jeanette regarde par une fenêtre. Ici, en tout cas, il y a des meubles : quelques canapés, une table, un piano. Le tout cependant couvert d'une épaisse couche de poussière. Rien, pense Jeanette. Et pourtant il y a une alarme.

Bien camouflée par l'obscurité et les arbres, derrière le garage, une voiture sous une bâche. Un coup d'œil sous le plastique couvert d'aiguilles permet de constater qu'il s'agit d'une Citroën bleu foncé, bien attaquée par la rouille. Probablement mise au rancart pour être vendue à la ferraille.

"Attends…" Elle s'arrête et promène le faisceau de sa lampe dans les buissons le long du mur. "Tu vois ? Qu'est-ce que c'est ?"

La lumière s'est arrêtée sur une dalle entre deux fenêtres.

D'après l'expression de son visage, Hurtig ne voit d'abord rien d'autre que les blocs rectangulaires de granit derrière les buissons dégarnis mais, après avoir écarté les branches pour mieux voir, il hausse les sourcils.

"Il y a une cave. Ou en tout cas il y a eu. Quelqu'un a obstrué les fenêtres avec ces blocs."

Elle hoche la tête. "Il me semble bien, oui."

Un des gros blocs de granit est nettement différent des autres.

La taille est à peu près celle d'un soupirail, alors que les autres blocs des fondations sont plus petits.

Après avoir fait un autre tour du bâtiment, ils ont dénombré huit soupiraux obturés. Le garage en annexe ne semble pas avoir de sous-sol.

"Qu'est-ce que tu en penses ? demande Hurtig. Ça veut dire quelque chose, ou c'est juste une tentative originale d'isolation ?

— Je ne sais pas…" Jeanette éclaire à nouveau les fondations de la maison et un des blocs. "Ça a dû être un sacré boulot de les traîner jusqu'ici, et sans doute coûter très cher à faire tailler sur mesure, et le résultat n'est pas plus joli que de faire murer tout le tour. J'ai l'impression qu'on cherche à cacher l'existence d'une cave, plutôt que…"

Hurtig se gratte pensivement le menton. “Je ne sais pas. Mais on verra bien lors d’une éventuelle perquisition. On ne devrait pas mettre la maison sous surveillance, si jamais quelqu’un venait ?

— Non, pas encore. Mais allons vérifier le garage avant de filer.”

Il est assez grand pour deux voitures, ses portes sont verrouillées et il n’y a qu’une seule petite fenêtre en hauteur sur l’arrière. Jeanette trouve au bâtiment un air de bunker et adresse à Hurtig un sourire entendu en regardant la fenêtre. “Tu as des outils avec toi ?”

Il sourit à son tour. “J’ai une boîte à outils dans le coffre. On va forcer la porte ?

— Non, juste jeter un coup d’œil à ce qu’il y a là-dedans. À ce que je vois, la fenêtre n’est pas sous alarme. Nous pourrions n’être que des garnements curieux de savoir ce qu’il s’y trouve, ou une bande de loubards qui ne cherchent qu’à casser. Après, on prendra des échantillons de peinture de la voiture, par acquit de conscience.

— D’accord. Mais vas-y toi, tu es visiblement plus douée que moi pour l’escalade.”

Deux minutes plus tard, Jeanette est de retour avec un canif et une lourde clé anglaise. Après avoir gratté quelques écailles de peinture et les avoir enfermées dans un sachet plastique, elle tend la clé anglaise à Hurtig. Elle-même n’atteint pas la fenêtre.

Il se met sur la pointe des pieds et, tout en s’apprêtant à défoncer la vitre, il la regarde par-dessus son épaule. “Tu t’y connais, en alarmes ?

— Pas vraiment.

— Et qu’est-ce qu’on fait, bordel, si une sirène se met à hurler ?

— Comme des garnements. On file, cul par-dessus tête.” Elle ricane. “Allez, cogne…”

Trois coups violents et un fracas de verre cassé qui lui semble assourdissant.

Pas un bruit. Au bout de dix secondes, Jeanette brise le silence.

“Tu saignes, dit-elle en désignant la main gauche de Hurtig.

— Une petite coupure, ce n’est rien”, dit-il en sortant un mouchoir de sa poche. Sur un coin, elle voit un monogramme brodé. SFF.

“Qu’est-ce que ça veut dire ? demande-t-elle quand il s’est bandé la main.

— SFF, le sigle de la prison centrale de Falun, répond-il sans développer davantage.

— Tu y as séjourné ?” Jeanette le regarde de travers.

“Pas moi, mon grand-père paternel. Il était résistant en Norvège et a été enfermé trois ans à Falun pendant l’occupation allemande.

— Mais pourquoi ?

— Il a été condamné en Norvège pour détention d’explosifs et s’est enfui en Suède.”

Il se tait, comme s’il tendait l’oreille.

“Et que lui est-il arrivé, une fois en Suède ?

— Là est intervenue la Säpo suédoise.” Jeanette devine un sourire ironique. “Oui, nos collègues de la police secrète collaboraient avec la Gestapo dans la lutte éternelle contre l’abominable Russe, continue-t-il. Alors ils se sont occupés de lui.”

Jeanette se contente de secouer la tête. “Fais-moi la courte échelle”, fait-elle en montrant la vitre cassée.

Hurtig joint ses mains et elle se hisse.

Elle a tout juste la place pour sa tête et la lampe dans l’ouverture. Le faisceau lumineux se promène sur un gros établi à la verticale de la fenêtre, continue sur un sol en béton et s’arrête sur des étagères de stockage fixées au mur côté villa. Elle balaie tout l'espace et revient aux étagères.

Tout est désert. À ce qu'elle voit, rien, pas un clou. L'établi est lisse, les étagères complètement vides.

C'est tout. Un garage tout à fait ordinaire, certes vaste et bien rangé, mais qui ne semble pas utilisé à autre chose qu'à y garer une voiture.

Skanstull

On dit qu'il est dangereux de réveiller un somnambule.

Le réveil de Sofia Zetterlund à l'hôtel Clarion ne confirme peut-être pas complètement cette thèse, mais sa réaction physique est si violente qu'elle a du mal à respirer, tandis que son pouls s'accélère au point qu'elle ne parvient pas même à se lever.

"Sofia, qu'est-ce qui se passe ?"

Devant elle, Carolina Glanz.

Elle voit un visage figé par d'innombrables opérations esthétiques : c'est un miracle de la physionomie humaine qu'il puisse encore exprimer l'inquiétude.

"Wie geht's ?" entend-elle au loin dire l'homme assis à côté d'elle.

Elle ne se soucie plus de lui. *"Gut"*, répond-elle d'un ton plein de mépris en parvenant enfin à s'extraire de son fauteuil. "Il faut que j'y aille", dit-elle alors à la jeune femme en se frayant un passage sans croiser son regard inquiet.

Elle s'éloigne du bar sans se retourner, traverse la réception et sort aussitôt dans la rue. Elle se sent sonnée, soupçonne qu'elle chancelle sur ses hauts talons et se demande combien elle a bu.

Rentrer… Je dois rentrer.

Elle traverse au passage pour piétons du centre commercial Ringen sans faire attention au feu rouge, ce qui lui vaut des klaxons furieux et des crissements de freins. Une fois de l'autre côté, elle sent que ses jambes ne la portent plus et s'assoit sur un banc public, le visage caché dans les mains.

Tout tourne toujours autour d'elle et elle ne remarque ni ses larmes ni la bruine.

Pas non plus que quelqu'un s'assied près d'elle.

"Vous ne devriez plus y retourner", dit au bout d'un moment Carolina Glanz.

Sofia se calme et sent ses forces revenir tandis que la jeune femme lui pose une main sur le dos. Putain, à quoi je joue, là ? se dit-elle. C'est indigne.

Elle se redresse et inspire à fond avant de la foudroyer du regard et de cracher : "Qu'est-ce que ça veut dire ? Et qu'est-ce que vous avez à me suivre comme ça ?"

Le visage figé, charcuté, semble blessé.

Pour qui tu te prends, bordel ? pense Sofia sans la lâcher des yeux.

De près, son visage est pire encore. Il donne peut-être le change devant une caméra, mais ici, dans la lumière grise et terne de l'après-midi, ses traits artificiels de poupée sont grotesques. Elle fait bien quinze ans de moins que son âge.

"J'ai l'habitude de traîner au Clarion, et je vous y ai vue plusieurs fois, commence Carolina. Je connais quelques-unes de celles qui travaillent là, elles croient que vous vous prostituez. J'ai même dû les empêcher de vous jeter dehors." Elle s'essaie à sourire, derrière le maquillage et la chirurgie.

Plusieurs fois ? Ne plus y retourner ? Sofia comprend enfin.

Victoria.

Sofia prend un ton supérieur de maîtresse d'école. "Ah oui ? C'est la chose la plus stupide que j'aie jamais entendue. J'ai une vie privée, merci de la respecter. Je fréquente qui je veux.

— Bon, pardon. Je voulais juste vous aider."

Sofia s'adoucit un peu en regardant Carolina Glanz.

Peut-être n'est-elle pas complètement dérangée, après tout ?

Elle songe à ce qu'elle sait d'elle. Grandie dans un milieu évangéliste. Bonne élève en primaire, révolte contre les parents au lycée. Puis l'aventure dans les Star Ac', les émissions de téléréalité, et dernièrement dans l'industrie du porno. Elle constate qu'elle ne sait pas grand-chose mais, d'un autre côté, leurs séances n'avaient rien de thérapeutique. Carolina Glanz venait la voir quand elle avait besoin de conseils dans sa carrière ou simplement de pleurer un bon coup quand son ego avait été égratigné. Bref, ce coaching n'avait été qu'une aide temporaire pour Carolina, globalement sans intérêt pour Sofia.

Pourtant, il est clair que la jeune femme ne pense pas qu'à sa seule personne puisque, pour une raison X, elle semble se soucier de Sofia.

"C'est moi qui dois m'excuser, finit par dire Sofia. J'ai à peine dormi, ces derniers temps. Et puis je viens de vivre une séparation, et je ne suis plus moi-même. Pardon de vous avoir mouchée."

En disant cela, elle réveille le souvenir de Mikael. A-t-elle seulement eu une pensée pour lui, ces dernières semaines ? Non, et pourquoi en aurait-elle eu ? C'est fini entre eux. *End of story.*

Carolina Glanz répond d'un sourire, mais semble toujours blessée. Sofia se rappelle ce qu'elle a lu dans le tabloïd qu'elle a feuilleté au déjeuner, juste avant de rencontrer par hasard Annette Lundström.

"Et votre livre, comment ça va ? J'ai lu que vous écriviez vos Mémoires ?"

L'air offusqué de Carolina Glanz cède peu à peu la place à une sorte de fierté, et elle s'illumine. "Il est fini, dit-elle. Il sort dans deux semaines."

Sofia se rend compte seulement maintenant qu'il pleut, et réalise la bizarrerie de la situation. Elle est assise sur un banc à la sortie d'un centre commercial, les cheveux bientôt trempés, vêtue comme une prostituée, en compagnie d'une ancienne cliente qui joue dans des films X.

"Super ! Racontez, ça m'intéresse", dit-elle sur un ton encourageant.

Carolina Glanz se réjouit. "On pourrait aller boire quelque chose", propose-t-elle en désignant de la tête l'entrée de la galerie marchande. Sofia suppose qu'elle pense au café, au milieu.

"Bien sûr, dit-elle. De toute façon, on ne peut pas rester ici, c'est la saucée."

Tandis qu'elles entrent dans le centre commercial, Carolina Glanz lui raconte qu'elle a signé un contrat avec un des plus importants éditeurs et que, pour la première fois de sa vie, elle est fière d'elle. "Vous voulez que je vous dise un secret ?" dit-elle quand elles sont attablées avec leurs tasses de café.

Un secret est donc quelque chose qu'on raconte aux autres, songe Sofia en regardant, fascinée, Carolina Glanz se mettre un chewing-gum dans la bouche avant de tremper les lèvres dans son café.

"Volontiers. Dites voir."

Carolina Glanz se cale au fond de son siège et s'étire avant de raconter. Sofia ne peut s'empêcher d'observer ses seins. Ils sont vraiment surdimensionnés par rapport à ce corps si frêle.

Comme si on les avait cousus là. Ce qui est d'ailleurs le cas.

“Ça va faire sensation, déclare théâtralement Carolina Glanz. Beaucoup de gens se sont mal comportés avec moi, et maintenant je vais rendre les coups. Entre autres, il y a un type très connu, un vrai porc, sur qui j’ai pas mal de trucs à dire.”

Elle regarde alentour, se penche en avant les mains en entonnoir tandis que Sofia tend l’oreille pour entendre. Quand Carolina Glanz lui chuchote le nom et pourquoi ça va faire sensation, Sofia n’est pas surprise, plutôt inquiète. Ça sent le roussi, et de loin.

“Vous êtes certaine que l’éditeur vous soutient ?

— Absolument. Et j’ai d’autres révélations.” Elle a cessé de chuchoter. “J’ai aussi, comme vous savez, une certaine expérience du monde du cinéma.”

L’expérience accumulée en tournant dix films pornos en deux mois, pense Sofia, caustique.

“Mais j’ai tourné la page, ajoute-t-elle, sûre d’elle. Dans l’ensemble, c’était OK, mais j’ai rencontré pas mal de types louches. Entre autres un flic…”

Carolina Glanz se tait en attendant la réaction de Sofia.

“Ah ? Un policier ? Qui donc ?

— Je ne le nomme pas dans le livre, mais ceux qui le connaissent comprendront tout de suite, dit-elle avec insistance. C’est ce qui compte, et il va se ramasser dans les grandes largeurs.”

Mon Dieu, pense Sofia. Où cette fille va-t-elle chercher tout ça ?

“Mais de quoi s’agit-il ? Il vous a fait du mal d’une façon ou d’une autre ?”

Carolina pouffe, sort son chewing-gum de sa bouche et l’enroule autour de son doigt. “Non, non… Pas à moi. D’autres, oui, mais lui, non. En fait, c’est un mec bien. Difficile de croire qu’il fricote avec le porno pédophile.”

Ah, encore ça, pense Sofia. Ça ne finira donc jamais ?

“Il fricote, dites-vous ? Mais que voulez-vous dire ?

— Je peux prouver qu’il vend du porno à des pédophiles. Je l’ai moi-même vu dans son ordinateur.” Carolina Glanz colle le chewing-gum sur sa soucoupe et hausse les épaules. “Enfin, quand le livre sortira, il sera fini comme flic.”

Sofia admire la capacité de cette jeune femme à se bouger et à aller de l’avant. D’une chose à l’autre avec un seul but : gagner sa vie grâce à la célébrité.

Vendre sa personne, de n’importe quelle façon.

Comment ne pas être d’accord avec ceux qui appellent ça l’esprit d’entreprise ?

Elle songe à sa propre personne et à ses efforts pour faire exactement l’inverse. Passer son identité sous silence et sous aucun prétexte ne révéler qui elle est, même pas à elle-même.

Aujourd’hui, tout a failli s’effondrer.

Ses pensées sont interrompues par la sonnerie du téléphone de la jeune femme. Après une brève conversation, elle s’excuse d’un regard en expliquant à Sofia que son éditeur veut la voir et qu’elle doit partir.

Et Carolina Glanz disparaît aussi brusquement qu’elle est apparue.

Les hommes comme les femmes se retournent sur son passage : elle s’éloigne en creusant derrière elle un sillage de regards curieux.

Sofia comprend que c’est précisément là ce qu’elle recherche. Je suis là, regardez-moi. Accordez-moi votre attention, et je vous donnerai tous mes secrets.

Elle décide de rester là un moment, au moins le temps que ses cheveux sèchent. Plus elle pense à Carolina Glanz, plus elle est convaincue d’une chose.

Elle est jalouse de la jeune femme.

Les opérations de chirurgie esthétique font office de déguisement. Cachée derrière des truelles de silicone, Carolina Glanz ose tout dévoiler. Le déguisement lui donne le courage de jouer sur tout le registre des sentiments, de la bêtise la plus vulgaire à l'intelligence affûtée. Car Sofia ne doute pas que Carolina Glanz soit en fait une fille très fine, très décidée, et elle ne peut s'empêcher de penser à Dolly Parton, l'archétype de la poupée Barbie dotée d'un cerveau. La façon d'être de Carolina Glanz a sa logique, une logique instinctive qui vient aussi de son cœur. Elle sait par quels biais montrer qui elle est.

Pas comme moi, pense Sofia.

En elle se déroule un bal masqué dont les figures ont des caractéristiques si différentes et diamétralement opposées qu'elles ne peuvent pas toutes ensemble constituer une personne unique. Aussi curieux que cela puisse sembler, Carolina Glanz, avec son apparence construite de toutes pièces, est plus authentique et cohérente qu'elle-même ne le sera jamais.

Je n'existe pas comme sujet.

Et le bourdonnement revient dans sa tête. Les voix et les visages se mêlent. En elle et en même temps au dehors.

Elle regarde fixement les gens qui passent devant le café en se dirigeant vers les sorties et, au bout d'un moment, elle voit les corps se mouvoir comme au ralenti, semblables aux voitures filant à toute allure vues de trop près, réduites à quelques traits diffus et multicolores. Elle peut parfois faire un arrêt sur image et observer leurs visages, l'un après l'autre.

Deux filles blondes se dirigent vers la sortie de la galerie marchande, chacune avec un chien en laisse, et, en se retournant, elles la regardent d'un air accusateur. Leur ressemblance avec Hannah et Jessica est frappante.

Deux personnes qui en font trois, pense-t-elle. Ou plutôt trois personnalités partielles.

La Travailleuse, l'Analyste et la Geignarde ont pour modèles ses anciennes camarades d'école Hannah Östlund et Jessica Friberg. Deux filles absolument semblables, miroir d'elles-mêmes et l'une de l'autre. Ne faisant qu'une, ombre veule d'un être humain.

Comme une chienne. Soumise à la meute, qui faisait comme tous les autres ce qu'on lui disait. Le ménage de son appartement alors qu'il n'en avait pas besoin, ses absurdes devoirs de mathématiques. Elle était douée, soigneuse, et en même temps s'en plaignait.

Victoria avait utilisé ces personnalités pour se dispenser des tâches ingrates, mais elles avaient aussi servi de substituts pour des sentiments qu'elle n'aimait pas avoir.

Le sentiment de supériorité, le pessimisme, la mesquinerie. Obéir sans poser de questions, être soumise, faire du zèle, rentrer dans le rang. Faire partie du troupeau des blondes douées. Victoria a vu tout cela chez Hannah et Jessica.

La Travailleuse, l'Analyste et la Geignarde ne signifient désormais plus rien pour elle. Tout ce qu'elles ont représenté, elle arrive désormais à le gérer seule, c'est un processus de maturation que d'abandonner ou d'accepter ses côtés triviaux.

Même un chien devrait pouvoir l'apprendre.

Rentrer à la maison. Je dois rentrer à la maison.

Nulle part

Ulrika Wendin ne sait pas combien de temps elle est restée attachée dans la pièce chaude et sèche. L'obscurité l'a très vite privée de la notion du temps et le processus de cicatrisation la fatigue : son occupation principale est de dormir.

Les bruits qu'elle entendait auparavant, qu'elle pensait être ceux d'un ascenseur, ont disparu. Le silence est à présent aussi compact que l'obscurité.

Ou bien ?

Elle commence plutôt à s'imaginer des choses. Qu'elle entend des voix. Que de l'eau coule quelque part, et même jaillit, gronde. Mais ces bruits viennent sans doute de l'intérieur d'elle-même.

Parfois elle se réveille parce qu'elle ne sent plus son corps, et cette absence de sensations lui donne l'impression de flotter dans le vide, sans poids, dans l'obscurité et le silence absolus.

Elle comprend qu'il lui faut rapidement trouver le moyen de libérer ses bras, attachés dans son dos, sans quoi ils vont s'étioler. Au prix de gros efforts, elle parvient parfois à soulever un peu son corps de façon à les bouger un peu jusqu'à ce qu'ils retrouvent des sensations. Mais elle le fait rarement, et ses mouvements sont limités par les barres métalliques qui la bloquent quelques centimètres au-dessus de sa poitrine et de ses genoux.

Elle penche à nouveau la tête en arrière et regarde vers le haut. Le rai de lumière est toujours là, mais il a légèrement pâli.

Peut-être que tout ici va peu à peu se confondre dans une grisaille uniforme ?

Les tuyaux et la chaudière semblent parfois aplatis, comme peints en trompe l'œil.

Elle n'a aucun objet mobile à regarder, et cela l'inquiète.

Et si tout n'était qu'une illusion d'optique ? Ce qu'elle voit est-il le fruit de son propre cerveau ?

Elle secoue la tête, comme pour se libérer de ces idées. Elle a des sujets d'inquiétude plus graves. La soif, par exemple. C'est pire que la faim, qui va et vient.

La soif lui brûle constamment la gorge, et la déshydratation est sans doute accélérée par la chaleur qu'il fait là-dedans et par ses crises de larmes.

La seule façon de provoquer la production de salive est de passer la langue sur l'adhésif qui couvre sa bouche. Le goût âcre de la colle la rend malade, mais elle lèche pourtant à intervalles réguliers l'intérieur de ses lèvres et le bord de l'adhésif, qui s'est un peu décollé aux commissures de ses lèvres et sur sa lèvre supérieure.

Si elle produit assez d'humidité, il finira peut-être par tomber complètement.

Le pire qui pourrait arriver serait qu'elle vomisse, ce qui l'étoufferait : elle doit donc faire attention à ne pas trop avaler de colle.

Elle a beau être sérieusement déshydratée, elle éprouve le besoin de vider sa vessie.

Mais ça bloque. Son corps ne lui obéit pas. Malgré ses efforts, pas une goutte. On ne se pisse pas dessus. Ses muscles le savent et ne l'écoutent donc pas. Ce n'est que lorsqu'elle abandonne et se détend qu'elle y arrive. La chaleur se répand sur son bas-ventre et ses cuisses. C'est une sensation brûlante, aiguë.

Elle sent bientôt l'odeur sucrée. Peut-être se fait-elle des idées, mais il lui semble que son urine rend l'air un peu plus humide. Elle inspire profondément par le nez.

Il paraît que boire son urine fait du bien : si c'est vrai, ça ne peut pas faire de mal d'en tirer au moins un peu profit.

Mais qu'arrivera-t-il sans apport extérieur de liquide ? Tout ce qu'elle avale, à part la colle, vient d'elle, et elle se rend compte qu'il est aussi urgent de se débarrasser de l'adhésif sur sa bouche qu'autour de ses poignets. Elle sait qu'on peut tenir assez longtemps sans manger. Plusieurs mois, non ? Mais sans eau ?

Une semaine ? Deux semaines ?

Les chances de survie devraient être plus grandes si on fait le minimum de mouvements, qu'on reste couché en utilisant le moins de liquide possible. Qu'on réduit les efforts physiques.

Qu'on arrête de pleurer.

Ses yeux sont secs, elle observe au-dessus d'elle les nuances de gris et de noir, sa langue colle à son palais, elle s'assoupit à nouveau.

Dans son rêve, elle flotte librement dans l'espace et se regarde elle-même de haut.

Elle est couchée sur le dos dans une caisse en bois, bloquée par deux barres métalliques luisantes, et, autour d'elle, tout l'espace est noir, à part un rai de lumière blanche derrière sa tête.

Elle s'imagine que cette lumière est la Voie lactée. On dit que la galaxie contient autant d'étoiles qu'il y a de cellules dans le cerveau humain. Au loin, elle entend le bruit de quelque chose qu'on brise, ça doit être le cœur gelé de la galaxie qui explose.

M/S Cinderella

Un jour, il s'avère que ce qu'on appelle sa vie n'a été qu'un clignement de paupière, pense Madeleine en se regardant dans le miroir des étroites toilettes de sa cabine. La vie est un bâillement presque imperceptible qui finit si vite qu'on a à peine eu le temps de le voir commencer.

Le bateau tangue, elle s'accroche au cadre de la porte, arrange une dernière fois ses cheveux, sort des toilettes et va s'asseoir sur la couchette. Sur la table, un verre plein de glaçons à côté d'une bouteille de champagne ouverte, dont elle se remplit un deuxième verre à dents.

Un beau jour, on se retrouve là, un sourire ridicule aux lèvres, en train de regarder dans l'agenda de son âme tous les rêves et les espoirs qu'on a eus, pense-t-elle en portant le verre à ses lèvres pour boire une gorgée du vin sec. Les bulles lui chatouillent le palais. Un goût de fruit mûr, avec une touche minérale d'herbe et de café grillé.

Dans son agenda intérieur, il y a surtout des pages vides. Des jours passés sans laisser de trace mémorable. À l'infini, une existence passée dans l'attente. Oui, elle a attendu si longtemps que le temps et l'attente n'ont plus fait qu'un.

Mais il y a aussi d'autres jours. Les instants terribles qui ont fait d'elle ce qu'elle est. Des événements qui, telle une goutte d'encre noire sur un papier humide, ont bavé et teinté de gris toute la feuille.

Ses années d'enfance au Danemark sont comme une culotte rouge dans une machine à laver de linge blanc.

Madeleine coiffe ses écouteurs et les branche sur son téléphone, où elle stocke ses fichiers musicaux. Elle se couche sur le lit et écoute.

Joy Division. D'abord la batterie, qui sonne creux comme des casseroles, puis la basse, une simple ligne en boucle, et enfin la voix monotone de Ian Curtis.

Le roulis et le tangage irrégulier du bateau l'apaisent et le chahut des passagers ivres qui passent derrière sa porte la rassure par son caractère imprévisible. Ce n'est pas l'imprévu qui l'effraie. C'est la sécurité qui la met mal à l'aise.

La pluie fouette le hublot de la cabine et c'est comme si Ian Curtis chantait de sa voix traînante rien que pour elle.

*Confusion in her eyes that says it all. She's lost control**.

La lassitude existentielle de Curtis est aussi la sienne, mais elle va en faire tout autre chose.

And she's clinging to the nearest passer by, she's lost control.

À peine âgé de vingt-quatre ans, le chanteur épileptique s'est pendu. Mais elle ne va pas se suicider. Ce serait perdre et les laisser gagner.

And she gave away the secrets of her past, and said I've lost control again.

Avant son suicide, Ian Curtis avait regardé tous les jours pendant des mois le film de Werner Herzog *Stroszek*, et Madeleine se dit qu'elle a fait pareil. Et tout comme

* *She's Lost Control* de Joy Division (Ian Curtis, Bernard Sumner, Peter Hook, Stephen Morris), © Universal Music Publishing.

The Idiot d'Iggy Pop a été la dernière chose qu'il ait écoutée, elle s'est repassé le disque à fond dans ses écouteurs tout le long voyage du Sud de la France à la Suède.

And of a voice that told her when and where to act, she said I've lost control again.

Madeleine écoute la musique les yeux clos et songe à la raison pour laquelle elle est là.

Elle se souvient que la femme qui s'est jadis appelée sa mère lui a parfois indiqué qu'elle préférait qu'elle l'appelle par son prénom, pour bien marquer qu'elle n'était pas sa vraie mère. D'autres fois, il fallait absolument cacher que Madeleine était la fille adoptive de la famille. C'était autant arbitraire que dégradant.

Mais ce n'est pas pour ça qu'elle doit mourir.

Si on regarde en silence sans rien faire des hommes violer une petite fille, on a tôt fait d'épuiser la grâce qui nous a été impartie. Et si on trouve sa jouissance à regarder en groupe des jeunes garçons drogués se battre dans une porcherie, et qu'on ne s'inquiète pas de voir l'un d'eux mourir, l'horloge du pardon s'emballe dangereusement. Toutes les personnes concernées en ont eu conscience d'une façon ou d'une autre, pense-t-elle en revoyant devant elle tous ces morts. Elle sent encore l'odeur de leur peur. Une perception claire comme de l'eau de source, mais plus souillée que des excréments dans son contenu sans appel.

La fureur l'envahit, elle se masse fort les tempes. Elle sait qu'elle est folle de se comparer à Némésis, la déesse de la Vengeance, mais c'est l'image d'elle-même qu'elle a nourrie toute sa vie. Une fillette qui un jour vient à l'école avec son lion apprivoisé. Quelqu'un qu'il faut craindre et qu'on doit respecter.

Quelques heures plus tard, à mi-chemin de Mariehamn, elle coupe la musique, quitte sa cabine et gagne la boîte de nuit en proue. Elle doit arriver ni trop tôt ni trop tard.

Bientôt, tout sera fini : une table rase, qui lui permettra d'avancer et de forger son avenir sans les voix du passé qui lui hurlent aux oreilles.

Le bar est bondé, Madeleine doit se frayer un passage entre les tables. La musique est forte, deux femmes se produisent sur scène devant un karaoké. Elles chantent terriblement faux, mais leur danse provocatrice plaît au public qui siffle et applaudit.

Vous n'êtes que du bétail, pense-t-elle avec mépris.

Au moment où on la bouscule en renversant de la bière sur son bras gauche, elle aperçoit Charlotte, assise seule à une table devant la grande baie vitrée.

La femme qu'elle n'a jamais appelée sa mère porte un tailleur noir strict et des bas gris : comme habillée pour un enterrement.

Charlotte la fixe et leurs regards se croisent pour la première fois depuis bien longtemps. Madeleine sent ses jambes se dérober sous elle et, pour gagner un peu de temps, elle passe sa main sur son visage. Tâte sous la peau les lignes nettes de son crâne. Elle se fraye un passage jusqu'à la table.

"Bon… On se revoit donc après toutes ces années", dit Charlotte en plissant les yeux. Elle la dévisage, l'étudie.

Je te hais, je te hais, je te hais…

"Et moi qui pensais comme une idiote qu'on en avait fini, toi et moi, continue-t-elle. Mais quand j'ai trouvé Peo, j'ai eu peur que tu sois revenue."

Madeleine s'assoit face à Charlotte et la regarde droit dans les yeux, sans rien dire. Elle sent qu'elle voudrait sourire, mais ses lèvres ne lui obéissent pas.

Elle voudrait répondre, mais ne sait pas quoi dire. Elle a beau avoir passé des années à formuler ses griefs, la voilà soudain muette. Éteinte. Comme une machine en panne.

"La police m'a posé des questions à ton sujet, mais je n'ai rien dit, continue Charlotte, dont la nervosité affleure à présent. Deux policiers m'ont interrogée, ils te soupçonnaient d'être mêlée à la mort de Peo, mais je n'ai absolument rien dit."

Madeleine a l'impression que Charlotte remâche plusieurs fois chaque syllabe, comme si les mots avaient un goût amer, qu'elle voulait les cracher. Parfois, sa bouche remue sans qu'en sorte aucun mot, comme un spasme ou un tic.

Mais Madeleine ne répond pas. Le silence pesant est chargé de chagrin et de honte.

Sur scène, les deux femmes cèdent la place à un homme d'une quarantaine d'années, très ivre, accueilli par des hourras.

Charlotte se tortille sur son siège, gênée, ôte de la table des miettes imaginaires puis pousse un profond soupir. "Qu'est-ce que tu veux, à la fin ?" demande-t-elle, et Madeleine ne voit pas que de la méchanceté dans les yeux de cette femme bientôt morte. Derrière les reflets verts de l'iris de Charlotte, elle décèle un réel étonnement.

Ne comprend-elle donc pas, bordel ? se dit Madeleine. Est-elle dérangée au point de ne pas se douter de pourquoi je suis là ? Non, impossible. Elle était quand même là. À côté, à regarder.

En même temps, l'incompréhension et l'innocence sont des synonymes du mal.

Je hais, je hais, je hais…

Elle secoue la tête. "Oui, je suis revenue, et je crois que tu comprends pourquoi."

Le regard de Charlotte vacille. “Je ne comprends pas ce que tu…

— Oh si, tu comprends, la coupe Madeleine. Mais avant que tu fasses ce que tu as à faire, je veux une réponse à trois questions.

— Quelles questions ?

— D'abord, je veux savoir pourquoi j'étais chez vous”. Madeleine se doute bien qu'elle demande l'impossible. C'est comme demander le sens de la vie, la finalité du monde ou combien de chagrin un homme peut supporter.

“C'est très simple, répond Charlotte, comme si elle n'avait pas compris le vrai sens de la question. Ton grand-père maternel, Bengt Bergman, connaissait Peo par leur travail au sein d'une fondation et ils ont ensemble décidé que nous nous occuperions de toi quand ta mère est devenue folle.”

Madeleine sursaute en entendant Charlotte mentionner sa vraie mère, mais cache son émotion.

“Nous t'avons donné tout ce dont tu avais besoin, et même davantage. Toujours les plus jolis vêtements, les jouets les plus chers et autant d'amour qu'on peut donner à un enfant qui n'est pas le sien.”

Elle ne fait que gratter la surface, songe Madeleine. Ne me jette en pâture que des choses parfaitement indifférentes.

“Mais tu n'arrêtais pas de te cabrer, et nous avons été forcés d'être durs avec toi”, continue Charlotte.

Madeleine songe aux hommes qui sont venus la nuit dans sa chambre. Se souvient de la douleur et de la honte. Cette petite bille dure au fond d'elle, qui s'est peu à peu pétrifiée jusqu'à faire corps avec sa chair.

Elle ne peut pas répondre, car elle ne comprend pas la question, se dit Madeleine. Aucun de ceux qu'elle a tués n'en était capable. Quand elle leur a demandé, ils l'ont juste regardée, stupides, comme si elle parlait une langue étrangère.

"Qui a décidé de m'opérer?" demande Madeleine sans commenter la réponse de Charlotte.

Le regard de Charlotte est glacé. "Moi et Peo, dit-elle. Bien sûr en accord avec des médecins et des psychologues. Tu tapais, mordais, les autres enfants avaient peur de toi, alors nous avons fini par abandonner. Oui, c'était la seule issue."

Madeleine se souvient comment, à Copenhague, on a fait taire la voix en elle, mais que, depuis, elle ne peut plus rien sentir. Rien.

Après Copenhague, seuls les glaçons ont encore du goût. Madeleine comprend qu'une fois encore, c'est l'impasse. Elle ne saura jamais pourquoi.

Elle a cherché des réponses et tué tous ceux qui n'ont pas su lui faire part de cette vérité qui brille par son absence, autrefois, aujourd'hui et à jamais.

Reste une dernière question.

"Tu as connu ma vraie mère?"

Charlotte fouille dans son sac et lui tend une photo. "Voilà ta folle de mère", crache-t-elle.

Elles montent ensemble sur le pont. La pluie a cessé, le ciel est clair. Le soir est bleu sur la Baltique, la mer inquiète.

Les vagues menaçantes déferlent contre l'étrave du *M/S Cinderella* avec un puissant chuintement. En heurtant de plein fouet la coque du navire, l'eau saumâtre se vaporise et retombe en embruns sur le pont avant. Elles aperçoivent à l'horizon la silhouette d'un cargo, voient ses feux clignoter contre le ciel nocturne.

Charlotte regarde devant elle, les yeux vides, Madeleine sait qu'elle s'est décidée. Elle a fait son choix.

Il n'y a plus rien à dire. Les mots se sont taris, ne reste que l'action.

Elle regarde Charlotte s'approcher du bastingage. La femme qu'elle n'a jamais appelée sa mère se penche pour ôter ses bottes.

Elle enjambe la rambarde et, en silence, se jette éperdument dans le noir.

Le *M/S Cinderella* continue impitoyablement sa route. Sans même ralentir.

Que suis-je en train de faire ? pense Madeleine, sentant l'absurdité fissurer le mur de sa résolution. Serai-je libre quand ils auront tous fini par disparaître ?

Non, comprend-elle, et cette évidence est une page blanche tournée dans une pièce obscure.

Quartier Kronoberg

C'est déjà la fin de l'après-midi, Jeanette est assise à son bureau, elle regarde fixement une bouche d'aération au plafond, mais n'en a pas conscience, car son cerveau est tout entier occupé à penser à Sofia Zetterlund.

Après la visite à Hundudden, Jeanette est rentrée directement chez elle, complètement épuisée. Elle a appelé Sofia juste avant minuit, sans réponse, et Sofia n'a pas non plus répondu aux deux ou trois SMS envoyés ensuite.

Comme d'habitude, songe-t-elle, et elle se sent seule. À Sofia de prendre l'initiative, maintenant. Jeanette ne veut pas toujours être celle qui demande, il n'y a rien de plus tue-l'amour. Åke, en revanche, a téléphoné pour lui rappeler leur déjeuner. Ils ont décidé de se retrouver dans un restaurant de Berggatan, même s'il faut avouer qu'elle n'en a pas très envie.

Jeanette tripote un crayon en lorgnant la pile de documents sur les deux mortes, Hannah Östlund et Jessica Friberg.

Ses espoirs de voir rouvrir les enquêtes sur les incendies de la maison de Bergman et du bateau de Dürer ont été pulvérisés d'un ricanement par Billing : elle cédait à la théorie du complot. Et puis, pour lui, ces deux affaires étaient déjà suffisamment instruites. Elle fait tourner le crayon entre ses doigts, le fait rouler sous sa paume, tapote avec le bord du bureau.

Elle songe aux événements de la veille, dans la propriété de Viggo Dürer au nord de Djurgården.

Une cave murée, un garage en apparence des plus ordinaires et des échantillons de peinture de voiture envoyés tôt ce matin au laboratoire. C'est tout.

On frappe à la porte, Åhlund glisse un œil. "Pardon, dit-il, essoufflé. Je n'ai pas eu le temps de m'occuper de l'hôtel hier soir, alors j'y suis passé ce matin. Et ça a été fructueux.

— Entre." Jeanette mordille le bout de son crayon. "Qu'est-ce que tu veux dire, fructueux ?"

Il s'assied en face d'elle. "J'ai parlé au portier qui a croisé Madeleine Duchamp à son arrivée et à son départ." Il rit. "Si j'y étais passé hier, je ne l'aurais pas trouvé, c'était son jour de congé.

— Et qu'est ce qu'il a dit sur Duchamp ?"

Åhlund se racle la gorge. "Une femme entre vingt et trente ans. Voyageant seule et parlant mal l'anglais. Apparemment, ils ne font pas de copie des documents d'identité pour les ressortissants de l'Union européenne, mais le portier se souvient qu'elle avait les cheveux sombres sur la photo de son permis de conduire. On n'a plus besoin de passeport, tu sais, avec les accords de Schengen."

Des cheveux sombres, pense Jeanette. "La photo de son permis de conduire, c'est une chose, ce qui m'intéresse est de savoir à quoi elle ressemble en vrai."

Åhlund se racle à nouveau la gorge. "Il a dit qu'elle était jolie, mais semblait extrêmement timide. Ne regardait pas dans les yeux, se cachait sous un grand bonnet."

Ah ? pense Jeanette. Pas terrible, comme signalement. "Autre chose ? Elle était grande, petite ?

— De taille moyenne, une apparence ordinaire. Pour un portier, je dois dire qu'il n'était pas tellement physionomiste. Mais il a remarqué quelque chose de curieux.

— À savoir ?

— Il m'a dit qu'elle était descendue demander des glaçons plusieurs fois dans la soirée.

— Des glaçons ?

— Oui, il a trouvé ça assez bizarre, et j'ai tendance à être du même avis."

Jeanette sourit. "Moi aussi. En tout cas, notre portier ne semble pas en mesure d'aider un dessinateur à établir un portrait-robot. Qu'est-ce que tu en dis ?

— Malheureusement, non. Clairement, il l'a trop peu vue. Ce qui est peut-être en soi intéressant. Elle semble indubitablement chercher à se faire discrète."

Jeanette soupire. "Oui, c'est clair. On pourrait se demander pourquoi. Mais on se contentera de ça pour le moment. Merci."

Åhlund s'éclipse et Jeanette décide d'appeler le procureur von Kwist.

Le procureur semble las quand Jeanette lui confie qu'elle soupçonne Viggo Dürer d'avoir organisé la corruption d'Annette Lundström et sans doute aussi d'Ulrika Wendin. Au grand étonnement de Jeanette, il se montre moins réticent qu'elle ne s'y attendait. Quand elle mentionne les sommes déposées sur le compte d'Annette, il ne se récrie pas, ne lui pose pas de questions, alors qu'il n'a pas encore été déterminé qui était à l'origine de ces transactions.

Elle fixe le téléphone, étonnée. Que se passe-t-il avec von Kwist ? Elle est perdue dans ses pensées quand la sonnerie retentit. Elle répond distraitement. Le standard l'informe qu'une certaine Kristina Wendin cherche à la joindre.

Wendin ? se dit-elle en se réveillant.

La femme se présente comme la grand-mère d'Ulrika, inquiète de n'avoir plus de nouvelles de sa petite-fille depuis plusieurs semaines. Jeanette pose les questions de routine : le comportement de la jeune fille ces derniers temps, qui sont ses amis proches, etc. Les réponses qu'elle obtient sont succinctes : Jeanette devine que Kristina Wendin ne sait pas grand-chose de la vie d'Ulrika.

"Elle est peut-être partie en voyage? suggère Jeanette. Qui sait, elle a peut-être mis de côté un peu d'argent et elle est tout simplement partie en vacances?"

La femme tousse. "En vacances? Ulrika n'a pas de travail. Où trouverait-elle l'argent pour partir en vacances?"

Des sirènes dans la rue les interrompent. Jeanette compte trois véhicules, un camion de pompiers et deux voitures de police. Une grosse urgence, donc.

Elle se lève et gagne la fenêtre, le téléphone sans fil à la main. "Bon, dit-elle. La plupart des personnes qui disparaissent refont surface au bout de quelques jours. Mais nous ne prenons pas pour autant le cas d'Ulrika à la légère. Avez-vous la clé de son appartement?

— Oui, bien sûr", dit Kristina en toussant à nouveau. Une grosse fumeuse, pense Jeanette.

Les véhicules d'urgence passent à vive allure. Jeanette les voit tourner à droite plus bas sur la rue. "Voilà ce qu'on va faire, conclut-elle. Avec un collègue, nous allons nous rendre chez Ulrika dans l'après-midi. Retrouvez-nous là-bas avec les clés."

La grand-mère promet d'y être à une heure. Aussitôt après avoir raccroché, Jeanette sort son mobile et compose le numéro d'Ulrika.

Une voix l'informe que le numéro demandé est pour l'instant indisponible. Elle se rassoit. Devrais-je m'inquiéter?

Non, pas encore. Sois rationnelle.

S'inquiéter à ce stade, c'est se fatiguer pour rien. Elle connaît la chanson : dans le meilleur des cas, un indice leur dira où se trouve Ulrika et, dans le pire, ils trouveront la preuve qu'elle a disparu contre son gré. Mais ce genre d'intervention donne en général un résultat intermédiaire, c'est-à-dire rien. Quand le téléphone sonne à nouveau, elle est certes frustrée mais, en reconnaissant le numéro sur l'écran, elle sent un chatouillement au ventre et laisse sonner plusieurs fois, pour ne pas paraître trop empressée.

"Jeanette Kihlberg, police de Stockholm, dit-elle un sourire aux lèvres, en oubliant pour l'instant Ulrika Wendin.

— Comment ça va, ce matin ? demande Sofia Zetterlund. Tu as un moment ?"

Un moment ? Pour toi, tant que tu voudras.

"Ce matin ? Mais c'est bientôt l'heure du déjeuner, rit Jeanette. Je suis contente de t'entendre, mais j'ai une montagne de travail."

Et elle dit vrai. Elle regarde le désordre qui règne sur son bureau. Tout le dossier Hannah Östlund et Jessica Friberg : trois cents pages, une série de polaroïds, un bouquet de tulipes jaunes et les photos de deux cadavres de chiens à la cave.

"Bon, j'ai peu de temps moi aussi, dit Sofia. Écoute juste d'une oreille ce que j'ai à te dire, tout en vaquant à tes occupations. Nous les femmes, nous avons deux cerveaux, c'est bien connu.

— Bien sûr. Vas-y…"

Jeanette ouvre le classeur marqué *J. Friberg* et entend Sofia inspirer comme pour se lancer dans un long monologue.

"Annette Lundström a été internée il y a trois jours, commence-t-elle. Psychose aiguë, causée par le suicide de sa fille. Annette l'a retrouvée pendue dans sa chambre à leur domicile d'Edsviken. Les infirmiers me l'ont raconté…

— Stop, dit Jeanette en refermant aussitôt le classeur. Redis ça.

— Linnea est morte. Suicidée." Sofia soupire.

Jeanette reste muette, se cale au fond de son siège et repose le classeur sur la pile. La famille Lundström, bientôt anéantie par elle-même. Elle se rappelle sa dernière rencontre avec Annette. Une épave. Un fantôme. Et Linnea…

"Tu es toujours là ?"

Jeanette ferme les yeux pour reprendre ses esprits.

Linnea est morte. Ça n'aurait pas dû arriver. Putain, à quoi bon ?

"J'écoute. Continue.

— Annette s'est échappée de Rosenlund hier. En revenant de déjeuner, je l'ai trouvée dans la rue, j'ai vu qu'elle n'allait pas bien et je l'ai fait monter à mon cabinet. Pendant la demi-heure qu'elle y a passée, elle m'a raconté que l'avocat Viggo Dürer avait payé une somme importante pour les réduire au silence, elle et sa fille. Et que c'était la raison de l'interruption de la thérapie de Linnea.

— C'est bien ce que je craignais. En tout cas, c'est confirmé.

— Oui, il y a l'air d'y avoir eu un arrangement financier en sous-main. Je ne sais pas de quels moyens tu disposes, mais je parierais qu'en contrôlant les comptes d'Annette Lundström, on trouverait des irrégularités.

— C'est déjà fait, dit Jeanette. Mais il a été impossible d'identifier l'origine du versement. Ce que tu me dis ne m'étonne pas, mais je suis vraiment désolée pour Linnea."

Et Ulrika, pense-t-elle. Que lui est-il arrivé ?

Ulrika lui a fait une impression ambiguë, à la fois forte et fragile. Un instant, elle se demande si la jeune fille pourrait se suicider. Comme Linnea.

Une seconde lui suffit pour imaginer Ulrika Wendin pendant au bout d'une corde.

“Bon…, reprend Jeanette, comme pour interrompre le cours de ses pensées. Nous avions déjà les récits de Linnea au cours de sa thérapie, ses dessins, la lettre de Karl Lundström et maintenant le témoignage d'Annette. Comment va-t-elle ? Serait-elle en mesure de témoigner lors d'un procès ?”

Sofia pouffe. “Annette Lundström ? Ah non, tu sais, dans son état… Mais si la fièvre baisse, alors…”

Jeanette trouve le ton ironique de Sofia un peu déplacé, vu la gravité de la situation. “La fièvre ? Comment ça ?

— Eh bien, la psychose est un peu la fièvre du système nerveux central. Elle peut se déclarer lors d'un bouleversement extrême : dans le cas d'Annette, la mort coup sur coup de son mari et de sa fille. La fièvre peut retomber, mais ça peut prendre longtemps. Dix ans de soins, c'est fréquent.

— Je comprends. Elle a dit autre chose ?

— Elle a des hallucinations et des obsessions. Les personnes psychotiques perdent le contact avec la réalité, et le bouleversement mental se traduit aussi au plan physique. Tu ne la reconnaîtrais pas. Elle a aussi parlé de rentrer chez elle à Polcirkeln retrouver Karl et Viggo et construire un temple. Elle s'y voyait déjà. Le regard perdu dans l'éternité, si tu vois ce que je veux dire ?

— Peut-être. Mais en fait, cette histoire de Polcirkeln n'est pas qu'une pure invention.

— Ah bon ?

— Non. Je vais te raconter quelque chose sur Annette Lundström que tu ignores peut-être. Polcirkeln existe, c'est une localité en Laponie. Elle a grandi là, et Karl est son cousin. Ils appartenaient tous les deux à une secte laestadienne dissidente baptisée les Psaumes de l'Agneau. La secte a fait l'objet de dénonciations à la police pour abus sexuels. Et l'avocat Viggo Dürer vivait à cette époque à Vuollerim, à quelques dizaines de kilomètres seulement de Polcirkeln."

Jeanette entend du bruit dans l'écouteur. "Attends, finit par dire Sofia. Cousins ? Karl et Annette sont cousins ?

— Oui.

— Les Psaumes de l'Agneau ? Des abus sexuels ? Viggo Dürer y était-il mêlé ?

— Nous l'ignorons. Il n'y a jamais eu aucune mise en examen. La secte a été dissoute et tout est tombé dans l'oubli."

Sofia se tait et Jeanette presse l'écouteur contre son oreille. Elle entend une respiration lourde, si proche, et pourtant si lointaine.

"On dirait qu'Annette Lundström veut retourner dans le passé, dit Sofia, la voix à présent plus sombre. Peut-être y est-elle déjà dans sa tête ?" Elle rit.

À nouveau cette voix, pense Jeanette. Un glissement de ton, souvent suivi d'un changement de personnalité chez Sofia. Elle l'a déjà souvent remarqué.

"Et au fait, comment va l'enquête ?" demande Sofia.

Jeanette songe combien elles se sont peu parlé ces derniers temps et au rythme effréné des derniers jours. "Quelle enquête ? Si tu penses à Grünewald, Silfverberg et consorts, je crois que nous l'avons bouclée. Si tu parles des enfants clandestins, là, c'est toujours la page blanche.

— Bouclée ? fait Sofia, toujours de la même voix sombre. Alors… qui était le coupable ?"

Jeanette réfléchit. “Les coupables, plutôt, mais je ne devrais pas en parler au téléphone.” Mieux valait attendre de se retrouver en tête à tête pour tout lui raconter. “Dis-moi…, tente Jeanette. On pourrait peut-être…

— Je sais ce que tu vas dire. Tu veux me voir et moi aussi. Mais pas aujourd'hui. Tu pourrais passer me prendre au cabinet demain après-midi ?”

Jeanette sourit. Enfin, pense-t-elle. “D'accord. De toute façon, je ne pouvais pas ce soir, je veux voir Johan avant qu'il file à Londres avec Åke. Je…

— Écoute, il faut que je raccroche, la coupe Sofia. J'ai un client dans cinq minutes et tu as à faire, toi aussi, non ? On se reparle demain ? D'accord ?

— D'accord. Mais…” La communication est coupée.

Jeanette est comme vidée de toute son énergie, elle se lève et pousse son fauteuil sous son bureau. Si seulement Sofia n'était pas si difficile, si imprévisible.

Elle commence à avoir le vertige, elle sent son pouls s'accélérer et doit s'appuyer au rebord du bureau.

Du calme. Respire… Rentre. Tu es stressée. Laisse tomber pour aujourd'hui.

Non. D'abord déjeuner avec Åke, puis direction Johan Printz Väg à Hammarbyhöjden pour chercher à comprendre ce qui est arrivé à Ulrika Wendin.

Son sang tambourine à ses tempes, comme si elle avait une otite. Elle se rassoit et contemple le chaos qui règne sur son bureau en poussant de longs soupirs.

Les preuves contre Hannah Östlund et Jessica Friberg. Une série de photos qui confirment la culpabilité des deux femmes. Affaire classée, Billing content.

Mais il y a décidément quelque chose qui la turlupine.

Vita Bergen

Sofia est épuisée après la conversation avec Jeanette. Elle est assise à la cuisine avec un verre de vin blanc, alors qu'elle devrait être au cabinet à attendre un client.

Apprendre à se connaître soi-même n'est pas bien différent d'apprendre à connaître les autres. Cela prend du temps, et il reste toujours une part insaisissable ou fuyante. Quelque chose de contradictoire.

Il en a longtemps été ainsi avec Victoria.

Mais Sofia sent qu'elle a fait de grands progrès ces derniers jours. Elle a toujours du mal à contrôler Victoria, mais elles ont commencé à se rapprocher.

C'est Sofia qui a appelé Jeanette, mais c'est Victoria qui a terminé la conversation, et elle se souvient de chaque mot. C'est inhabituel.

Victoria a menti à Jeanette en prétendant être au cabinet à attendre un client, et Sofia a pleinement participé à ce mensonge, elle l'a même encouragé.

Un mensonge à deux.

Le fait est qu'elle se rappelle en partie les événements de la veille à l'hôtel Clarion, cette heure où Victoria a pris le dessus. Elle se rappelle bien sûr l'arrivée de Carolina Glanz et ce qui s'est passé ensuite, mais aussi des fragments de la conversation de Victoria avec l'homme d'affaires allemand, dont elle garde une image assez nette.

C'est une évolution positive, qui l'aide à comprendre ce qui a pu se passer pendant ses trous de mémoire des derniers temps. Quand elle se réveillait le matin au lit avec des bottes boueuses, sans la moindre idée de ce qu'elle avait fait pendant la nuit.

Elle commence à deviner pourquoi tant de soirs et de nuits Victoria va se soûler et chercher des hommes dans des bars. Elle pense que c'est une affaire de libération.

Malgré tout c'est elle, Sofia Zetterlund, qui, depuis presque vingt ans, a le dessus : elle a l'impression que Victoria, par ses écarts de conduite, cherche à se manifester. À secouer Sofia et à lui rappeler qu'elle existe, que ses exigences, ses sentiments sont aussi importants que ceux de Sofia.

Elle vide son verre, se lève, pousse sa chaise jusqu'à la cuisinière, branche la hotte et allume une cigarette. Victoria n'aurait pas fait ça, se dit-elle. Elle serait restée à table pour fumer et aurait bu trois verres de vin plutôt qu'un seul. Et du rouge, pas du blanc.

Je suis une invention de Victoria. Rien n'a commencé avec moi, j'étais juste une alternative pour survivre, être normale. Être comme tout le monde, supporter les souvenirs des abus sexuels en les refoulant. Mais à la longue, ce n'était plus tenable.

La hotte ronronne au-dessus d'elle, aspirant la fumée en arabesques.

C'est Lasse qui a installé la hotte quand ils ont rénové la cuisine. Elle regarde autour d'elle : il n'a jamais terminé. Les portes des placards n'ont pas été changées, l'intérieur de la porte est poncé, mais pas peint, elle sait qu'il y a un placard plein de pots de peinture et de bouteilles de white-spirit.

C'est bien tout ce qui lui reste de Lasse. Une cuisine inachevée.

Quand elle était au plus mal, elle s'est figuré que la cuisine était une salle d'autopsie, que les bouteilles et les pots contenaient du formol, de la glycérine et de l'acétate de calcium, des substances d'embaumement. Là où elle voyait des instruments de dissection, elle voit à présent une boîte à outils ordinaire à moitié ouverte devant le placard à balais, avec la lame d'une scie égoïne qui dépasse à côté du manche d'un petit marteau.

La fumée tourbillonne à travers le filtre et elle devine, derrière, les pales en rotation. Elle lève les yeux et perçoit dans l'ombre leur faible vibration. Comme les prémices d'une migraine épileptique.

Struer, pense-t-elle.

Il y avait de gros ventilateurs dans le sous-sol de la maison de Viggo Dürer au Jutland, un équipement pour sécher la viande de porc, et, parfois, leur ronronnement sourd la maintenait toute la nuit éveillée et lui donnait mal à la tête. La porte qui y descendait était toujours fermée.

Voilà, se dit-elle. Les souvenirs doivent venir d'eux-mêmes, je ne dois pas me forcer.

C'est comme tenir une savonnette. On doit être détendu : si on serre trop fort, elle vous glisse entre les doigts.

Elle éteint sa cigarette sous le robinet, coupe la hotte et repense à Lasse. Ce n'est pas vrai qu'il n'ait laissé qu'une cuisine à moitié rénovée. Il y a aussi autre chose. Un enfant jamais né.

Elle quitte la cuisine et entre dans le bureau.

Le papier est toujours là où elle l'a laissé, dans un des tiroirs. Le document qui prouve qu'il s'est fait stériliser, qu'il est allé voir un médecin dans son dos.

C'est une ordonnance vieille de neuf ans, la prescription d'un rendez-vous chez un urologue, elle la relit plusieurs fois. Des lettres noir sur blanc, le logo de l'hôpital Sud. Et en bas la signature fleurie d'un docteur.

Ils se connaissaient depuis quelques mois seulement, et il avait déjà fait une croix sur une famille avec elle.

Détends-toi. N'essaie pas de te souvenir, laisse venir.

Johan Printz Väg

Jens Hurtig retrouve Jeanette devant le magasin du monopole des alcools, près du centre commercial Västermalmsgallerian. Elle ouvre la portière et s'installe à l'avant.

Elle n'arrive pas à ne plus penser à Madeleine Silfverberg. Même si la jeune femme n'a rien à voir avec le meurtre de son père, la retrouver permettrait d'avancer. Peut-être sait-elle quelque chose au sujet de Viggo Dürer? L'avocat était en effet un proche de Per-Ola Silfverberg.

Hurtig tourne à droite sur Sankt Eriksgatan. "C'est donc la grand-mère d'Ulrika Wendin qui t'a appelée?

— Oui. Elle a plusieurs fois cherché à joindre Ulrika, en vain. Elle nous attend avec les clés devant l'appartement."

Il lui est arrivé quelque chose, pense Jeanette. Mais si son silence a été acheté, il n'y a peut-être pas lieu de s'inquiéter pour elle? Ulrika est peut-être sur une chaise longue avec un cocktail, dans un hôtel, quelque part.

Mais s'il lui était arrivé malheur?

Du calme. Ne noircis pas le tableau avant d'en savoir davantage. Ulrika a peut-être tout simplement rencontré un garçon, est tombée amoureuse et a passé quelques jours au lit avec lui.

"Et ce déjeuner, au fait?" demande Hurtig.

Åke l'avait invitée à déjeuner pour parler de Johan et de sa garde partagée. Il était plus mince que dans son souvenir, avait un peu laissé pousser ses cheveux ras : malgré elle, elle a dû reconnaître qu'il lui manquait. Peut-être devient-on aveugle avec le temps ? On se met à voir les défauts, au lieu de ce qu'on aimait autrefois ?

Après avoir réglé leurs affaires, Åke a surtout passé son temps à se vanter de ses succès, en soulignant à plusieurs reprises combien l'agence d'Alexandra Kowalska avait été importante pour lui. C'est avec un certain soulagement qu'elle l'a quitté, une fois le déjeuner fini.

Après avoir laissé Åke, elle a eu le temps d'appeler Johan pour convenir d'une soirée télé. Voir un match sur petit écran ne soutient pas la comparaison avec un derby de Premier League vu sur place, mais Johan a semblé apprécier la proposition. Elle lorgne sa montre et constate qu'elle sera sans doute rentrée avant lui. Non d'ailleurs, pas sans doute. Cette fois, il n'aura pas à l'attendre.

"Tu as l'air un peu distraite, dit Hurtig. Je t'ai demandé comment s'était passé ton déjeuner."

Jeanette est tirée de ses réflexions. "Oh, on a surtout parlé de choses pratiques. Le divorce, tout ça. Åke emmène Johan à Londres ce week-end.

— Dis donc, ce qu'il voyage !" Hurtig klaxonne une voiture qui leur coupe la route sans clignoter. "Il n'était pas à Boston, récemment ? Et avant c'était Cracovie, non ?"

Jeanette hoche la tête.

"On a dû choisir le mauvais métier, continue-t-il. Il suffit de balancer un peu de peinture sur une toile, et hop, l'argent rentre et c'est parti pour le tour du monde."

Jeanette éclate de rire. Il n'y allait pas avec le dos de la cuillère !

Ils passent devant le métro Thorildsplan et Jeanette a une pensée pour le premier des jeunes garçons. Cela semble si lointain. Comme si des années s'étaient écoulées depuis la découverte du cadavre momifié dans les buissons, à une vingtaine de mètres seulement de là.

"Jens..., fait Jeanette alors que Hurtig prend la voie rapide d'Essinge vers le sud. J'ai une triste nouvelle. Linnea Lundström est morte. Elle s'est pendue chez elle."

Hurtig pâlit. "Pendue ?"

Jeanette hoche la tête.

"Putain..." Il donne un grand coup sur le volant.

Ils ne se disent plus rien pendant le reste du trajet. En se garant sur le parking devant l'appartement d'Ulrika Wendin, c'est Hurtig qui brise le silence.

"Alors comme ça, elle s'est pendue ?"

Il ralentit et s'arrête. Jeanette voit qu'il tente de sourire, mais c'est complètement raté.

"Oui, c'est un sacré merdier", dit-elle.

Le sourire de Hurtig est tourmenté. "Ma sœur a fait pareil. Il y a dix ans. Elle avait juste dix-neuf ans."

Jeanette ne sait pas quoi dire. Et que dire ?

"Je..." Elle réalise combien elle connaît mal son collègue.

"Ça va, dit-il, et son sourire crispé a disparu. C'est une chierie, mais on apprend à vivre avec. On a fait de notre mieux. C'est sûrement mes vieux qui ont le plus morflé.

— Je... je suis vraiment désolée. Je n'en avais pas la moindre idée. Tu veux en parler ?"

Il secoue la tête. "Franchement... non."

Elle hoche la tête. "OK. Mais tu n'as qu'à me dire. Je suis là."

Elle le serre longuement contre elle puis ils restent là un moment avant qu'il soupire en lui rappelant pourquoi ils sont venus.

En descendant de voiture, elle aperçoit une femme menue sortir de l'immeuble. Elle allume une cigarette et regarde alentour, comme si elle cherchait quelque chose. "Je crois que c'est elle."

Ils s'approchent, il s'agit bien de la grand-mère d'Ulrika Wendin. C'est une fausse blonde surnommée Kickan qui travaille dans un salon de coiffure de Gullmarsplan. Ulrika est son seul petit-enfant.

Ils entrent dans le bâtiment et montent les escaliers. Devant la porte de l'appartement, la femme sort un trousseau de clés. Jeanette se rappelle sa première visite.

Elle avait parlé avec Ulrika des viols que Karl Lundström lui avait fait subir, et ce souvenir l'emplit de tristesse. S'il existe une sorte de justice poétique, tout devrait finir par s'arranger pour la jeune fille. Mais Jeanette en doute.

Kristina Wendin introduit la clé dans la serrure, tourne deux tours et ouvre.

Chez Hannah Östlund à Fagerstrand, la puanteur provenait de deux chiens morts.

Ici, c'est pire.

"Je crois qu'on va appeler la police scientifique, dit Hurtig en se bouchant le nez dans la manche de sa veste. On ne touche à rien.

— Du calme, Jens", dit Jeanette en lui jetant un regard pour lui rappeler de faire attention à ce qu'il dit devant la grand-mère, et de ne pas tirer de conclusions hâtives.

Mais elle sent elle-même l'inquiétude lui serrer le ventre.

"Qu'est-ce qui s'est passé ?" Kickan Wendin les regarde d'un air inquiet, fait mine d'aller dans l'appartement, mais en est empêchée par Jeanette.

"Il vaut mieux attendre dehors", dit-elle en indiquant d'un geste à Hurtig d'aller jeter un œil.

La femme semble secouée. “Mais qu’est-ce qui sent si mauvais ?

— Nous ne savons pas encore”, répond Jeanette, tout en entendant Hurtig faire du bruit à l’intérieur. Elles attendent en silence. Une minute plus tard, il les rejoint.

“C’est vide, dit-il avec un geste d’impuissance. Ulrika n’est pas là et l’odeur vient de la poubelle. De vieux restes de crevettes.”

Jeanette pousse un soupir de soulagement. Juste des crevettes, pense-t-elle en prenant la femme par l’épaule. “Venez, sortons dans la cour, pour parler un peu.”

Du calme, maintenant, se dit-elle en guidant la grand-mère inquiète dans l’escalier.

“Je reste encore un peu pour jeter un coup d’œil”, dit Hurtig. Jeanette lui répond d’un hochement de tête.

Une fois en bas, Jeanette propose de s’installer dans la voiture. “Il y a un thermos de café, vous en voulez ?”

Kickan secoue la tête. “Ma pause va bientôt se terminer, il va falloir que je retourne travailler.”

Elles s’assoient sur un banc et Jeanette lui demande de lui parler un peu d’Ulrika, mais il s’avère qu’elle ne sait pas grand-chose de la vie de sa petite-fille. Le peu qu’elle en dit fait conclure à Jeanette qu’elle n’est pas même au courant du viol dont Ulrika a été victime.

“Vous êtes certaine de ne pas vouloir rester un peu ? Mon collègue a bientôt fini et je peux téléphoner à votre travail.

— Non, impossible. J’ai une cliente… Mèches et permanente.”

Le ventre de Jeanette se serre. Une coiffure ? La coiffure d’une cliente, plus importante que sa propre petite-fille ? Les gens ont-ils tellement peur de perdre leur emploi, pour raisonner ainsi ?

Tandis que Kickan Wendin s'éloigne, Jeanette s'installe au volant et allume une cigarette en attendant que Hurtig ressorte.

C'est triste, songe-t-elle. Cette femme donne la priorité à une cliente plutôt qu'à sa petite-fille. Comment en arrive-t-on là ?

Elle s'interrompt en réalisant qu'elle fait pareil. Il suffit de remplacer Kickan par Jeanette, cliente par criminel et Ulrika par Johan. La même équation.

“Traces de sang dans l'entrée.” Hurtig frappe le toit de la voiture, faisant sursauter Jeanette.

“Du sang ?

— Oui, alors je me suis dit que c'était aussi bien d'appeler Ivo, ça ne peut pas faire de mal qu'il fouine un peu là-haut, prenne des échantillons et nous dise à qui est ce sang. C'est toi qui conduis ?

— Quoi ?

— Ben oui, tu es au volant. Qui conduit, toi, ou moi ?”

Jeanette s'emporte brusquement, irritée qu'il ait pris une initiative.

“Si Ivo vient, on doit l'attendre.” Elle sort de la voiture. “J'appelle la grand-mère d'Ulrika pour l'informer que l'appartement va être examiné et qu'elle ne doit pas s'y rendre jusqu'à nouvel ordre.”

Après une courte conversation, où Jeanette s'efforce de ne pas inquiéter davantage Kickan Wendin, elle se rassoit dans la voiture.

“Jens, le mouche-t-elle. Primo, je ne veux pas que tu terrorises des proches en parlant à tort et à travers de police scientifique avant même d'avoir vu quoi que ce soit. Secondo, c'est moi, et moi seule qui décide d'appeler ou non les techniciens.”

Il a l'air tout penaud et elle regrette aussitôt d'avoir haussé le ton. Putain, quel manque de délicatesse ! Il vient de me parler de la mort de sa sœur, et moi je l'engueule. Je dois être surmenée, il faut que je me repose…

"Laisse tomber, dit-elle. Mais penses-y la prochaine fois."

Il hoche la tête. *"Sorry, boss…"*

Hurtig semble blessé. Jeanette comprend qu'elle s'est autant irritée contre elle-même que contre le comportement de son collègue.

Toujours cet ego, cet égoïsme têtu, et tout qui fout le camp autour d'elle parce qu'elle s'obstine à faire passer le boulot avant le reste.

Elle a perdu Åke, ses relations avec Johan ne sont pas bonnes, et avec Sofia tout est bizarre.

À y regarder de près, Hurtig est la seule personne avec qui elle se sente décontractée. Elle ne peut, hélas, que le constater : elle est mariée à son boulot. Mais son insensibilité pour tout ce qui ne concerne pas le boulot l'a blessé lui aussi, elle vient juste d'en avoir la preuve.

"Tu as vérifié que c'était bien du sang ? Il y en avait beaucoup ?

— Quelques taches. Des gouttes séchées, sur le seuil de l'entrée, mais du sang, à coup sûr.

— Tu as utilisé du luminol ?

— Non, comment ça ? Tu en as toujours sur toi ?

— C'est peut-être de la peinture ?

— Non, aucune chance.

— Du café ?"

Il sourit, à présent. "Non, ce n'était pas des taches de café.

— Je te demande juste si tu veux du café", dit-elle en lui passant le thermos.

Lac Klara

“Von Kwist”, répond sur ses gardes le procureur quand Jeanette Kihlberg l’appelle pour la deuxième fois en quelques heures. Son estomac se retourne tandis qu’elle lui communique les éléments faisant craindre la disparition d’Ulrika Wendin : en raccrochant, il est sur le point de vomir.

Putain de bordel de merde, pense-t-il en allant ouvrir le bar.

Pendant que la machine à glace se met en branle, il attrape une bouteille de whisky fumé et s’en verse un bon verre.

Si le procureur était quelqu’un de créatif, il varierait ses jurons. Mais ce n’est pas le cas, aussi répète-t-il : “Putain de bordel de merde” en vidant son verre d’un trait.

Il débouche à nouveau la bouteille, s’en sert un autre et va s’asseoir dans le fauteuil près de la fenêtre en poussant un bruyant soupir accompagné par le craquement du vieux cuir.

Le whisky ne soulage en rien son ulcère, mais il en avale encore une bonne gorgée et sent l’alcool rencontrer les reflux acides quelque part au niveau de sa poitrine.

Ce matin, après le premier coup de téléphone de Jeanette Kihlberg, il a trouvé sur le moment qu’il valait mieux la brosser dans le sens du poil. Après son second appel, il a compris que la situation était si grave que la vie d'Ulrika Wendin était peut-être en danger et il s'avoue à lui-même qu'il a beau ne pas être un enfant de chœur, il y a des limites.

Sale gosse, se dit-il. Tu aurais dû prendre le fric, filer et la fermer.

Maintenant, ça peut vraiment très mal tourner.

Il a beaucoup pensé à Viggo Dürer, ces derniers temps, et en a conclu que c'était un homme glacial, calculateur, très intelligent et sans scrupule.

Le procureur frissonne et se souvient d'un événement, quinze ans plus tôt, alors qu'il était invité dans l'archipel, dans la villa de l'ancien chef de la police Gert Berglind.

Viggo Dürer était présent, ainsi qu'un autre homme, un Ukrainien dont les liens avec l'avocat n'étaient pas clairs et qui ne parlait pas un mot de suédois.

Ils étaient dans la cuisine. Dürer et Berglind avaient eu un différend, sans doute d'ordre privé, un bateau ou une voiture qui devait changer de propriétaire. Berglind s'était indigné, avait haussé le ton. Dürer, après être un moment resté sans rien dire, s'était penché vers l'Ukrainien et lui avait parlé à voix basse en russe. Tandis que Berglind, furieux, continuait d'argumenter, l'Ukrainien avait quitté la cuisine et gagné l'annexe où le chef de la police élevait ses lapins de concours.

Par la fenêtre ouverte de la cuisine, ils avaient entendu deux petits cris et, quelques minutes plus tard, l'Ukrainien était revenu avec deux lapins de race fraîchement dépecés, valant bien dix mille couronnes chacun. Le chef de la police était resté blême et leur avait demandé de partir.

Sur le coup, le procureur Kenneth von Kwist avait cru Berglind affecté par la perte de l'argent qu'il aurait pu gagner, ou juste triste de la perte de ses lapins. Aujourd'hui, il comprend que le chef de la police avait été terrorisé, sachant déjà à l'époque quel genre de personne était Viggo Dürer.

Il ferme les yeux et prie pour ne pas s'en être lui-même rendu compte trop tard.

"Putain de bordel de merde", marmonne-t-il pendant que les six centilitres de Black Ribbon vingt et un ans d'âge brûlent son ulcère à vif.

Le whisky fumé lui fait penser à l'odeur de Viggo Dürer. Dès qu'il entrait dans une pièce, on la sentait. Était-ce une odeur d'ail frit ?

Non, pense le procureur. Plutôt de poudre ou de soufre. C'est contradictoire, car il sait aussi que Dürer avait la capacité de se fondre dans la foule, en quelque sorte de disparaître dans le décor.

Veut-on avoir un peu de respect pour le procureur Kenneth von Kwist, on dira que les contradictions ne sont pas son fort. Pour être un peu plus méchant, et ainsi mieux approcher la vérité, on affirmera que, pour lui, les contradictions n'existent tout simplement pas. Il y a le blanc ou le noir, rien entre les deux, ce qui est assez gênant pour un procureur.

Il le constate à présent : Viggo Dürer était une personne contradictoire.

Capable d'être très dangereux, mais en même temps chétif, se plaignant de crampes cardiaques la dernière fois qu'il l'avait vu, juste avant sa mort. Et voilà qu'il a laissé derrière lui ce merdier qui me retombe dessus, pense von Kwist.

"Avocat et éleveur de porcs, marmonne-t-il dans son verre de whisky. Enfin, ça ne colle pas !"

Route 222

Ivo Andrić peine à se concentrer sur son travail.

Il sait ce qu'il a cru voir sur la photo dans le journal, mais sait aussi combien il aimerait que ce soit vrai.

Prendre ses désirs pour la réalité, rêver peut troubler un esprit d'ordinaire logique – or si la photo des habitants de Rosengård était vraie, c'était contre toute logique.

Diamétralement opposé à la logique. Un miracle.

Une heure après le départ de Jeanette Kihlberg et Jens Hurtig de l'appartement d'Ulrika Wendin, Ivo Andrić le quitte à son tour. Mais plutôt que la voie rapide, il choisit de passer par les rues plus calmes de Hammarbyhöjden et Sjöstaden. La conduite y est moins monotone et réclame davantage son attention, ce qui fait mieux fonctionner son cerveau.

Le numéro de téléphone donné par Jeanette Kihlberg n'a servi à rien et, au journal, ils ne connaissaient pas tous les noms des locataires indignés. Mais le journaliste qui a signé l'article a pu lui donner le nom de l'instigateur de la protestation. Peter Hemström, professeur de travaux manuels à l'école de Rosengård.

Ivo Andrić ne veut pas attendre d'être rentré pour téléphoner, car il n'a pas encore parlé à sa femme de la photo du journal. Il sait combien elle serait déçue s'il s'avérait qu'il s'était trompé. Si c'était quelqu'un d'autre sur la photo du journal.

Lui, il a appris à gérer la déception.

Ivo Andrić gare sa voiture et sort son téléphone. Compose le numéro et attend. S'il s'est trompé, il veut le savoir maintenant.

Peter Hemström répond après quatre sonneries et se montre très serviable une fois qu'Ivo lui a posé sa question. Bien entendu, il peut chercher les noms des personnes présentes sur la photo, toutes veulent créer ensemble une association de locataires, mais cela peut prendre un moment, il promet de le rappeler.

Ivo Andrić se cale au fond de son siège, ferme les yeux et se concentre pour penser à autre chose, au travail. Cela peut lui faire oublier tout le reste.

La visite de l'appartement d'Ulrika Wendin a pris à peine une heure, et c'est surtout une théorie qui lui occupe le cerveau. Elle se fonde sur l'idée que quelqu'un a veillé à bien nettoyer la cuisine, mais a négligé le reste de l'appartement. On a essuyé la porte du réfrigérateur, sans s'occuper de la poubelle ou du courrier sur le paillasson. On ne s'est pas non plus soucié des taches dans le séjour, sans doute du vin rouge. Le tout indique que ce nettoyage avait un objet précis : cacher quelque chose.

La personne qui a fait le ménage a bien travaillé, avec de la lessive et du désinfectant, à part les quelques taches oubliées dans l'entrée, sur le seuil, mais qui n'ont pas grande importance dans le contexte. Avec un pulvérisateur de luminol et d'eau oxygénée, Ivo Andrić a révélé une porte de réfrigérateur maculée de sang et un sol de cuisine où le sang a d'abord goutté avant d'être étalé avec un chiffon ou quelque chose de ce genre.

Il prend son appareil photo et fait rapidement défiler les clichés. Pour pouvoir photographier des traces de sang, il faut de l'obscurité et un long temps de pose : cette fois, un pied et les persiennes de la cuisine ont suffi. Le sang apparaît clairement à la lumière bleue, à la suite de la réaction chimique provoquée par le luminol.

Restent deux choses.

À qui est ce sang, et à quand remontent les violences ?

Si le scénario est celui auquel il pense, la jeune fille a été violentée dans sa cuisine et son ADN sera attesté d'ici deux semaines. À côté de lui, un sac de linge sale contenant des poils et des peaux mortes. On comparera avec les échantillons de sang. Si Ulrika Wendin ne se manifeste pas dans les jours qui viennent, il recommandera un examen plus approfondi de l'appartement.

Quand le légiste a fini son raisonnement, il rouvre les yeux et, comme par un fait exprès, son téléphone sonne. Un sentiment étrange l'envahit en voyant sur l'écran s'afficher l'indicatif de Malmö.

Le professeur de travaux manuels Peter Hemström a les noms de toutes les personnes présentes sur la photo.

"D'abord, le premier rang", dit-il en commençant l'énumération.

Ivo Andrić écoute en silence. De temps à autre, il lâche un murmure inaudible.

"Deuxième rang, en partant de la gauche", continue Hemström, ignorant parfaitement l'importance de cette conversation.

L'importance pour lui et sa femme. Pour personne d'autre.

À force de travailler avec des morts, il a la douloureuse conscience de l'insignifiance de la vie pour toute autre personne que celle à qui on l'a ôtée.

"Et le dernier rang."

C'est le moment, pense Ivo Andrić. Il l'a vu au dernier rang. L'homme qu'il a reconnu. Le mort.

“Kent Hägglund, Boris Lomanov, Ibrahim Ibrahimović, Goran Andrić et Sara Bengtsson. C’est tout. J’espère vous avoir été utile”, conclut Peter Hemström, sans se douter que ce qu’il vient de dire est diamétralement opposé à toute logique.

Il vient de participer à un miracle.

Lazare, songe le légiste Ivo Andrić en sentant monter ses larmes.

Vita Bergen

La Servante, Solace Aim Nut, avait porté Madeleine, la fille de Victoria, dans son ventre rond, gonflé, et c'est Solace qui avait supporté les crampes, la nausée, les jambes gonflées et le mal de dos. Sa dernière mission avant que Victoria ne l'oublie.

Sofia regarde les esquisses au crayon étalées sur la table du séjour.

Toutes représentent un enfant nu, le visage caché par un masque de fétiche. La même fillette, mêmes jambes maigres et ventre gonflé. La même Servante. Sur la table, à côté des dessins au crayon, une photo d'un enfant avec une kalachnikov. *Unsocial mate*. Un enfant-soldat.

Sofia songe à la circoncision rituelle qui a rendu stériles beaucoup de garçons au Sierra Leone. À la campagne, les garçons portaient les petits bouts de peau séchée en colliers comme preuve de leur obéissance à Dieu et pour se protéger contre les mauvais esprits mais, dans les hôpitaux des villes, on jetait tout avec les déchets médicaux dans les décharges des faubourgs. Beaucoup sont devenus stériles après la circoncision, mais au moins, dans les villes, on évitait le plus souvent les infections.

La stérilisation de Lasse avait été à la fois volontaire et sans risque. La vasectomie n'est pas un rituel, alors qu'elle devrait. Pas de rituel non plus pour avorter ni, comme elle l'a elle-même fait autrefois, pour abandonner son enfant dans les mains d'étrangers. Ses pensées se tournent vers Madeleine. Me hait-elle ? Est-ce elle qui a tué Fredrika, Regina et Peo ? Dans ce cas, suis-je la prochaine sur la liste ?

Non, se dit-elle. D'après Jeanette, il ne s'agit pas d'une seule personne. Elle a parlé des meurtriers.

Elle repousse les dessins de Solace et comprend qu'elle devra bientôt brûler tous ces papiers, ces coupures de journaux, abattre les murs de la pièce secrète et jeter tout ce qu'il y a là-dedans.

Elle doit se purifier, se libérer de son histoire. Aujourd'hui, elle ne peut pas faire un pas sans être renvoyée à sa vie de mensonges.

Elle doit apprendre à se souvenir vraiment, sans avoir recours à des documents figés.

Laisse faire Victoria. Mais essaie de ne pas disparaître.

C'est comme tenter de tenir une savonnette. Si on serre trop, elle glisse.

Détends-toi. N'essaie pas de te souvenir, laisse venir.

Victoria va chercher un carnet dans le bureau puis sort du placard vitré une bouteille de vin rouge, un merlot français, ne trouve pas de tire-bouchon et doit enfoncer le bouchon avec le pouce. Demain, Sofia doit voir Jeanette, il faut qu'elle soit reposée. Elle doit donc boire du rouge, on dort mieux qu'avec du blanc.

Ce soir, Victoria va se concentrer sur sa fille, noter tout ce qui lui vient à son sujet, essayer de mieux la connaître. Ce n'est que demain que Sofia se repenchera sur le profil de l'assassin.

Victoria trouve que Sofia en est restée aux généralités. Celui qui a tué les enfants immigrés appartient à une catégorie rare de meurtriers, qu'on peut compter sur les doigts d'une main. Victoria pense à un nom en particulier, et la première chose que fera Sofia demain matin sera une visite à la bibliothèque.

Mais pour le moment, Madeleine.

Victoria reste un long moment le bloc ouvert sur les genoux avant de se décider à procéder par libres associations plutôt que de fixer la feuille blanche.

"Élevée par Charlotte et Per-Ola Silfverberg, écrit-elle. Avec tout ce que cela signifie." Victoria réfléchit un instant, avant d'ajouter : "Elle a sûrement subi des agressions sexuelles. C'était le même genre que Bengt." Elle boit une gorgée de vin. Le goût est chaud, l'acidité lui hérisse la langue.

"Madeleine avait une relation particulière avec Viggo Dürer", écrit-elle ensuite, d'abord sans savoir pourquoi. Mais à y repenser, elle comprend ce qu'elle a voulu dire. Viggo était le genre de personne qui s'appropriait autrui, encore et encore.

Il l'a fait avec Annette et Linnea Lundström, se dit Victoria, et il a essayé avec moi.

"Le pire chez Viggo, écrit-elle, c'étaient ses mains, pas son sexe."

De fait, elle ne se souvient pas avoir jamais vu Viggo nu. Il était juste parfois violent, mais toujours avec les mains. Il ne frappait pas, mais griffait et pinçait. Il se coupait rarement les ongles : elle se rappelle sa douleur quand il les lui enfonçait dans le bras.

Ses agressions étaient comme une masturbation sèche.

"Madeleine haïssait Viggo", continue-t-elle, et à présent elle n'a plus besoin de penser, les associations viennent d'elles-mêmes et le crayon gratte rapidement le papier. "Peu importe ce qu'elle est devenue une fois adulte, Madeleine haïssait son père adoptif et elle haïssait

Viggo. Enfant, elle ne nommait pas ses sentiments, mais elle a toujours haï. Aussi longtemps qu'elle se souvienne."

Victoria projette sur sa fille sa propre expérience. Elle ne change rien au texte, même quand elle trouve qu'elle est allée un peu vite en besogne. Il sera toujours temps de le raturer plus tard.

"Il y a plusieurs variantes possibles de Madeleine adulte. L'une est silencieuse, renfermée, vit une vie retirée. Peut-être est-elle mariée à l'un des membres de la secte de son père, peut-être subit-elle encore en silence les mêmes abus. Une autre Madeleine a reçu de l'aide extérieure, rompu avec sa famille, s'est peut-être installée à l'étranger. Si elle est forte, elle a pu aller de l'avant, mais sa vie restera probablement marquée par les abus et il lui sera difficile d'établir une relation normale avec un partenaire. Une autre Madeleine encore est mue par la haine et la vengeance : toute sa vie, elle a cherché à la fois à refouler ces sentiments et à leur trouver un exutoire. Cette Madeleine vit retirée certaines périodes, mais jamais n'oublie les injustices. C'est une personne perturbée privée de..."

Elle s'interrompt. C'est Sofia qui écrit, pas elle, et c'est de Victoria qu'elle parle. Victoria n'arrive d'habitude pas à s'exprimer aussi clairement. Elle a même oublié le vin, il semble qu'elle n'y ait même plus touché.

"C'est une personne perturbée qui n'a pas dans la vie d'autre motivation que la haine et la vengeance, conclut Sofia. Sa seule chance de tourner la page est de se libérer de ces sentiments. Et il n'y a pas de solution simple à ce problème."

Sofia repose le bloc et le crayon sur la table.

Elle comprend que tôt ou tard Madeleine prendra contact avec elle.

Elle comprend aussi ce qui va se passer entre elle et Victoria.

Sofia ne résistera plus.

Vasastan

Il a beau être assez en forme, Jens Hurtig est toujours essoufflé en ouvrant la porte de son appartement au sixième étage.

Il soupçonne que c'est à cause de la taille des marches : s'il les monte une à une, il a l'impression de trottiner, et deux à deux, il doit presque courir. L'ascension fait travailler ses tendons et ses mollets : il ne comprend pas comment la vieille dame d'en face y arrive, à moins d'avoir, en un demi-siècle, développé à force une ossature de grenouille ou de sauterelle.

L'immeuble a été bâti à la fin du XIXe siècle, dans une partie de Norrmalm encore aujourd'hui surnommée la Sibérie : à l'époque, le quartier était considéré comme excentré, et quitter Stockholm pour une de ses petites maisons ouvrières apparaissait comme un exil en relégation. Le quartier fait aujourd'hui partie du centre-ville et le petit deux-pièces que Jens Hurtig y loue depuis quelques mois n'a rien d'un goulag, même si l'absence d'ascenseur est à déplorer. Surtout quand Hurtig est chargé. Comme aujourd'hui, avec un sac du monopole des alcools qui tinte dans chaque main.

Il ouvre la porte et tombe comme d'habitude sur un tas de publicités et de journaux gratuits, malgré la pancarte polie au-dessus de sa boîte aux lettres. Mais il comprend aussi les pauvres diables qui grimpent tous ces étages avec leurs lourdes liasses de dépliants et tombent à chaque porte sur un refus.

Il pose ses sacs dans l'entrée et inspecte rapidement le tas avant d'empiler les papiers sur la commode, prêts à être transportés au local poubelles au prochain voyage.

Cinq minutes plus tard, il est assis devant la télévision, une bière à la main.

La trois diffuse d'anciens épisodes des *Simpson*. Il les a vus tant de fois qu'il connaît les répliques par cœur : force est de reconnaître que ça le rassure. Il continue à rire toujours aux mêmes endroits, sauf qu'aujourd'hui son rire sonne creux. Il ne s'ancre pas en lui.

Quand Jeanette lui a parlé du suicide de Linnea Lundström, des sentiments anciens l'ont submergé. Le souvenir de sa sœur le hante et le hantera toujours.

C'est la photo d'une jeune fille couchée sur un lit à la morgue qui l'a fait aller directement acheter de quoi boire après le boulot, et c'est la même image qui lui fait à présent passer l'envie de suivre les tribulations des personnages jaunes à la télévision.

La dernière fois qu'il a vu sa sœur, elle était étendue sur le dos, les mains jointes sur le ventre. Elle avait l'air décidée, les lèvres presque noires, un côté du cou et du visage rendu violet par le nœud coulant. Sa peau semblait sèche et froide et son corps donnait l'impression d'être très lourd, malgré sa maigreur et sa fragilité.

Il attrape la télécommande et éteint la télévision. Bientôt, il ne voit plus que son reflet dans l'écran, jambes croisées, bouteille de bière à la main.

Il se sent seul.

Et elle, combien a-t-elle dû se sentir seule ?

Personne ne l'a comprise. Pas lui, pas leurs parents, ni la psychiatrie, dont l'intervention s'est réduite à une thérapie de groupe et à de vagues essais de traitement médicamenteux. Ce qu'elle était au fond d'elle-même était resté inaccessible à eux tous, le trou où elle était tombée était trop profond et trop sombre, et à la fin elle n'avait plus supporté la solitude. Être enfermée à l'intérieur de soi.

On n'avait pas trouvé de boucs émissaires, pas de coupables à part la dépression.

Aujourd'hui, il sait que ce n'était pas vrai.

La faute en revenait à la société, alors comme aujourd'hui. Le monde extérieur était trop dur pour elle. Il lui promettait tout, mais ne pouvait finalement rien lui offrir. Ni l'aider quand elle était tombée malade. Alors comme aujourd'hui, le dysfonctionnement était politique.

Le fort survit et le faible doit se débrouiller seul. Elle s'était persuadée qu'elle était faible, et avait donc couru à sa perte.

S'il l'avait compris alors, peut-être aurait-il pu l'aider ?

Il se lève du fauteuil et gagne la cuisine. Tandis qu'il prend une autre bière dans le frigo, il se remet à cogiter. Comme chaque fois qu'il pense à elle.

Il retourne dans le séjour avec sa bière et s'installe devant l'ordinateur. Un clic en appelle d'autres et bientôt il surfe au hasard. Comme une thérapie. Assis devant l'ordinateur, il refoule les souvenirs de sa sœur quelque part tout au fond de lui. Ils y resteront enfouis toute sa vie, pour ressurgir régulièrement à la surface.

Si elle avait eu le cancer, toutes les ressources auraient été mobilisées pour la soigner, au lieu de quoi on l'avait baladée d'un traitement à l'autre, sans aucune coordination. Il était convaincu que les médicaments avaient accéléré le développement de la maladie.

Mais ce n'était pas là le vrai problème.

Hurtig sait que le grand rêve de sa sœur aurait été d'être musicienne ou chanteuse, et que sa famille la soutenait. Mais la société lui avait envoyé des signaux pour lui faire comprendre que ce n'était pas un métier d'avenir. Un mauvais investissement. C'étaient des signaux fondamentalement politiques que diffusaient les conseillers d'orientation et les agents de Pôle emploi et qui finissaient par devenir des vérités admises par tous.

Au lieu de monter jouer sur une scène, elle avait étudié l'économie, ce qu'il fallait faire quand on était douée à l'école, et elle avait fini par se pendre dans sa chambre d'étudiante.

Juste parce que tout le monde lui avait fait croire que ses rêves ne valaient rien.

Gamla Enskede

Il est neuf heures moins le quart quand le coup d'envoi du match est donné, et ils n'ont pas encore eu le temps de regarder le film qu'elle a loué. Tant pis si ça fait tard, se dit-elle. La soirée a été si réussie jusqu'à présent qu'elle ne veut pas tout gâcher en rabâchant à Johan qu'il est l'heure d'aller se coucher.

Elle le regarde à la dérobée, à peine visible, vautré sur le canapé derrière des paquets de chips, des gobelets de soda d'où dépassent des pailles et des barquettes de riz au ragoût prises chez un des innombrables traiteurs thaïs de Södermalm. Incroyable tout ce qu'il mange, lui qui n'aimait pas le thaï. En même temps, il est en pleine croissance, au point qu'on l'entend pousser, et ses goûts changent à une vitesse qu'elle n'arrive pas à suivre.

Côté musique, il a commencé avec le hip-hop, est passé insensiblement au punk suédois, en se rapprochant un temps dangereusement du hardcore skinhead d'extrême droite, avant qu'un jour, ce printemps, elle le surprenne en train d'écouter David Bowie.

Elle sourit à ce souvenir. Elle avait été accueillie par les accords de *Space Oddity* en rentrant du travail et avait d'abord eu du mal à admettre que son fils écoutait la même musique qu'elle à son âge.

Mais là, c'est soirée foot et, dans ce domaine, ses préférences ne sont pas aussi variables.

L'équipe espagnole, en train de dominer des adversaires complètement dépassés, a toujours eu ses faveurs. Il a une équipe préférée dans chaque grande ligue, et elles n'ont jamais changé, même si elles ne pourront jamais concurrencer son club adoré, Hammarby. On ne quitte jamais le maillot rayé, s'amuse-t-elle.

À la télévision, le premier but est bientôt marqué. C'est l'équipe de Johan qui jubile et il n'est pas loin de se joindre à eux, en bondissant hors du canapé. "*Yes!* Tu as vu ?" Le visage fendu d'un grand sourire, il tend vers elle un *high five* auquel, à son grand étonnement, elle répond. "Putain, bien joué !

— Sacrément bien joué, acquiesce-t-elle. J'ai à peine eu le temps de voir."

Après une brève discussion sur le but et les passes qui l'ont précédé, ils tombent dans un silence qui rappelle presque à Jeanette celui qui s'installe souvent entre Hurtig et elle, un silence qui la détend. Au moment où elle cherche une formulation qui ne fasse pas trop mère poule pour dire qu'elle a aimé la soirée, Johan vient confirmer son sentiment.

"Putain, maman, c'est cool qu'on n'ait pas à causer tout le temps !"

Ça lui fait chaud au cœur. Elle ne relève même pas son juron – en même temps, elle ne surveille elle-même pas trop son langage, Åke ne manquait pas une occasion de le lui faire remarquer.

Pour une fois, elle n'a pas bombardé Johan de questions, comme elle en a l'habitude quand elle ne l'a pas vu depuis quelque temps. Peut-être est-elle un brin réservée à cause de la fatigue, ou même du trac de se retrouver en tête à tête avec lui.

“Je préfère regarder le foot avec toi qu’avec papa, continue-t-il. Il faut toujours qu’il commente et qu’il râle contre l’arbitre, même quand il a raison.”

Elle ne peut pas s’empêcher de rire. “Oui, tu as raison. Des fois, je me demande s’il ne croit pas que les matchs le concernent directement.”

C’était peut-être un peu méchant, se dit-elle. Mais vrai. Et puis elle ressent une profonde satisfaction après ce qu’a dit Johan, et elle sait pourquoi. Elle se demande si Johan a remarqué l’espèce de compétition qui s’est développée ces derniers temps entre Åke et elle. Une compétition pour gagner la confiance de Johan. Elle suppose qu’elle mène pour le moment d’un ou deux points.

“Pauvre papa, dit ensuite Johan. Alex n’est pas gentille avec lui.”

Trois à zéro, se dit Jeanette dans un élan de méchanceté, vite remplacé par une boule au ventre.

“Comment ça ?”

Il se tortille. “Ah, je ne sais pas… Elle n’arrête pas de parler d’argent et il ne pige rien, il signe tous les contrats sans les lire. Elle fait comme s’il travaillait pour elle, et non elle pour lui, ce qui devrait être le cas, non ?

— Tu te plais chez eux ?” Jeanette regrette aussitôt sa question. Elle ne veut pas retomber dans le rôle de la mère fouineuse, mais Johan ne semble pas fâché.

“Avec papa. Pas avec Alex.”

Elle décide de ne pas poser davantage de questions, et Johan semble avoir dit ce qu’il avait à dire, car son attention s’est à nouveau entièrement reportée sur la télévision.

À la mi-temps, il la précède pour débarrasser, et va même jusqu’à verser le reste des chips dans un saladier. Elle a même remarqué que ce soir, après ses passages aux toilettes, il a pensé à rabattre la lunette. Des petits gestes qui trahissent le souci de faire bonne impression. D'être un bon fils.

Des riens, se dit-elle. Mais mon Dieu, ce que je t'aime, mon petit Johan, d'ailleurs plus si petit maintenant.

“Dis, je…” Il vient de se rasseoir, un sourire timide aux lèvres.

“Oui ?”

Il fouille dans sa poche, sort son petit portefeuille en cuir noir marqué du sigle du club de foot et cherche un peu dans le compartiment à billets avant de trouver ce qu'il cherche.

Une petite photographie d'identité, de celles qu'on peut faire dans le métro. Il y jette un coup d'œil puis la lui passe.

C'est la photo d'une jolie fille aux cheveux sombres ébouriffés, qui se donne des airs de dure.

Jeanette adresse à Johan un regard interrogatif et, en voyant ses yeux pétiller, elle comprend que cette fille a elle aussi une photo sur elle, de Johan.

Observatorielunden

Sofia Zetterlund passe devant le vieil observatoire qui a donné son nom au parc. Un homme moustachu en imperméable beige la double, qui lui fait penser au film *L'Homme au balcon*, dont plusieurs scènes ont été tournées ici même. Était-ce Gösta Ekman ?

Tandis que l'homme s'assied sur un banc et sort d'un sac plastique du pain pour nourrir les oiseaux, elle descend vers Sveavägen, s'arrête un instant devant le bassin avec la sculpture *Jeunesse qui danse*, puis continue vers le bâtiment principal de la bibliothèque municipale. Elle se retourne et voit que l'homme n'a rien du commissaire Martin Beck, c'est un vieux monsieur qui n'a même pas de moustache – mais un collier de barbe poivre et sel.

Les gens la distraient, elle a l'impression de les reconnaître, fait mine d'en saluer plusieurs sur le perron de la bibliothèque. Elle les regarde avec insistance, mais ils l'ignorent ou regardent ailleurs, gênés.

Elle entre sous la vaste rotonde lumineuse, ralentit, écoute le silence. En ce début d'après-midi, la bibliothèque est presque vide. On n'aperçoit que quelques personnes ici ou là, tête penchée le long des rayonnages qui tapissent les murs de la salle de lecture haute de trois étages, comme l'intérieur d'un cylindre.

Les collections rassemblent plus de sept cent mille volumes. Ici, plus personne ne la distrait, chacun est absorbé par sa lecture. On n'entend que des pas lents, des bruits de pages tournées et parfois d'un livre qu'on referme doucement. Sofia lève les yeux, commence à compter les rangées, les sections, les livres reliés en brun, rouge, vert, gris et noir. Quand les gens ne la distraient pas, il y a toujours autre chose. Elle regarde aussitôt par terre, chasse de sa tête ses idées fixes et s'efforce de se concentrer sur le motif de sa visite.

Ce sont avant tout les biographies qui l'intéressent. Et un ouvrage ancien sur le sadisme et la sexualité. Elle s'installe devant un ordinateur pour vérifier dans le catalogue que les livres sont disponibles, puis s'approche d'un des comptoirs.

La bibliothécaire est entre deux âges, elle porte un hijab qui lui cache les cheveux et les épaules. Son teint mat fait supposer à Sofia qu'elle vient du Moyen-Orient.

À nouveau cette distraction. Elle a l'impression de connaître cette femme.

"En quoi puis-je vous être utile ?" La voix est froide et douce, Sofia devine un vague accent, qui rappelle celui du Norrland. Iranien ? Arabe ?

"Je cherche le livre de Richard Lourie sur Andreï Tchikatilo et la *Psychopathia Sexualis* de Krafft-Ebing."

Tandis que, sans répondre, la femme entre les titres dans son ordinateur, Sofia remarque qu'elle a un œil brun et l'autre vert clair. Elle est probablement en partie aveugle. Peut-être une altération du pigment à la suite d'une blessure. Un passé violent. Des coups.

"Votre carte de stationnement résidentiel a expiré", dit la femme.

Sofia sursaute. La femme parle, mais ses lèvres ne bougent pas, sa tête est toujours penchée et ses curieux yeux sont concentrés sur l'écran de l'ordinateur, pas sur elle.

Il est temps de la renouveler. Et il vaudrait mieux laisser la Mini dans un garage. Ce n'est pas bon qu'elle reste dehors si longtemps.

Stationnement résidentiel ? Elle ne se rappelle pas la dernière fois qu'elle a pris sa voiture, ni même qu'elle y a pensé, et encore moins où elle est garée.

"Pardon, vous allez bien ?" La femme la regarde. La pupille de l'œil abîmé, vert clair, est beaucoup plus petite que l'autre. Sofia ne sait pas quel œil regarder.

"Je… C'est juste une migraine."

Aussitôt, elle est certaine de n'avoir jamais vu cette femme auparavant.

Le sourire de la bibliothécaire est inquiet. "Vous ne voulez pas vous asseoir ? Je peux vous chercher un verre d'eau et une aspirine, si vous voulez ?"

Sofia respire profondément. "Non, ce n'est pas grave. Vous avez trouvé les titres ?"

La femme hoche la tête et se lève. "Venez, je vais vous montrer."

En suivant les pas légers de la bibliothécaire, elle songe à son processus de guérison. Est-ce ainsi qu'il se déroule ? Ses obsessions se dévoilent peu à peu.

Tout tourne autour d'un jeu d'identités qui concerne aussi les étrangers. Son ego est tellement narcissique qu'elle pense connaître tout le monde et que tout le monde la connaît. Elle-même est au centre du monde, son ego reste celui d'un enfant.

Voilà l'impression que lui fait l'ego de Victoria, et c'est une avancée importante pour la comprendre.

Elle réalise à présent que la femme au chignon serré qu'elle a vue plusieurs fois se traîner sur le trottoir n'est qu'une projection de son propre ego.

Elle a vu sa mère, Birgitta Bergman. C'était bien évidemment une illusion, une de ses obsessions.

Elle va s'asseoir à une table de lecture avec ses livres et sort le carnet dans lequel elle a écrit la veille. Vingt pages de réflexions sur sa fille. Elle décide de continuer une heure ou deux à travailler à mieux connaître Madeleine avant d'aborder Lourie et Krafft-Ebing.

Elle se sent faible et sait qu'elle doit profiter de cet état.

T-Centralen

Jeanette a pris deux heures pour déposer Johan à l'école. Elle sera encore davantage en retard au travail à cause de sa vieille Audi qui, pour la énième fois, la lâche dès Gullmarsplan. Elle se range le long du trottoir, sans même cette fois avoir la force de se mettre en colère contre ce tas de ferraille : le premier coup de fil de la journée est pour la dépanneuse.

Tandis qu'elle descend dans le métro, elle songe à Johan. La séparation n'a pas été aussi difficile qu'elle l'aurait cru. Pour la première fois depuis longtemps, ils se sont quittés sans qu'elle ait le sentiment d'un non-dit entre eux. Bien sûr, elle s'inquiète un peu de le voir partir à l'étranger seul avec Åke mais, si elle se met à ruminer, elle verra le danger partout. Accident d'avion, maladies, hooligans, ce voyage d'automne à Londres aura tôt fait de tourner au cauchemar. Elle s'efforce donc de ne pas s'inquiéter, du moment que les SMS promis arrivent : un à leur arrivée à l'hôtel, un après le match et un dernier une fois qu'ils auront atterris à l'aéroport d'Arlanda.

Au moment où la rame arrive, elle songe à la petite amie de Johan, et sourit toute seule. Elle a hâte de la rencontrer.

Au moment où elle monte, son téléphone sonne. Elle voit que c'est Hurtig, et se souvient aussitôt de ce qu'il a dit la veille au sujet de sa sœur. Quelle sacrée tragédie ! Que dire d'autre ? Putain, que la vie est dure.

Elle s'installe à la fenêtre tout au fond du wagon avant de répondre.

"J'ai deux choses à te raconter, commence-t-il, toutes les deux assez dérangeantes."

Elle entend qu'il est stressé. "Continue.

— À peu près au moment où nous étions chez Dürer à Hundudden, Charlotte Silfverberg s'est suicidée."

C'est comme une chape de plomb. Elle n'entend plus le vieux wagon bringuebaler et presse le téléphone contre ses oreilles. "Quoi ?"

Il développe. "Le ferry pour la Finlande *M/S Cinderella*, la nuit d'avant-hier. D'après plusieurs témoins, Charlotte Silfverberg se trouvait seule sur le pont. Elle a ôté ses bottes, enjambé le bastingage et sauté à l'eau. Les témoins n'ont rien pu faire, mais ont donné l'alerte."

Pendant que le haut-parleur annonce la gare centrale, Jeanette s'efforce de digérer la nouvelle. Non, se dit-elle, pas encore un suicide. "Plusieurs témoins, tu disais ?

— Oui. Il n'y a aucun doute. Charlotte Silfverberg s'est suicidée. Les sauveteurs ont retrouvé le corps tôt ce matin."

Elle a du mal à admettre ce qu'elle entend. Un suicide, vraiment ? D'abord Linnea Lundström, puis ça. Encore une famille qui s'anéantit toute seule.

Pourtant, le doute la saisit.

"Fais appeler l'armateur pour avoir les listes des passagers, dit-elle en se levant une fois le métro à quai.

— Les listes des passagers ? s'étonne Hurtig. Mais pourquoi ? Comme je t'ai dit…

— Un suicide, oui. Mais tu trouves que Charlotte Silfverberg est du genre à se suicider ?" Elle descend et se dirige vers la correspondance avec la ligne bleue. "La dernière fois que nous l'avons vue, c'était une femme sans doute insupportable, mais qui se réjouissait à l'idée de partir en croisière passer un moment agréable avec quelques verres de vin rouge et son idole Lasse Hallström. Et s'il s'était passé quelque chose à bord qui ait poussé Charlotte Silfverberg à cette décision définitive ?

— Je ne sais pas, dit Hurtig, embarrassé. Ma sœur non plus n'était pas, comme tu dis, du genre à se suicider et, dans le cas présent, on a plus de dix témoins sur le bateau qui confirment les faits."

Elle s'arrête sur la première marche et s'appuie à la rampe. "Pardon, je suis maladroite." OK, je me plante peut-être, se dit-elle. "Tu dois avoir raison. On attend pour l'armateur. Et l'autre nouvelle ?"

Elle écoute Hurtig, et bientôt se met à courir à demi parmi la foule.

Ce qu'il vient de lui annoncer signifie que tout le reste passe au second plan.

La correspondance entre la ligne rouge et la bleue semble interminable : elle presse le pas sur le long tapis roulant. Son cœur s'emballe, elle ressent à nouveau cette pression aux oreilles, son pouls qui se synchronise avec la pulsation rythmique de l'escalier roulant qui descend vers le quai de la ligne bleue. Enfin en bas, elle court et attrape au dernier moment une rame vers le nord. Elle s'appuie aux vitres en plexiglas au-dessus des sièges côté droit.

Un certain Iwan Lowynsky, policier à la Sécurité à Kiev, section criminalité internationale, a cherché à la contacter au sujet d'une personne disparue.

Le dossier sur les jeunes immigrés assassinés que Jeanette a envoyé voilà bientôt six mois a fini par faire mouche. Une identification ADN.

Mariaberget

Sofia Zetterlund a décidé d'aller à pied à son cabinet. À Slussen, elle choisit de faire le détour en montant par Mariaberget, après le vieil ascenseur.

Son sac alourdi de livres lui scie l'épaule : en foulant les pavés de Tavastgatan, elle décide au coin de Bellmansgatan de s'arrêter au Bishop's Arms pour les lire en cassant la croûte.

Le bloc avec ses notes sur Madeleine restera au fond de son sac, au moins jusqu'à demain. À la bibliothèque, le texte s'est accru d'une autre dizaine de pages, qu'il faut laisser reposer avant de les relire.

Devant le pub anglais, un petit groupe de touristes gesticule avec enthousiasme tandis que l'un d'eux photographie la façade. Elle entend qu'ils parlent allemand. Tandis qu'elle s'excuse d'un sourire pour se frayer un passage, une des femmes s'exclame : *"Fantastisch, so war das dann hier?*

— *Ja, hier ist es gewesen** ", ânonne-t-elle dans son allemand scolaire avant d'entrer, sans savoir de quoi il était question. Peut-être de Carl Michael Bellman.

Elle commande le plat du jour et s'installe à une place à l'abri des regards. En attendant qu'on la serve, elle

* "Fantastique, c'est donc ici que ça s'est passé ? — Oui, ici."

commence par feuilleter le livre sur le tueur en série russe Andreï Tchikatilo, mais le titre douteux la dérange aussitôt : *Tueur de masse*. Le terme convient à des gens comme Staline ou Hitler. Ils n'ont pas tué en suivant leurs instincts primitifs, mais pour des raisons idéologiques, et en mettant en œuvre des méthodes d'extermination industrielle. Tchikatilo tuait ses victimes une par une, une longue série bestiale.

Elle remarque qu'un chapitre sur deux est consacré au policier qui a fini par résoudre l'enquête portant sur plus de cinquante meurtres. Elle décide de les sauter. C'est Tchikatilo qui l'intéresse, pas les méthodes de la police. À sa grande déception, elle constate vite que le livre ne contient que des descriptions superficielles du mode opératoire, et des spéculations fantaisistes sur ce que le meurtrier a pu penser. Aucune analyse plus profonde de sa psyché.

Elle trouve pourtant ici et là quelques idées intéressantes. Elle résiste à la tentation d'arracher les pages en question et se contente de corner celles qu'elle pense utiliser quand elle mettra ses idées au propre. Celle qui ne contrôle pas ses impulsions et détruit les livres sans se gêner, c'est Victoria. Sofia, elle, sait se maîtriser, songe-t-elle en ressentant ses talons écorchés par les chaussures trop petites. Tout a un prix.

Quand le serveur arrive avec son plat, elle commande une bière. Elle mange quelques bouchées mais s'aperçoit qu'elle n'a pas faim au moment où le groupe des Allemands entre dans le pub. Ils s'installent à une table voisine et la femme qui lui avait adressé la parole lui fait un signe de tête en la reconnaissant. *"Sie müssen stolz auf ihn sein?*

*— Ja, sehr stolz** ", répond Sofia, toujours sans avoir la moindre idée de quoi il s'agit.

* "Vous devez être très fière de lui ? — Oui, très fière."

Elle repousse son assiette et revient au livre sur Andreï Tchikatilo. Au bout d'un moment, elle entrevoit le schéma dont elle veut discuter avec Jeanette. Elle jette quelques notes dans la marge, puis prend son téléphone. Jeanette répond aussitôt.

En réalité, elle n'a rien de neuf à lui dire, Sofia veut juste confirmer leur rendez-vous et, dès qu'elle entend la voix de Jeanette, elle réalise qu'elle lui a manqué.

Jeanette n'a pas oublié qu'elles doivent se voir, mais semble un peu stressée. Sofia comprend qu'elle est occupée, aussi est-elle brève. "Alors retrouve-moi à mon cabinet, conclut-elle. On fera une virée dans mon bar préféré pour boire une bière ou deux en parlant boulot. Après on prendra un taxi pour aller chez toi. D'accord?"

Jeanette rit. "Et on parlera d'autre chose que de boulot. Ça me va. Je t'embrasse."

Pas chez moi, pense Sofia. L'appartement est encore tapissé de toutes les notes de Victoria, des articles de journaux et des petits dessins.

Il faut vite qu'elle prenne les choses à bras-le-corps. Qu'elle brûle tout.

Elle repose la biographie de Tchikatilo et sort le vieux livre de référence sur le sadisme et la sexualité. Étonnamment, malgré son âge, il est en très bon état. Sans doute parce qu'il n'est pas souvent prêté, et elle comprend vite pourquoi. *Psychopathia Sexualis* est écrit dans un anglais vieillot et ampoulé, difficile à saisir. Au bout d'une demi-heure de lecture, elle constate que ce livre est dans l'ensemble inutilisable, pas seulement parce qu'elle ne comprend pas tout, mais aussi en raison de ses conclusions dépassées. À dix-sept ans, elle s'était déjà fait son idée au sujet de Freud et avait toujours depuis été sceptique face à la pensée symbolique et aux théories trop sûres d'elles. Par ailleurs, que ce soit exclusivement des hommes à la vie affective pour le moins compliquée qui aient écrit sur celle des femmes les avait disqualifiés à ses yeux. Une position à laquelle elle s'était toujours tenue depuis.

En revanche, elle considère les vues de Freud sur la libido, l'énergie vitale et la pulsion sexuelle comme toujours actuelles et intéressantes : la libido et l'agressivité comme pulsions principales.

Attirance, manque, pulsion et désir combinés à la violence.

Sofia referme le livre, se lève et va payer au bar. Elle tend quelques billets au barman. "Qui est-ce ? demande-t-elle en désignant ses voisins de la tête.

— Les Allemands ? rit-il en lui rendant la monnaie. Ils font un circuit sur les traces du Grand, la moindre anecdote à son sujet les rend fous.

— Le Grand ?

— Oui, c'est ça." Le barman a un sourire hésitant. "L'écrivain, là, son nom, déjà ? Je suis trop jeune pour me souvenir de lui."

Trop jeune pour se souvenir de Bellman ? Elle secoue la tête.

En quittant le pub, elle sort son carnet. Elle songe à Madeleine et, tout en marchant sur les pavés, elle écrit quelques lignes.

Les lettres sont presque illisibles.

"Madeleine était sœur de sa mère, et son père était aussi son grand-père : elle a le droit de les haïr par-dessus tout. Si je n'étais pas certaine d'avoir brûlé la maison de Värmdö, j'aurais tendance à penser que c'est Madeleine qui l'a fait."

Quartier Kronoberg

Assis de l'autre côté du bureau de Jeanette, Jens Hurtig suit au haut-parleur la conversation avec le policier ukrainien Iwan Lowynsky avec un intérêt croissant.

Leur premier cadavre a trouvé un nom et une histoire, quand bien même tragique, et la dépouille du pauvre garçon sera prochainement inhumée dans sa terre natale, dans le petit village de Romanky, près de Kiev.

Schwarz et Åhlund écoutent aussi, dans l'ouverture de la porte. Lowynsky semble être un homme bourru mais sympathique : ses réponses laconiques aux questions de Jeanette rappellent son père à Hurtig. Pas seulement à cause de la brièveté de ses phrases tronquées, mais aussi par sa voix de basse profonde et son accent, les mêmes consonnes heurtées et la même mélodie que chez son père, les rares fois où il parle.

"Where did he disappear?"* Jeanette répète la question, car elle n'a pas compris le nom de la station de métro de Kiev où le jeune garçon avait l'habitude de traîner, et où il a été vu pour la dernière fois.

*"Syrets. Syrets station. Near Babi Yar. Never mind. I send you acts**."*

* "Où a-t-il disparu ?"

** "Syrets. La station de métro Syrets. Près de Babi Yar. Peu importe. Je vous envoie le dossier."

“Marrant, ricane Schwarz. Disparu dans une station de métro, retrouvé dans une autre, à l’autre bout du monde. Mais en plus mauvais état, bien sûr.”

Le regard que lui lance Jeanette le fait taire tout net. Il comprend qu’il est temps de se retirer. Il tire légèrement Åhlund par la manche, lui chuchote quelque chose à l’oreille, puis ils partent tous les deux. Hurtig se demande comment Schwarz a bien pu se débrouiller pour avoir sa carte de police.

“You said that there were two persons missing from Syrets station. Two boys, both child prostitutes. Brothers. Itkul and Karakul Zumbajev. Is that correct?

— *Correct** ”, répond Lowynsky.

Long silence. Hurtig devine que Jeanette s’attendait à une réponse plus développée.

“Karakul is still missing? tente-t-elle.

— *Yes.*

— *And their connections to… Sorry, I didn’t get it correct… Kyso…*

— *Qyzolorda Oblystar. Parents are Gypsies from region in south Kazakhstan. Brothers born in Romanky outside Kiev. Get it?*

— *Yes***…” Hurtig la voit froncer les sourcils en notant.

“So, fait Lowynsky, comme dans un bâillement. *Duty calls. Keep in contact?*

— *Of course. And don’t forget the phantom image. Thank you.*

* “Vous avez parlé de deux personnes disparues à la station Syrets. Deux garçons, tous les deux prostitués. Deux frères. Itkul et Karakul Zumbaïev. Exact ? — Exact.”

** “Karakul est toujours porté disparu ? — Oui. — Et quel lien avec… Pardon, je n’ai pas bien noté… Kyso… — Qyzolorda Oblystar. Parents gitans du Sud du Kazakhstan. Les deux frères nés à Romanky, dans la banlieue de Kiev. C’est noté ? — Oui.”

— *You will have our identikit in two hours. Thank you, miss Killberg**. ”

Le téléphone grésille quand Iwan Lowynsky raccroche.

“Killberg, sourit Hurtig. Prononcé comme ça, c’est le nom de l’emploi.”

Jeanette ne semble pas relever la plaisanterie, ou bien ses pensées sont ailleurs. Quand elle se concentre comme ça, elle est difficile à atteindre, se dit-il en regardant sa montre. L’heure du déjeuner est passée depuis longtemps. “Qu’est-ce que tu en dis ? On sort manger ? J’ai une de ces faims !”

Elle secoue la tête. “Non, je ne peux pas manger pour le moment. Ça va me ramollir les idées. Mais une promenade, volontiers. Il fait beau.”

Cinq minutes plus tard, ils marchent dans Bergsgatan, en direction de l’église de Kungsholm. Jeanette est perdue dans ses pensées et, après une vaine tentative de conversation de la part de Hurtig, ils prennent une rue traversière où se trouve un kébab.

Hurtig frissonne en se frottant les mains pour se réchauffer. Il se sent vieux : il ne se refroidissait pas comme ça avant. Ce qu’il lui faudrait, c’est une bonne douche chaude. Mais ça ne sera pas pour tout de suite.

À l’entrée du kébab, un vieil homme fait la manche en massacrant des scies sur un violon désaccordé. Hurtig n’en revient pas : comment arrive-t-il encore à bouger les doigts par ce froid ? C’est bien mauvais, mais il glisse pourtant un billet de vingt dans le gobelet en carton à ses pieds.

Jeanette ne remarque même pas l’homme au violon, absorbée qu’elle est par ses pensées. Elle attend dehors en

* “Bon, le devoir m’appelle. On reste en contact ? — Bien sûr. Et n’oubliez pas le portrait-robot. Merci. — Vous aurez notre identikit dans deux heures. Merci, miss Killberg.”

fumant une cigarette, tandis que Hurtig entre commander un gros kébab d'agneau avec des frites. Son ventre crie famine quand le serveur lui emballe son repas dans un sac plastique.

"Voilà… dit Hurtig une fois ressorti. Comme, contrairement à toi, je suis incapable de réfléchir le ventre vide, tu pourrais peut-être me dire comment tu comptes avancer ?" Il ouvre le sac, sort le rouleau emballé de papier alu et entame le pita.

"Il y a quelque chose qui me frappe, commence Jeanette tandis qu'ils s'éloignent en laissant derrière eux *L'Hiver* de Vivaldi. Et figure-toi que c'est la remarque idiote de Schwarz qui m'y a fait penser.

— Là, j'ai du mal à suivre. Je n'ai encore réussi à avaler qu'une tomate et un peu de salade.

— Ce garçon disparu et retrouvé à une station de métro. Un hasard, à ton avis ?

— Franchement, je n'en sais rien.

— Mange un peu de viande, peut-être que tu vas comprendre. C'est bien toi qui dis que les végétariens ont des carences au cerveau." Elle lui donne un coup de coude en souriant. "Voilà comment je vois les choses, continue-t-elle. C'est la même personne qui enlève le garçon dans le métro de Kiev puis qui l'abandonne à Stockholm. Et à mon avis, cette personne est habituée à voyager en Europe de l'Est, voire en est originaire. Elle connaît le terrain. Sait ce qu'elle fait.

— Comment peux-tu être tellement certaine que…

— Je ne le suis pas. Ce n'est qu'un avis."

Hurtig entame la viande. "Lowynsky a dit que deux frères gitans du Kazakhstan ont disparu en même temps, dit-il entre deux bouchées, dont l'un est notre cadavre et l'autre demeure disparu. Et ça, tu en penses quoi ?

— On a deux frères roms, dix et douze ans, nés en

Ukraine. Leurs parents viennent du Kazakhstan. Les enfants gagnent de l'argent pour la famille en se prostituant. Je pense que le second est mort lui aussi, et attend quelque part à Stockholm qu'on le retrouve.

— Tu as sûrement raison, admet-il. Et le portrait-robot ? Que pouvons-nous en attendre ?"

Elle hausse les épaules. "Pas grand-chose, sans doute : il a été établi d'après les indications d'un unique témoin, qui a peut-être vu la personne qui a enlevé les enfants. Il s'agit en plus d'une fillette aveugle d'un œil, et qui a été incapable d'indiquer l'âge de l'individu. Tu te souviens de ce qu'a dit Lowynsky ? Lors d'un premier interrogatoire, la fillette lui a donné quarante ans, dans un autre elle a affirmé qu'il était très vieux, mais tu sais aussi bien que moi qu'on peut rarement se fier aux indications d'âge que donnent les enfants."

Hurtig est bien d'accord. Quand il était en primaire, pour lui, les gamins du collège étaient presque des adultes.

"Mais bon, ça reste quand même un peu excitant, non ? ajoute-t-elle avec un clin d'œil. L'image sera sur notre bureau d'ici quelques heures."

Un peu excitant ? C'est une litote. Il la sait aussi impatiente que lui.

Il jette le reste du kébab dans une poubelle avant d'entrer dans l'hôtel de police, et ouvre sa barquette de frites en montant dans l'ascenseur. Le téléphone de Jeanette sonne, et son visage s'éclaire d'un grand sourire en voyant qui c'est.

"Salut ! Comment ça va ?"

Hurtig comprend que c'est Sofia Zetterlund. Il observe les expressions de Jeanette pendant qu'elle parle. Nom de Dieu, aucun doute, elle est amoureuse, se dit-il.

Elle n'arrête pas d'appuyer sur le bouton de l'étage, comme si ça allait faire arriver l'ascenseur plus vite.

“D’accord. Super. Ma voiture m’a laissée en plan, alors je vais prendre le métro jusqu’à Mariatorget pour passer te prendre, et après, on verra.”

Hurtig suppose qu’elles vont sortir dîner, puis iront chez Jeanette à Gamla Enskede : elles auront toute la maison pour elles, puisque Johan est avec Åke.

Et comme c’est vendredi soir, elles vont en profiter pour boire un verre ou deux.

“Et on parlera d’autre chose que du boulot, rit Jeanette. Ça me va. Je t’embrasse.”

Hurtig engloutit ses frites tandis que l’ascenseur bipe et ouvre ses portes. Jeanette range le téléphone dans sa poche et le regarde pensivement. “Je crois que j’ai une liaison avec Sofia”, dit-elle à sa grande surprise.

Tvålpalatset

Sofia est assise à son bureau depuis plus de deux heures. Elle complète sa lecture de la biographie de Tchikatilo sur Internet et en consultant les livres qu'elle garde à son cabinet. Elle a rassemblé une documentation qui pourra intéresser Jeanette.

En tout juste dix ans, sur les rives russes et ukrainiennes de la mer Noire, Tchikatilo a tué plus de cinquante personnes, filles et garçons. Il castrait ces derniers, presque sans exception. Il lui est plusieurs fois arrivé de manger ses victimes.

Elle regarde ses notes.

INSTINCT DE PRÉDATION EXTRÊME. CANNIBALISME. CASTRATION. BESOIN D'ÊTRE VU.

Pourquoi ne cachait-il pas mieux ses victimes? se demande-t-elle, en pensant autant à Tchikatilo qu'au tueur de Stockholm. La question reste de fait sans réponse.

Sofia pense que le tueur veut dire sa honte. Cela peut sembler contradictoire, mais une personne mue par des pulsions sexuelles aussi bizarres a certainement très tôt pris conscience d'être déviante, perverse. Exhiber ainsi sa honte n'est pas seulement un acte de repentir, c'est aussi une façon de chercher le contact. Elle a aussi une idée au sujet des castrations, qu'elle espère avoir l'occasion d'exposer à Jeanette.

Elle regarde l'heure à l'écran de son ordinateur. Plus qu'une heure, se dit-elle.

Elle est bien consciente qu'il risque d'être difficile de persuader Jeanette que ses conclusions sont les bonnes, car elle pourrait les trouver trop morbides.

Quand Tchikatilo tuait des femmes, il leur dévorait l'utérus. Dans le cas des jeunes immigrés, la police n'a pas trouvé de signe de cannibalisme, mais les corps n'avaient plus d'organes sexuels. Elle n'a pas formulé sa théorie jusqu'au bout, et doit encore y réfléchir avant de se lancer dans une discussion avec Jeanette qui risque de gâcher leur soirée.

La lecture du livre sur Tchikatilo l'a dégoûtée, elle lui évitera les détails.

Cannibalisme, songe-t-elle en regardant la chaise vide de l'autre côté de son bureau.

Elle se souvient avoir ici même abordé le sujet avec Samuel Bai, l'enfant-soldat du Sierra Leone venu en thérapie chez elle au cours du printemps. Samuel avait appartenu aux rangs des rebelles du RUF et lui avait raconté qu'ils se livraient au cannibalisme pour profaner et humilier, mais aussi à des fins rituelles.

Manger le cœur d'un ennemi était une façon de s'approprier sa force.

Qu'avait-il dit d'autre ?

Soudain, elle sent la migraine revenir, le même élancement que durant la journée. Un tremblement devant les yeux et une barre douloureuse qui l'empêche de concentrer son regard. Migraine épileptique. Mais la crise passe en une trentaine de secondes.

Sofia va chercher le dossier de Samuel Bai.

En l'ouvrant, elle constate qu'il contient un unique papier : juste les notes prises lors de leur entretien préliminaire, puis quelques lignes lors des deux consultations suivantes. Rien sur les autres sessions.

Sofia prend l'agenda où elle note tous ses rendez-vous.

En mai, ils se sont vus neuf fois. En juin, juillet et août, il était venu ponctuellement deux fois par semaine, sans exception. D'après ce qu'elle a noté, il ressort sans aucun doute possible que Samuel est venu chez elle quarante-cinq fois en tout. Elle sait qu'elle ne se trompe pas, pas besoin de recompter. Elle a même noté que ses rendez-vous avaient eu lieu quinze fois un lundi, dix fois un mardi, sept et huit fois des mercredis et jeudis. Ils ne s'étaient vus un vendredi que cinq fois.

Sofia referme son agenda et va voir Ann-Britt.

La secrétaire est en plein arrosage de plantes, juchée sur une chaise pour atteindre un des pots suspendu à une fenêtre. "Zut!" grommelle-t-elle en découvrant qu'elle a mal jugé les capacités d'absorption d'une fougère fanée et que l'eau coule à flots sur le rebord de la fenêtre et à terre.

Sofia regarde avec intérêt cette femme obèse et d'ordinaire assez flegmatique descendre de la chaise d'un bond étonnamment leste, avant de se retourner et de se découvrir observée.

"Quoi, tu m'espionnais?" dit-elle en rajustant sa jupe.

Sofia va chercher une serpillière au coin cuisine et la lui tend.

"Pourrais-tu, s'il te plaît, vérifier combien de fois Samuel Bai est venu en consultation? Je crois que j'ai oublié d'envoyer la facture aux services sociaux de Hässelby."

Ann-Britt fronce les sourcils, l'air étonnée.

"Mais pas du tout, dit-elle. Ils ont payé.

— Oui, mais pour combien de séances?

— Mais il n'y a eu que trois séances, répond Ann-Britt en entreprenant d'éponger l'eau répandue à terre. Tu as tout annulé quand il t'a giflée. Tu dois te souvenir, quand même?"

Au moment où la migraine déferle de plus belle, du coin de l'œil, Sofia voit Jeanette entrer.

Bondegatan

“Excuse mon retard, dit Jeanette en l’embrassant. La journée a été rude.”

Sofia reste pétrifiée par les mots d’Ann-Britt.

Mais il n’y a eu que trois séances. Tu as tout annulé quand il t’a giflée. Tu dois te souvenir, quand même ?

Non, Sofia ne se souvient pas. Elle n’a pas la moindre idée de ce qui est en train de se passer. Tout s’effondre à mesure qu’elle recolle les morceaux.

Elle revoit Samuel Bai devant elle. Séance après séance, il lui a parlé de son enfance au Sierra Leone, des violences qu’il a commises. Pour réveiller l’une de ses multiples personnalités, elle lui avait une fois montré une maquette de moto empruntée à son voisin, le dentiste Johansson.

Une maquette laquée rouge de Harley Davidson, modèle 1959.

En voyant l’engin, il avait été comme transformé. Il l’avait frappée et…

Elle se souvient de tout aujourd’hui seulement.

… l’avait soulevée par le cou, comme une poupée. Elle avait senti son sexe humide contre son ventre. Il lui avait fourré sa langue dans la bouche, puis léché le nez et les yeux. Son urine était rouge, elle s’était dit qu’il avait mangé des betteraves.

Mais ce n'était pas Samuel. C'était quelqu'un d'autre, ailleurs, plusieurs années auparavant. Sofia comprend qu'elle a mélangé ses souvenirs, pour en fabriquer un à partir de plusieurs événements. Tassé ensemble des millions de molécules d'eau en une seule boule de neige.

Sofia sent les bras de Jeanette autour d'elle et la chaleur de sa joue. Peau contre peau.

Fondant au chocolat, songe-t-elle en entendant la voix de sa mère.

Deux œufs, deux cent cinquante grammes de sucre, quatre cuillères à soupe de cacao, deux cuillères à café de sucre vanillé, cent grammes de beurre, cent grammes de farine et une demi-cuillère à café de sel.

"Excuse mon retard, dit Jeanette en l'embrassant. La journée a été rude."

Sofia entend Jeanette tout en voyant Ann-Britt essuyer quelque chose par terre.

"Ne t'en fais pas, répond-elle en se libérant de son étreinte pour se tourner vers la secrétaire. Qu'est-ce que tu fabriques ?"

Ann-Britt se retourne, interloquée, mais ne dit rien et se contente de secouer la tête. La réalité revient, son champ de vision s'élargit et elle retrouve son audition normale, tandis que son pouls redescend. Sofia regarde la secrétaire : "J'y vais. À demain", dit-elle en entraînant Jeanette vers la porte. Ann-Britt hoche la tête, puis continue à essuyer l'eau renversée pendant que Sofia et Jeanette se dirigent vers l'ascenseur.

La porte fermée, quand la cabine commence sa descente, Jeanette fait un pas vers elle, prend son visage entre ses mains et l'embrasse.

Sofia se raidit d'abord, mais elle sent peu à peu le calme l'envahir, son corps se détend, elle ferme les yeux et répond au baiser. Un instant, tout s'arrête. Dans sa tête, tout se tait. Quand l'ascenseur finit par s'arrêter et que leurs lèvres se séparent, ce que ressent Sofia s'approche au plus près du bonheur.

Que s'est-il passé ? se dit-elle.

Tout est allé si vite.

D'abord à son bureau, en train de consulter le dossier de Samuel Bai, puis Ann-Britt lui dit qu'il n'est venu que trois fois. Enfin Jeanette qui arrive et qui l'embrasse.

Elle regarde sa montre. Une heure ?

Elle réfléchit et constate bientôt qu'elle n'a pas de trou de mémoire. Juste que l'heure écoulée semble avoir passé en accéléré, jusqu'au baiser de Jeanette. Sofia respire à nouveau calmement.

Trois fois ? Elle sait à présent que c'est vrai.

Elle a des souvenirs précis de trois consultations de Samuel Bai.

Pas plus.

Les autres souvenirs sont faux, ou mêlés à ceux de l'époque où elle travaillait pour l'Unicef au Sierra Leone. Tout devient clair et elle sourit à Jeanette. "Je suis contente que tu sois venue."

Leur promenade jusqu'à l'autre bout de Söder ressemble au trajet de la Somnambule. Un détour en demi-cercle, Swedenborgsgatan jusqu'à la gare Sud, puis Ringvägen en passant devant l'hôtel Clarion, le crochet vers le nord jusqu'à Renstiernas Gata au pied des rochers de Vita Bergen.

Il y a dans l'air comme un été indien tandis qu'elles remontent Bondegatan vers Harvest Home, le pub de quartier où elle a pour la première fois entendu la voix de Jeanette.

Allô, ici Jeanette Kihlberg, de la police de Stockholm. Vous êtes bien Sofia Zetterlund ?

Il s'agissait de Karl Lundström, et Sofia s'était retranchée derrière son devoir de réserve. Leur premier contact avait été raide et froid. Sofia est heureuse de ne pas en être restée là.

"Tu m'as manqué." La voix de Jeanette chuchote à son oreille, son bras autour de sa taille et un léger baiser dans le cou. La chaleur de son haleine.

"Les choses commencent à bouger, au boulot, poursuit-elle. Le garçon retrouvé à Thorildsplan a été identifié grâce à son ADN. La police de Kiev a appelé il y a quelques heures. Il s'appelle Itkul, c'est l'un de deux frères portés disparus depuis un moment."

Le calme que ressent Sofia est agréable. Elle est fragile, écoute tout ce qui se dit, ouverte, prête à une réaction de Victoria, sans pourtant s'en inquiéter.

Il est temps de baisser la garde et de laisser tout arriver.

"Et l'autre frère ? demande Sofia, certaine pourtant que le garçon est mort.

— Il s'appelle Karakul, toujours porté disparu.

— Ça ressemble à du trafic d'êtres humains", dit-elle, convaincue que l'autre frère a été victime d'un sadique. Tué par quelqu'un qui, lors de son premier crime, a découvert qu'il avait enfin le contrôle sur sa vie et qui, depuis, n'a pas pu cesser de tuer.

"Les deux frères étaient des prostitués", soupire Jeanette. Elle se tait, mais Sofia comprend ce qu'elle veut dire. Elle peut se figurer le cours des événements mieux que si on le lui avait détaillé. Elle a rassemblé des centaines d'articles sur le sujet. À table, elle expliquera à Jeanette comment fonctionnent les criminels de ce type.

À nouveau le bras autour de sa taille et l'haleine chaude de Jeanette. "Nous avons un portrait-robot. Mais je n'ai pas beaucoup d'espoir. Le témoin est une fillette de huit ans aveugle d'un œil, et quant au visage, il est, comment dire… inexpressif? Là, je n'arrive pas à le visualiser, alors que je l'ai eu sous les yeux une bonne partie de l'après-midi."

Sofia hoche la tête. De son côté, elle n'a visualisé aucun visage pendant son travail sur le profil du tueur. Rien qu'une tache blanche. Ce genre de meurtriers restent sans visage jusqu'à être démasqués, et ils ressemblent alors à n'importe qui, à M. Tout-le-Monde.

"Et puis nous avons aussi du nouveau sur Karl Lundström et Per-Ola Silfverberg, continue Jeanette. Nous savons qui les a tués. Elles s'appelaient Hannah Östlund et Jessica Friberg. C'est aussi elles qui ont étranglé la SDF du souterrain, noyé Jonathan Ceder puis abattu sa mère, Regina. Les deux femmes se sont suicidées, tu vas certainement en entendre parler bientôt dans le journal. En gros, tout le monde dans cette affaire a fréquenté l'internat de Sigtuna."

Silence. On tourne! Bienvenue au lycée classique de Sigtuna!

Je suis représentante de la corporation étudiante, et pour être dignes d'en devenir membres, vous devez manger ce cadeau de bienvenue offert par notre très estimé proviseur.

Sofia répond à Jeanette, mais sans entendre elle-même ce qu'elle dit. Peut-être quelque chose comme quoi elle n'est pas étonnée. Et pourtant elle l'est.

Hannah et Jessica? pense Sofia. Elle sait qu'elle devrait réagir plus violemment, mais elle ne ressent qu'un vide, parce que ce n'est pas possible. Victoria connaît Hannah et Jessica, ce ne sont pas des tueuses. Ces filles ne sont que des toutous veules et dociles, Jeanette est complètement à côté de la plaque, mais elle ne peut pas le lui dire, pas encore.

"Comment pouvez-vous en être si sûrs?"

Sofia croit saisir l'ombre d'un doute dans les yeux de Jeanette. “Pour plusieurs raisons. En particulier parce que nous avons une photo de Hannah Östlund en train de noyer Jonathan Ceder dans la piscine. Cette femme a un signe distinctif très particulier. Il lui manque l'annulaire droit.”

Sofia sait que c'est exact. Hannah a été mordue par son chien et a dû être amputée.

Pourtant… Les affirmations de Jeanette semblent un peu trop convenues.

À présent, c'est Sofia qui prend l'initiative d'un baiser. Elles s'arrêtent sous un porche de Bondegatan et Jeanette glisse ses mains sous le manteau de Sofia.

“C'est comme ça qu'on parle boulot ?”

Sofia sourit. “Juste une petite pause.”

Elles restent un moment là, enlacées dans la chaleur de leurs corps.

Le contact physique est libérateur. Cinq minutes et les idées prennent une tournure nouvelle.

“Viens, finit par dire Jeanette. J'ai faim, je n'ai pas déjeuné.”

Quand elles arrivent au pub, les ombres des façades s'allongent sous le soleil bas.

Il fait trop froid pour s'asseoir en terrasse, où grelottent pourtant les fumeurs invétérés. Elles entrent.

Jeanette regarde gravement Sofia en ouvrant la porte. “Charlotte Silfverberg s'est suicidée. Plusieurs personnes l'ont vue sauter d'un ferry pour la Finlande, tard dans la soirée d'avant-hier. Tout le monde meurt avant l'heure dans cette histoire, on dirait. Il ne reste plus qu'Annette Lundström, et nous savons bien toutes les deux ce qu'il en est.”

En entrant dans le hall vitré, Sofia ne pense ni à Annette ni à Charlotte.

Elle pense à Madeleine.

Qui hait ses parents adoptifs et…

Jeanette interrompt le cours de ses pensées. “Ce qui me contrarie le plus dans tout ça, dit-elle en ôtant son manteau, c’est de n’avoir jamais pu rencontrer Victoria Bergman.”

Sofia a la chair de poule.

“Même si assez curieusement j’ai eu l’occasion de lui parler, une fois.”

Bonjour, ici Jeanette Kihlberg, de la police de Stockholm. J’ai eu votre numéro par l’avocat de votre père, qui aimerait savoir si vous seriez prête à être son témoin de moralité dans le cadre d’un procès à venir.

“Qu’est-ce que ça a de curieux ? dit Sofia.

— Elle a obtenu une identité protégée et a disparu des fichiers. Mais j’ai au moins pu rencontrer son ancienne psy.”

Sofia sait déjà ce que Jeanette va ajouter.

“Nous ne nous sommes pas vues depuis et tout ça est si bizarre que je n’ai pas voulu t’en parler au téléphone. Figure-toi que la psy de Victoria porte le même nom que toi et vit dans une maison de retraite de Midsommarkransen.”

Stockholm, 1988

Walk in silence, don't walk away in silence.
See the danger, always danger.
Endless talking, life rebuilding.
Don't walk away.*

La dernière fois. L'adieu, leur dernière rencontre.

Elle aurait aimé continuer à la voir, mais la décision qu'elle avait prise l'en empêchait.

Victoria Bergman ne reverrait plus jamais Sofia Zetterlund.

Elle frappa à la porte, mais n'attendit pas de réponse. Sofia tricotait dans le séjour et leva les yeux quand elle entra. Ses yeux semblaient fatigués : peut-être Sofia n'avait-elle pas non plus dormi de la nuit, peut-être avait-elle, elle aussi, songé à leur séparation.

La dernière fois. Après, plus rien. Elle savait qu'elle avait développé une dépendance envers Sofia, et c'était peut-être réciproque.

Comme prendre des cachets, se dit-elle. Sofia est comme une drogue. Suis-je moi aussi une drogue pour elle ?

* *Atmosphere* de Joy Division (Ian Curtis, Bernard Sumner, Peter Hook, Stephen Morris), © Universal Music Publishing.

Ceux qui critiquent la psychothérapie qualifient souvent la relation entre client et thérapeute de fictive ou d'artificielle mais, pour elle, c'étaient des conneries, dès lors que le thérapeute était compétent. Dans ce cas précis, la réponse était simple. La relation n'était pas fictive, elle était on ne peut plus authentique. Mais elle avait cependant engendré une dépendance.

Le sourire de Sofia était aussi las que ses yeux. Elle posa son tricot sur la table et d'un geste invita Victoria à s'asseoir. "Du café ?

— Non, merci. Combien de temps puis-je rester ?"

Sofia la regarda avec méfiance. "Une heure, comme convenu. C'est toi qui l'as proposé, et tu m'as suppliée de promettre de ne pas chercher à te proposer autre chose. Tu as été très claire sur ce point.

— Je sais." Elle s'assit dans le canapé, au bout, aussi loin de Sofia que possible. C'est une bonne décision, pensa-t-elle. C'est aujourd'hui la dernière fois, il le faut.

Mais elle accusait le coup. Elle allait bientôt avoir en main la décision du tribunal de Nacka, et Victoria Bergman cesserait d'exister. Une partie d'elle-même sentait qu'elle n'en avait pas encore fini avec Victoria, qu'elle ne disparaîtrait pas comme ça, par une simple décision juridique, qu'un papier ne remplacerait pas la chair et le sang. Une autre partie d'elle savait que c'était la seule chose à faire, l'unique chance de pouvoir recommencer, guérir.

Devenir une autre, pensa Victoria. Devenir comme toi. Elle jeta un regard à la psychologue.

"Il y a quelque chose dont nous n'avons pas fini de parler, dit Sofia, et comme c'est notre dernier entretien, j'aimerais que…

— Je sais. Ce qui s'est passé à Copenhague. Et Ålborg."

Sofia hocha la tête. "Tu veux en parler ?"

Elle ne savait pas par où commencer. “Vous savez que j’ai accouché d’un enfant cet été, tenta-t-elle, encouragée du regard par Sofia. C’était à l’hôpital d’Ålborg…”

C’était le Reptile qui avait accouché pour elle. Le Reptile qui avait ravalé toute la douleur, accouché sans un cri. Le Reptile qui avait pondu son œuf puis avait rampé ailleurs lécher ses plaies.

“Un petit paquet de jaunisse mis sous couveuse, continua-t-elle. Sûrement mal formé, puisque c’est lui le père et moi la mère.”

Elle reconnut la boule dans sa gorge. Ne pas pleurer maintenant, pensa-t-elle en tortillant les fils de son jean déchiré. Ne plus penser à ça. L’inceste n’entraîne pas forcément maladies et malformations. L’alcool, c’est pire. Mais il y a aussi des dégâts invisibles, que les médecins ne peuvent pas voir.

Mais putain, pourquoi Sofia était-elle aussi silencieuse ? Rien que ces Yeux, qui la regardaient, impérieux. Raconte encore, disaient-ils. Mais elle ne pouvait pas faire plus que penser ce qu’elle avait à dire, les mots ne voulaient pas sortir.

“Pourquoi ne veux-tu pas en parler ?” finit par demander Sofia.

Elle s’en est sortie, en tout cas, quand elle l’a laissée tomber par terre.

Mais oublie-la. Oublie Madeleine. Ce n’est qu’un œuf dans un pyjama bleu.

“Que dire ?” Elle accueillit volontiers la colère qu’elle sentait bouillir en elle – c’était mieux que l’inquiétude, mieux que la honte. “Ces salauds m’ont volé mon enfant. Ils m’ont droguée et m’ont traînée chez un putain de charlatan de l’hôpital, forcée à signer plein de papiers. Viggo avait tout arrangé. Des papiers pour me déclarer irresponsable en Suède, des papiers pour faire de Bengt mon tuteur légal, des papiers pour antidater de quatre semaines la naissance de l'enfant, donc avant que je sois majeure. Ils s'étaient blindés de tous les côtés avec tous leurs foutus papiers. Si j'affirmais avoir été majeure au moment de la naissance, ils avaient un papier qui me déclarait irresponsable. Si j'avais le culot de prétendre que l'enfant était né à telle date, ils pouvaient agiter un papier où était indiqué qu'il était né quatre semaines plus tôt, alors que j'étais encore mineure. Tous ces foutus papiers couverts de noms importants, incontestables. Je suis responsable, maintenant, j'ai même les papiers, mais je ne l'étais pas au moment de la naissance. J'étais alors psychiquement malade, imprévisible. Et en plus leurs papiers affirment que j'avais dix-sept ans, et pas dix-huit, au cas où."

Sofia la regarde, étonnée.

"Qu'est-ce que tu dis ? Ils t'ont donc forcée à abandonner l'enfant ?"

Je ne sais pas, pensa Victoria.

Elle avait été passive et ne pouvait s'en prendre qu'à elle-même, jusqu'à un certain point. Mais ses capacités de résistance avaient été brisées.

"En gros, oui, dit-elle au bout d'un moment. Mais peu importe à présent. On ne peut plus rien y changer. Ils ont le droit de leur côté et je veux tout oublier. Oublier ce foutu gosse."

Tout ce qu'elle aurait voulu, c'était revoir l'enfant une dernière fois. Elle n'avait pas pu. Mais quand elle avait malgré tout retrouvé le bébé dans sa famille adoptive, la jolie famille du Suédois dans sa jolie maison de Copenhague, elle l'avait laissé tomber par terre.

Évidemment qu'elle n'avait pas la maturité pour avoir un enfant.

Elle n'était même pas capable de le tenir, et peut-être avait-elle même fait exprès de le lâcher.

Arrête, arrête de penser à ça. Mais impossible.

Mais la gosse était mal formée, elle se pliait sur le côté quand on la soulevait et la tête était beaucoup trop grosse par rapport au corps, elle avait eu de la chance que le crâne ne se casse pas comme un œuf en heurtant le sol en marbre fin, il n'avait même pas saigné, rien qu'un choc sourd, l'os était encore si mou. En tout cas, elle avait vraiment prouvé qu'elle n'était qu'une gamine irresponsable, alors c'était aussi bien qu'elle ait signé tous ces papiers…

"Victoria ?" La voix de Sofia semblait lointaine. "Victoria ? répéta-t-elle. Qu'est-ce qui t'arrive ?"

Elle sentit qu'elle tremblait et que ses joues la brûlaient. Toute la pièce semblait d'abord si loin, puis soudain toute proche, comme si ses yeux passaient en un instant du téléobjectif au grand-angle.

Et merde, pensa-t-elle en comprenant qu'elle était en train de pleurer comme une gosse, irresponsable et imprévisible.

"J'espère que tu pourras vivre avec tes souvenirs" : ce furent les dernières paroles de Sofia. Victoria ne se retourna pas en descendant l'allée de gravier vers l'arrêt de bus, tandis que l'automne s'emparait lentement des arbres alentour.

Vivre avec mes souvenirs ? Putain, comment je pourrais ?

Ils doivent disparaître et c'est toi, Sofia Zetterlund, qui vas m'y aider. Mais, en même temps, je dois t'oublier, comment faire ?

Si seulement tu savais ce que j'ai fait.

J'ai volé ton nom.

Quelques jours plus tôt, quand Victoria avait rempli les actes pour l'attribution d'une identité protégée, ceux qui devaient être examinés par le tribunal de Nacka, elle pensait qu'on allait lui attribuer un nom, qu'on lui communiquerait avec son numéro de sécurité sociale. Mais au bas d'un des documents, elle avait trouvé trois cases vides qu'elle était censée remplir en proposant un prénom usuel, un nom de famille et éventuellement un deuxième prénom.

C'était sur un coup de tête.

Sans réfléchir plus d'une seconde, elle avait écrit "Sofia" dans la première case, sauté la deuxième, car elle ignorait le deuxième prénom de Sofia, pour autant qu'elle en ait un, puis écrit dans la troisième "Zetterlund".

Avant même que le greffier vienne récupérer les actes, elle avait commencé à essayer des signatures.

Victoria s'assit à l'arrêt, pour attendre le bus qui allait la ramener en ville, vers sa nouvelle vie.

Elle mit les écouteurs de son walkman et lança la cassette.

Walk in silence, don't turn away in silence. Your confusion, my illusion, worn like a mask of self-hate, confronts and then dies. Don't walk away.

Harvest Home

Elle se souvient de tout à présent. Les entretiens avec Sofia et les examens médicaux à l'hôpital de Nacka.

Et elle se souvient de Lars Mikkelsen. Responsable de la partie policière du dossier, qui avait aidé Victoria à obtenir une identité protégée.

Elle n'a pas revu Mikkelsen depuis, mais lors de l'examen de Karl Lundström à l'institut de psychiatrie médicolégale, elle l'a eu quelques fois au téléphone. Rien de plus.

Voilà vingt ans, il avait été l'ami de Victoria, comme la vieille psychologue, il avait été de son côté, l'avait épaulée et elle lui en est encore très reconnaissante.

Sa purification, son processus de guérison a franchi une nouvelle étape. Elle commence à s'habituer à ces nouveaux souvenirs, ne réagit plus aussi violemment.

À gauche de l'entrée, elles trouvent une table libre près de la fenêtre. Au moment de s'asseoir, Jeanette montre une petite plaque de laiton vissée au-dessus du canapé.

"*Le coin de Maj ?*

— Maj Sjöwall", dit Sofia d'un air absent. Elle sait que l'écrivaine vient là presque tous les jours dîner et boire un ou deux verres de vin.

Je dois aller voir Sofia, se dit-elle. Et au plus vite. Peut-être en sait-elle plus que moi au sujet de Madeleine ? Et peut-être le seul fait de la rencontrer me permettra-t-il de me souvenir ?

Le Néerlandais, propriétaire du pub avec son épouse suédoise, leur souhaite la bienvenue et leur tend un menu.

“C’est ton restaurant, à toi de choisir, sourit Jeanette.

— Alors ce sera deux pintes de Guinness et deux quiches du Västerbotten.”

Le propriétaire approuve l’excellent choix et, tandis qu’elles attendent leur commande, Jeanette raconte que Johan a une petite amie.

Elle sourit en l’écoutant lui parler de cette fille de son école avec ses cheveux sombres et ébouriffés.

Sofia glisse quelques questions et remarque bientôt que c’est elle qui fait les frais de la conversation, mais Victoria qui pense. Elle n’a même pas besoin de s’en mêler, la conversation suit son cours, c’est une impression synchrone très étrange. Comme avoir deux cerveaux.

Le propriétaire revient avec les bières, et Jeanette se met à parler d’Åke et de Johan, du SMS qu’elle attend. Ils devraient être arrivés à leur hôtel à Londres à l’heure qu’il est. Sofia dit qu’il n’y a pas de raison de s’inquiéter, ils auront juste perdu du temps à l’aéroport.

Sofia parle avec Jeanette et Victoria pense à sa fille.

Le cuisinier apporte bientôt deux assiettes. Il boite en faisant la grimace, chaque pas semble le faire souffrir. “Les hanches, dit-il. J’ai les cartilages fichus après toutes ces années en cuisine. Maintenant, c’est l’os sur l’os.” Sofia compatit, il lui fait un clin d’œil, leur souhaite bon appétit et regagne la cuisine en traînant la patte.

Victoria se demande si c’est à son tour de mourir. Il ne reste plus qu’elle et Annette.

Cet état de conscience parallèle cesse brusquement. Sofia est à nouveau entièrement concentrée sur Jeanette et se sent prête à parler du profil du tueur – en évitant cependant d'aborder la théorie de la castration et du cannibalisme avant la fin du dîner.

Elle va commencer par la honte et le besoin d'être vu.

Elle regarde autour d'elle. La table voisine est vide, personne ne les entendra. "Je pense avoir trouvé quelque chose sur le meurtrier des jeunes immigrés, dit-elle tandis que Jeanette commence à manger. Je peux me tromper, mais je crois que nous sommes peut-être passées à côté de plusieurs aspects de sa psyché."

Jeanette la regarde avec intérêt. "Je t'écoute.

— Je crois que la combinaison étrange castration plus embaumement est en fait parfaitement dans la logique du tueur. L'enfance des jeunes garçons est à jamais conservée par la momification. Le tueur se voit comme un artiste, et les cadavres sont des autoportraits. Une série d'œuvres d'art dont le motif est la honte de sa propre sexualité. Il veut montrer qui il est, et l'absence de sexe est une signature."

Sofia réfléchit à ce qu'elle vient de dire, et s'aperçoit qu'elle a peut-être été un peu catégorique.

Le tueur ? se dit-elle. Pourquoi pas une tueuse ? Mais c'est plus simple d'en parler au masculin.

Jeanette pose ses couverts, s'essuie la bouche et regarde Sofia intensément. "Le tueur voulait peut-être que les corps soient retrouvés ? Il ne s'est pas non plus donné trop de mal pour les cacher. Et un artiste veut qu'on le remarque et qu'on l'apprécie, non ? J'en sais quelque chose."

Elle me comprend, pense Sofia en hochant la tête. "Il veut s'exposer, être vu. Et je ne pense pas qu'il ait encore fini. Il n'arrêtera pas avant d'avoir été découvert…

— … puisque c'est ce qu'il recherche, complète Jeanette. Inconsciemment. Il veut dire quelque chose au monde entier et il va finir par ne plus supporter d'agir en silence.

— Quelque chose dans ce goût-là, dit Sofia. Je pense aussi que le tueur documente ce qu'il fait." Elle songe au bric-à-brac bizarre rassemblé dans son propre appartement. "Photos, notes, une collection compulsive. À propos, tu as entendu parler de *l'homme aux petits papiers* ?"

Jeanette réfléchit en revenant à sa quiche.

"Mais oui, dit-elle après un moment. Pendant mes études, j'ai lu quelque chose au sujet d'une enquête en Belgique sur un homme qui avait assassiné son frère. Les journaux l'avaient appelé *l'homme aux petits papiers*. Lors d'une perquisition, la police avait trouvé des tas de papiers atteignant par endroits le plafond."

Sofia a la gorge sèche. Elle repousse sa quiche à peine entamée. "Alors tu comprends ce que je veux dire. Un collectionneur de soi-même, si on veut.

— Oui, quelque chose comme ça. Chaque mot, chaque phrase, chaque petite feuille de papier avait pour lui une signification d'une immense importance et je me souviens que la quantité de preuves était telle qu'on avait eu les plus grandes difficultés à y trouver matière à mise en examen, alors que tout ce dont on avait besoin pour le confondre se trouvait dans le petit appartement, en évidence."

Sofia boit une autre gorgée de la bière sombre et très amère, puis repose lentement le verre. "Une libido malsaine et frustrée se manifeste théoriquement par des troubles divers. Par exemple des fantasmes sexuels déviants. Si la libido est vraiment introvertie, tournée vers la personne elle-même, elle conduit au narcissisme, et…

— Stop, la coupe Jeanette. Je sais ce qu'est la libido, mais tu peux développer un peu ?"

Sofia sent qu'elle est tombée dans l'ornière de la froideur et de la distance. Si seulement Jeanette pouvait comprendre combien c'est dur pour elle. Combien il lui en coûte de parler de quelqu'un qui prend plaisir à faire souffrir et ne peut être satisfait que par l'agonie d'autrui. C'est qu'il ne s'agit pas seulement des autres, mais aussi d'elle-même.

De la personne qu'elle pense avoir été. De ce qu'elle a elle-même subi.

"La libido est une pulsion, ce à quoi on aspire, ce qu'on désire, qu'on veut avoir. Sans elle l'humanité serait impossible. Si nous ne désirions rien de la vie, nous nous contenterions de nous coucher et de mourir."

Du coin de l'œil, Sofia regarde sa quiche entamée. Le peu d'appétit qu'elle avait a complètement disparu. "Une conception courante, continue-t-elle mécaniquement, est que la libido peut être perturbée par des relations destructives, en particulier avec le père et la mère au cours de l'enfance. Pense par exemple à tous les comportements obsessionnels comme la phobie des microbes, les gens qui passent leur temps à se laver les mains. Dans ce cas, ce qui compte le plus dans la vie, le rêve, le désir, c'est la propreté."

Sofia se tait. Tout le monde veut être propre, pense-t-elle. Et Victoria s'est battue pour ça toute sa vie.

"Mais alors comment y fait-on face ? demande Jeanette en se fourrant un gros bout de quiche dans la bouche. Tout le monde ne devient pas tueur en série à cause d'une relation pénible avec ses parents."

La gloutonnerie de Jeanette fait sourire Sofia. Elle aime ce qu'elle voit : une personne avec de l'appétit pour davantage que de la nourriture. Qui aspire à connaître, à vivre. Une personne entière, à la libido intacte. Une personne enviable.

"Je n'aime pas beaucoup Freud, mais je suis d'accord avec lui quand il parle de sublimation." Victoria voit l'air interloqué de Jeanette et précise sa pensée : "Oui, il s'agit d'un mécanisme de défense par lequel les besoins réprimés s'expriment à travers la créativité et…"

Elle est désarçonnée quand Jeanette éclate de rire en montrant la plaque de laiton dans son dos. "Donc Freud et toi vous pensez que celui qui écrit un livre sur des crimes atroces aurait au fond très bien pu devenir un tueur en série ?"

Victoria se met à rire elle aussi et elles se regardent dans les yeux. Laissent leurs regards plonger au plus profond, se reconnaître, tandis que leur rire retombe et se transforme en étonnement. "Continue, demande Jeanette quand elles se sont calmées.

— Le plus simple serait que je te lise mes notes, dit Sofia. Et tu n'as qu'à demander si tu veux que je développe un point." Jeanette hoche la tête, toujours un sourire aux lèvres.

Rire est un bon remède contre cette chienne de vie, pense Sofia en sortant son bloc de son sac et en poussant son assiette pour faire de la place.

Elle ouvre son bloc et commence à lire ses notes. "À bien des égards, le tueur est encore un enfant, commence-t-elle. Son identité sexuelle est peut-être éclatée et il est probablement impuissant d'un point de vue clinique. Depuis l'enfance, cette personne s'est vue privée de pouvoir. Il a peut-être été un souffre-douleur, souvent gêné. On a ri de lui, il s'est retrouvé exclu. Dans sa solitude, il s'est construit de lui l'image d'un génie et c'est cette génialité que les autres ne peuvent comprendre. Il se considère destiné à de grandes choses. Un jour, il frappera un grand coup et le monde entier comprendra enfin avec stupeur sa grandeur. Il est mû par un désir de revanche, mais comme ce jour n'arrive pas, il est malade de voir les gens vivre et aimer autour de lui. Tout ce dont son impuissance l'exclut. Pour lui, c'est incompréhensible. C'est quand même lui, le génie. Alors sa frustration se transforme en colère. Tôt ou tard, il se découvre un goût pour la violence, et que l'impuissance d'autrui l'excite sexuellement. La même impuissance que la sienne, qui peut dès lors le conduire à tuer." Sofia repose son bloc. "Des questions, patron ?"

Jeanette se tait, le regard dans le vague. "Tu as bien fait tes devoirs, dit-elle alors. Le patron est content. Très content."

Wollmar Yxkullsgatan

Renstiernas Gata, qui sur la carte de Petrus Tillaeus au XVIIIe siècle s'appelait Renstiernas Gränd, a tout comme le pub Harvest Home un lien avec la Hollande. Cette longue rue doit son nom aux trois frères Wilhelm, Abraham et Jakob Momma, venus des Pays-Bas s'installer en Suède au XVIIe siècle. Ensemble, ils se sont consacrés au commerce et à la mine, recevant, entre autres, le privilège pour exploiter la mine de Svappavaara. Peu à peu, ils sont devenus parmi les hommes d'affaires les plus riches du pays. Entreprenants, les trois frères ont construit plusieurs manufactures et fondé des compagnies commerciales prospères : en remerciement de leur travail pour le bien de la nation, ils ont été anoblis, prenant le nom Reenstierna.

Le plus jeune des frères, Jakob, à l'instar des nouveaux riches de tous les temps, a souhaité une villa proche de la capitale, et s'est fait construire un manoir à Södermalm. Cette demeure, située sur Wollmar Yxkullsgatan, n'a rien de modeste : bâtisse aux airs de palais palladien, son utilisation a varié au cours des siècles. Au XIXe, elle a abrité l'institution du prince Carl pour les enfants pauvres et maltraités, puis le service d'addictologie de l'hôpital Maria.

Jeanette se sent un peu éméchée. Après le repas, deux autres bières ont suivi : c'est elle qui a proposé de se promener encore un peu avant de rentrer en taxi.

"Brrr… Je me suis réveillée là un matin, à quatorze ans."

Jeanette montre l'entrée du service hospitalier et se souvient. Un beau matin d'été, son père était venu la chercher, tout sauf ravi de récupérer sa chère fille défaite et couverte de vomi. La veille, pour fêter les vacances avec des copains, elle avait vidé une bouteille entière de kir, et ça avait bien sûr tourné à la catastrophe. Évacuation du collège de Rågsved en ambulance, position latérale de sécurité sur un matelas plastique et enfin lavage d'estomac.

"Ah oui ? Et moi qui pensais que tu avais été une petite fille sage…", la taquine Sofia en lui caressant la joue.

Jeanette s'enflamme à cette caresse et veut se dépêcher de rentrer. "Mais si, j'étais sage… jusqu'à ce que je te rencontre. Bon, on appelle un taxi ?"

Sofia hoche la tête. Jeanette remarque son air grave et pensif.

"À quoi tu penses ?

— Je me demande une chose, répond Sofia tandis que Jeanette cherche un taxi des yeux. Après avoir trouvé Samuel Bai pendu au grenier, tu es venue me voir à mon cabinet pour me poser un certain nombre de questions à son sujet, n'est-ce pas ?"

Jeanette voit une voiture libre arriver. "Bien sûr, tu l'avais rencontré à plusieurs reprises. Trois consultations, c'est ce que tu m'as dit, je crois." Jeanette se retourne et voit Sofia sursauter. "Il y a quelque chose qui ne va pas ?

— En fait, non. J'ai juste des problèmes de mémoire en ce moment." Sofia fait une grimace, mal à l'aise. "Est-ce que tu te souviens de m'avoir raconté comment Samuel avait été trouvé ? Je veux dire, est-ce que tu m'as révélé alors des détails dont je n'aurais pas pu sinon avoir connaissance ?"

Jeanette trouve la question étrange, mais elle est distraite par le taxi qui approche. "Je t'ai tout raconté. Qu'il avait été frappé à l'œil, l'œil droit, si ma mémoire est bonne." Elle avance d'un pas dans la rue et hèle la voiture qui vient se ranger le long du trottoir.

En se retournant vers Sofia, elle voit qu'elle est toute pâle. Jeanette ouvre la porte du taxi et se baisse.

"Juste un instant, dit-elle au chauffeur. Nous allons à Gamla Enskede. Donnez-nous deux minutes. Vous pouvez mettre le compteur."

Elle prend Sofia par le bras et s'éloigne de quelques pas. Elle sent que Sofia tremble, comme de froid. "Ça va ?

— Ça va, s'empresse Sofia. Mais j'aimerais que tu me dises tout ce que tu m'as raconté au sujet de Samuel."

La situation est surprenante, mais Jeanette comprend que, pour une raison qu'elle ignore, c'est très important pour Sofia. Elle se remémore les circonstances. C'était sa deuxième rencontre avec Sofia, qui l'attirait déjà. Elle se souvient parfaitement de ce qu'elle lui a dit.

"Je t'ai raconté qu'on l'avait pendu au bout d'une corde, puis qu'on lui avait aspergé le visage d'acide. Nous avons supposé qu'il y avait au moins deux auteurs, car Samuel était lourd, impossible à soulever par une seule personne. Je suis certaine de t'avoir raconté que la corde était trop courte. Le légiste Rydén avait déjà vu un cas semblable. La corde doit être assez longue pour que la personne qui se pend atteigne le nœud coulant de là où elle est montée."

Le visage de Sofia est d'un gris de cendre. "Tu es certaine de m'avoir dit tout ça ? chuchote-t-elle presque. Tu avais le droit de me révéler tant de détails ?"

Jeanette s'inquiète et serre Sofia contre elle. "À toi, je pouvais bien le dire. Nous en avons aussi parlé assez longuement parce que tu m'as dit avoir eu en traitement une femme soupçonnée d'avoir assassiné son mari d'une façon analogue. Sans doute l'affaire dont parlait Rydén."

Sofia halète. Qu'est-ce qui se passe ? songe Jeanette.

"Merci, dit Sofia. Allons chez toi, maintenant."

Jeanette lui passe la main dans les cheveux. "Tu es sûre ? On peut annuler le taxi et faire plutôt un tour à pied, si tu veux ?

— Mais non. Ça va. Rentrons."

Au moment où Sofia fait mine de revenir vers le taxi, elle se plie soudain en deux et vomit sur ses chaussures. Trois Guinness et quatre bouchées de quiche au fromage du Västerbotten.

Stockholm, 2007

You gotta stand up straight unless you're gonna fall,
then you're gone to die.
And the straightest dude I ever knew
was standing right for me all the time.*

En ce jour de décembre, il tombait un mélange de pluie et de neige qui rendait la chaussée glissante. Absorbée par la musique de l'autoradio, Sofia Zetterlund faillit emboutir la voiture de devant, n'ayant pas vu le feu passer au rouge au carrefour du Globe. Le conducteur la fusilla du regard dans son rétroviseur. Sofia s'excusa d'un geste, il lui répondit d'un sourire crispé.

Elle avait du mal à se concentrer, se sentait lasse, surmenée. Les vacances allaient lui faire du bien, quelques jours à New York rechargeraient ses batteries. En attendant le feu vert, elle monta le volume de l'autoradio et se mit à chantonner.

Oh, my Coney Island baby, now. I'm a Coney Island baby, now.

Elle se rendait au département de psychiatrie médico-légal de l'hôpital de Huddinge pour y rencontrer une

* *Coney Island Baby* de Lou Reed, © EMI Publishing France.

femme soupçonnée du meurtre de son mari. On avait beaucoup parlé de l'affaire dans les journaux. Elle avait même, quelques jours durant, fait les manchettes des journaux du soir :

HABITANTE DE SÖDERMALM SOUPÇONNÉE DU MEURTRE DE SON COMPAGNON.

Quand le procureur l'avait chargée d'examiner l'état mental de cette femme, Sofia avait aussitôt cherché des informations complémentaires sur Internet. Il y avait surtout des spéculations oiseuses et, sur le site-poubelle Flash-back, quelques petits génies affirmaient que c'était un immigré qui avait fait le coup.

Elle allait expédier Huddinge, puis revenir à Mariatorget pour sa dernière consultation avant les vacances : un homme déjà venu plusieurs fois pour traiter son addiction sexuelle.

Puis c'était New York, Lasse et elle, en amoureux.

La circulation repartit et elle arriva sans encombre à destination. Vingt minutes plus tard, elle se garait, descendait de voiture et entrait dans le hall de l'hôpital. Après le contrôle de routine, elle gagna la salle des visites.

La femme soupçonnée de meurtre l'attendait déjà, assise devant la table.

Elle avait à peu près le même âge que Sofia et paraissait maigre et hâve. Marquée par la gravité de la situation.

Elles échangèrent les formules d'usage puis Sofia la laissa parler.

"C'est une erreur judiciaire, commença-t-elle. Je n'ai rien à voir avec la mort de mon mari ! Il s'est suicidé, et on vient m'arrêter. J'ai passé la nuit dans une cellule de dégrisement sans que personne vienne me dire ce que je faisais là. Est-ce que c'est normal ?"

La femme semblait sincère, et Sofia trouvait sa réaction tout à fait normale. Si elle était innocente. Mais

Sofia savait que le criminel le plus endurci pouvait aussi jouer les innocents. Elle en avait fait plusieurs fois l'expérience.

"Oui, répondit Sofia. Malheureusement, ça se passe comme ça. Mais je ne suis pas là pour établir votre culpabilité, juste pour voir comment vous allez.

— Et qu'est-ce que vous croyez ? Lennart est mort, j'ai le droit d'aller mal, merde !

— Savez-vous pourquoi on vous soupçonne ? demanda Sofia.

— Oui et non. J'étais depuis quelques jours à Göteborg pour le travail. Dans le train du retour, nous avons bu un verre au wagon-restaurant, oui, c'est une habitude quand le boulot est terminé et…" La femme s'interrompit, réalisant que cela n'avait peut-être pas d'intérêt. Elle respira à fond et reprit. "Je suis rentrée en taxi et je l'ai trouvé pendu. Lennart, je veux dire. Mon mari. J'ai essayé de le soulever, mais il était trop lourd, alors j'ai appelé la police et l'ambulance." La femme se tut : Sofia supposa que le souvenir était trop insoutenable.

"Oui, et en attendant que les secours arrivent, j'ai commencé à ranger des choses autour de lui, continua-t-elle après avoir repris son souffle. Maintenant, après coup, je comprends que c'était stupide.

— Pourquoi stupide ?"

La femme soupira. "Je vais vous expliquer. Mais d'abord je veux souligner que Lennart était déprimé depuis longtemps, qu'il avait multiplié les visites à l'hôpital, sans qu'on puisse rien lui trouver. Quand la caisse d'assurance-maladie a voulu le radier, il a été encore plus malade. Il a fini par en avoir assez, tout simplement. Et il s'est pendu. Il a dû s'apercevoir une fois sur la chaise que la corde était trop courte, alors il est monté sur des annuaires." La femme marqua une pause. "Quand je l'ai trouvé, les annuaires étaient étalés par terre. Je ne sais pas ce qui m'a pris, je ne pensais pas rationnellement, comme vous pouvez l'imaginer, mais je les ai ramassés et rangés à leur place. C'était stupide, mais je n'imaginais pas une seconde qu'on allait m'accuser d'avoir assassiné mon mari. Je l'aimais." La femme fondit en larmes.

Sofia écoutait son récit avec une résignation croissante. La police était arrivée, et avait très vite remarqué que la corde était trop courte. Au lieu de la réconforter, ils lui avaient passé les menottes et l'avaient directement écrouée, soupçonnée de meurtre. Parce qu'elle avait rangé les annuaires, on pensait qu'elle avait elle-même pendu son mari.

Après encore une demi-heure de conversation, Sofia vit que la femme n'était pas seulement innocente, mais aussi en parfaite santé mentale, et devait donc être immédiatement libérée. Mais cela supposait que le procureur fasse son travail, ce qui n'était pas gagné.

Les nuls, marmonna-t-elle, en englobant aussi l'officier de police qui, avec un motif aussi peu solide, avait blessé une femme en deuil. Complètement incompréhensible.

Revenue à son cabinet, elle songea à cette femme désespérée en attendant son dernier client. Et si elle était condamnée, incapable de prouver son innocence à cause de quelques maudits annuaires qu'elle avait déplacés ? Sofia soupira. Parfois, la vie était vraiment une mauvaise blague. Elle fut interrompue dans ses pensées par Ann-Britt qui lui annonçait sur l'interphone l'arrivée de son client.

L'homme avait la quarantaine et dirigeait l'un des petits partis de la coalition gouvernementale. Un parti qui défendait une conception du couple plutôt réactionnaire et intolérante.

Son dilemme ne relevait pourtant pas de la double morale. C'était plutôt un problème de caractère personnel : sa femme allait le quitter s'il ne faisait rien pour soigner son addiction sexuelle. C'était le terme qu'elle employait. De son côté, il considérait que son appétit sexuel insatiable venait de la virilité monumentale dont l'avait doté la nature. Il disait parfois Dieu, ce qui effrayait Sofia.

Il commençait à la fatiguer. Il ne l'écoutait pas. Il préférait se vanter de sa ruse quand il s'agissait de tromper sa femme, de son habileté à se fabriquer des alibis : il lui arrivait de prétendre devoir se rendre pour affaires à l'autre bout du pays, ce qui l'obligeait à rentrer tard. Une fois à la gare, il achetait avec sa carte de crédit un billet pour sa destination prétendue. Il était important de ne pas utiliser de liquide, car sa moitié jalouse examinait chaque mois ses relevés de comptes. Son billet à la main, une fois dans le train, il allait chercher le contrôleur, si possible avant le départ pour ne pas devoir aller jusqu'au premier arrêt.

Pour ne pas être reconnu, et aussi pour renforcer l'excitation, il se déguisait, ce qui le faisait se sentir un autre homme en ressortant de la gare.

Dans la soirée, il rangeait son billet poinçonné dans le tiroir de la cuisine, certain que sa chère et tendre ne manquerait pas d'en contrôler l'authenticité.

Gamla Enskede

Le taxi payé, elles remontent l'allée vers la maison de Jeanette. Jeanette a honte de son jardin négligé : la pelouse n'est pas tondue, les feuilles mortes s'accumulent partout.

"Il devait y avoir un problème avec la quiche, dit Sofia, l'air gênée. Je lui ai trouvé un goût aigre. Le fromage n'était peut-être pas frais."

Jeanette, qui l'avait trouvée excellente, ne dit d'abord rien, convaincue que Sofia a vomi pour une autre raison qu'une intoxication alimentaire.

"C'était quoi, cette histoire, avec Samuel ?" demande-t-elle en ouvrant la porte.

Sofia secoue la tête. "Je ne sais pas. Je m'inquiète juste un peu pour ma mémoire. On n'en parle plus. D'accord ?

— Comme tu veux." Jeanette sourit à Sofia et, en entrant, elle entend un SMS arriver sur son portable. "Voilà, ils sont arrivés à l'hôtel, dit-elle soulagée en lisant le court message de Johan.

— Tu vois ? Je te l'avais dit. Tu penses qu'Åke emmène Johan en voyage parce qu'il a mauvaise conscience ?"

Jeanette la regarde. Elle a repris des couleurs.

Jeanette accroche son manteau puis prend la main de Sofia. "Qui n'a pas mauvaise conscience ?

— Eh bien, par exemple, le type que vous recherchez, répond du tac au tac Sofia, visiblement désireuse de reprendre la conversation du pub. Quand on est prêt à torturer et à tuer des enfants, il faut avoir la conscience assez large.

— Ça, on peut le dire." Jeanette va dans la cuisine ouvrir le réfrigérateur.

"Et si la personne en question mène à côté une vie normale, alors…

— C'est possible ? De mener une vie normale ?" Elle sort une bouteille de vin rouge et la pose sur la table tandis que Sofia s'assoit.

"Oui. Mais il faut un énorme effort pour maintenir séparées ses différentes personnalités.

— Tu veux donc dire qu'un tueur en série peut avoir femme et enfants, être consciencieux dans son travail et fréquenter ses amis, sans dévoiler sa double vie ?

— Tout à fait. Un loup solitaire est beaucoup plus facile à débusquer que celui qui, vu du dehors, mène une vie absolument normale. En même temps, c'est peut-être justement cette normalité qui a provoqué le comportement pathologique."

Jeanette débouche la bouteille et sert deux verres. "Tu veux dire que les contraintes quotidiennes ont besoin d'une soupape ?"

Sofia hoche la tête sans répondre en buvant une gorgée de vin.

Jeanette l'imite avant de continuer. "Mais une telle personne devrait pourtant être déviante, d'une façon ou d'une autre ?"

Sofia est songeuse. "Oui, on peut penser à des choses évidentes, comme un regard nerveux, fuyant, qui la fait percevoir par son entourage comme quelqu'un de lisse, de difficile à approcher." Elle pose son verre. "J'ai récemment lu un livre sur un tueur en série russe, Andreï Tchikatilo : ses collègues déclaraient se souvenir à peine de lui, alors qu'ils avaient travaillé ensemble plusieurs années.

— Tchikatilo ?" Le nom ne dit rien à Jeanette.

"Oui, le cannibale de Rostov."

Soudain, Jeanette se rappelle avec dégoût un documentaire vu à la télévision voilà quelques années.

Elle avait éteint son poste à la moitié.

Sofia semble découragée. "J'ai moi-même eu affaire au cannibalisme au Sierra Leone. On s'y livrait chez les rebelles du RUF pour s'approprier la puissance de l'ennemi, mais aussi pour l'humilier.

— Samuel l'a pratiqué ?"

Sofia hoche la tête. "C'était normal dans ce contexte, même si ça paraît dingue. Mais dans les situations critiques, les règles sociales sont récrites : guerre, extrême pauvreté, famine. Tchikatilo a prétendu avoir vu pendant la Seconde Guerre mondiale des soldats allemands profaner des morts en les mangeant."

Jeanette se sent mal. "S'il te plaît, on ne pourrait pas changer de sujet…"

Sofia a un sourire crispé. "D'accord, mais pas complètement. J'ai mon idée sur le tueur, j'aimerais ton avis. Nous ne parlerons plus de cannibalisme, mais garde ça à l'esprit pendant que je te dis comment je vois les choses, d'accord ?

— D'accord." Jeanette goûte le vin. Rouge comme le sang, se dit-elle, croyant y déceler un arrière-goût de fer.

"Quelque chose est arrivé au meurtrier dans son enfance, dit Sofia. Quelque chose qui le marque à vie, et je pense que c'est en rapport avec l'identité sexuelle."

Jeanette hoche la tête. "Pourquoi ça ?

— Je commencerai par un exemple type. On connaît le cas d'un homme de cinquante ans qui abusait de ses trois filles. Pendant les viols, il mettait des vêtements de femme. Il a affirmé avoir été forcé de s'habiller en fille dans son enfance.

— Comme Jan Myrdal", glisse Jeanette avec un éclat de rire. Elle ne peut pas s'en empêcher et comprend pourquoi : le rire protège contre l'horreur. Écouter ces histoires atroces d'accord, mais en gardant le droit de plaisanter.

Sofia perd le fil. "Jan Myrdal ?

— Oui, tout petit, il a reçu une éducation expérimentale. C'est revenu à la mode dans les années 1970, si tu te souviens ? Mais pardon. Je t'ai coupée…"

La plaisanterie semble tomber à plat. Sofia fronce les sourcils avant de continuer.

"C'est un exemple très intéressant pour comprendre un certain type de mentalité criminelle. L'agresseur revient à son enfance, au jour où, pour la première fois, il a pris conscience de sa sexualité. L'homme de cinquante ans affirmait que sa véritable identité sexuelle était celle d'une femme, plus précisément d'une petite fille, et il était persuadé que les jeux qu'il pratiquait avec ses filles étaient parfaitement normaux entre enfants et parent. Par ces jeux, il pouvait à la fois revivre et perpétuer sa propre enfance. Ce qu'il considérait comme sa véritable identité sexuelle."

Jeanette porte à nouveau le vin à ses lèvres. "Je te suis. Je crois que je vois où tu veux en venir. Les castrations des jeunes garçons sont rituelles et visent à revivre quelque chose."

Sofia la dévisage. "Oui, mais pas n'importe quoi. Ce sont les symboles d'une sexualité perdue. En y pensant, je ne serais pas étonnée que, dans notre cas, le tueur ait connu à un âge précoce un changement d'identité sexuelle, volontaire ou non."

Jeanette pose son verre. “Tu veux dire un changement de sexe ?

— Peut-être. Sinon physique, en tout cas sûrement psychique. Les meurtres sont si extrêmes que tu dois, je crois, rechercher un auteur extrême. La castration symbolise une identité sexuelle perdue, et l’embaumement est une technique pour conserver ce que le tueur considère comme son œuvre. Au lieu de peindre avec des couleurs, l’artiste utilise le formol et les fluides d’embaumement. Comme je l’ai dit plus tôt, c’est justement un autoportrait, mais pas seulement sur le thème de la honte. Le motif central est la perte de l’appartenance sexuelle.”

Intéressant, se dit-elle. Cela semble logique, mais elle reste hésitante. Elle ne comprend toujours pas pourquoi Sofia a commencé la conversation en parlant de cannibalisme.

“Il manquait des parties du corps aux garçons, n’est-ce pas ?” dit alors Sofia.

Alors elle comprend et la nausée revient aussitôt.

Icebar

Si, pour un visiteur étranger, la Suède se compose à parts égales du droit de libre circulation sur les terrains privés, du monopole d'État sur les alcools et d'une fiscalité à la source de trente pour cent, pour un urbaniste, Stockholm est constituée d'un tiers d'eau, d'un tiers de parcs et d'un tiers de bâti, pour un météorologue, enfin, le temps s'y divise en proportions à peu près identiques entre soleil, précipitations et nuages variables.

De la même façon, un sociologue peut diviser la population de Stockholm en pauvres, riches et très riches. Dans ce dernier exemple, les proportions sont cependant un peu différentes.

On en est arrivé au point où les gens vraiment riches ont honte et font tout pour dissimuler leurs biens, alors qu'en banlieue, c'est à qui donnera l'impression d'être multimillionnaire. Dans aucune autre ville de la taille de Stockholm on peut voir si peu de Jaguar et tant de Lexus.

La clientèle du bar où le procureur Kenneth von Kwist est en passe de rouler sous la table à coups de rhum, de cognac et de whisky se compose d'un mélange de riches et de très riches. Seule entorse à la structure sociologique, un groupe de Japonais en goguette qui semblent visiter un zoo exotique. Ce qui, d'une certaine façon, est le cas.

Une délégation de la chambre d'accusation de Kobe invitée par le tribunal de Stockholm pour une conférence et logée dans le premier hôtel au monde disposant d'un bar où règne un hiver éternel.

Le verre dans la main de von Kwist est entièrement fait de glace et rempli à ras bord d'un whisky de la distillerie de Mackmyra, un breuvage qui semble particulièrement plaire aux hôtes japonais.

Putain de guignols, pense-t-il en promenant alentour un regard embrumé. Et je suis comme eux.

Les douze jeunes juristes japonais, ses collègues de la chambre d'accusation de Stockholm et lui forment une compagnie d'une quinzaine de personnes, tous en épais anoraks argentés à capuche avec de gros gants pour supporter les moins cinq degrés du bar le temps de vider leur portefeuille. Les lumières bleues et froides qui émanent des blocs de glace constituant le mobilier du bar donnent une impression surréaliste, un air de bande dessinée avec des Bibendum Michelin futuristes.

La visite de l'Icebar parachève un long programme de dix heures de conférence. Si le procureur a appris quelque chose aujourd'hui, c'est bien qu'il est impossible d'apprendre quoi que ce soit pendant une journée comme celle-ci. Sinon peut-être que les Japonais, du moins ceux de ce groupe, gobent sans le moindre sens critique tout ce qui est un tant soit peu suédois, que ce soit les meubles fabriqués par une célèbre marque à Älmhult, le whisky de Gästrikland ou le hareng aigre d'Örnsköldsvik.

"Is this swedish?" Le procureur se tourne avec réticence. L'homme qui vient de lui taper sur l'épaule sourit en louchant et montre son verre. *"Swedish ice?*

— *Yes*, balbutie von Kwist. *Ice from Jukkasjärvi. Everything in this bar is made of ice from Jukkasjärvi."* Il tapote la surface lisse du bar et s'essaie à sourire, mais sait qu'il n'y arrive pas. Quand il a bu, les muscles de son visage ne répondent plus et tout finit en grimace. En outre, le manque de sommeil, depuis plusieurs jours, l'a rendu buté.

"It is fantastic. Swedish ice is fantastic! And swedish ice hockey also fantastic!"*

Von Kwist ricane. En se rappelant le fiasco du printemps, seulement une quatrième place aux Championnats du monde au Canada, il tourne le dos à son interlocuteur et vide son verre.

"Un autre", marmonne-t-il au barman en posant brutalement son verre sur le comptoir.

Tandis que le procureur sirote son quatrième ou cinquième whisky, son humeur empire et il sent qu'il a besoin de faire une pause avec ce cirque. Quelqu'un d'autre veillera à border les Japs, même s'il se doute qu'un certain nombre passeront la nuit la tête au-dessus de la cuvette des toilettes et seront demain à l'état de zombies pour la dernière journée de conférence. Ils ne tiennent pas l'alcool. À son avis, c'est purement biologique, il leur manque une enzyme ou quelque chose comme ça. Mais peu importe au fond si la journée de demain est gâchée, car le procureur est convaincu que les échanges de compétences à ce niveau sont vains à cause des différences culturelles et surtout de la barrière infranchissable de la langue. Autrement dit, les Japs auraient aussi bien pu rester chez eux.

Il décide d'aller fumer un cigare avant de se retirer. Il a besoin de réfléchir, même s'il a conscience, quelque

* "C'est suédois ? Glace suédoise ? — Oui. Glace de Jukkasjärvi. Tout dans ce bar est fait avec de la glace de Jukkasjärvi. — C'est fantastique. Glace suédoise fantastique ! Et hockey suédois fantastique aussi !"

part derrière les brumes de l'alcool, qu'il aura tout oublié demain. Il s'excuse, se fraie un passage à travers le local presque bondé, quitte les gants et le grotesque anorak argenté et sort dans la rue pour avoir un moment la paix.

Il a juste le temps d'allumer son cigare quand il est interrompu par quelqu'un qui lui tape sur l'épaule.

Mais quoi, bordel ? s'énerve-t-il. Tous les mêmes, ces putains de pots de colle.

Il se retourne, une phrase assassine à la bouche, quand un coup de poing le heurte violemment au visage. Le cigare lui brûle la joue avant de tomber en miettes, tandis qu'il chancelle et perd l'équilibre.

Quelqu'un l'attrape par le cou et lui enfonce un genou dans le dos. Le procureur est plaqué le visage contre l'asphalte.

Chez von Kwist s'active immédiatement le mécanisme de défense contrôlé par les muscles les plus rapides et les plus résistants du corps, ceux des yeux.

Le procureur ferme les yeux et supplie pour sa vie.

La prise se desserre bientôt. Dix secondes plus tard, il se risque à ouvrir les yeux et se redresse sur ses genoux.

Qu'est-ce qui s'est passé, putain ?

Sur l'asphalte mouillé devant lui, une boîte à chaussures.

L'épuisement s'abat sur lui. Il s'assied en tailleur et fixe la boîte tandis que son pantalon se détrempe.

Le visage absent, il l'ouvre.

Dedans, un objet noir, filandreux, en partie emballé dans un tissu blanc.

Il ne voit d'abord pas ce que c'est mais, en se penchant pour tâter prudemment, il comprend.

Au moment où il va saisir l'objet, celui-ci prend soudain forme et sens, et semble se tendre vers lui.

Séchée et fripée, rabougrie, c'est une main humaine.

Långholmen

Långholmen est une île du centre-ville de Stockholm, formant un quartier à part entière. Longue de plus d'un kilomètre, large d'à peine cinq cents mètres, l'île a longtemps servi de prison.

Le charmant domaine d'Alstavik, sur l'île, a jadis été acheté par la chambre de commerce pour être transformé en prison pour femmes, sur le modèle des manufactures textiles instituées aux Pays-Bas pour retirer des rues mendiants et vagabonds en leur donnant une occupation utile. Les femmes errantes étaient tout particulièrement visées.

Une des internées de Långholmen était Hannah Hansdotter, la dernière personne en Suède à avoir été brûlée pour sorcellerie. À cinquante-cinq ans, appartenant aux couches les plus pauvres de la société, elle avait déjà été condamnée à de la prison pour adultère avec des hommes mariés ou célibataires. Par décision de justice, elle avait été séparée de son mari et chassée du domicile conjugal.

Hannah était bagarreuse et alcoolisée et avait nié jusqu'au bout être une sorcière. Mais après le témoignage de l'aubergiste Lundsten de Klörup affirmant être tombé malade après avoir mangé une pomme que lui avait donnée Hannah, elle avait été condamnée à la pendaison, puis au bûcher. Elle aurait voulu punir Lundsten de lui avoir refusé de l'eau-de-vie.

Madeleine arrive sur l'île par le pont de Pålsund et se gare derrière l'école navale. Elle est déjà venue là.

Elle a passé plusieurs nuits dans le camping de caravanes au pied du pont de Västerbron, mais il y avait trop de monde, plusieurs gros camping-cars immatriculés en France, elle ne voulait pas avoir à répondre aux questions de touristes curieux. Mais c'est quand même mieux qu'à l'hôtel de la Marine, où elle s'est sentie tout le temps surveillée.

Depuis qu'elle est revenue de Mariehamn, elle n'a pas quitté sa voiture. Une journée sans répit avec pour seul but de trouver sa vraie mère. Elle a dans la poche la photo que Charlotte lui a donnée.

Elle a accompli ce qu'elle s'était fixé et à présent, pour en finir, elle veut anéantir le corps d'où elle est née. Cela s'avère pourtant plus difficile qu'elle n'aurait cru. Viggo lui avait un jour dit avoir vu Victoria Bergman au bord de l'eau sur le port de Norra Hammarby, et Madeleine s'y était rendue plusieurs fois, sans pourtant la trouver.

Et le temps va bientôt lui manquer. Son contrat avec Viggo va bientôt devoir être rempli.

Madeleine descend de voiture et s'approche du bord du quai. L'eau est aussi noire qu'en mer d'Åland.

Elle met ses écouteurs, allume la radio et la règle entre deux fréquences. Un faible chuintement sans paroles qui d'habitude la calme, mais aujourd'hui elle ne ressent que de la frustration et cherche plutôt la BO de Clint Mansell pour *Requiem for a Dream*. Les premières notes de *"Lux aeterna"* dans les oreilles, elle se dirige vers l'ancien bâtiment de la prison.

Arrivée au pied du vieux mur de pierres, elle s'arrête et le contemple avec un certain respect.

Elle songe à tous ceux qui ont défilé là. Comprend toute la colère étouffée par le travail, à tailler des blocs rectangulaires de granit, et sent en elle la haine qui, sous ses vêtements rêches, a dû palpiter dans la poitrine du premier prisonnier forcé de bâtir lui-même le mur de sa prison.

Et elle songe à l'instant où elle a décidé de ne plus être une victime.

France, 2007

Ne m'enlevez pas la haine. C'est tout ce que j'ai.

Le soleil était haut au-dessus des crêtes, la route en lacet grimpait à flanc de montagne et, cinq cents mètres plus bas, on apercevait le trait turquoise du Verdon. Les rambardes étaient basses, la mort toute proche : il suffisait d'une seconde d'hésitation ou d'une erreur instinctive lors d'un croisement. Au-dessus d'elle, encore deux cents mètres de montagne débouchant sur un ciel bleu clair. À chaque panneau prévenant du risque d'éboulement, elle poussait un cri, tant la tentait l'idée d'être ensevelie sous un tas de pierres froides.

Si je dois vivre, pensa Madeleine, ils ne peuvent pas vivre.

Elle ne croyait pas au désir de vengeance comme une façon de rester en vie pour la victime. Non, c'était la haine qui la faisait respirer et qui l'avait fait tenir depuis l'époque du Danemark.

La haine disparaîtra-t-elle s'ils sont tous morts ? Serai-je alors en paix ?

Elle comprit aussitôt que ces questions n'étaient pas essentielles. Elle était libre de choisir, et elle choisirait la façon simple, originelle.

Dans beaucoup de cultures primitives, la vengeance était un devoir, un droit fondamental visant à donner à la victime la possibilité de retrouver le respect d'autrui. Un acte de vengeance marquait la fin d'un conflit : pour l'homme primitif, le droit à la vengeance allait de soi, l'acte en lui-même était la solution du conflit, sans qu'il y ait jamais lieu de s'interroger.

Elle se rappelait ce qu'elle avait appris, déjà toute petite. Quand elle était encore intacte et capable d'apprendre.

Les hommes vivent dans deux mondes. Une vie prosaïque et une autre poétique. Seuls certains ont la capacité de se mouvoir entre ces deux mondes, tantôt distincts, tantôt synchrones et en symbiose.

L'un de ces mondes est la photo aux rayons X, le monde prosaïque, l'autre est le corps humain nu, vivant, poétique. Celui dans lequel elle avait désormais décidé de pénétrer.

La route descendait en pente raide. Juste après un virage, elle ferma les yeux et lâcha le volant.

Les quelques instants de flottement où elle allait peut-être passer par-dessus la mauvaise rambarde et plonger dans le ravin se transformèrent en congruence libératrice.

La vie et la mort réunies.

Quand elle rouvrit les yeux, elle était toujours au centre de la route, le précipice à bonne distance, de l'autre côté de la route. Elle s'en était sortie, avec plusieurs mètres de marge.

Son cœur battait fort, tout son corps frissonnait. C'était du bonheur qu'elle ressentait. L'exaltation de ne pas avoir peur de mourir mêlée à un sentiment de légèreté.

Elle savait qu'une personne n'est pas morte quand son cœur cesse de battre. Quand le cerveau se déconnecte du cœur commence un état nouveau, hors du temps. Le temps et l'espace deviennent insignifiants, et la conscience continue à exister, éternellement.

La Gnose. Une vérité qui provient de l'humanité primitive.

Une conception de l'existence et de la mort. Quand on sait que la mort n'est qu'un nouvel état de la conscience, il n'y a plus lieu d'hésiter à tuer. On ne condamne pas quelqu'un à cesser d'exister, on le condamne juste à passer dans un autre état, hors du temps et de l'espace.

Elle approchait d'un nouveau virage. Cette fois-ci, elle ralentit, mais se plaça sur la file de gauche avant de tourner. Elle ferma les yeux après la courbe. Pas de voiture en face.

Toujours pas la mort. Mais la vie et la mort un bref instant en symbiose.

Gamla Enskede

Elles sont couchées dans la chaleur du lit, Sofia ne sait pas depuis combien de temps.

"Tu es fantastique", dit Jeanette.

Non, pense Sofia. Son processus de purification l'épuise : dire qu'elle n'était plus choquée par ses souvenirs était une conclusion hâtive. Ce qu'elle sait à présent sur elle remet tout en cause. Si la plupart de ses souvenirs sont construits sur ce que d'autres lui ont raconté, que lui reste-t-il de son passé ?

Comment de tels souvenirs peuvent-ils naître ?

Comment peuvent-ils être assez forts pour qu'elle ait ainsi cru dur comme fer avoir assassiné plusieurs enfants, et Lasse par-dessus le marché ? Quelles autres erreurs sa mémoire contient-elle ? Comment pourra-t-elle jamais avoir à nouveau confiance en elle ?

Peut-être vaut-il mieux, malgré tout, ne pas se souvenir ?

En tout cas, dès qu'elle se retrouvera seule, elle fera une recherche pour retrouver Lars Magnus Pettersson. C'est une mesure concrète : s'il est mort, elle en aura le cœur net. Pour Samuel, elle ne peut pas faire beaucoup plus qu'attendre que les souvenirs lui reviennent.

Elle est épuisée par ces heures au lit, alors que Jeanette semble comme une fleur, juste luisante de sueur et le visage un peu rouge.

“À quoi tu penses ? Tu as l’air un peu absente.” Jeanette lui caresse la joue.

“Non, non, ce n’est rien. J’essaie juste de reprendre mon souffle.” Elle sourit.

Le corps de Jeanette est si fort, si puissant. Elle aimerait avoir plus de chair, plus de féminité, mais sait que c’est un désir vain : elle aura beau manger tant et plus, il ne se réalisera jamais.

“Dis, je voulais te demander.” Jeanette la tire de ses pensées. “Il faut qu’on reparle d’Annette Lundström. Tu saurais à qui je pourrais m’adresser pour savoir comment elle va, et si un interrogatoire serait envisageable ?

— Je peux te donner un nom à Rosenlund. Un médecin de Katarinahuset qui pourra certainement t’aider dès demain matin, si tu veux.

— Tu es la meilleure, tu sais ?”

Non, ce n’est pas vrai, se dit-elle. J’oublie tout, je suis distraite. En pleine déliquescence.

Il y a quelque chose dont elle aurait déjà dû parler à Jeanette. Dès son coup de fil après sa rencontre avec Annette Lundström.

Les enfants adoptés.

“Quand j’ai vu Annette Lundström, elle était incohérente, je ne savais pas comment distinguer le vrai du faux. Mais un détail m’a fait réfléchir depuis, et je crois que c’est quelque chose dont tu devrais lui parler quand tu la verras.”

Les yeux de Jeanette se rétrécissent. “Qu’est-ce que c’est ?

— Elle a parlé d’enfants adoptés. Que Viggo Dürer aidait des enfants étrangers en difficulté à venir en Suède et qu’il les hébergeait chez lui dans le Nord, à Vuollerim, le temps de leur trouver des familles d’accueil. Ils restaient parfois seulement quelques jours, parfois plusieurs mois.

— Ça alors…” Jeanette se passe une main dans ses cheveux encore trempés de sueur, leur sueur commune, et Sofia lui caresse doucement le bras du dos de la main. “Il s'occupait d'adoptions ? En plus d'être éleveur de porcs, juriste et comptable d'une scierie ? Il avait plus d'une corde à son arc, c'est le moins qu'on puisse dire. En plus, il paraît que c'était un rescapé des camps.”

Sofia sursaute. “Des camps de concentration ?

— Je n'arrive pas à cerner ce type, dit Jeanette. Il y a quelque chose qui cloche, tout simplement.”

Un souvenir revient à Sofia. Scintille comme une étincelle, avant de s'éteindre en laissant une tache aveugle sur la rétine.

Toutes ces salopes de filles à Boches. Des putes, voilà ce que c'était. Elles en ont baisé des milliers.

Le souvenir d'une plage au Danemark, et de Viggo qui abusait d'elle. Vraiment ? Elle se rappelle seulement qu'il s'était livré à l'un de ses “jeux”, s'était frotté à elle en gémissant, avait enfoncé ses doigts en elle pour soudain se lever et s'en aller. Elle était restée par terre, le corps endolori par les cailloux, son tee-shirt déchiré. Elle veut en parler à Jeanette, mais n'y arrive pas.

Pas encore. C'est la honte qui l'empêche, toujours la honte qui fait obstacle.

“Viens, chuchote Jeanette. Serre-toi contre moi.”

Sofia se glisse dos contre Jeanette. Elle se blottit comme une enfant, ferme les yeux et jouit de ce contact, de cette chaleur, de la respiration calme et profonde de ce corps derrière elle.

Elle voudrait s'endormir ainsi. Mais elle a encore autre chose à dire.

“J'ai vu Carolina Glanz l'autre soir.”

Jeanette enfouit son visage dans le cou de Sofia. “La people ?

— Et actrice porno, ajoute Sofia. Elle a été un temps en thérapie chez moi. On s'est rencontrées…" Sofia s'interrompt. Elle ne peut pas dire que c'était à l'hôtel, cela exigerait des explications, et puis ce n'était pas elle, c'était Victoria. "Oui, en ville, et Carolina m'a parlé de son livre qui sort ces jours-ci. Une autobiographie, avec des révélations.

— Ah ?" Jeanette semble avoir sommeil.

"Oui, apparemment, c'est censé faire du bruit. Elle y parle entre autres d'un policier avec lequel elle a eu une liaison, et qui vendrait de la pornographie pédophile. Mais je ne sais pas trop quoi en penser. Elle est un peu mythomane."

Jeanette semble se réveiller. "Ça ne présage rien de bon. Et ce serait quelqu'un de la police de Stockholm ?

— Je ne sais pas… Elle ne l'a pas dit, mais probablement – elle habite ici.

— Et elle va déballer ça dans son autobiographie ? Elle a fait une déposition ?

— Je ne crois pas. Non, sûrement pas. Mais tu sais, ce n'est peut-être qu'un coup de pub pour lancer son bouquin.

— Oui, j'imagine que ça se passe comme ça pour lancer un livre à scandale, dit Jeanette en bâillant. Sa déposition à la police va tomber en même temps que la sortie du bouquin, et hop, ça lui fait de la pub.

— Ça a l'air plausible…"

Elles se taisent et Sofia remarque bientôt que Jeanette s'est endormie. Elle écoute sa respiration apaisante.

Elle reste un moment éveillée, puis sombre dans une somnolence inquiète. Un état qu'elle connaît bien, ni veille, ni sommeil, ni rêve non plus.

Elle quitte son corps, glisse le long du mur puis se colle au plafond.

Une sensation apaisante, comme de se laisser flotter dans l'eau. Mais quand elle tente de tourner la tête et se voit avec Jeanette entre les draps, tous les muscles de son corps se verrouillent et la sensation agréable se mue aussitôt en panique.

Soudain, elle est à nouveau couchée dans le lit, incapable de bouger, comme paralysée par un venin. Quelqu'un est assis sur elle, un poids indescriptible qui tétanise son corps et l'empêche de respirer.

Le corps étranger finit par la laisser. Elle a beau être incapable de tourner la tête pour vérifier, elle devine que le corps se lève et descend du lit dans son dos avant de disparaître hors de la pièce comme une ombre fuyante.

La sensation de paralysie disparaît alors aussi vite qu'elle est arrivée. Elle peut à nouveau respirer et commence à bouger les doigts, puis les bras et les jambes. Elle comprend qu'elle est complètement réveillée en entendant la respiration profonde près d'elle, et se calme alors. Elle aura besoin du soutien de Jeanette pour être un jour entière.

Quand tout cela a-t-il commencé ? Quand a-t-elle inventé sa première personnalité alternative ? Très jeune, naturellement, car la dissociation est un mécanisme d'enfant.

Elle regarde l'heure du coin de l'œil. Quatre heures passées. Elle ne pourra plus dormir.

Gao, Solace, la Travailleuse, l'Analyste et la Geignarde, elle peut les rayer de sa liste, car elle les cerne. Ils ont fini de jouer leurs rôles.

Restent le Reptile, la Somnambule et la Fille-corneille. Ils sont plus difficiles, car plus proches d'elle, et n'ont pas été copiés sur d'autres personnes. Ils sont issus d'elle-même.

Le Reptile sera probablement le prochain à disparaître. Son comportement suit malgré tout une logique simple, primitive : c'est l'idée directrice qui lui permettra de déconstruire et d'analyser cette personnalité.

L'anéantir et en même temps l'assimiler.

Sofia Zetterlund, se dit-elle. Il faut que j'aille voir la vieille femme à Midsommarkransen. Elle pourra m'aider à comprendre comment j'utilisais ces personnalités enfant et adolescente. Mais puis-je vraiment y aller ?

Et dans ce cas, qui fera le voyage, Sofia, ou Victoria ?

Ou, comme aujourd'hui, les deux, synchronisées ?

Elle reste encore un moment couchée avant de se lever doucement et de se rhabiller.

Il faut qu'elle aille de l'avant, qu'elle guérisse, et c'est impossible seule dans le noir.

Il faut qu'elle rentre.

Elle laisse un mot à Jeanette sur la table de nuit, puis referme la porte de la chambre et appelle un taxi.

La libido, songe-t-elle tandis qu'elle attend son taxi assise à la table de la cuisine. La pulsion de vie, quand cesse-t-elle ? De quoi est faite sa propre libido ? Son feu affamé ?

Elle regarde une mouche marcher sur la vitre de la cuisine. Si elle était affamée et qu'il n'y avait rien d'autre, la mangerait-elle ?

Barnängen

La première chose qu'on voit, c'est le coin d'un sac plastique noir. Puis on se dit qu'on devrait appeler la police. On est en l'occurrence une femme, qui rentre d'un bar à plus de quatre heures du matin. C'est tard, mais, dans son cas, peu importe car, depuis qu'elle a perdu son poste dans les services d'aide à domicile de Dalen, elle n'a plus besoin de se soucier de trivialités comme se coucher tôt ou prendre ses responsabilités.

La soirée ne s'est pas terminée comme elle l'avait espéré. À moitié ivre et déçue, elle est sur le quai de Norra Hammarbyhamnen près de Skanstull, à un jet de pierre du ferry de Sickla, et regarde le sac plastique noir danser à la surface de l'eau.

D'abord tentée de laisser courir, elle pense aussitôt à toutes les séries policières où c'est un passant qui trouve le cadavre. Aussi se met-elle à genoux pour attraper le sac et l'ouvre-t-elle précautionneusement. À sa grande surprise, elle constate que son intuition était juste.

Dans le sac, elle voit un bras ratatiné.

Une jambe et une main.

En revanche, elle n'a pas prévu la réaction de son corps confronté pour la première fois à un mort.

Sa première pensée est qu'il s'agit d'une poupée qui a moisi dans l'eau. Mais quand elle voit que ce n'est pas une poupée, que les yeux du gamin ont été arrachés, qu'une partie de la langue semble coupée et que le visage est couvert de morsures, elle vomit.

Puis appelle la police.

D'abord, personne ne la croit. Il lui faut sept minutes pour convaincre l'officier de police.

En raccrochant, elle constate que son téléphone est luisant de vomi.

Elle s'assoit au bord du quai, attrape fermement le sac pour s'assurer qu'il ne disparaisse pas puis attend.

Elle sait ce qu'elle tient à bout de bras, mais essaie d'oublier ce qu'elle vient de voir. Un visage d'enfant déchiqueté à coups de dents.

Des dents humaines, qui ne sont pourtant pas faites pour blesser.

Vita Bergen

Au petit matin, dans son bureau, elle fixe l'écran de l'ordinateur.

Lasse vit.

L'adresse est la même, Pålnäsvägen à Saltsjöbaden. Il voyage toujours beaucoup pour son travail, elle a trouvé son nom dans la liste des participants à une conférence à Düsseldorf, qui a eu lieu il y a moins de trois semaines.

Elle se surprend en train de rire. Certes, il l'a trompée, mais elle ne l'a pas tué pour ça.

Maintenant qu'elle en a enfin la confirmation, tout lui paraît tellement banal. Non contente de s'inventer des vies alternatives, elle en a aussi inventé pour les autres, les entraînant dans sa déchéance intérieure. Lasse vit, et peut-être a-t-il aussi une double vie, comme autrefois, mais avec une autre femme. La vie a continué hors de son propre monde clos sur lui-même. Et elle en est ravie.

Le processus s'accélère.

Il lui reste beaucoup à faire avant de s'accorder quelques heures de sommeil. Elle est tombée sur un filon, il faut qu'elle l'exploite jusqu'au bout. Elle se sent concentrée, le bourdonnement dans sa tête est bénéfique.

Elle se lève et va à la cuisine.

Devant la porte, deux sacs-poubelles pleins de papiers. Elle a commencé à faire le ménage dans la pièce secrète, bientôt elle pourra se débarrasser de tout. Mais elle n'en a pas encore tout à fait fini.

Pendant la nuit, une question l'a tarabustée : quelle est la libido d'un tueur en série? Peut-elle trouver la sienne en étudiant celle des autres? Les plus extrêmes, les plus déviantes?

Sur la table de la cuisine s'empilent quantité de papiers avec la biographie de Tchikatilo. Elle s'assoit et arrache les pages qu'elle avait cornées.

Elle lit qu'il faut du temps aux enzymes du cerveau pour digérer toutes les expériences et forger un autre moi. Que cet autre moi n'a pas peur de vider un ventre de ses viscères ou de cuisiner et consommer un utérus, alors que cette seule idée fait trembler d'effroi le premier moi.

Andreï Tchikatilo était divisé en deux, comme une cellule maintenue par la membrane de son identité.

Œuf et cellules. Division.

Vie primitive. L'existence reptilienne.

Fondant au chocolat. Deux œufs, deux cent cinquante grammes de sucre, quatre cuillères à soupe de cacao, deux cuillères à café de sucre vanillé, cent grammes de beurre, cent grammes de farine et une demi-cuillère à café de sel.

Un autre article sur la table de la cuisine. Au sujet d'Ed Stein, né en 1906 à La Crosse, Wisconsin, et mort en 1984 au Mendota Mental Health Institute de Madison.

Le texte décrit ce que la police a trouvé lors d'une perquisition chez Gein. Elle a agrafé à l'article la photo d'un serpent qui avale un œuf d'autruche, le plus grand gamète du monde.

Son domicile ressemblait à un hall d'exposition. Un musée.

Elle lit : la police a trouvé quatre nez, quantité d'os et de fragments d'os humains, une tête dans une poche en papier, une autre dans un sac et neuf grandes lèvres dans une boîte à chaussures. Gein avait également confectionné des bols et des piliers de lit avec des crânes, des sièges et des masques en peau humaine, une ceinture en mamelons de femmes et un abat-jour avec la peau d'un visage. La police a par ailleurs trouvé dix têtes de femmes au crâne scié et des lèvres pendues au cordon d'une persienne.

Sexe et bestialité vont de pair, voilà pourquoi elle a agrafé la photo du serpent dévorant l'œuf avec l'article sur Ed Gein.

Il y a aussi le fait d'être méprisé par les autres. Mais qu'est-ce qui vient en premier ? Le mépris de soi, des autres, ou de son propre sexe ?

Dans le cas de Tchikatilo, les gens étaient rebutés par sa démarche féminine et repoussante, ses épaules tombantes, bref toute sa personne, et ils étaient dégoûtés par sa mauvaise habitude de constamment se toucher le sexe. Il tuait et dévorait en partie ses victimes car c'était la seule façon pour lui de s'exciter sexuellement. Il suivait ses pulsions reptiliennes, primitives. Une partie centrale de la problématique d'Ed Gein était son désir de changer de sexe et de se transformer en sa propre mère. Avec des cadavres déterrés, il cherchait à se fabriquer un costume pour devenir une femme.

L'article qu'elle a sous les yeux se réfère à l'interrogatoire au cours duquel le rituel est décrit comme transsexuel. En marge, Victoria a noté, en rouge :

LE REPTILE MUE.

L'HOMME DEVIENT FEMME. LA FEMME HOMME.

IDENTITÉ SEXUELLE / APPARTENANCE SEXUELLE TROUBLES.

MANGER-DORMIR-BAISER.

Besoins, se dit-elle en se souvenant avoir lu Abraham Maslow pendant ses études. Elle se souvient même où elle se trouvait quand elle a découvert sa hiérarchie des besoins. Au Sierra Leone, plus précisément dans la cuisine de la maison qu'ils louaient à Freetown, juste avant que Solace entre dans la pièce. Victoria avait mangé la bouillie répugnante de son père, avec beaucoup trop de cannelle et de sucre.

Tout en faisant semblant de finir sa bouillie, elle réfléchit à ce qu'elle a lu sur la hiérarchie des besoins, qui commence par les besoins physiologiques. Des besoins comme la nourriture, le sommeil, dont il la prive systématiquement. Puis vient le besoin de sécurité, puis le besoin affectif et d'appartenance, puis le besoin d'estime. Tout ce dont il l'a privée et dont il continue à la priver. Au sommet de la hiérarchie, le besoin d'accomplissement de soi, un terme qu'elle n'a pas même la capacité de comprendre. Il l'a privée de tous ses besoins.

À présent, elle sait.

Elle avait créé le Reptile tout simplement pour arriver à manger et à dormir.

Plus tard, dans sa vie, elle avait également utilisé le Reptile pour pouvoir aimer. Quand Lasse et elle couchaient ensemble, c'était le Reptile qui le recevait en elle, puisque c'était pour elle la seule façon de jouir d'un corps d'homme. Et c'est encore le Reptile qui s'est livré avec Lasse à une partie carrée dans une boîte de Toronto. Mais quand elle couche avec Jeanette, le Reptile n'est pas là, elle en est certaine, ce qui l'emplit d'un bonheur si grand qu'elle en a les larmes aux yeux.

Mais ce Reptile, qu'a-t-il fait d'autre ? A-t-il tué ?

Elle essuie ses larmes du dos de la main et pense à Samuel Bai.

Elle l'avait rencontré devant le McDonald's de Medborgarplatsen, l'avait conduit chez elle et endormi. Elle avait ensuite pris une douche et, quand il s'était réveillé, encore ensommeillé, elle s'était montrée nue, l'avait attiré puis tué à coups de marteau dans l'œil droit.

La bestialité du Reptile. La bestialité de l'assassin. Elle en avait joui.

Ou bien ?

Elle quitte la table de la cuisine, si brusquement qu'elle renverse la chaise, et gagne à grands pas le séjour. Le canapé, se dit-elle, la tache de sang sur le canapé, qu'elle avait failli dévoiler à Jeanette. Le sang de Samuel.

Elle le met sens dessus dessous, inspecte les coussins dans les moindres détails, mais pas de tache. Il n'y en a pas, car il n'y en a jamais eu.

Le Reptile n'est pas son feu affamé. C'est une fausse libido, inventée de toutes pièces.

Elle rit à nouveau et s'assied dans le canapé.

Tout, depuis sa rencontre avec Samuel à Medborgarplatsen jusqu'à ce qu'elle sorte de la douche, est exact. Mais elle ne l'a jamais frappé à coups de marteau.

Tout ce qu'elle a fait, c'est de le mettre à la porte, après qu'il l'a pelotée.

Aussi simple que ça.

La dernière fois qu'elle a vu Samuel, c'est quand elle l'a mis dehors. Elle en est certaine.

Il avait des ennemis, et avait été agressé à plusieurs reprises. Une bagarre qui a mal tourné ?

C'est à la police d'enquêter. Pas à elle.

Elle retourne dans la cuisine et ouvre le réfrigérateur. Des betteraves poilues et sales, quelques œufs. Elle en prend deux, les fait un moment rouler dans ses mains. Deux gamètes femelles non fécondés, froids dans la paume de sa main.

Elle ferme le réfrigérateur, ouvre le placard, sort un bol d'aluminium et y casse les œufs. Puis deux cent cinquante grammes de sucre, quatre cuillères à soupe de cacao, deux cuillères à café de sucre vanillé, cent grammes de beurre, cent grammes de farine et une demi-cuillère à café de sel.

Elle remue le tout puis commence à manger.

Le Reptile est un animal à sang froid, qui jouit d'être vivant. Il se dore au soleil sur la plage ou sur une pierre chaude dans un pré, l'été. Il ne remet pas en question son existence, n'exige pas de Dieu une réponse au sens de la vie, et jouit quand son sang charrie des restes de mulots. Elle se souvient, petit reptile, avoir enfoui son visage dans le creux de l'aisselle de son père, l'odeur de sa sueur était rassurante, et là, dans ce creux, elle avait senti ce que c'était qu'être un animal, de ne pas devoir se soucier de ses sentiments ni de ses actes.

C'est son seul souvenir en confiance auprès de son père. Quoi qu'il lui ait fait plus tard, ce souvenir n'a pas de prix.

En même temps, elle sait qu'elle-même n'a jamais eu l'occasion de satisfaire les besoins de sa fille. Madeleine n'a aucun souvenir d'elle, aucun souvenir de sa maman.

Rien qui puisse la rassurer.

Madeleine doit me haïr, songe-t-elle.

Institut médicolégal

"Merci pour cette nuit. Tu es fantastique. Je t'embrasse, Sofia." Et en dessous, le téléphone du contact à l'hôpital de Rosenlund.

Elle ressent une pointe de déception en trouvant le mot sur sa table de nuit. En découvrant le lit vide à son réveil, elle a espéré que Sofia était sous la douche ou, mieux, qu'elle était descendue leur préparer un petit-déjeuner. Elle n'avait pas parlé de devoir rentrer tôt. Pourtant, Jeanette a le sourire aux lèvres en rangeant le mot plié dans le tiroir de sa table de nuit. "En tout cas, elle me trouve fantastique", se réjouit-elle toute seule.

Elle laisse la couette glisser à ses pieds, se couche sur le dos, s'étire et regarde son corps nu. Il a l'air d'avoir atterri en catastrophe dans le lit avant d'avoir été arrosé d'eau. Sofia dégage tellement de chaleur qu'elle se propage au corps de Jeanette, qui continue à suer même quand Sofia n'est plus là.

Après une douche rapide, elle descend à la cuisine, baignée par le pâle soleil d'automne. L'été indien semble durer, le thermomètre à la fenêtre indique quinze degrés, alors qu'il n'est pas plus de huit heures et demie. Une belle journée en perspective.

Ce ne sera pas une belle journée. Mais elle sera interminable.

Il est neuf heures tout juste passées quand Jeanette descend de taxi devant l'institut médicolégal de Solna.

Ivo Andrić l'attend à l'entrée avec un double expresso.

C'est un ange, se dit-elle – le coup de téléphone de Billing l'a privée de son café du matin.

"Viens, entrons, dit-il. Si tu as faim, il y a quelques sandwichs dans la salle d'autopsie. Brie et salami.

— Non, merci. Je n'ai pas encore d'appétit." Elle sirote quelques gorgées de café brûlant.

"Tu as parlé à Hurtig ? Il a peut-être envie d'être là, lui aussi ?"

Non, elle n'a pas eu le temps. Mais d'un autre côté, elle n'est pas levée depuis plus de quarante-cinq minutes. Elle secoue la tête en composant son numéro.

Le cadavre momifié d'un garçon entre dix et douze ans a été trouvé par une noctambule éméchée, flottant dans un sac plastique noir dans l'eau de Norra Hammarbyhamnen. La ressemblance avec l'enfant de Thorildsplan est frappante.

Karakul, se dit-elle en attendant qu'il réponde.

Comme ce serait commode ! Elle n'est pas superstitieuse, mais ne peut s'empêcher de trouver que la conversation avec Iwan Lowynsky est vraiment tombée à point nommé.

Hurtig décroche, Jeanette le met au courant. Bien sûr, il veut la rejoindre toutes affaires cessantes, mais elle a une meilleure idée : elle le briefe sur ce qu'elle a appris pendant la nuit au sujet d'Annette Lundström, lui envoie le contact de Sofia à l'hôpital de Rosenlund et lui demande d'essayer d'obtenir un entretien avec Annette.

"Si c'est possible, vas-y dès aujourd'hui, finit-elle. N'oublie pas de demander si Annette peut nous en dire plus sur les enfants adoptés de Viggo et vois avec le médecin comment, techniquement, organiser une audition dans les formes à l'hôtel de police, au plus vite et sans accrocs. Sans accrocs, je veux dire sans blocages bureaucratiques."

Elle raccroche. Le légiste a posé une main sur son épaule. Il n'a pas l'air mieux réveillé qu'elle, sauf qu'il travaille, lui, depuis cinq heures du matin alors qu'elle est restée tard au lit à cuver ses excès de la veille. "Merci pour Malmö", dit-il avec un sourire las. Elle répond d'un hochement de tête sans se demander de quoi exactement il la remercie. Elle est concentrée sur ce qui l'attend dans la salle d'autopsie.

Ivo Andrić ouvre la porte et ils entrent. Sur la table en inox, un tas couvert d'un drap. Sur le plan de travail, le long du mur, quantité de photos. Elle voit qu'il s'agit de la première victime, Itkul Zumbaïev, le jeune garçon momifié retrouvé à Thorildsplan.

"Bon, que sais-tu ?" fait-elle une fois le corps découvert. Elle a un mouvement de dégoût devant ce qu'elle voit. La bouche est ouverte, la peau ramollie par l'eau. Sa première impression est double : un corps en décomposition mais comme saisi par la mort au milieu d'un mouvement.

"Les blessures sont presque identiques à celles de la victime de Thorildsplan. Marques de fouet et violence aveugle. Nombreuses piqûres d'aiguille placées au hasard. Castré."

Le garçon est couché sur le dos, les bras levés devant son visage tourné sur le côté. On dirait un arrêt sur image au moment de la mort, comme si le dernier geste du gamin avait été de se protéger.

"Mon hypothèse est que le corps présentera des traces de Xylocaïne adrénaline, continue Ivo Andrić. Les échantillons partent ce matin au labo. Et tu vois que les pieds ont été attachés avec de l'adhésif argenté, comme la dernière fois."

Jeanette est renvoyée aussitôt quelques mois en arrière. Un poids sur la poitrine, elle a à nouveau du mal à respirer et son cœur se met à battre plus fort. Des combats arrangés, se dit-elle. C'est une idée qui l'a déjà traversée ce printemps, et d'ailleurs Ivo l'a mentionné. Sont-ils devant l'adversaire d'Itkul ?

Karakul ?

"Il y a quelques différences notables avec le garçon de Thorildsplan, dit Ivo. Tu les vois ?"

Elle ne veut pas voir, car l'idée s'est gravée en elle.

Deux frères. Itkul et Karakul. Poussés à s'entre-tuer à mains nues. Non, c'est trop macabre. Il doit y avoir une meilleure explication.

Quelqu'un d'autre, beaucoup plus grand et fort qu'eux, les a brutalisés puis embaumés. Ce serait plus facile à avaler, aussi absurde que ce soit.

"Tu vois ?" répète Ivo.

Le légiste touche légèrement un des bras du garçon. Il manque la main. La droite.

Elle voit à présent la différence. Parce qu'elle était incapable de soutenir la vue du visage du garçon, les explications d'Ivo sur les blessures similaires l'ont empêchée de voir les autres, les plus évidentes.

Il passe la main sur le cadavre. "Les morsures. Un peu partout, mais surtout au visage. Tu les vois, n'est-ce pas ?"

Elle hoche la tête, abattue. Plutôt des bouchées que des morsures. "Je me demande une chose. Ce corps a une autre... comment dire. Couleur ? Le gamin de Thorildsplan était plutôt brun-jaune. Celui-ci est presque vert-noir. À quoi est-ce dû ?"

Bon Dieu, comment Sofia a-t-elle pu voir aussi juste ? Voilà moins de douze heures, elles étaient dans sa cuisine en train de parler de cannibalisme. Aussitôt, la nausée la reprend.

Ivo fronce les sourcils. “Il est trop tôt pour le dire, mais ce garçon-ci, à part son séjour d’au moins deux ou trois jours dans l’eau, a probablement subi un processus de momification plus poussé ou différent. Je ne suis pas spécialiste de l’art de l’embaumement, mais je ne dois pas être loin du vrai.

— À quand remonte le décès ?” Elle déglutit. La nausée l’empêche de parler.

“Là aussi, difficile à dire, mais sans doute depuis plus longtemps que le gosse de Thorildsplan. Peut-être six mois de plus. Tu vois tout ce que ça peut signifier.

— Oui, toutes les hypothèses restent ouvertes en gros. Soit les deux gamins sont morts en même temps, soit celui-ci avant l’autre ou l’inverse.” Jeanette soupire. Ivo la regarde, presque vexé. “Pardon, tout ça m’épuise, je ne soupirais pas à cause de toi. Tu fais de l’excellent travail, tu es le meilleur.”

Il hoche la tête. “Peut-être bien. Beaucoup de vieux légistes expérimentés ont pris leur retraite.”

Sa réponse l’étonne. Ces vieilles badernes, se dit-elle. Ivo est plus rapide, il a l’esprit plus vif et une plus grande expérience, bien que plus jeune. Elle se demande ce qu’il a pu vivre en Bosnie. Elle ne lui a jamais demandé et il ne lui en a jamais parlé. Mais elle sait qu’il travaille comme médecin légiste depuis la fin des années 1980.

“Autre chose ?” Elle se sent infiniment lasse. Le garçon gisant sur la table va sûrement lui faire faire des cauchemars. Elle évite de le regarder, mais voit le corps du coin de l’œil, comme tendu vers elle.

“Oui, encore deux ou trois choses.”

Ivo cherche la bonne formulation. Il travaille très efficacement, mais parfois, à force de précision, il semble débiter un discours préparé à l’avance et se noie dans les détails. Mais en tout cas, il va au fond des choses.

“Le cadavre de Thorildsplan n’avait pas de dents, finit-il par dire. Ce n’est pas le cas de celui-ci. J’ai pris un moulage.” Il va le prendre sur le plan de travail. “Super Hydro, très bon produit, facile à mettre en œuvre, sans bulles.

— Un moulage des dents ?” Le cœur de Jeanette s’accélère, mais elle s’efforce de garder son calme. “C’est essentiel pour l’identification.

— Bien sûr, naturellement… Avec ça, on devrait être fixé.” Le légiste ne tient pas en place, elle ne l’a jamais vu comme ça, il se retourne brusquement, repose le moulage et saisit une des photos d’Itkul Zumbaïev, le cadavre de Thorildsplan. Le sang de Jeanette ne fait qu’un tour.

“Je n’en suis pas encore certain, mais tu vois peut-être sur cette photo que la mâchoire du gamin est un peu de travers ?” Il tapote l’image du doigt. “Ce gosse-ci l’a aussi de travers. Je parierais qu’ils sont frères.”

Jeanette soupire de soulagement. Ivo Andrić n’a pas besoin d’être certain, puisqu’elle l’est.

Itkul et Karakul. Bien sûr. C’est logique. Elle reste sans voix. Ivo la regarde, interloqué. “Même si la victime de Thorildsplan n’avait pas de dents, dit-il, on peut deviner en gros à quoi ressemblait sa dentition, surtout si elle avait un défaut. À l’époque, je n’avais pas accordé grande attention à sa mâchoire de travers, mais aujourd’hui, c’est très intéressant.

— Oui, on peut le dire.” Elle s’entend parler comme Hurtig – elle a hâte d’aller lui raconter ça. “Tu es bien sûr au courant de la nouvelle d’hier ? L’identification du garçon de Thorildsplan ?”

Ivo semble étonné. “Quoi ?”

Jeanette sent la colère l’envahir. Mais quel nul ! Et ça se dit chef? Dennis Billing avait promis hier de contacter Ivo Andrić.

"Nous avons le nom du garçon de Thorildsplan, et un autre pour celui-ci. Il pourrait bien s'appeler Karakul Zumbaïev. Son frère se nomme Itkul, c'est sûr à cent pour cent."

Ivo Andrić fait un geste d'impuissance. "Bon, si j'avais su, on aurait gagné du temps. Mais réjouissons-nous. Tout devient plus clair.

— Tu as raison." Jeanette lui tape sur l'épaule. "Superboulot.

— Une dernière chose, dit Ivo en décollant l'adhésif argenté qui entoure les pieds du garçon. J'ai trouvé des empreintes digitales, mais c'est bizarre…"

Jeanette se fige.

"Bizarre ? Comment ça bizarre ? C'est plutôt une bonne…"

Pour la première fois, Ivo Andrić l'interrompt.

"C'est bizarre parce que les empreintes sur l'adhésif n'ont pas de motifs papillaires."

Jeanette réfléchit. "Tu veux dire que ce sont des empreintes digitales sans empreintes ?

— Oui, si on veut."

Jusqu'à présent, le meurtrier a pris ses précautions, se dit-elle. Pas d'empreintes, que ce soit à Thorildsplan, à Danvikstull ou sur l'île de Svartsjö. Alors pourquoi cette négligence, aujourd'hui ? Sauf qu'en même temps… Si on n'a pas d'empreintes digitales, pourquoi éviter d'en laisser ?

"Développe, s'il te plaît. Il a utilisé des gants ?

— Non, sûrement pas. Mais les doigts de la personne en question ne laissent pas d'empreintes.

— Et comment ça se fait ?"

Il semble désemparé. "C'est bizarre. Je ne sais pas encore. J'ai lu des cas où l'assassin s'enduit les doigts de silicone. Mais ce n'est pas le cas ici. J'ai relevé l'empreinte d'une paume de main, et c'est sans aucun doute de la peau nue que je vois, mais le bout des doigts est… comment dire ?" Il marque une longue pause.

"Oui ?

— Lisse ?"

Nulle part

Ulrika Wendin comprend que celui qui la maintient prisonnière ne va pas la laisser vivre.

Pourquoi le ferait-il ?

Il ne peut pas s'agir de kidnapping, car personne ne voudrait ni même ne pourrait payer la moindre rançon. Et puis elle en sait trop. Vivante, elle ne lui sert à rien : elle ne comprend pas qu'il ne l'ait pas tout de suite tuée.

Va-t-il la violer ? Ou faire autre chose avec elle ? Elle redoute le pire, et n'espère plus fuir. Toutes ses tentatives pour se libérer n'ont fait que l'épuiser. Elle comprend que ses chances de s'en aller d'ici par ses propres moyens s'amenuisent à chaque heure qui passe, à mesure qu'elle s'affaiblit.

L'état de son corps se dégrade rapidement : elle craint que le manque de nourriture ne l'ait rendue molle et apathique. Finalement, sa seule chance est de tenir le plus longtemps possible, en espérant que quelqu'un la retrouvera.

La faiblesse du corps peut-elle être contrée si le cerveau travaille mieux ? Elle a lu que ceux qui choisissent une vie isolée, ermites, sages et moines enfermés dans des cloîtres, parviennent, à force de méditation, à l'unité de l'être. Il paraît que certains vont même jusqu'à léviter.

À présent qu'elle ne sent presque plus son corps, elle entrevoit comment ils font. Parfois, il lui semble presque voler dans l'espace obscur qui l'entoure, elle oublie où elle est et commence elle aussi à voyager. Cela la rend plus forte, au moins mentalement. C'est en tout cas ce qu'elle croit.

Elle a lu quelque part que certains prisonniers placés à l'isolement pendant de longues périodes développent leurs capacités intellectuelles. Que leurs cerveaux apprennent des choses nouvelles, ce qu'ils ne feraient pas en liberté et au contact des autres.

Quand elle voyage en pensée, pendant de longs moments, elle se met à réciter ses tables de multiplication, puis énumère par ordre alphabétique tous les pays qu'elle connaît, avec leurs capitales. Cela a pour effet de l'ouvrir à des pensées nouvelles, tandis qu'elle parvient à puiser dans des connaissances qu'elle croyait depuis longtemps tombées dans l'oubli.

Quand elle se récite en silence les États américains, il ne lui en manque que quatre. Elle est fière et étonnée de ce savoir dont elle n'avait pas conscience.

Elle se rend compte qu'elle sait beaucoup plus de choses que ce que les autres lui ont toujours fait croire.

Après les États-Unis, elle entreprend de dessiner une carte des côtes européennes, de la mer Blanche à la mer Noire. D'abord la presqu'île de Kola, puis la Scandinavie, on descend le long des côtes de la Baltique, la Finlande, les pays Baltes, et après la Pologne, l'Allemagne et le Danemark, puis tous les pays de la côte atlantique jusqu'à la Méditerranée, en suivant les plages jusqu'au Bosphore et la mer Noire.

Puis on quitte l'Europe. L'Asie, l'Afrique et le reste du monde.

Elle finit par voir la Terre d'en haut, comme d'un satellite, et ce qu'elle voit correspond à la réalité. Sans carte, elle sait à quoi ressemble le monde.

Elle décide alors de flotter dans l'espace, avec au-dessus d'elle le ciel de l'hémisphère Nord et l'étoile Polaire. Ses yeux sont grands ouverts et son cerveau allume les constellations au plafond.

La Petite Ourse. Orion et le Chariot.

Dans la frange de lumière diffuse au plafond, elle voit le bord de la Voie lactée, mais aussi, à présent, le Cocher, le Cygne, Cassiopée et les autres constellations qu'elle avait admirées les yeux écarquillés, à sept ans, dans le vieux livre d'astronomie, chez sa grand-mère.

Lentement, Ulrika Wendin quitte son corps et disparaît dans l'obscurité scintillante.

Elle ne sait pas si c'est un rêve ou la réalité, mais elle sent qu'on ôte l'adhésif de sa bouche pour y introduire quelque chose.

La faim la fait mâcher et avaler avidement. C'est une bouillie au goût sec et très amer. C'est comme si ses papilles étaient anesthésiées, desséchées.

Elle tousse. Deux mains saisissent son visage, tandis que deux autres lui referment la bouche avec de l'adhésif. On la laisse alors seule. Elle repart bientôt dans l'espace, et le ciel étoilé a le goût de cette bouillie amère. Vide et sec.

Avec un fort goût de noisette.

Rosenlund

Annette Lundström a vu les ténèbres. C'est la première chose que pense Hurtig quand on l'introduit dans sa chambre. Elle a l'air d'avoir été assaillie de cauchemars plusieurs années durant, et transformée en fantôme par le manque de sommeil. Son visage est creusé, grisâtre, et son corps si amaigri qu'il a peur de lui briser la main en la saluant.

Elle ne casse pas, mais elle est glacée, ce qui renforce l'impression fantomatique.

"Je ne veux pas être ici, dit-elle d'une voix sourde et brisée. Je veux être avec Linnea, avec Karl et Viggo. Je veux être là où tout est comme avant."

Il se doute qu'il ne va pas avoir la tâche facile. "Je comprends, mais il va falloir attendre un peu. Nous allons d'abord bavarder un moment, vous et moi."

Il sent venir le malaise, et sait pourquoi. Cette chambre n'est pas sans ressembler à celle où sa sœur a passé en grande partie les six derniers mois de sa vie. Une semaine internée, la suivante dehors, internée à nouveau, et ainsi de suite. Ses séjours à l'hôpital s'étaient faits de plus en plus fréquents, jusqu'à ce qu'elle ne le supporte plus et se suicide. Mais à présent il est ici en qualité de policier, pas à titre privé : il inspire un bon coup et se concentre en s'efforçant de refouler les souvenirs.

"Vous êtes de la police, c'est ça ?" Annette Lundström le supplie, avec une lueur d'espoir dans la voix. "Pouvez-vous m'aider à sortir d'ici ? C'est très important... Je dois retourner à Polcirkeln, ça fait si longtemps que personne n'est allé s'occuper de la maison, là-bas. Il faut arroser les fleurs, tondre la pelouse, les plates-bandes doivent être dans un état. Et toutes les pommes... Nous sommes bien en automne ?

— Oui, dit-il. Je suis moi-même de Kvikkjokk, ce n'est pas si loin de Polcirkeln. Mais c'est l'hiver, là-haut."

Sa tentative d'instaurer un ton familier semble marcher. Annette Lundström se ravive un peu et le regarde dans les yeux. Le regard qu'il découvre est affreux, plein d'un vide tel qu'il ne trouve pas de mots pour le décrire.

Folie, se dit-il. Non, plutôt les yeux de quelqu'un qui a quitté ce monde pour un autre. Un psychologue appellerait probablement ça psychose, c'est d'ailleurs le terme employé par le médecin avec qui il vient de parler. Mais il a aussi le sentiment que la fragilité tant physique que mentale de cette femme présage quelque chose qu'il devine dans ses yeux.

Elle va bientôt mourir. Mourir de chagrin.

"Kvikkjokk, fait-elle de sa voix ténue. J'y suis allée, une fois. C'était tellement beau, alors. Il neigeait. Est-ce qu'il neige en ce moment ?

— Ici, non. Mais là-haut, oui. Y a-t-il d'autres personnes que vous pensiez revoir, à part Karl, Viggo et Linnea, une fois rentrée à Polcirkeln ?

— Gert, bien sûr, et puis Peo, Charlotte et leur fille. Hannah et Jessica ne viendront sans doute pas."

Hurtig note à toute vitesse. C'est vraiment bizarre, se dit-il, elle parle comme si elle était déjà de l'autre côté. "Qui est Gert ?"

Elle rit. Un rire sec, éraillé, qui le fait reculer d'un pas. "Gert ? Mais tout le monde le connaît, non ? Il est tellement doué, un des meilleurs policiers de Suède. Vous devriez le savoir, puisque vous en êtes ? Mais d'ailleurs, qu'est-ce que vous faites ici ? Je n'ai rien fait.

— Pas d'inquiétude. J'ai juste quelques questions à vous poser, et j'aimerais que vous y répondiez de votre mieux."

Un policier tellement doué, pense-t-il. Merde alors. Le premier de la classe, Gert Berglind.

"Hannah et Jessica. Et leur nom de famille ?"

Il s'étonne que, dans son état, cette femme soit si loquace. Pour autant que ce qu'elle raconte soit vrai. D'un point de vue strictement juridique, est-il possible de se servir d'un entretien de ce genre dans une enquête ? Il ne sait pas, mais cela donnera peut-être quelques pistes.

"Hannah Östlund et Jessica Friberg. Et j'ai oublié de mentionner Regina et son fils, et aussi Fredrika."

À nouveau des réponses directes, pense Hurtig. "Très bien", la félicite-t-il en notant les noms. Toute la bande de Sigtuna, tous assassinés à part les assassins eux-mêmes, Hannah Östlund et Jessica Friberg. Non, il en manque une, découvre-t-il après avoir noté le dernier nom.

"Et Victoria Bergman ? Y sera-t-elle elle aussi ?"

Annette Lundström paraît étonnée. "Victoria Bergman ? Non, pour quoi faire ?"

Quartier Kronoberg

“Les rapports de Schwarz, Åhlund et Hurtig sont sur mon bureau, je n’attends plus que le tien, dit le chef de la police Dennis Billing en croisant Jeanette dans le couloir. Mais tu as peut-être mieux à faire que d’achever le travail ?”

Jeanette n’écoute que d’une oreille, encore toute à ce qu’elle a vu à l’institut médicolégal. “Non, non, pas du tout, répond-elle. Tu l’auras dans la journée, tu pourras l’envoyer à von Kwist au plus tard demain matin.

— Pardon d’être brusque, dit Billing. Vous avez fait du bon boulot, tout réglé très vite. Ça n’aurait pas été joli à voir dans les journaux si ça avait traîné en longueur. D’ailleurs, ce n’est pas von Kwist qui s’en occupe. Il est pour le moment en congé maladie, quelqu’un d’autre va prendre le dossier jusqu’à son retour. Et puis il n’y a pas le feu, les meurtrières sont indisponibles, si je puis dire.” Le chef de la police sourit.

“Elles continuent de griller en enfer, tu veux dire ?” répond Jeanette sur le même ton de raillerie. Mais elle regrette aussitôt, sachant que la femme de son chef est une pentecôtiste pratiquante.

— Peut-être, peut-être pas. Mais elles ne peuvent pas espérer mieux que les limbes, dans leur cas.

“Et von Kwist, quel est son problème ?” demande Jeanette, peu désireuse d’entamer une discussion théologique avec son chef. La dernière fois qu'elle a rencontré le procureur, il semblait comme d'habitude, et ne s'était plaint de rien.

“Des soucis à l'estomac. Probablement un ulcère, je crois que c'est ce qu'il m'a dit au téléphone. Vu comme il travaille, ça n'a rien d'étonnant. Jour et nuit, en semaine comme le week-end, il brille par son zèle du côté de Klara Sjö. Un bon gars, ce Kenneth. Il avait l'air vraiment affecté quand je lui ai parlé ce matin.

— C'est le meilleur d'entre nous, dit Jeanette en continuant vers son bureau, bien consciente que son ironie échappe à Billing.

— Ça oui, c'est le meilleur, renchérit en effet Billing. Bon, tu n'as plus qu'à retourner au charbon.

— Comment ça ?

— Je veux dire qu'avec ce nouveau garçon assassiné, on rouvre l'enquête. Tu peux garder Hurtig. Åhlund et Schwarz restent en réserve tant qu'on n'a rien de plus important.”

Plus important ? se dit Jeanette. Mon enquête n'est rouverte que pour faire joli. “Nous sommes cosmétiques, tu veux dire ? dit-elle en ouvrant la porte de son bureau.

— Non, non, pas du tout.” Le chef de la police se tait. “Oui, bon, on pourrait peut-être dire ça. Cosmétique. Putain, Nénette, des fois, tu fais de ces trouvailles… Je m'en souviendrai. Cosmétique.”

Jeanette entre dans son bureau et laisse la porte ouverte pour voir quand Hurtig rentrera de l'hôpital. Elle est curieuse de savoir ce qu'Annette a pu lui raconter. Mais quand elle réalise que Hurtig ne sera pas revenu de sitôt, elle décide de fermer sa porte pour se mettre au travail.

Elle jette un coup d'œil au portrait-robot punaisé au-dessus de son bureau. Le dessin ne lui dit rien, à part que ce pourrait être n'importe qui.

Cela pourrait tout aussi bien être une femme, se dit-elle.

En y réfléchissant, elle trouve le visage curieusement vague. Il devrait pourtant bien avoir un signe particulier ? Mais oui, le dessinateur a placé quelques grains de beauté, un sur le menton et un sur le front. Un enfant remarque-t-il ce genre de détails ?

Elle a lu quelque part qu'on a fait analyser *La Joconde* par un ordinateur qui a conclu que le visage de Mona Lisa contenait quatre-vingt-trois pour cent de joie, neuf pour cent de dégoût, cinq pour cent de peur et trois pour cent de colère, ou quelque chose comme ça. Ce portrait-robot semble contenir quatre-vingt-dix-huit pour cent de rien et deux pour cent de grains de beauté.

Tout en observant l'image, elle appelle Ivo Andrić pour demander une inspection plus fouillée de l'appartement d'Ulrika Wendin. Autant y procéder sans perdre de temps. En attendant qu'il décroche, Jeanette songe à ce qu'Ulrika Wendin lui a dit de son viol dans cette chambre d'hôtel : elle avait été droguée et Lundström avait tout filmé.

Elle se souvient aussi de l'interrogatoire où Lundström prétendait avoir assisté à plusieurs tournages de films pédophiles, même s'il n'a pas alors explicitement mentionné celui avec Ulrika.

Ivo Andrić répond, et promet de retourner chez Ulrika Wendin avec quelques techniciens. La conversation terminée, Jeanette reste le téléphone à la main, le ventre noué.

Les films de Lundström, se dit-elle. Il y a peut-être une chance qu'ils contiennent un élément susceptible de les aider à retrouver Ulrika.

Elle compose le numéro de Mikkelsen.

Et si le film tourné à l'hôtel se trouvait dans la collection de Lundström ? Pourquoi n'y a-t-elle pas pensé plus tôt ? Si les choses se sont passées comme l'a dit Ulrika, et elle n'en a jamais douté, un tel film devrait être du plus haut intérêt. La mort de Karl Lundström ne signifie pas que d'autres violeurs ne puissent pas encore être poursuivis.

Elle soupire toute seule. Cette enquête a vraiment été la cinquième roue du carrosse. Avec davantage de ressources, ils auraient pu s'y prendre de façon plus approfondie.

Quand Mikkelsen décroche enfin, elle lui demande s'il peut mettre quelqu'un sur le visionnage de ces films.

"Euh, non, pas pour le moment, répond Mikkelsen, évasif. Nous avons déjà trop à faire.

— Je comprends, dit Jeanette. Mais si je te dis que c'est important, tu peux bien trouver un peu de temps ?" Elle se cale au fond de son fauteuil et étend les jambes sous son bureau.

Mikkelsen reste silencieux, sans répondre : Jeanette se dit qu'elle a été un peu insolente. Elle n'est pas son chef, et il a peut-être compris sa dernière phrase comme un ordre.

"Pardon, dit-elle. Je retire. Voilà ce qu'on va faire. Je viens chercher les films que vous avez trouvés chez Lundström et je les visionne toute seule. Ça te va ?"

Ai-je vraiment envie de ça ? songe Jeanette en réalisant ce qu'elle vient de dire.

"D'accord, je ne vois pas d'inconvénient formel. Mais il faudra signer une clause de confidentialité, et ces films ne doivent pas sortir. Et puis beaucoup des films de Lundström sont en VHS et non encore numérisés, ce qui veut dire que tu devras chercher toute seule dans les réserves."

Jeanette lui trouve un ton irrité, mais suppose que ce n'est pas à cause d'elle. Sa requête n'implique aucune surcharge de travail pour lui, il s'agit donc probablement d'autre chose. Peut-être est-il tout simplement las de son travail.

"Très bien, je viens sur-le-champ", finit-elle en raccrochant sans laisser à Mikkelsen le temps de répondre.

Et voilà, se dit-elle, c'est sans retour.

Dans le couloir, elle entend Schwarz et Åhlund rire dans le foyer. Elle songe d'abord à aller plaisanter avec eux, mais y renonce : faire partie de la bande n'a jamais été son truc, et aujourd'hui, elle ne se sent pas d'humeur.

Mikkelsen n'est plus là, mais a chargé un collègue de s'occuper d'elle. Un jeune homme avec un duvet de barbe et un anneau dans le nez vient à sa rencontre. "Salut, je suppose que vous êtes Jeanette Kihlberg. Lasse m'a dit de vous laisser entrer au magasin et que vous pouvez emprunter tout ce que vous voulez." Il lui fait signe de le suivre. "Par ici."

Une fois de plus, elle se demande ce qui pousse un homme adulte à passer ses journées, de son plein gré, à visionner au ralenti, image par image, des enfants qui, dans la grande majorité des cas, se font abuser par d'autres hommes adultes. Leurs semblables. Leurs camarades et collègues.

C'est qu'ils peuvent tomber sur leurs amis d'enfance, leurs copains d'école et, dans le pire des cas, trouver leur propre frère ou leur père couché à côté d'un petit Thaïlandais. Ou d'une fillette de deux ans qui a grandi près d'Edsviken à Danderyd, songe Jeanette. Adoptée à Copenhague.

"Nous y voilà, dit le collègue de Mikkelsen en ouvrant une porte de bureau des plus ordinaires. Venez me voir quand vous aurez fini. Je suis là-bas." Il lui montre plus loin dans le couloir.

Elle regarde la porte, interloquée, sans bien savoir à quoi elle s'attendait.

Il devrait au moins y avoir un avertissement, du genre “À vos risques et périls” ou mieux : “Entrée interdite”.

“Si vous avez besoin d'aide, vous n'avez qu'à appeler.” Le jeune policier tourne les talons et retourne dans son bureau.

Jeanette Kihlberg respire à fond, ouvre la porte de la collection de pédopornographie de la criminelle et entre dans la pièce.

Désormais, elle ne verra plus le monde de la même façon. C'est maintenant que ça commence, se dit-elle. Pendule à zéro.

Le Tournesol

La Mini est garée dans Klippgatan, une parallèle de Borgmästargatan : Sofia Zetterlund constate que sa carte de stationnement résidentiel a effectivement expiré. En plus d'une grosse couche humide de feuilles mortes, la voiture est couverte de contraventions : depuis le temps qu'elle est en infraction, c'est un miracle que la fourrière ne l'ait pas enlevée.

Elle songe à sa visite de la veille à la bibliothèque municipale et à la façon dont sa rencontre avec cette bibliothécaire voilée à l'œil dépigmenté lui a fait penser à sa voiture et à sa carte de stationnement résidentiel.

C'est alors que son processus de guérison a commencé pour de bon.

Le souvenir lui est revenu si brusquement qu'elle a imaginé que la bibliothécaire lui avait parlé.

Votre carte de stationnement résidentiel a expiré.

Elle ouvre la portière et prend une brosse dans la boîte à gants. Anomalies, se dit-elle en enlevant les feuilles pourries amassées autour des essuie-glaces et sur le toit.

Les anomalies la font se souvenir, la réveillent de son somnambulisme, sans qu'elles aient forcément le moindre rapport avec le souvenir ressuscité.

Pour le cerveau, aucun souvenir n'est anodin. Au contraire, les souvenirs les plus banals ont souvent une place saillante, alors qu'on refoule ce qu'on devrait se rappeler, ce qui est logique et touchant. Le cerveau ne se fait pas confiance pour faire face aux souvenirs difficiles : on se rappellera donc plus facilement où est garée sa voiture que d'avoir été violé par son propre père.

Logique, touchant et tragique, pense-t-elle. En même temps.

Elle range la brosse avec les contraventions dans la boîte à gants, se met au volant et regarde l'heure. Elle a à peine dormi trois heures, mais se sent reposée.

Avant de démarrer pour se rendre à la maison de retraite du Tournesol, elle sort son carnet. Il est dans la chemise plastique marquée M comme Madeleine, avec d'autres notes sur feuilles libres et les polaroïds de la fillette sur la plage. Elle ouvre le bloc sur une page blanche. "Anomalies", écrit-elle avant de remettre le bloc dans son sac.

La voiture démarre du premier coup, la jauge indique un réservoir à demi plein. Elle s'engage sur Bondegatan et, en tournant à gauche au niveau de Renstiernas Gata, elle ne sait pas encore si elle franchira le seuil de la maison de retraite comme Victoria Bergman ou Sofia Zetterlund. Elle ne sait pas non plus qu'une anomalie va en décider. Une bibliothécaire voilée d'origine iranienne avec les yeux vairons est une anomalie presque trop explicite. D'autres sont plus subtiles, comme celle qui va bientôt se produire.

Vingt minutes plus tard, après s'être garée devant le Tournesol, avoir pris un ticket pour stationner deux heures, l'avoir placé en évidence sur le tableau de bord, avoir fermé la voiture et fait quelques pas vers l'entrée, elle aperçoit une femme en train de fumer dehors, appuyée sur un déambulateur. Son visage, dans l'ombre, disparaît derrière des volutes de fumée blanche, mais Sofia sait aussitôt qu'il s'agit de Sofia Zetterlund.

Elle reconnaît tout. Les gestes, la posture, les habits. Elle reconnaît tout et s'approche de la femme, le cœur battant.

Mais aucun souvenir ne lui revient, tout est vide.

Son ancienne psychologue souffle la dernière bouffée, qui bientôt se dissipe autour d'elle, puis tourne la tête de façon que la lumière tombe sur son visage.

Les lèvres peintes en rouges et le fard à paupières bleu n'ont pas changé, les rides du front et des joues sont un peu plus profondes, mais identiques, et ne réveillent aucun souvenir.

Ce n'est qu'en découvrant l'anomalie que les souvenirs déferlent.

Les yeux.

Ce ne sont plus les yeux de son ancienne psychologue : ce qui n'est plus là, l'anomalie la fait se souvenir de tout.

Les séances de thérapie chez Sofia à Tyresö et à l'hôpital de Nacka. Les papillons d'été dans le jardin, un cerf-volant rouge dans le ciel bleu, le trajet en voiture de Värmdö à Nacka et le bruit des vieux sneakers de Victoria Bergman sur le sol de l'hôpital, ses pas de plus en plus légers à mesure qu'elle approchait du cabinet de Sofia Zetterlund.

En entrant dans son cabinet, ce sont ses yeux que Victoria voit en premier. Ce sont eux qu'elle cherche avant tout. En eux, elle peut se poser.

Les yeux de cette femme aident Victoria à se comprendre elle-même. Ils sont sans âge, ils ont tout vu, on peut leur faire confiance. Ils ne paniquent pas, ne lui disent pas qu'elle est folle, mais pas non plus qu'elle a raison ni qu'ils la comprennent.

Les yeux de cette femme ne bluffent pas. Voilà pourquoi elle peut regarder en eux et se sentir calme.

Ils voient tout ce qu'elle n'a jamais vu, juste pressenti. Ils la grandissent quand elle tente de se réduire et lui montrent précautionneusement la différence entre ce qu'elle imagine voir, entendre et sentir et ce qui se produit vraiment dans la réalité des autres.

Victoria aimerait voir avec des yeux anciens, sages.

La cataracte a rendu ces Yeux aveugles et vides.

Victoria Bergman s'approche de la femme et lui pose la main sur le bras. Sa voix s'enroue. "Bonjour, Sofia. C'est moi… Victoria."

Un sourire envahit le visage de Sofia Zetterlund.

Johan Printz Väg

Une fois garé en bas de chez Ulrika Wendin, Ivo Andrić essaie à nouveau de téléphoner.

C'est le numéro d'une ligne fixe de Rosengård, à Malmö, celle de Goran Andrić.

Pas de réponse cette fois non plus : il commence à se demander si ses renseignements sont exacts. C'est la troisième fois qu'il appelle sans résultat mais, comme il n'existe aucun numéro de portable au nom de Goran Andrić, il ne peut que prendre son mal en patience.

S'il ne répond pas plus tard dans la journée, je descendrai avec le train de nuit. C'est plus important que le travail. Il s'agit de moi, de ma vie.

Il ouvre sa portière, sort et fait signe aux techniciens dans l'autre voiture de le suivre. Deux jeunes filles et un garçon. Zélés et minutieux.

Il ouvre la porte et ils entrent dans l'appartement.

Bon, se dit-il. On s'y colle à nouveau, avec des idées nouvelles. Oublie un peu Goran. "On commence par la cuisine, dit-il aux techniciens. Vous avez vu les photos des taches de sang. Cherchez des détails. Je ne suis resté ici qu'une heure, je n'ai pas eu le temps de tout passer au peigne fin."

Passer au peigne fin. Une expression qu'il a apprise récemment de la concierge de l'institut médicolégal, une fille sympathique de Göteborg qui parle bizarrement.

Une fois le travail en route dans l'appartement, il se replonge dans ses pensées, sauf que cette fois il ne s'agit plus de Goran Andrić, mais de son travail du matin avec le gamin momifié. Tout ça est tellement déprimant, mais au moins, on a progressé. On a un moulage dentaire et l'ADN va être comparé avec les données de la police ukrainienne sur les frères Zumbaïev.

Des Kazakhs, se dit-il en observant une des traces de sang sur le sol de la cuisine. Chez lui, à Prozor, vivaient deux familles d'origine kazakhe, mais ils étaient musulmans, pas roms comme ces deux garçons. Il était ami avec le père d'une des deux familles. Malheureusement il était mort à la guerre quelques années plus tard mais, de son vivant, ils avaient l'habitude de se retrouver pour jouer aux échecs dans un des cafés du village. Il se nommait Kuandyk et lui avait un jour raconté combien les noms étaient importants dans la tradition kazakhe. Le sien signifiait quelque chose comme "Joyeux". En se rappelant la bonne humeur et le rire tonitruant de Kuandyk, le légiste se dit qu'il portait bien son nom.

Une autre fois, Kuandyk lui avait aussi expliqué que la tradition faisait l'objet d'adaptations très libres et personnelles, et que les noms donnés aux nouveau-nés reflétaient souvent les espoirs placés en lui. Un des garçons du village du Sud du Kazakhstan dont était originaire Kuandyk s'appelait Tursyn. Ses parents avaient traversé des tragédies, perdu plusieurs enfants peu après la naissance. Tursyn signifie littéralement "Que cela cesse", et la prière des parents avait été entendue. Le garçon avait survécu et, d'après Kuandyk, Tursyn avait déménagé à Alma-Ata, fait une carrière universitaire avant d'émigrer aux États-Unis, où il avait décroché une chaire importante.

Ivo ne se rappelle pas si c'était à Harvard ou à Berkeley, mais Tursyn avait réussi sa vie et envoyait régulièrement de l'argent à ses parents dans leur village du Kazakhstan.

Il entend les deux techniciennes échanger quelques mots. La porte du réfrigérateur est ouverte, le moteur se met à ronronner.

Itkul et Karakul. Les frères Zumbaïev, d'origine kazakhe, lui avaient fait penser à son vieil ami de Prozor et, au cours de la matinée, il s'était renseigné sur le sens de leur nom. Il s'attriste en songeant à ce que leurs parents souhaitaient pour eux. Itkul signifie "Esclave d'un chien", et Karakul "Esclave noir".

Deux frères morts. Ses pensées reviennent à Goran Andrić.

Son propre frère, qui devrait être mort, mais qui apparemment ne l'est pas.

"Ivo ?" Une des techniciennes le tire de ses pensées. "Tu peux venir ?"

Il se tourne. La jeune femme lui montre la porte entrouverte du réfrigérateur, ce qui lui rappelle qu'Ulrika Wendin ne devait pas manger grand-chose. Il avait trouvé le réfrigérateur vide la dernière fois, et naturellement il l'était toujours.

"Tu vois, là, sur le bord ?" Elle lui montre un point sur la face interne de la porte, juste près du bord, où elle vient de passer de la poudre grise pour relever des empreintes digitales. Il s'approche, s'accroupit et regarde.

Une empreinte de trois doigts, et le scénario prend forme.

Il sait que quelqu'un a été battu dans la cuisine, et que l'agresseur a ensuite fait le ménage. Pendant ce ménage, quelqu'un a essuyé de la main gauche des gouttes de sang sur la porte du réfrigérateur en la tenant de la main droite, juste là où il vient de regarder.

Il n'a pas besoin de loupe pour voir que l'empreinte correspond à quelque chose qu'il a déjà vu, pas plus tard que ce matin.

Le Tournesol

La chambre de Sofia est la version de poupée de sa maison de Tyresö.

Le même fauteuil élimé, la même bibliothèque que dans son ancien séjour. Elles sont assises sur des chaises écaillées, de part et d'autre de la même petite table de cuisine. La boule de verre avec Freud sous la neige est à sa place sur l'étagère et Victoria retrouve même l'odeur de Tyresö vingt ans auparavant.

Ce ne sont pas seulement les souvenirs qui déferlent sur elle, ce sont aussi les questions.

Elle veut tout savoir et avoir la confirmation de ce qu'elle sait déjà.

Malgré son grand âge, Sofia ne semble pas avoir mauvaise mémoire.

"Vous m'avez manqué, dit Victoria. Maintenant que je vous ai retrouvée, j'ai honte de mon comportement."

Sofia sourit vaguement. "Toi aussi, tu m'as manqué, Victoria. J'ai beaucoup pensé à toi toutes ces années, et me suis souvent demandé comment tu allais. Tu n'as à avoir honte de rien. Au contraire, je me souviens de toi comme d'une jeune femme très forte. Je croyais en toi. J'étais sûre que tu t'en sortirais. Et tu t'en es sortie, n'est-ce pas ?"

Victoria ne sait pas vraiment quoi répondre. "J'ai..." Elle change de position, le dossier de la chaise l'irrite.

“J’ai des problèmes de mémoire. Ça s’est amélioré ces derniers temps, mais…”

Elle s’interrompt. Parle-lui de Sofia, se dit-elle. Pas comme ça, en termes vagues et hésitants.

La vieille psychologue tourne la tête, l’air intéressée. “Continue. Je t’écoute.”

Victoria se souvient que Sofia l’a toujours écoutée, et cette certitude l’aide à raconter. “Pas plus tard qu’hier soir, commence-t-elle, j’ai compris que je n’avais pas tué mon ex-mari. Presque un an durant je l’ai cru, mais il s’est avéré qu’il est en vie et que j’ai tout inventé.”

Sofia semble préoccupée. “Je comprends. Et à quoi est-ce dû, à ton avis ?

— Je le haïssais, dit Victoria. Je le haïssais tant que j’ai cru l’avoir tué. D’une certaine manière, c’était une vengeance. Une fausse vengeance, bien sûr, puisque rien de ce que je croyais avoir fait n’a eu lieu. Ce n’était qu’une vengeance personnelle, dans mon monde imaginaire. C’est presque pathétique.”

Sa voix commence à ressembler à celle de la jeune Victoria. Sofia Zetterlund ne dit rien, mais elle a une idée en tête.

“La haine et la vengeance, continue Victoria. Pourquoi ces forces vitales sont-elles si puissantes ?”

La réponse de Sofia est rapide. “Ce sont des sentiments primitifs. Mais ce sont aussi des sentiments propres à l’homme. Un animal ne hait pas et ne recherche pas la vengeance. Au fond, pour moi, c’est une question philosophique.”

Philosophique ? Oui, peut-être, pense Victoria. Sa vengeance sur Lasse n’avait pas dû être autre chose.

Sofia se penche au-dessus de la table. “Je vais te donner un exemple. Une femme conduit une voiture. À un feu rouge, une bande de jeunes l’agresse, l’un d’eux fait éclater son pare-brise d'un coup de chaîne. Terrorisée, la femme prend la fuite et, arrivée chez elle, découvre que la chaîne s'est accrochée au pare-chocs et que la main du jeune homme a été arrachée.

— Je comprends, dit Victoria. La femme s'est-elle vengée ?"

Les yeux brillants la regardent, vides. "Et toi, t'es-tu vengée ? As-tu cessé de haïr ? As-tu encore peur ? Beaucoup de questions attendent une réponse."

Victoria réfléchit un moment. "Non, je ne hais pas, dit-elle alors. Maintenant, après coup, je peux en effet dire que mon faux souvenir m'a aidée à tourner la page après lui. Bien sûr, les sentiments de culpabilité ont parfois été insupportables, mais aujourd'hui, ici, je me sens tout à fait purifiée, concernant Lasse."

Mon Dieu, se dit-elle. Je devrais me sentir beaucoup plus mal. Mais n'ai-je pas au fond toujours douté de sa mort ?

Elle ne sait pas. C'est le brouillard.

Sofia croise ses vieilles mains aux veines saillantes, mauves. Victoria reconnaît son alliance. Elle se souvient que Sofia lui a un jour dit avoir été mariée, mais que son mari était mort jeune et qu'elle avait ensuite choisi de vivre seule. Comme un cygne, pense Victoria.

"Tu parles de pureté, dit la vieille femme. C'est intéressant. La vengeance est une confrontation physique avec un ennemi, mais aussi un processus psychologique interne qui vise à la purification, à la connaissance de soi."

Voilà, c'est ça, pense Victoria. Comme autrefois.

Mais la vengeance peut-elle vraiment être un processus de purification ? Elle se met à songer à Madeleine et à son carnet, dans son sac. Il contient au moins quinze pages d'hypothèses, beaucoup sûrement fausses ou hâtives, mais elle est partie de l'idée que Madeleine était mue par les mêmes sentiments qu'elle. La haine et la vengeance.

La haine peut-elle, elle aussi, être purificatrice ?

Victoria respire à fond avant d'oser aborder l'un des motifs de sa visite.

"Vous vous souvenez que j'ai eu un enfant, une fille ?"

La vieille femme soupire. "Oui, bien sûr. Je sais aussi qu'elle s'appelle Madeleine."

Victoria sent les muscles de son corps se crisper. "Que savez-vous d'autre à son sujet ?"

Elle éprouve un profond remords de ne pas s'être battue davantage pour pouvoir garder l'enfant, de n'avoir pas protégé la petite fille, de ne pas l'avoir serrée contre elle ni veillée dans son sommeil.

Elle aurait pu se battre, aurait dû se battre, mais elle était trop faible.

Bien trop abîmée et pleine de haine contre le monde entier.

Cette haine-là n'était que destructive.

"Je sais que les choses ont assez mal tourné pour elle", dit Sofia. Son visage semble sans forces, ses rides se creusent davantage tandis qu'elle se tourne vers la fenêtre. "Je sais qu'aucune de ses déclarations n'a été retenue par la justice, continue-t-elle après s'être tue un moment. Malheureusement, ajouterais-je. J'ai vu bien des choses semblables dans le monde médical au cours de ma carrière, mais…

— Mais ?" Victoria s'irrite. "Comment savez-vous que les choses ont mal tourné ?"

Nouveau soupir de la vieille femme. Elle prend une cigarette et entrouvre la fenêtre, mais ne fait pas mine de l'allumer, se contente de la rouler entre ses doigts. "J'ai suivi l'histoire de Madeleine grâce à un contact au Rigshospitalet de Copenhague. C'est terrible ce qui s'est passé…

— Ce qui s'est passé ?"

Il lui semble apercevoir une étincelle dans le regard brumeux de Sofia Zetterlund. "Donne-moi du feu, s'il te plaît, je ne sais pas où est passé mon briquet. La nicotine m'aide à avoir les idées claires."

Victoria sort son briquet et se sert dans le paquet de cigarettes de la vieille femme.

"Avez-vous rencontré Madeleine ?

— Non, mais comme je disais, je connais son histoire et j'ai vu sa photo. Mon collègue du Rigshospitalet m'a envoyé une photo voilà quelques années, mais ma vue avait déjà décliné. Je n'ai pas pu en profiter, mais je l'ai ici, si tu veux la voir. Dans un des livres de la bibliothèque. L'étagère où est posé Freud, le troisième livre en partant de la gauche, un dictionnaire relié à la française. Tu peux la regarder pendant que je te parle de capsulotomie et de privation sensorielle."

Victoria sursaute. Capsulotomie ? Est-ce que ce n'est pas… "On a lobotomisé Madeleine ?"

La vieille sourit faiblement. "C'est une question de définition. Je vais te raconter."

Victoria se sent en colère, confuse, et en même temps pleine d'espoir. Elle éteint sa cigarette et gagne la bibliothèque. C'est triste, se dit-elle en sortant le livre en question. Je n'ai pas vu ma fille depuis vingt ans, et quand je finis par la trouver, c'est dans le supplément d'un dictionnaire psychopédagogique des années 1950.

C'est une photo en couleurs dans une pochette plastique, qui semble prise avec un mauvais appareil de poche. Le flash fait des yeux rouges à Madeleine.

La photo montre la fille sur un lit d'hôpital, enveloppée dans une couverture. La ressemblance entre elle et Madeleine est saisissante. Son ventre se glace.

"Je peux la garder ?"

Sofia hoche la tête, Victoria se rassied et la vieille femme allume une nouvelle cigarette avant de commencer son récit. Peu à peu, Victoria retourne à l'époque de Tyresö, elle ferme les yeux et s'imagine revenue là-bas, c'est l'été, elles sont assises dans la cuisine lumineuse de Sofia.

"Il y a des années de cela, on a opéré Madeleine", commence la vieille psychologue.

Danemark, 2002

Quand la petite est venue au monde, c'était mai, le coucou chantait,
Disait maman, la verdure printanière resplendissait au soleil.
Le lac scintillait comme l'argent, les cerisiers étaient en fleur,
Et l'hirondelle vive et gaie venait d'arriver avec le printemps.

La chambre était aussi blanche qu'il faisait noir, et elle fixait le plafond, impuissante, incapable de bouger, car ses bras étaient sanglés au lit.

Elle savait ce qui l'attendait et se souvenait de la voix qui crachotait à la radio deux mois plus tôt, juste après qu'ils avaient pris leur décision.

Le professeur de psychiatrie suédois Per Mindus faisait autorité en matière d'angoisse et de troubles obsessionnels. Lors de son passage à l'hôpital Karolinska, il a découvert la psychochirurgie, et en particulier la capsulotomie. Cette méthode consistait, schématiquement, à intervenir dans une partie du cerveau nommée capsule interne en y sectionnant les liaisons nerveuses qu'on pensait contribuer à la maladie psychique.

Les solides lanières de cuir lui blessaient les poignets. Après plusieurs heures de lutte, elle avait abandonné l'idée de se libérer. Les médicaments qu'elle avait reçus avaient altéré sa volonté de se détacher et une apathie chaude et rassurante se répandait dans ses veines.

L'intervention, pratiquée pendant cinquante ans, a été au cours des années 1990 de plus en plus remise en question car, dans cinq cas sur dix, elle conduisait à une diminution des capacités de pensée abstraite et d'apprentissage par les erreurs.

"La fille est prête pour l'intervention ?"

Elle entendit cette voix que depuis plusieurs semaines elle avait appris à détester. Pas seulement parce qu'elle parlait danois avec un accent scanien à couper au couteau, mais parce que les mains qui appartenaient à cette voix se souciaient d'elle comme d'une guigne. Elles étaient aussi froides que la voix du docteur. Elles charcutaient les gens et palpaient son gros salaire tous les mois.

"Je suis pressé, j'aimerais expédier ça au plus vite."

Pressé de quoi ? Une partie de golf, un rendez-vous avec une maîtresse ?

"Oui, je crois qu'on peut y aller."

Encore une voix qu'elle reconnaissait. Mais celle-là pouvait être gentille et proposer du jus de pomme si on se tenait bien et qu'on ne lui crachait pas dessus.

Quelqu'un fit couler le robinet dans l'évier et se lava les mains. Puis l'odeur du désinfectant.

La chaleur dans son corps la fatiguait, elle se sentait sur le point de s'endormir. Si je fais ça, je me réveillerai une tout autre personne.

Elle sentit le vent d'une blouse et, quand elle comprit que quelqu'un se tenait debout près du lit, elle entrouvrit les paupières et regarda droit dans les yeux qui appartenaient à la voix froide. La bouche était couverte d'un masque en papier, mais les yeux étaient identiques. Elle le regarda en ricanant.

“Tu vas voir, tout va bien se passer.” Elle trouva son scanien aussi laid que son danois.

“Crève, salaud de Suédois !” répondit-elle avant de sombrer à nouveau dans sa somnolence douillette.

Elle entendit à nouveau le chuintement de la radio, presque hors fréquence.

Les critiques contre l’utilisation par Per Mindus de la capsulotomie se sont intensifiées quand il s’est avéré qu’il avait menti en prétendant avoir reçu l’autorisation de se livrer à ses expérimentations. Une des autorités dans le domaine des troubles obsessionnels a déclaré que la méthode avait des effets secondaires très graves. Un démenti a été publié, mais on a su qu’il émanait d’une personne chargée de décider quels patients devaient subir la capsulotomie et d’évaluer, seule, les effets du traitement.

Elle était toujours attachée quand on l’avait roulée dans le bloc opératoire. Assommée par les médicaments, mais assez réveillée pour comprendre ce qui allait se passer.

Police criminelle

La pièce est aussi blanche qu'il fait noir. Étagère après étagère s'y empilent vieilles cassettes VHS, CD, disques durs et cartons de photos. Leur point commun : contenir de la pornographie pédophile. Le tout soigneusement étiqueté, avec le nom du propriétaire, le lieu et la date.

Rien, en vingt ans de carrière dans la police, n'a préparé Jeanette Kihlberg à ça : elle est prise de vertige en embrassant du regard l'ampleur de cette collection d'abus sexuels. Voulons-nous donc être aveugles? Refusons-nous de voir?

Non, mais on se préoccupe plus des taux d'intérêt, de la hausse de l'immobilier, de savoir si les écrans plats seront plasma ou LCD. On grille sa rouelle de porc au barbecue et on la fait descendre avec un bib de trois litres. On préfère lire un polar de merde mal écrit que s'engager réellement.

George Orwell et Aldous Huxley ne se doutaient pas combien ils avaient raison – mais elle sait qu'elle ne vaut guère mieux.

Elle tourne en rond dans la pièce, sans bien savoir par où commencer. Si le viol d'Ulrika Wendin a été filmé, ça doit être ici.

Sur une des étagères, elle reconnaît un nom. Un inspecteur de police de Stockholm de cinquante-quatre ans qui, pendant des années, a acheté sur Internet de la pédopornographie. Jeanette se souvient de l'affaire. Les prévenus avaient fait leurs achats avec leur carte de crédit, et étaient soupçonnés de posséder une collection de plusieurs centaines de milliers de photos et de films. Quand Mikkelsen et ses collègues étaient intervenus, le policier était en possession de trente-cinq mille images et films illégaux à son domicile. Son ordinateur, propriété de la police, avait été saisi ainsi que des CD, des disquettes, des cassettes vidéo et plusieurs disques durs. Elle se souvient en même temps de ce que Sofia lui a raconté la nuit précédente au sujet de l'autobiographie de Carolina Glanz et du policier censé se mêler de pornographie pédophile. Il faut qu'elle en parle à Billing dès que possible.

Jeanette continue de parcourir les titres des films, qui souvent parlent d'eux-mêmes : *Photo Lolita*, *Little Virgins*, *Young Beautiful Teens*, *That's My Daughter*… Un des films est marqué par un post-it qui en signale le contenu : une fillette attachée violée par un animal.

"Non, je n'ai pas le courage", dit-elle tout haut, en songeant à accepter l'offre de service du jeune policier. Mais ce serait une défaite. "S'ils y arrivent, j'en suis capable moi aussi", murmure-t-elle.

Elle comprend assez vite le système de classement. La plupart du temps selon la date de l'agression mais, dans les cas où celle-ci est inconnue, selon la date de la saisie. Elle croit retrouver l'index de son vieil atlas scolaire. Il y a bien sûr les grandes villes, Stockholm, Göteborg et Malmö. Si la proportion de malades est constante dans la population, c'est là que vivent la plupart d'entre eux. Des villes moins grandes comme Linköping, Falun et Gävle se mêlent à des villages dont elle n'a jamais entendu parler. Du nord au sud, de l'est à l'ouest, aucune localité ne semble trop petite, trop éloignée ou trop chic pour ne pas abriter de personnes aux penchants pédophiles.

Des noms d'hommes. Des étagères et des étagères de prénoms masculins. Les noms de famille sont les banals Svensson et autres Persson, mais aussi quelques-uns aux consonances plus aristocratiques. Ce qui frappe Jeanette est le faible nombre de noms étrangers. S'ils frappent plus facilement leurs enfants, ils en abusent visiblement moins volontiers, se dit Jeanette en trouvant un carton marqué KARL LUNDSTRÖM.

Presque à bout de souffle, elle descend le carton, le pose sur une table et l'ouvre. Dedans, elle trouve une dizaine de films. Elle lit sur leur jaquette que certains ont été tournés au Brésil dans les années 1980. Mikkelsen avait évoqué ces films cultes dans les cercles pédophiles, mais ils n'intéressent pas Jeanette, qui les repose.

Elle prend les autres sous le bras et sort dans le couloir.

Une musique tonitruante se déverse du bureau du jeune policier, qu'elle trouve de dos. Sur l'écran de son ordinateur, Jeanette voit la photo d'un homme torse nu, assis au bord d'un lit où un petit garçon asiatique est étendu, nu. Le visage de l'homme est déformé, pour masquer son identité. Cette image avec cette musique fait un effet surréaliste. Elle va baisser le volume.

L'homme se retourne et la regarde d'un air grave.

“Alors, fini, sur le point de vomir, ou besoin d'un café bien fort ?

— Un peu des trois, répond Jeanette en le regardant dans les yeux.

— Au fait, moi, c'est Kevin, continue-t-il en tendant la main. Et si vous voulez tout savoir, non, ma mère n'était pas fan de *Danse avec les loups*. Je suis un peu plus âgé que ça, mais elle aimait bien les films plus anciens de Kevin Costner, et devait vouloir me donner un nom un peu original." Il marque une courte pause, puis se fend d'un large sourire. "Résultat, à la crèche, nous étions trois Kevin et deux Tony. Le prénom le plus exotique était Björn.

— Ah, vraiment ?" Jeanette comprend que c'est pour elle que le jeune homme s'efforce de conserver le ton de la plaisanterie, pour qu'elle garde le moral. Mais elle n'a pas la force de répondre à son sourire.

Il se racle la gorge. "Bon, alors je vais nous servir deux tasses de café avant de vous laisser aller au salon passer quelques heures pénibles à visionner des représentations vraiment atroces des pires perversions de la nature humaine. D'accord ?" Il se lève, toujours souriant, et se dirige vers une cafetière, dans un angle de la pièce.

"Merci, j'en ai besoin, dit Jeanette. C'est quoi, cette musique ?

— Kite, répond-il en remplissant deux tasses. Un nouveau groupe suédois." Kevin donne une tasse à Jeanette et se rassoit. "Vous avez trouvé ce que vous cherchiez ?

— Je ne sais pas. On verra, répond-elle en goûtant le café, qui est aussi fort qu'elle l'avait espéré. Peut-être. Peut-être pas."

Ils boivent le café en se regardant pendant ce qui semble plusieurs minutes avant que Kevin ne brise le silence.

"Je suppose que vous vous demandez comment un jeune et beau garçon comme moi se retrouve à travailler ici." Il lui sourit, charmeur, mais Jeanette voit bien que c'est encore pour essayer de détendre l'atmosphère.

"Oui, c'est la première chose que je me suis dite : comment un aussi beau gosse peut-il bien être flic ?" Elle étouffe un rire avec un clin d'œil. "Mais je suppose que vous avez vos raisons."

Kevin se gratte le menton et opine du chef. “Oui, sûrement.”

Jeanette montre l’homme à demi nu sur l’écran. “Vous savez qui c’est ?

— Oui, nous l’avons trouvé sur Internet, et nous pensons qu’il est suédois.

— Pourquoi ça ?”

Kevin se penche vers l’écran. “Vous voyez ça ? dit-il en pointant un objet posé sur la table de nuit, à côté du lit où est étendu le garçon nu.

— Qu’est-ce que c’est ?

— Si on zoome et qu’on rend l’image plus nette, on voit qu’il s’agit d’une boîte de cachets contre les maux de tête de marque suédoise. D’après l’étiquette, qu’on parvient également à déchiffrer, elle a été achetée courant avril à la pharmacie d’Ängelholm. Je suis en train de contrôler les débits de carte de crédit qui pourraient coller, et j’ai bien l’impression qu’un certain instituteur de maternelle du Nord de la Scanie va recevoir notre visite ces prochains jours.

— Tout simplement ?

— Tout simplement. Nous avons trouvé plusieurs centaines de photos de lui avec des enfants. La plupart du temps des garçons. Mais celui qui a mis les images en ligne a utilisé un effet Photoshop pour masquer son identité. Nous sommes en train d’essayer de reconstituer son visage, mais c’est difficile et cela nécessite une grosse puissance de calcul informatique. Le FBI est aussi sur le coup, et ils auront sans doute fini les premiers. Ils ont un peu plus de moyens que nous.

— Est-ce habituel que des images soient manipulées et cryptées ?

— Oui, tout à fait. Elles peuvent être cryptées de nombreuses fois, et certains sont très doués pour camoufler les fichiers dans un ordinateur. Ils utilisent parfois des rootkits qui les rendent difficilement détectables. De notre côté, nous utilisons des keyloggers pour accéder aux mots de passe des pédophiles."

En l'écoutant, Jeanette réalise qu'Internet est un vaste buffet où les pédophiles n'ont plus qu'à se servir. Comme un grand réseau d'égout sans station d'épuration. Un égout où nous jetons nos enfants.

"J'ai vu qu'il y avait un de nos collègues en magasin, dit Jeanette en posant sa tasse.

— Oui, c'était pendant l'opération *Sleipner*." Kevin se penche en arrière. "Et en plus de celui auquel vous pensez, on a envoyé au trou deux autres flics de Stockholm.

— Que sont-ils devenus aujourd'hui ?

— Celui que vous avez vu là-bas a été pendant de longues périodes en congé maladie. Aujourd'hui il est affecté, selon la direction, à des tâches purement administratives. Les deux autres, je n'ai aucune idée.

— Mais lui, il a repris le travail ?

— Oui. Comme il n'a jamais commis de crimes sexuels ou autres en service, un de nos chefs a dû considérer qu'il méritait une seconde chance.

— Et qui d'autre avez-vous arrêté lors de l'opération…

— *Sleipner*, complète Kevin. Eh bien, c'était le pendant suédois de l'opération *Falcon*, qui a permis l'arrestation de plus de deux mille personnes, entre autres aux États-Unis, en France, en Espagne et en Biélorussie. On a trouvé plus de deux cent cinquante mille opérations bancaires pour des accès à de la pornographie pédophile. En Suède, on a arrêté environ cent personnes, dont un cinéaste qui a prétendu télécharger de la pédophilie comme documentation pour un futur film." Kevin ricane. "Sinon, il s'agissait d'hommes issus de tous les milieux.

— Combien d'opérations de ce type ont eu lieu ?" demande Jeanette, qui a juste vaguement entendu parler de *Sleipner* et de *Falcon*.

Kevin réfléchit avant de répondre. "En 1999, nous avons eu l'opération *Avalanche*. Deux cent cinquante mille abonnés à des contenus pédophiles, des clients aux États-Unis et dans cinquante-neuf autres pays, pour un chiffre d'affaires de presque dix millions de dollars." Il marque une pause et boit une gorgée de café. "L'opération *Site-Key* en 2001 était centrée sur les États-Unis. Vingt-trois mille clients repérés, autour de cinquante condamnations. Puis l'opération *Ore* en 2002, visant la Grande-Bretagne. Plus de sept mille suspects et tout juste mille deux cents condamnations."

Jeanette secoue la tête en soupirant. "Putain.

— N'est-ce pas ? La plupart du temps, il s'agit de films de pose avec des enfants entre neuf et seize ans. La plupart ukrainiens, nous n'avons encore jamais identifié d'enfants suédois sur ces films.

— Des films de pose ?

— Oui, on passe commande. Quels vêtements, quelles poses, etc. Mais sur certains films sont perpétrés de réels abus sexuels. Un exemple : deux sœurs belges. Leur père a violé les fillettes, âgées de neuf et onze ans. Il a filmé le tout pour le vendre sur le Net à des pédophiles du monde entier.

— Stop. Ça me suffit, dit Jeanette en levant les deux mains. Mais vous pouvez peut-être m'expliquer une chose.

— Quoi ?

— Je ne suis pas forte en maths, mais vous dites que sur cent personnes arrêtées, trois étaient des policiers. C'est bien ça ?"

Kevin hoche la tête : il voit où elle veut en venir. "Vous voulez dire que trois pour cent des personnes interpellées étaient des policiers, alors qu'il y en a vingt mille pour neuf millions de Suédois, c'est ça ?

— Exactement. La possession de matériel pédophile est donc plus de dix fois plus fréquente chez les policiers que chez les gens ordinaires."

Jeanette songe à nouveau à ce que lui a raconté Sofia. Carolina Glanz peut très bien avoir inventé. Mais rien n'est impossible. Jeanette lorgne du côté de ce jeune policier, avec sa maigre barbe et son anneau dans le nez. Ça peut être n'importe qui, se dit-elle.

"Bon, il faut que je me mette au boulot. Nous venons de recevoir un ordinateur saisi, il faut que je l'inspecte, c'est urgent." Kevin se lève. "Et si vous pensez que seuls les hommes s'intéressent à la pédophilie, sachez que cet ordinateur appartient à une femme." Il ouvre la porte et sort. "Je vais vous montrer où visionner vos films."

Jeanette prend ses cassettes sous le bras et le suit.

"Une femme ?

— Ça vient d'arriver. Une saisie à Hässelby, précise-il en s'éloignant dans le couloir. À Fagerstrand, si je ne me trompe pas.

— Fagerstrand ?

— Oui. Elle s'appelle Hannah Östlund. Ou plutôt s'appelait. Elle est morte."

Le Tournesol

Victoria écoute en essayant de ne pas interrompre Sofia. Elle doit se faire violence pour contenir sa colère et choisit de se concentrer sur son impression d'être revenue dans la maison de Tyresö.

“Si tu en parles avec un neurochirurgien, il te dira que la capsulotomie n'est pas la lobotomie. Peut-être peut-on parler d'une forme évoluée de lobotomie, je ne sais pas, mais comme avec la lobotomie, il s'agissait de contrer le comportement déviant de la jeune fille…”

Déviant, pense Victoria. Il s'agit toujours de déviances. Une personne est déviante par rapport à une norme préétablie. Et la psychiatrie est subventionnée par l'État. Au fond, la décision de ce qui est sain ou malsain relève d'un choix politique. Mais chez les psychologues, il devrait en être autrement. Il n'y a pas de limites très claires et, si elle a une certitude, c'est que tout le monde est à la fois normal et déviant.

“En Suède, ainsi qu'au Danemark, où l'intervention a eu lieu, existe une longue histoire d'opérations douteuses pratiquées sur des personnes considérées comme attardées ou déviantes d'une façon ou d'une autre. Je me souviens du cas d'un garçon de quatorze ans soumis six semaines durant aux électrochocs pour la seule raison que ses parents chrétiens l'avaient surpris en train de se masturber. Pour eux, il s'agissait d'une pratique déviante."

Comment se fait-il, pense Victoria, que des individus pareils aient seulement le droit de vote ?

"Être religieux devrait être considéré comme une déviance", dit-elle.

Sofia sourit un peu, puis se tait un moment. Victoria écoute la respiration de la vieille femme. Elle est courte et superficielle, comme vingt ans auparavant. Quand elle reprend la parole, sa voix est plus grave. "Revenons au fait, dit-elle tout bas, mais avec fermeté. Comme tu le sais, la lobotomie frontale pratiquée sur des individus déviants consistait à couper net la liaison entre le lobe frontal et la partie inférieure du cerveau. Environ un patient sur six en mourait. Les autorités médicales connaissaient les risques, mais ne sont jamais intervenues. Je suis en activité depuis le milieu des années 1950, et j'en ai vu, des horreurs. La majorité des lobotomisés en Suède étaient des femmes. On les disait oisives, agressives ou hystériques. Elles ont payé le prix fort."

Des talibans, se dit Victoria. Elle écoute attentivement Sofia, les yeux toujours fermés : c'est la première fois qu'elle décèle une once de colère dans la voix de la vieille femme. Tant mieux. Cela adoucit la sienne.

"À la différence de la lobotomie, la capsulotomie, pour autant que l'on sache, n'est pas mortelle, et c'est pourquoi on s'y est risqué sur Madeleine. On a sectionné les liaisons nerveuses de sa capsule interne, dans l'espoir que ses problèmes psychiques, ses troubles obsessionnels compulsifs et son comportement impulsif s'atténueraient. Mais l'échec a été total, et le résultat inverse."

Victoria ne peut plus fermer les yeux ni se taire. "Que lui est-il arrivé ?"

Sofia serre la mâchoire. “Son impulsivité s’est aggravée, toute forme d’inhibition a disparu, tandis que son acuité intellectuelle s’est curieusement renforcée.”

Victoria ne comprend pas. “Mais c’est contradictoire.

— Oui, peut-être…” Sofia crache un gros rond de fumée, qui flotte au-dessus de la table et se dissout contre le carreau de la fenêtre. “Le cerveau est surprenant. Pas simplement dans chacune de ses parties et de ses fonctions, mais aussi par l’interaction entre elles. Dans ce cas précis, c’est comme si on avait construit un barrage pour endiguer un fleuve, mais que le fleuve l’avait contourné en gagnant en puissance.”

Victoria sort le carnet de son sac.

Danemark, 2002

Voilà pourquoi, dit maman, je suis presque toujours joyeuse. Pour moi, toute la vie est comme un jour ensoleillé.

L'hôpital ne l'effraie pas, car elle y a passé le plus clair de son enfance, en traitement pour ceci ou cela. Quand ce n'était pas le mal de ventre, presque chronique, c'étaient des malaises, des vertiges ou des maux de tête.

Le pire, c'était quand elle se retrouvait seule avec Peo dans la grande maison pleine de jouets.

Peo, l'homme qu'elle n'a jamais appelé son père, qui avait eu pitié d'elle, puis l'avait jetée dehors quand elle ne faisait plus l'affaire comme fille.

Autour d'elle, tout avait un nom, mais faux. Papa n'était pas papa, maman pas maman. Chez elle, c'était ailleurs, être malade, c'était aller bien. Quand on disait oui, cela voulait dire non. Elle se rappelait sa confusion.

Le cerveau est la seule partie du corps privée de sensibilité. On peut donc l'opérer même quand le patient est conscient.

Oh, comme ils s'étaient fâchés, quand elle était allée raconter à la police ce que papa Peo et ses soi-disant amis fabriquaient dans des box prévus pour les cochons, et non pour des jeunes garçons en colère. Des cris, des pleurs et des gifles à droite et à gauche avant qu'ils l'expédient dans un autre endroit où on lui avait dit qu'elle était désormais chez elle. Mais il y faisait sombre, c'était silencieux, et ses bras étaient attachés, comme maintenant.

Le docteur a dit qu'on allait juste un peu découper quelque chose dans sa tête pour qu'elle arrête de trouver tout si compliqué. Elle n'aurait plus ses accès de violence et on espérait qu'elle pourrait alors se débrouiller seule. Il suffisait de couper quelques fils malades dans son cerveau, et tout irait bien.

Papa signifierait papa, et maman, maman.

Elle fut tirée de ses réflexions quand on la redressa dans son lit. Mais elle garda les yeux fermés, pour ne pas voir le bistouri.

En fait, ils lui avaient dit qu'aujourd'hui on n'utilisait plus de bistouri, c'était fini, on avait une méthode plus perfectionnée. Une histoire d'électricité qu'elle n'avait pas bien comprise, mais elle avait hoché la tête quand ils lui avaient demandé si c'était clair, pour ne pas faire de problèmes.

Des problèmes, des problèmes, des problèmes, on n'a que ça avec toi, voilà ce que disait Charlotte, la femme qu'elle n'a jamais appelée sa mère, chaque fois que quelque chose se cassait ou tombait par terre. Et cela arrivait souvent. Quand ce n'étaient pas des verres de lait bancals, c'étaient des assiettes tombeuses ou des vitres si fines qu'on ne les voyait pas avant qu'elles ne soient en morceaux par terre.

Quelqu'un lui attrapa la tête et elle sentit le métal froid d'une lame de rasoir.

D'abord le raclement quand on lui rasa l'arrière de la tête, puis la brûlure, et enfin le bruit du bistouri électrique.

L'avenir de cette méthode s'est joué quand le psychiatre Christian Rück, de l'hôpital Karolinska, a démontré que les effets secondaires négatifs ainsi que la difficulté de sa mise en œuvre en faisaient une méthode à éviter, sauf dans un cadre strictement expérimental.

Maintenant, tout va bien se passer, pensa-t-elle. Je vais aller bien, comme tout le monde.

Rosenlund

Pas Victoria Bergman, se dit Hurtig. Et pourquoi pas ? Tous les autres noms de Sigtuna s'alignent sur son carnet.

"Mais vous connaissiez pourtant Victoria ?

— Du lycée, seulement, dit Annette Lundström. Elle ne faisait pas partie de notre groupe.

— Quel groupe ?"

La femme se tortille sur son siège. Pour la première fois de la conversation, une lueur de présence s'allume dans ses yeux. Elle hésite. "Je ne sais pas s'ils ont envie que j'en parle", finit-elle par lâcher.

Hurtig se force à garder un ton calme et aimable. "Qui n'en a pas envie ?

— Karl et Viggo. Et Peo, et Gert."

Les hommes, donc. "Mais Karl, Peo, Viggo et Gert sont morts."

Merde, qu'est-ce qui me prend de dire ça ? se rend-il compte, trop tard.

Annette Lundström semble perplexe. "Arrêtez ça. Pourquoi vous moquez-vous de moi ? J'en ai assez de cette conversation. Allez-vous-en."

Il a peur d'avoir tout gâché. Dans le monde d'Annette, ils sont tous vivants : ses propos lui ont donc paru incompréhensibles.

“Pardon, dit-il. Je me suis trompé. Je vais bientôt y aller, mais je me demandais encore une chose. Viggo était, n’est-ce pas…” Il s’interrompt. Réfléchis avant de parler. Brosse-la dans le sens du poil. “Viggo est quelqu’un de bien, n’est-ce pas ? J’ai entendu dire qu’il aidait des enfants pauvres arrivés de l’étranger à trouver une vie meilleure en Suède, qu’il leur trouvait des familles adoptives. C’est exact ?”

La femme fronce les sourcils. “Mais enfin, évidemment. Je l’ai déjà dit, non ? J’ai déjà tout raconté à l’autre policière, là, Sofia je-ne-sais-quoi. Viggo est très doué et il a beaucoup œuvré. Il était si gentil avec ces enfants.”

Beaucoup d’informations, se dit Hurtig. Certaines visiblement erronées, comme le fait que Sofia Zetterlund soit de la police et que Viggo Dürer était gentil. Il note tandis qu’elle parle. Un monde bizarre prend forme dans son carnet. Il ne sait pas encore s’il est réel ou s’il n’est que l’expression d’une imagination psychotique, peut-être un peu des deux, mais il va avoir de quoi discuter avec Jeanette, car il voit se dessiner des lignes directrices dans ce que dit Annette Lundström, même si elle mélange des concepts aussi fondamentaux que le temps et l’espace.

Elle parle de Sihtunum Diaspora, la fondation où Viggo Dürer, Karl Lundström et Bengt Bergman étaient engagés. La fondation vouée au bien-être des enfants, en priorité dans le tiers-monde. Tout semble si parfait dans la bouche d’Annette. Les enfants adoptés se trouvaient si bien en Suède, les interventions à l’étranger aidaient tant de gens démunis.

Cette femme idéalise.

“Connaissez-vous le père de Victoria, Bengt Bergman ?”

Elle est naïve. À la limite de la bêtise. Mais elle est aussi malade, il ne doit pas l’oublier.

“Non, répond-elle. Il aidait Karl, Peo, Gert et Viggo à financer la fondation, mais je ne l’ai jamais rencontré.”

À nouveau une réponse directe, et correcte, en plus. Les financeurs de la fondation sont connus depuis longtemps, mais c’est toujours bien d’avoir une confirmation.

Bon, plus qu’une question.

“Les Préceptes de la Pythie. Qu’est-ce que c’est ?”

À nouveau, la femme semble perplexe. “Vous ne savez pas ? Pourtant votre collègue me l’a demandé, elle, là, cette Sofia avec qui j’ai parlé il y a quelques jours.

— Non, vraiment, je ne sais pas. Mais j’ai entendu dire que c’était un livre. Vous l’avez lu ?”

Elle a l’air encore interloquée. “Non, bien sûr que non.

— Pourquoi non ?”

Le vide envahit à nouveau ses yeux.

“Je n’ai jamais vu un livre portant ce titre. Les Préceptes de la Pythie sont la parole originelle, immémoriale, qu’on ne peut remettre en question.”

Elle se tait et regarde par terre.

“Vous voulez m’en dire plus ?”

Annette Lundström secoue la tête.

Tandis que Hurtig laisse l’hôpital de Rosenlund derrière lui et s’engage sur Ringvägen, le sens de ce qu’il vient d’entendre se décante lentement.

Les Préceptes de la Pythie. Réservés aux hommes. Des règles et des vérités inventées pour parvenir à leurs fins. Le mot qui lui vient : lavage de cerveau.

Il est certain que Jeanette aura son idée là-dessus. Arrêté à un feu rouge, il se demande comment les choses se passent pour elle. Quand elle l’avait prévenu qu’elle allait visionner les films de Lundström, il aurait aimé y aller aussi, pour la soutenir. Il la sait solide, mais assez solide pour ça ?

Vingt minutes plus tard, à la criminelle, en ouvrant la porte de la pièce où se trouve Jeanette, il voit la réponse inscrite sur son visage.

Le Tournesol

Victoria Bergman écrit frénétiquement. Ligne après ligne, l'histoire de sa fille Madeleine, tandis que Sofia Zetterlund écoute le stylo gratter le papier.

Ses yeux malades ne voient pas, mais ils regardent fixement Victoria. "Tu écrivais déjà beaucoup quand tu étais jeune. C'est toujours à des fins thérapeutiques ?"

Elle est si lasse. Mais il faut qu'elle continue à travailler. Ce qu'elle écrit est incohérent, mais plus tard elle y trouvera peut-être un fil conducteur.

"J'écris, c'est tout."

Comme lorsqu'elle utilisait un dictaphone pour enregistrer ses longs monologues qu'elle avait appris à analyser. Pour y découvrir qui elle était.

"Je vois que tu n'en as pas encore fini avec ton identité", dit la vieille femme.

Victoria ne l'écoute pas, mais au bout d'un moment elle cesse d'écrire, regarde la feuille et entoure quelques phrases clés avant de reposer son stylo.

LA CAPSULOTOMIE A PRODUIT L'EFFET INVERSE.

COMPORTEMENT SUICIDAIRE – ABSENCE TOTALE DE CONTRÔLE DES IMPULSIONS.

UNIVERS MENTAL MANIAQUE MARQUÉ PAR DES RITUELS.

Elle lève alors les yeux vers Sofia qui tend une main

tremblante et ridée. Elle la prend, et retrouve bientôt son calme.

“Je suis inquiète pour toi, dit tout bas Sofia. Elles n’ont pas encore disparu, n’est-ce pas ?

— Comment ça ?

— La Fille-corneille, et les autres ?”

Victoria déglutit. “Non… Pas la Fille-corneille, et peut-être pas non plus la Somnambule. Mais les autres ont disparu. Elle m’y a aidée.

— Qui ça ?

— Eh bien… Je suis allée voir une psychologue, un certain temps. Elle m’a aidée avec mes problèmes.”

Je me suis aidée moi-même, pense Victoria. La Somnambule m’a aidée.

“Ah oui ? Une psychologue ?

— Mmm… Elle vous ressemble beaucoup, d’ailleurs. Mais elle n’a pas votre longue expérience.”

Sofia Zetterlund sourit mystérieusement et serre un peu plus fort la main de Victoria avant de la lâcher pour prendre une autre cigarette. “On s’en prend une dernière, après je n’ose plus. La directrice est très sévère, même si elle a bon cœur, quelque part.”

Bon cœur ? Qui a bon cœur ?

“Victoria, tu m’as écrit une lettre voilà quelques années, où tu me disais que tu travaillais comme psychologue. Tu continues ?”

Personne n’a bon cœur. Le fond de tous les cœurs est plus ou moins de pierre.

“D’une certaine façon.”

La réponse semble satisfaire Sofia, qui allume sa cigarette et en tend une à Victoria. “Bien, dit-elle alors. Ta visite a fait très plaisir à une vieille dame, mais ça l’a aussi épuisée. Je crois que je n’ai plus la force. Je n’arrive pas à me concentrer, j’oublie, je m’endors. Mais le nouveau médicament qu'ils me donnent me fait du bien, et je suis en meilleure forme que quand la police est venue m'interroger à ton sujet."

Jeanette Kihlberg, pense Victoria. Sofia ne l'a pas oubliée, et elle semble vouloir provoquer une réaction par sa pause rhétorique. Mais Victoria ne dit rien.

"J'étais un peu plus confuse ce jour-là, continue bientôt Sofia, mais pas autant que cette policière l'a sans doute pensé. C'est parfois bien commode d'être vieille, on peut jouer les séniles quand ça nous arrange. Sauf quand je suis confuse pour de bon, bien sûr. Là, c'est plus difficile de faire semblant.

— Que voulait la police ?" demande Victoria.

Sofia crache un nouveau rond de fumée au-dessus de la table. "Ils étaient à ta recherche, bien sûr. Celle qui est venue s'appelait Jeanette Kihlberg. Je lui ai promis de te dire de la contacter si j'avais de tes nouvelles.

— D'accord, je le ferai.

— Bien…" Sofia sourit, lasse, et se tasse au fond de son fauteuil.

Nulle part

Son corps flotte à quelques centimètres seulement du plafond et elle se regarde elle-même comme une autre, là-bas, ligotée, assoiffée, affamée dans un cercueil enterré.

Elle a un petit tuyau dans la bouche qu'ils ont introduit la dernière fois qu'ils ont changé l'adhésif, par où ils lui font avaler la même bouillie amère et sèche. Une sorte de nourriture qui l'affaiblit, une anti-nourriture. Un goût de noix et de graines et quelque chose comme de la résine, elle ne sait pas ce que c'est.

Mais peu importe. Elle se sent légère, heureuse.

Elle regarde autour d'elle depuis le plafond. Contre le mur droit, la grosse chaudière avec ses tuyauteries, à gauche les contours d'une porte. C'est tout, à part l'ampoule qui pend du plafond au bout d'un long fil. Des murs de béton nu, comme une cellule de prison. La seule source de lumière provient du coin supérieur droit de la porte, un faible rayon du dehors qui projette une tache blême qui vacille au plafond.

Elle a un goût de colle dans la bouche et se sent euphorique. Comme si elle avait en face d'elle les réponses à tous les mystères de l'univers. Elle a vécu un jour une expérience analogue en fumant du hasch dopé à l'opium, un trip extraordinaire qui avait ouvert toutes les portes de sa conscience. C'est juste que, dès qu'elle tentait de verbaliser ses sensations, il ne sortait de sa bouche que du non-sens.

Mais elle vole et, cette fois, elle peut en donner une explication logique.

De petits animaux, comme les souris ou les grenouilles, peuvent flotter dans l'air en laboratoire au-dessus de champs magnétiques, car ils sont faits d'eau : c'est l'eau qui les porte, les fait léviter, grâce à l'action d'un aimant supraconducteur.

Elle doit être constituée à soixante-dix pour cent d'eau, un poids bien des fois supérieur à celui d'une souris : il doit donc y avoir un aimant extrêmement puissant sous le sol de la pièce, et c'est de lui que doit provenir ce ronronnement.

On l'entend à nouveau. Ce n'est pas un ascenseur, elle le sait avec certitude, à présent.

La puissance de l'aimant libère l'eau de son corps de la gravitation, voilà pourquoi elle vole. Il lui suffirait de faire un trou dans le plafond pour s'en aller loin d'ici.

Elle tente de tourner son corps, mais il est trop solidement attaché. Elle a beau faire, impossible.

À l'instant, elle pouvait planer librement comme un astronaute en apesanteur dans l'espace, mais son corps est à présent entravé comme celui de l'autre fille, celle qui est en train de mourir dans le cercueil, là-bas.

Elle commence à avoir froid, un froid indescriptible qui la fait trembler intérieurement.

Pourtant elle n'a pas peur.

C'est juste l'eau en elle qui se transforme en glace. L'aimant doit avoir un problème.

Maintenant elle le voit. C'est un bloc rectangulaire de la taille du sol, manœuvré depuis une pièce adjacente, une sorte de salle de contrôle. Elle voit le bloc commencer à bouger, d'abord doucement, avec un raclement sourd, puis de plus en plus vite, par à-coups.

Le froid se propage à sa peau, comme si la glace gonflait en elle et commençait à sortir hors de son corps, à faire éclater sa peau. Comme une bouteille d'eau mise au congélateur se brise lors de la formation de la glace. L'image la fait sourire.

Le bloc magnétique grince sous elle, sa friction avec les murs de la pièce jette des étincelles.

Avant d'éclater en mille morceaux de glace, elle voit l'homme aux manettes dans la salle de contrôle.

C'est Viggo Dürer.

Police criminelle

La pièce où le jeune policier Kevin la conduit est un réduit oppressant qui en rien ne mérite son nom.

"Voici le salon", ironise-t-il en lui montrant où s'asseoir.

Elle regarde autour d'elle : un bureau, un écran et plusieurs appareils pour visionner les films de tout format. Sur le bureau, une table de mixage permettant d'explorer le film image par image. Une manette pour zoomer, une autre pour faire le point. Plusieurs boutons et potentiomètres dont elle n'a pas la moindre idée de la fonction. Un écheveau de fils et de câbles.

"Dès que je trouve quelque chose dans l'ordinateur de Hannah Östlund, je viens vous le montrer, continue-t-il. Et n'hésitez pas à m'appeler si vous avez besoin. Ne serait-ce que d'un café."

Jeanette le remercie, pose les films et s'assoit.

Quand Kevin a refermé la porte, la pièce devient absolument silencieuse : on n'entend même plus le ronron de l'air conditionné. Elle regarde la pile de cassettes, hésite, mais finit par en prendre une qu'elle insère dans le magnétoscope.

Ça grésille et l'écran se met à trembloter. Jeanette respire à fond, se cale au fond de son fauteuil, la main serrée sur la manette qui lui permet d'arrêter tout si le film devient trop pénible. Elle songe à la pédale de veille qui provoque l'arrêt du train si le conducteur a un malaise.

Le premier film est conforme à la description de Karl Lundström. Jeanette en supporte une minute avant d'arrêter. Mais comme il faut qu'elle le visionne, elle regarde l'écran de côté et fait défiler le film en avance rapide.

Du coin de l'œil, elle voit l'image en flou, sans aucun détail, mais assez pour repérer un changement de décor. Au bout de vingt minutes, le magnétoscope s'arrête avec un grand claquement puis rembobine automatiquement.

Jeanette sait ce qu'elle a vu, mais se refuse à y croire.

Elle est complètement désemparée à l'idée que des gens prennent plaisir à ça. Dépensent des fortunes pour acquérir ce genre de films et risquent leur vie pour les collectionner. Pourquoi fantasmer sur l'interdit ne leur suffit-il pas ? Pourquoi ont-ils besoin de réaliser leurs fantasmes pervers ?

Le deuxième film est, si possible, encore plus atroce.

Trois Suédois et une femme, d'après Lundström thaïlandaise, en compagnie d'une fillette qui n'a pas dix ans. Dans un des interrogatoires, Karl Lundström avait affirmé qu'elle en avait sept : force est pour Jeanette de constater qu'il disait vrai.

Pendant la demi-heure à peine que dure le visionnage en avance rapide, regarder du coin de l'œil ne suffit pas, elle doit fixer son regard à un mètre au-dessus de l'écran.

Au mur est affichée la photocopie d'une vignette de BD : un gros bonhomme hilare court vers le spectateur, une barre de fer à la main. Il porte un bonnet rayé, et sa dentition donnerait des cauchemars à un dentiste.

La petite fille du film pleure, tandis que les trois hommes pénètrent à tour de rôle la Thaïlandaise.

L'homme de la BD porte un pantalon noir, il est torse nu, avec de gros godillots aux pieds. Son regard est fixe, presque fou.

Sur l'écran, la Thaïlandaise fume, couchée sur le ventre, tandis qu'un des hommes essaie d'introduire en elle son pénis à moitié dressé. La fillette a cessé de pleurer et semble à présent plutôt apathique. Comme droguée.

Un des hommes place la petite fille sur ses genoux. Il lui caresse les cheveux et dit quelque chose que Jeanette comprend comme : "La fifille à papa n'a pas été sage."

Jeanette sent quelque chose de mouillé à la commissure de ses lèvres. Elle lèche, c'est salé. D'habitude, pleurer soulage, mais là, cela ne fait que renforcer son sentiment de dégoût et d'impuissance. Elle se prend à songer à la peine de mort, à enfermer ces gens et les oublier en prison. Fermer la porte et jeter les clés. Elle imagine des castrations qui n'ont rien de chimique et, pour la première fois depuis longtemps, elle ressent de la haine. Une haine irraisonnée, sans pardon, et, un instant, elle comprend ceux qui décident de publier les noms et les photos des criminels sexuels, sans songer aux conséquences pour leurs proches.

À cet instant, elle se rend compte qu'elle n'est qu'une personne humaine, même si cela fait d'elle une mauvaise flic. Flic et humaine : combinaison impossible ? Peut-être.

L'homme de la BD exprime ce qu'elle ressent, elle comprend pourquoi il a été affiché là.

Pour que ceux qui travaillent ici n'oublient pas qu'ils sont des personnes humaines, même s'ils sont aussi policiers.

Jeanette éjecte le film, le remet dans son étui et introduit la troisième cassette.

Comme pour les autres, l'écran s'emplit d'abord de neige, puis une caméra tressaute, à la recherche de son sujet, hésite, zoome et met au point. Jeanette pense reconnaître une chambre d'hôtel : quelque chose lui dit que c'est le film qu'elle cherche.

Elle espère se tromper, mais ses tripes lui assurent qu'elle a raison.

Celui qui tient la caméra semble se rendre compte qu'il est trop près, dézoome, refait la mise au point. Une jeune fille est étendue sur un grand lit, entourée de trois hommes à demi nus.

La fille est Ulrika Wendin et l'un des hommes Bengt Bergman, le père de Victoria Bergman. L'homme que Jeanette a interrogé, soupçonné de viol, puis libéré grâce à un alibi donné par sa femme.

Tandis que la porte s'ouvre derrière elle et qu'entre Jens Hurtig, Jeanette fixe à nouveau la BD affichée à peine un mètre au-dessus du viol en cours.

L'homme de la BD hurle : "Avec une bonne barre de fer, on surprend tout le monde !"

Hurtig se place derrière elle et agrippe le dossier de son fauteuil pour suivre le viol qui se déroule à l'écran. "C'est Ulrika ?" demande-t-il tout bas.

Jeanette hoche la tête :

"Oui, malheureusement." Elle regarde devant elle, les yeux vides. "Tous ses dires semblent avérés.

— Qui c'est ?" Jeanette sent les mains de Hurtig serrer le fauteuil, et entend presque ses mâchoires serrées. "On les reconnaît ?

— Pour le moment, juste Bengt Bergman, répond-elle. Mais lui, là…" Elle montre l'écran. "Il participe à plusieurs films. Je reconnais son grain de beauté.

— Rien que Bengt Bergman", marmonne Hurtig en s'asseyant à côté d'elle, tandis que la caméra balaye la chambre. Une fenêtre donnant sur un parking mal éclairé, les ahanements de l'homme en bruit de fond, puis retour vers le lit.

"Stop, dit Hurtig. C'est quoi, ça, dans le coin ?"

Jeanette tourne la molette vers la gauche. L'image se fige, puis elle recule doucement, image par image.

"Là, dit-il quand la caméra passe devant un des angles de la pièce. Qu'est-ce que c'est que ça ?"

Jeanette arrête le magnétoscope, augmente le contraste et voit ce qu'il veut dire. Dans l'angle sombre, non éclairé, une personne est assise et regarde la scène qui se déroule sur le lit.

Jeanette zoome, mais on ne voit qu'un profil. Pas de traits distincts.

L'intérêt subit de Hurtig pour l'arrière-plan de l'image donne une idée à Jeanette. "Attends", dit-elle en se levant. Hurtig, étonné, la regarde ouvrir la porte et appeler Kevin.

Le jeune policier arrive dans le couloir. "Encore du café ?

— Non merci. Venez voir, s'il vous plaît.

— Un instant."

Kevin retourne dans son bureau et revient, un CD-ROM à la main. "Tenez, dit-il en le tendant à Jeanette, avant de saluer Hurtig. C'est ce que j'ai trouvé jusqu'à présent dans l'ordinateur de Hannah Östlund, et je dois dire que je n'ai jamais rien vu de semblable." Il déglutit avant de continuer. "Ça, c'est complètement différent. Là, il y a…

— Il y a quoi ? demande Jeanette, qui voit le jeune policier vraiment secoué.

— Là, il y a une philosophie, enfin, je ne sais pas comment appeler ça."

Elle le regarde avec insistance en se demandant ce qu'il veut dire, mais ne pose pas de question. Elle le verra bientôt par elle-même. Mais avant, elle a besoin de son aide.

Elle pose le CD-ROM à côté de la table de mixage, saisit la molette et recule lentement, image par image. Quand la caméra passe sur la fenêtre et le parking, elle s'arrête. Dehors, on voit quelques voitures garées.

"Peut-on rendre l'image suffisamment nette pour lire les plaques d'immatriculation ?" demande-t-elle en se tournant vers Kevin. Elle continue : "Ça pourrait nous…

— Compris", l'interrompt le jeune policier. Il se penche sur la table de mixage, zoome sur les voitures et, en quelques clics, rend l'image parfaitement nette.

"Et maintenant, vous voulez que je trouve à qui appartiennent ces voitures, c'est ça ?

— Vous avez le temps ? demande Jeanette avec un sourire.

— C'est bien parce que vous êtes une copine de Mikkelsen. Mais que ça ne devienne pas une habitude."

Il lui fait un clin d'œil, note les immatriculations des voitures garées et retourne dans son bureau.

Du coin de l'œil, elle voit Hurtig qui la regarde de côté.

"Impressionné ? demande-t-elle en éjectant la cassette avant d'insérer le CD-ROM.

— Très, répond-il. Qu'allons-nous voir, à présent ?

— Les films sortis de l'ordinateur de Hannah Östlund." Elle se cale au fond de son siège et se blinde. "On va bien voir si c'est encore plus atroce, comme il l'a suggéré.

— C'est possible ?" marmonne Hurtig quand l'écran montre une petite pièce. Le son du film est brouillé, sonne creux.

Pour Jeanette, on dirait un hangar. Au fond, une brouette, quelques seaux, un râteau et d'autres outils de jardinage.

"Ça a l'air filmé sur une télévision, dit Hurtig. Ça se voit à l'image qui tremble et au son. L'original est probablement une vieille cassette VHS."

La caméra vacille quelques secondes, comme si celui qui la tenait perdait l'équilibre.

Puis apparaît un visage, caché derrière un masque bricolé représentant un cochon. Le groin est fait avec ce qui ressemble à un gobelet plastique. La caméra recule, et on voit d'autres personnes. Toutes portent des capes et des masques de cochons semblables. On découvre à présent trois filles à genoux devant une gamelle contenant quelque chose d'indéfinissable.

"Ce doit être Hannah et Jessica", dit Hurtig en montrant l'écran.

Jeanette hoche la tête en reconnaissant les filles d'après leur photo dans l'annuaire du lycée.

Elle comprend qu'il doit s'agir de l'événement dont la mère de Regina Ceder leur avait parlé. Le bizutage qui avait dérapé et avait poussé Hannah et Jessica à quitter le lycée.

"Et celle-là, à côté, doit donc être Victoria Bergman", dit Jeanette en regardant la jeune fille mince, blonde, aux yeux bleu clair. Elle a l'air de sourire. Mais ce n'est pas un sourire amusé, plutôt méprisant. Comme si elle était au courant, se dit Jeanette. Comme si Victoria savait ce qui allait se passer. Sa tête lui dit vaguement quelque chose, mais Jeanette n'arrive pas à la remettre et passe bientôt outre.

Une des filles masquées s'avance et prend la parole.

"Bienvenue au lycée classique de Sigtuna!" dit-elle en vidant un seau d'eau sur Hannah, Jessica et Victoria. Les filles, trempées, crachent, toussent et s'ébrouent.

Hurtig secoue la tête. "Putains de gosses de riches", marmonne-t-il.

Ils regardent le reste du film en silence.

La scène finale montre Victoria qui se penche et commence à manger le contenu de la gamelle. Quand une des filles du fond ôte son masque pour vomir, Jeanette la reconnaît elle aussi. La jeune femme cache à nouveau son visage, mais ces quelques secondes suffisent.

C'est elle.

"Annette Lundström, constate Jeanette.

— Oui, ça alors…

— Comment ça s'est passé, avec elle ?" De fait, Jeanette avait presque oublié ce que Hurtig était allé faire pendant qu'elle était ici.

"Comme ci, comme ça, dit-il en se raclant la gorge. Quelques trucs utilisables, je crois. Mais on verra ça plus tard, si tu veux bien. Tout ça, c'est un peu raide, et j'ai du mal à garder les idées claires pour le moment."

Elle est du même avis. Elle aimerait en être dispensée, mais il faut le faire. Finissent-ils par se blaser, ceux qui travaillent ici ? Oui, forcément. Elle jette à nouveau un coup d'œil à la BD.

En regardant le film suivant, elle comprend vite ce que voulait dire Kevin en parlant de philosophie à propos des films de Hannah Östlund.

La scène montre un box à cochons dans une ferme. Le sol est couvert de paille, souillée de terre ou d'autre chose. Des excréments, se dit Jeanette avec dégoût, du lisier de porc. Des personnages entrent dans le champ de l'image, habillés, ils s'installent tout autour du box et elle les reconnaît tous.

En partant de la gauche, Per-Ola Silfverberg, puis sa femme Charlotte qui porte un petit enfant, que Jeanette suppose être leur fille adoptive, Madeleine. Viennent ensuite Hannah Östlund, Jessica Friberg, Fredrika Grünewald et enfin Regina Ceder. Et en bordure de l'image, le profil d'un homme.

C'est comme si tout ce que Jeanette a vu ces dernières heures était extrait des cauchemars que lui donnaient ses enquêtes récentes. Tous les acteurs sont là, toutes les personnes impliquées et, un instant, elle est submergée par un sentiment d'irréalité, comme dans un mauvais rêve. Elle regarde Hurtig à la dérobée.

Ça va, il fait lui aussi partie de ce cauchemar, aussi muet que moi.

Quand deux gamins, nus, entrent dans le champ, ou plutôt sont bousculés par quelqu'un caché derrière la caméra, le cauchemar est complet.

Itkul et Karakul, se dit-elle, même si elle sait que c'est impossible : les deux frères kazakhs n'étaient pas nés quand le film a été tourné. Et puis, ici, les garçons sont incontestablement d'origine asiatique.

Ils commencent à se battre, d'abord gauches et prudents, puis de plus en plus déchaînés, et, quand l'un attrape l'autre par les cheveux, ce dernier, furieux, se met à faire des moulinets. En vain. Un coup violent à la tête l'envoie au tapis.

L'autre s'assied alors sur lui et le roue de coups.

Jeanette se sent mal et met en pause. Des combats de chiens. Ivo avait-il donc raison depuis le début ?

“Mon Dieu, soupire-t-elle en regardant Hurtig. Il va le tuer ?”

Hurtig la regarde, mâchoires serrées, sans rien dire.

Elle met en avance rapide, ce qui rend plus supportable le massacre qui suit.

Après environ deux minutes, les coups cessent, et elle repasse à la vitesse normale. À son grand soulagement, le garçon à terre vit toujours, son corps se soulève quand il respire. L'autre se relève et se place au milieu du box souillé. Puis il se dirige vers la caméra et, au moment de sortir du champ, il sourit. Elle recule immédiatement de quelques images et arrête sur le sourire du garçon.

“Tu vois ? dit-elle.

— Je vois, répond tout bas Hurtig. Il a l’air fier.”

Elle relance le film, mais rien d’autre ne se passe, sinon que l’enfant sur les genoux de Charlotte Silfverberg commence à s’agiter. Au moment où elle se penche pour consoler la fillette, le film s’arrête net.

Une philosophie, pense Jeanette. Comme dans le film sur le lycée de Sigtuna, la dimension sexuelle lui reste incompréhensible, et elle se demande si c’est bien de sexualité qu’il s’agit.

Qui peut imaginer des choses pareilles ?

“Tu as le courage de continuer ? demande Hurtig.

— Franchement… Je ne sais pas.” Elle a l’air lasse et désemparée.

On frappe à la porte. Kevin entre, des papiers à la main. “Comment ça va ? Vous avez vu le film de la ferme ?

— Oui, répond Jeanette – avant de se taire, car elle n’a pas de mots tout prêts pour commenter ce qu’elle vient de voir.

— Le reste de ce qu’on trouve dans l’ordinateur de Hannah Östlund est de la pornographie pédophile plus classique”, dit Kevin. Jeanette décide aussitôt que ces films attendront. C’est une enquête pour la criminelle. Elle a trouvé ce qu’elle cherchait. La preuve de l’existence de la secte et la confirmation qu’Ulrika Wendin disait vrai. Peut-être pourra-t-elle aussi en savoir plus sur cette personne assise dans le coin pendant le viol.

“Pourriez-vous m’aider à comparer ce profil avec l’homme de la chambre d’hôtel ? demande-t-elle en rembobinant jusqu’à l’endroit où on le voit.

— Bien sûr.” Kevin pianote rapidement et, bientôt, les deux séquences s’affichent côte à côte. Aucun doute, c’est le même homme.

“Vous avez trouvé les plaques ?” Elle entend l’urgence dans sa propre voix.

Il hoche la tête. “Voici l’extrait du registre des immatriculations à la date du film.”

Jeanette prend connaissance des noms. Bien sûr, elle sait qu’il peut contenir ceux d’innocents ayant juste passé la nuit dans le même hôtel, ignorant tout de ce qui se passait dans une chambre voisine.

Mais en voyant la liste des noms, elle comprend que ce sont les violeurs d’Ulrika Wendin. Une brochette aussi coupable que les spectateurs du combat dans la porcherie qu’elle vient juste de visionner.

Chacun des noms de la liste est suivi de son numéro de sécurité sociale :

BENGT BERGMAN.

KARL LUNDSTRÖM.

ANDERS WIKSTRÖM.

CARSTEN MÖLLER.

VIGGO DÜRER.

Au moment où Jeanette ouvre la bouche pour les lire à haute voix à Hurtig, son téléphone vibre dans sa poche.

X2000

Ivo Andrić n'a pas de prédisposition à être malade en train, mais la grande vitesse lui donne parfois un peu la nausée, surtout dans les courbes compensées. Comme il voulait être seul, il a réservé un compartiment privé. Il finit son café, jette la tasse à la poubelle et se concentre sur sa respiration. Profondes inspirations par le nez et longues expirations par la bouche. Une technique qui marche en salle d'autopsie : si ça marche là, ça marche partout.

Rosengård, songe-t-il. Dans trois heures j'y serai. Penser à son frère l'emplit en même temps d'inquiétude et d'espoir. Inquiétude car il n'arrive toujours pas à croire que ce soit vrai, et n'a pas encore réussi à entrer en contact avec Goran. *Espoir* est une litote. Si sa femme n'était pas clouée au lit par la grippe, il partagerait avec elle ce qu'il ressent à présent. Elle a été bouleversée en apprenant que Goran était très probablement en vie et habitait Malmö. Il ne fallait pas qu'il attende un jour de plus pour y aller. Il fallait qu'ils sachent. Il est donc parti seul, mais aurait aimé pouvoir partager son émotion avec quelqu'un.

Pour seule comparaison, Ivo Andrić trouve l'attente à la maternité, avant la naissance de son premier enfant.

L'espoir l'empêche de tenir en place, et il décide de se concentrer sur le travail et de finir la synthèse sur l'appartement d'Ulrika Wendin et le résultat de ses recherches sur ces étranges empreintes digitales lisses. Ses collègues ont l'habitude de faire remarquer que ses rapports sont parfois trop copieux en détails, mais c'est la seule façon de travailler qui lui convienne, et il sait que cela lui donne une meilleure vision d'ensemble et conduit donc à un meilleur résultat.

Au bout d'une vingtaine de minutes, il pense en avoir assez sous le coude pour présenter des conclusions correctes à Jeanette Kihlberg. Il ferme son ordinateur et sort son téléphone. Jeanette répond aussitôt. Il la devine un peu déprimée, mais ne veut pas l'embarrasser de questions.

"Des empreintes sans motifs papillaires peuvent avoir plusieurs causes, commence-t-il. Des brûlures, ou une abrasion de la peau. Cependant, les empreintes digitales retrouvées sur l'adhésif utilisé pour attacher les pieds de notre dernier gamin et sceller le sac plastique appartiennent plutôt à une personne traitée pour un cancer."

Il marque une pause, pour laisser Jeanette parler.

"Un cancer ? Quel rapport ?

— Les produits utilisés en chimiothérapie peuvent avoir des effets secondaires, comme l'anémie, la chute de cheveux ou la diminution de la masse de moelle osseuse. Certains provoquent même des inflammations de la plante des pieds et des paumes des mains, des orteils et des doigts. Je ne vais pas t'ennuyer à t'expliquer pourquoi, mais l'essentiel est qu'il peut y avoir hémorragie et chute de la peau des doigts, ce qui à mon avis s'est produit dans notre cas.

— D'accord." Jeanette a repris du poil de la bête. "Tu soupçonnes donc la personne ayant refermé le sac sur le cadavre du gamin de suivre un traitement contre le cancer. Tu en es certain ?

— J'ai devant moi des images de ces effets secondaires sur les empreintes digitales. Je dirais certain à quatre-vingt-dix, quatre-vingt-quinze pour cent.

— Bien, dit Jeanette. Merci, Ivo. Excellent boulot, comme d'habitude. Et sinon, comment ça s'est passé, chez Ulrika Wendin ?"

Maintenant le plus important, se dit Ivo Andrić.

"Je viens de retrouver les mêmes empreintes dans l'appartement, à l'intérieur de la porte du réfrigérateur. La personne qui a jeté à l'eau le sac est très probablement venue chez Ulrika Wendin."

Silence au bout du fil.

"Allô ?" tente Ivo au bout d'un moment – mais Jeanette n'est plus là.

Police criminelle

Au ton laconique et au teint blême de Jeanette, Jens Hurtig comprend qu'Ivo Andrić avait des nouvelles capitales, ce qu'elle lui confirme après avoir raccroché.

"La personne qui a jeté le gamin dans le port de Norra Hammarby a été chez Ulrika Wendin, dit Jeanette en rangeant son téléphone dans la poche interne de sa veste. Les empreintes sur l'adhésif qui fermait le sac sont les mêmes que celle trouvées par Ivo sur la porte du réfrigérateur chez Ulrika. La personne qui les a laissées est probablement traitée pour un cancer.

— Ça se précipite, admet Hurtig, le regard fixé sur l'écran où s'alignent les dossiers contenant les fichiers pédophiles de Hannah Östlund. On lance un avis de recherche national pour Ulrika Wendin ?"

Jeanette hoche la tête. En voyant son visage livide, Hurtig a le ventre serré : il comprend qu'elle aime beaucoup cette fille. Il tourne la tête et voit les papiers que Jeanette tient à la main. Il lit la liste par-dessus son épaule. "Je vois ceux qui étaient présents à l'hôtel lors du viol d'Ulrika Wendin. Bengt Bergman, Karl Lundström et…" Il se penche pour mieux voir. "Viggo Dürer ?

— Ce salopard semble toujours être là, en marge, et maintenant aussi sur ces deux horribles films.

— Et les autres noms ? On les connaît ? Anders Wikström et Carsten Möller ?

— Tu ne te souviens pas que Karl Lundström avait mentionné un Anders Wikström possédant une maison à Ånge ? Dans un des premiers interrogatoires, cette ordure a affirmé qu'un des films qu'il avait dans son ordinateur avait été tourné là."

À présent, Hurtig se souvient. Une personne portant le nom d'Anders Wikström était apparue à un stade précoce dans l'enquête sur Karl Lundström. Mais le seul Wikström qu'ils avaient trouvé à Ånge était un vieux bonhomme sénile aussitôt mis hors de cause.

"Cette piste a été rejetée par Mikkelsen, remarque Hurtig.

— C'est exact." Jeanette semble pensive. "Mais Anders Wikström existe bel et bien, nous avons même son numéro de sécurité sociale.

— Et Carsten Möller ?

— Aucune idée." Elle ressort son téléphone, tape quelques chiffres et le porte à l'oreille. "Åhlund ? Il faut faire vite, maintenant. Occupe-toi de lancer un avis de recherche national pour Ulrika Wendin, puis je voudrais que tu vérifies une chose pour moi. Non, deux, d'ailleurs…" Hurtig l'entend répéter les noms et les numéros de sécurité sociale. Anders Wikström et Carsten Möller.

Jeanette est aussi laconique avec Åhlund qu'avec Ivo Andrić. Hurtig la voit noter fébrilement, à côté des noms des violeurs d'Ulrika Wendin. Quelques minutes s'écoulent. Aux ordres brefs de Jeanette, Hurtig comprend qu'Åhlund travaille dur à l'autre bout du fil.

Jeanette a l'air complètement épuisée en raccrochant le téléphone. Mais il n'y a pas lieu de s'inquiéter : il sait que c'est dans l'urgence qu'elle travaille le mieux. "Que dit Åhlund ?" Il lorgne ses notes et voit que Jeanette a écrit "chirurgien".

"Carsten Möller est un ancien instituteur parti pour le Cambodge. On y perd sa trace. Et Anders Wikström ne possède pas de maison à Ånge. En revanche, il a été déclaré disparu en Thaïlande il y a six mois.

— Mais il y a malgré tout un Anders Wikström, insiste Hurtig. Lundström était vaseux, il a peut-être tout mélangé ? Anders Wikström était sur les films, mais la maison d'Ånge appartient à quelqu'un d'autre. Ça peut être ça, non ?"

Jeanette opine du chef et Hurtig regarde autour de lui.

Je les hais, pense-t-il, tous ces salauds qui font qu'un endroit comme celui-ci existe.

"Bon, dit Jeanette. Comment ça s'est passé, avec Annette Lundström ?"

Il songe au film du bizutage à Sigtuna. Annette Lundström n'avait pas l'air très à l'aise dans le rôle du bourreau. Elle avait vomi.

"Annette est en pleine psychose, dit-il. Mais elle a confirmé la plupart des choses que Sofia Zetterlund t'a confiées, et je pense que ça se tient, même si elle est malade. Elle veut retourner à Polcirkeln et a débité toute une liste de gens censés s'y trouver…" Il marque une courte pause et sort son carnet. "Peo, Charlotte et Madeleine Silfverberg, Karl et Linnea Lundström, Gert Berglind, Regina et Jonathan Ceder, Fredrika Grünewald, ainsi que Viggo Dürer."

Jeanette le regarde. "Putain, que j'en ai marre de tous ces noms !"

Elle se lève et ramasse les films.

"Il faut que je sorte d'ici."

Hurtig l'imite, mais ajoute qu'Annette Lundström a confirmé que Dürer s'occupait d'adoption.

“Il avait des enfants étrangers dans sa ferme de Struer et à Polcirkeln.

— Bordel, soupire Jeanette. Polcirkeln…”

Hurtig s’était dit la même chose. “La ferme de Struer a été vendue, dit-il, car l’élevage de porcs de Dürer n’était pas rentable. Nous le savons grâce aux recherches d’Åhlund. Concernant Polcirkeln, je connais assez bien la géographie locale, et il ne devrait pas falloir trop longtemps à nos collègues du Norrbotten pour mener à bien une opération de porte-à-porte dans la localité. En fait, ce n’est même pas une localité. À peine quelques maisons.”

Tandis qu’ils descendent vers le parking, le téléphone de Jeanette sonne à nouveau. Elle regarde l’écran. “C’est le labo”, dit-elle avant de répondre.

La conversation dure moins de trente secondes.

“Du nouveau ?”

Jeanette inspire à fond. “Les échantillons de peinture que nous avons pris sur la voiture garée près de la villa de Viggo Dürer sont les mêmes que ceux relevés sur l’île de Svartsjö. Il est donc possible que ce soit l’avocat Dürer qui, au printemps dernier, a largué le gamin près du ponton et…” Elle s’interrompt en se tapant le front. “Bordel ! Åhlund nous a dit que Dürer avait été soigné pour un cancer…

— … donc il est possible que ce soit les empreintes de Dürer que nous avons trouvées…

— … chez Ulrika Wendin.

— Ce qui signifie que Dürer est peut-être toujours en vie…”

Tysta Gatan

Le procureur von Kwist est fatigué. Le fait est qu'il n'a pas fermé l'œil depuis son agression de la veille devant l'Icebar. Le Diazepam Desitin, son nouveau médicament, lui fait autant d'effet que de la camomille, et l'alcool ne le soulage plus. Il est officiellement en congé maladie à cause de son ulcère à l'estomac, officieusement parce qu'il craint de plus en plus pour sa vie.

Il est étendu sur le canapé, dans une vaine tentative de dormir un peu. Il regarde l'heure. C'est la fête ce soir à l'hôtel de police. C'est l'anniversaire de la directrice de la police : en principe une bonne occasion de nouer de nouveaux contacts et de soigner ceux qu'il a déjà. Mais il hésite.

Sans force, il s'extrait du canapé et commence à tourner en rond dans la pièce. Il songe à la boîte à chaussures.

Il sait ce qu'elle contient, et ne l'a pas rouverte. Il n'ose pas la jeter et ne peut bien sûr pas se rendre avec à la police.

Il n'y a plus qu'à la cacher, ce qu'il a fait. Plusieurs fois.

Il ignore tragiquement que cette façon d'agir irrationnelle est la conséquence de la paranoïa qu'il a développée à force de volontairement s'isoler chez lui.

Il a commencé par cacher la boîte à chaussures à la cuisine, dans le placard sous l'évier, puis au fond du placard à balais de l'entrée, et ensuite dans un des tiroirs de son bureau. Dans un élan de créativité mal placé, il a ensuite décidé de la ranger dans le vestibule, parmi ses autres boîtes à chaussures, bien visible. L'idée était que la cachette la plus simple était aussi la meilleure, mais il n'a pas tenu longtemps, ne pouvant s'empêcher d'y penser chaque fois qu'il passait devant pour aller aux toilettes. C'est-à-dire très souvent ces dernières vingt-quatre heures. Ses fonctions corporelles sont détraquées, l'angoisse qui l'oppresse le force à vider sa vessie sans arrêt et à régulièrement aller vomir.

La boîte est à présent cachée dans le placard de la chambre, à quelques mètres du lit, ce qui n'est pas non plus un bon endroit.

Il décide d'y remédier, monte dans la chambre, ouvre doucement la porte du placard, se penche et prend à nouveau le carton. La chambre d'amis, se dit-il. Tout en haut de l'armoire, derrière les rouleaux de papier peint.

Ce sera le mieux. Là, on ne la verra pas sans monter sur quelque chose.

Une fois dans la chambre d'amis, il allume au plafond et pose la boîte sur le bureau. Il grimpe sur la vieille chaise pivotante et sort les rouleaux de papier peint de l'armoire. Il prend alors la boîte sous le bras et se hisse sur la pointe des pieds pour la pousser le plus loin possible en haut de l'armoire. Au moment où il bascule son poids d'un pied vers l'autre, les lois de la physique reprennent cependant leurs droits et la chaise pivotante, bien nommée, entre en action.

Il dégringole avec la boîte à chaussures, dont le contenu tombe par terre avec un bruit mat et roule dans l'obscurité sous le lit.

Le procureur Kenneth von Kwist rampe en position assise, adossé à l'armoire, et reste là un bon moment avant de décider quoi faire.

Ça ne va pas, se dit-il. Ça n'a qu'à rester là.

Je préfère aller faire la fête.

Hundudden

“Et qui donc a été trouvé mort dans le bateau, si ce n’est pas Viggo ?”

Jeanette a sa petite idée et décroche à nouveau son téléphone.

Gullberg, de la police de Scanie, répond après sept longues sonneries. Elle lui explique la situation.

Aussitôt sur la défensive, il fait ce que beaucoup font quand ils se sentent menacés : il passe à l’attaque. “Vous remettez en question l’autopsie ? s’irrite-t-il. Nos légistes sont très compétents.

— Avez-vous leurs rapports sous la main ?

— Oui, oui, marmonne-t-il, renfrogné. Un instant.” Elle entend des bruits de papier. “Que voulez-vous savoir ?

— Mentionne-t-on quelque part le fait qu’il avait un cancer ?

— Non… Pourquoi faudrait-il que…

— Parce qu’il était traité pour un cancer.”

Gullberg se tait. “Oh merde… Ici on lit qu’il était en pleine forme pour son âge. Un physique de quinquagénaire, à part un certain surpoids…

— Il avait presque quatre-vingts ans.”

Gullberg se racle la gorge. Il admet s’être peut-être trompé. “Pour les accidents, on fait des autopsies rapides, dit-il. Au labo de Malmö, ils font ce qu’ils ont à faire, mais ne sont pas infaillibles. Enfin, nous n'avions aucune raison de…

— Soyez tranquille, vous n'avez pas à vous excuser. Autre chose dans ces rapports ?

— Un peu plus loin, je lis que plusieurs des plombages du mort ont été réalisés en Asie du Sud-Est."

La Thaïlande, pense Jeanette. Anders Wikström.

Le fourgon de police aux vitres teintées se gare juste derrière eux. En descend le chef du groupe d'intervention. Il donne un coup sur le côté de la carrosserie et se dirige vers Jeanette tandis que, du hayon arrière, sortent neuf policiers masqués, dans le plus complet silence. Ils se disposent par groupes de trois. Huit sont armés de pistolets-mitrailleurs, le neuvième porte un fusil de plus gros calibre.

Le chef du groupe d'intervention se présente à visage découvert, prêt à passer à l'action.

Les résultats du labo sur les échantillons de peinture ont conduit Dennis Billing à ordonner la perquisition de la villa de Dürer à Hundudden. Les informations en provenance de Scanie et la découverte possible des empreintes digitales de Dürer chez Ulrika Wendin ont achevé de le convaincre.

"Et ça, c'est nécessaire ? demande Jeanette en montrant de la tête l'homme au fusil.

— Un PSG90. Au cas où l'opération nécessiterait un tireur d'élite, répond très formellement le chef du groupe d'intervention.

— Espérons que non, grommelle Hurtig.

— Bon, alors on y va, dit Jeanette en regardant Hurtig à la dérobée.

— Juste une question." Le chef du groupe se racle la

gorge. “Oui, tout ceci a été un peu précipité, et nous manquons d’informations. Quelle est la cible principale et à quel genre de résistance faut-il s’attendre ?”

Avant que Jeanette ait le temps de parler, Hurtig s’avance d’un pas.

“Nous pensons que le sujet numéro 1, Ulrika Wendin, une jeune femme, peut se trouver dans la maison. Nous soupçonnons le sujet numéro 2, le propriétaire de la maison, de l’avoir kidnappée et de la séquestrer. Le sujet numéro 2 est un vieil avocat de quatre-vingts ans. Quant à ses capacités de résistance, nous n’en avons pas la moindre idée.”

Jeanette donne un coup de coude à Hurtig. “Arrête ça, siffle-t-elle entre ses dents avant de se tourner vers le chef du groupe d’intervention. Désolée pour mon collègue. Des fois, il est un peu fatigant. Mais en gros il vous a résumé la situation. Nous soupçonnons le propriétaire, l’avocat Viggo Dürer, de séquestrer ici Ulrika Wendin. Bien entendu, il peut être armé, mais nous n’en savons rien.

— Bien, fait le chef avec un sourire crispé. Alors on y va !” Et il rejoint ses subordonnés à petites foulées.

“Arrête avec cette attitude.” Jeanette se place à côté du fourgon en attendant que les policiers lourdement armés entrent les premiers dans la maison. Le chef lève la main droite pour attirer l’attention de ses hommes et donner ses ordres. “Alpha prend la façade et l’entrée principale. Bêta couvre l’arrière et Charlie sécurise le garage sur le flanc du bâtiment. Des questions ?”

Les policiers masqués se taisent.

“Alors c’est parti !” fait-il en abaissant le bras.

Jeanette entend Hurtig murmurer tout seul : *“Jawohl mein Führer”*, mais elle n’a pas la force de faire un commentaire.

Ensuite, tout va très vite. Le premier groupe force la grille d'entrée au moyen d'une puissante cisaille puis remonte rapidement la pelouse jusqu'à l'entrée, où les hommes se placent de part et d'autre de la porte. Le deuxième groupe prend le bâtiment à revers tandis que le troisième se dirige vers le garage. Jeanette entend des bris de verre, et des cris, *Police ! Tout le monde à terre ! Pas de résistance ou nous tirons !* Jeanette avance jusqu'à la grille pour attendre de pouvoir entrer à son tour quand une sirène assourdissante se met à hurler. Elle se bouche les oreilles. Au bout d'une demi-minute, le hurlement cesse.

"Rez-de-chaussée sécurisé !" entend-on crier dans la maison. Hurtig s'approche. "Pardon, c'était idiot de ma part. Au fond, je les aime bien, ces gars, mais des fois, ils en rajoutent un peu dans le style dur à cuire.

— Je vois ce que tu veux dire, dit-elle en lui caressant légèrement le bras. Entre eux et la racaille, la différence est parfois subtile. Un peu trop de hooligans des deux côtés, tout simplement."

Hurtig hoche la tête.

"Étage sécurisé !"

"Garage sécurisé !"

Jeanette voit le chef ressortir et leur faire signe que la voie est libre.

"La maison est vide, mais était sous alarme, dit-il quand Jeanette et Hurtig arrivent en bas du perron. Une bonne vieille alarme qui fait juste un boucan du tonnerre, sans alerter de société de gardiennage. Efficace autrefois, mais plus maintenant.

— Sinon, tout est sous contrôle ?

— Oui. Pas de fille au rez-de-chaussée ni à l'étage. Le sous-sol est vide, mais nous vérifions qu'il n'y ait pas de caches."

Les six policiers masqués entrés dans la maison ressortent sur le perron.

"Rien, dit l'un d'eux. Vous pouvez y aller."

Rien, rien de rien, se dit-elle en franchissant le seuil, suivie de Hurtig, tandis que les policiers se rassemblent sur la pelouse.

Ils pénètrent dans un hall sobrement meublé, puis dans un séjour. La maison sent le renfermé, une fine couche de poussière couvre d'une pellicule mate tous les meubles et bibelots. Le long d'un mur, un groupe de lourds fauteuils en cuir brun foncé, devant une table chargée de vieux livres et de liasses de papiers. Dans un coin, un piano. Les murs sont couverts de tableaux et d'estampes. La plupart avec des sujets médicaux. Dans une vitrine, un crâne à côté d'un oiseau empaillé. Jeanette trouve que la pièce ressemble à un musée.

Jeanette passe le doigt sur le bord de la table en traçant une marque noire dans la poussière blanche.

"Ça fait longtemps que personne n'a fait le ménage, ici, constate-t-elle.

— Et peut-être même longtemps que personne n'est venu tout court", ajoute Hurtig.

Jeanette s'approche d'une bibliothèque et en sort un livre. Un manuel de médecine légale. Publié en 1994 par l'institut de médecine légale de l'université d'Uppsala.

"Si elle est authentique, ça doit avoir beaucoup de valeur", dit Hurtig. En se retournant, Jeanette voit qu'il regarde une vieille icône russe accrochée au-dessus du gros piano noir. Il enfonce distraitement quelques touches. Jeanette entend qu'il est désaccordé.

"On continue", dit-elle en ressortant dans le hall pour gagner la cuisine. Hurtig referme bruyamment le couvercle du piano et lui emboîte le pas.

La cuisine sent autant le renfermé, avec une forte touche de détergent.

“Chlorine, dit Hurtig en reniflant. Ma mère utilisait ça pour nettoyer la cuisine et les toilettes. Elle l’avait appris d’une tante par alliance, originaire de Pologne. La vieille avait une telle phobie des microbes qu’elle l’utilisait chaque fois que mon oncle prenait un bain. Après trente ans d’astiquage à la chlorine, tout l’émail était parti. La baignoire était propre, bien sûr, mais la fonte affleurait partout. Je me souviens que je trouvais ça dégoûtant.”

En l’écoutant, Jeanette constate que la cuisine non plus ne présente pas le moindre intérêt. Elle ressort dans le hall pour monter à l’étage. Derrière elle, Hurtig fouille parmi les casseroles.

La chambre est vide, à part une armoire et un lit sans draps ni couverture. Rien qu’un matelas nu et taché. En ouvrant la porte de l’armoire, Jeanette entend Hurtig qui l’appelle d’en bas. Avant de descendre le rejoindre, elle inspecte les cintres où pendent, bien rangés, robes, chemisiers et tailleurs. Un sentiment étrange l’envahit en découvrant une collection de sous-vêtements féminins vieillots. Des corsets, des porte-jarretelles en synthétique ou en viscose et des culottes en grosse toile de lin.

Qui porterait de son plein gré ce genre de sous-vêtements inconfortables et malcommodes ?

Elle referme l’armoire, quitte la chambre et redescend.

Dans la cuisine, Hurtig fouille dans un des tiroirs. Il a posé plusieurs objets sur le plan de travail.

“On trouve des trucs vraiment bizarres dans ce tiroir à couverts, dit-il en montrant à Jeanette les outils alignés : quelques pinces, une petite scie et plusieurs pincettes de tailles diverses. Et ça, c’est quoi ? demande-t-il en tenant une tige de bois terminée par un petit crochet.

— Bizarre, mais pour le moment pas illégal, dit-elle. Viens, on descend au sous-sol.”

Dans la cave, où règne une odeur de moisi, rien d'autre qu'un carton de pommes à moitié pourries, deux cannes à pêche et une palette de huit sacs de ciment. À part ça, les quatre autres pièces humides sont vides. Jeanette ne comprend pas qu'il ait fallu plus de dix minutes à six policiers pour s'assurer qu'il n'y avait pas de caches.

C'est une Jeanette déçue suivie d'un Hurtig non moins frustré qui rejoint dehors les hommes de la force d'intervention et leur chef.

“Bon, il ne reste plus que le garage, avant de rentrer chez nous”, dit-elle en prenant distraitement le chemin du bâtiment qui jouxte la maison.

Un des hommes armés vient à sa hauteur et remonte sa cagoule au-dessus de sa bouche. “Tout ce qu'on a remarqué en forçant la porte, c'est que la fenêtre était cassée.” Jeanette a du mal à savoir si elle doit regarder la bouche qui lui parle ou les deux yeux bruns qui la fixent à travers les trous de la cagoule.

“La vitre a probablement été brisée avec la clé anglaise que nous avons retrouvée jetée de l'autre côté”, continue le policier. Jeanette décide de se concentrer sur ses yeux. “Nous l'avons mise sous plastique pour analyse. Oui, il peut y avoir des empreintes dessus, même si c'est sûrement un garnement du voisinage.”

Jeanette regarde Hurtig, qui hausse les épaules, l'air gêné. “Oui, j'ai oublié de le récupérer”, chuchote-t-il à Jeanette, qui espère qu'il n'y aura pas besoin de faire des analyses ADN sur l'outil.

Un des policiers passe devant et ouvre la porte du garage, tandis que les autres s'alignent derrière. En entrant dans la pièce dénudée, Jeanette voit Hurtig, tout honteux, s'approcher du policier qui tient la clé anglaise sous plastique. Hurtig dit quelque chose, se tortille puis marche sur le couvercle en béton d'un puisard, juste à côté de lui. Jeanette remarque que ce couvercle a l'air neuf : c'est sans doute la raison de la présence de sacs de ciment à la cave. Son expérience de propriétaire de maison lui a appris que les travaux de rénovation coûtent généralement deux fois plus cher que prévu, surtout parce qu'on achète trop de matériel – elle pense aux rouleaux de fibre de verre qui s'entassent dans son propre garage depuis qu'Åke a isolé le grenier pour y installer son atelier.

Elle regarde dans le garage sans même se donner la peine d'entrer. La dernière fois, elle a bien vu qu'il n'y avait qu'un gros établi et des étagères de stockage vides. Rien d'autre.

Ils regagnent la voiture. Jeanette est déçue de revenir bredouille, sans avoir avancé d'un pouce. Mais en même temps, elle est soulagée de ne pas avoir trouvé Ulrika Wendin morte dans la maison.

Hurtig s'installe au volant, démarre et prend le chemin du retour.

Ils roulent pendant les premiers kilomètres sans se parler, puis Jeanette rompt le silence.

"Alors, qu'est-ce que tu leur as dit, à propos de la clé anglaise ? le taquine-t-elle. Tu leur as dit que c'était toi qui avais bousillé la vitre ? Ou tu as dû avouer que tu ne savais pas comment on forçait une serrure ?"

Hurtig ricane. "Non, je n'ai pas eu à leur raconter le piètre serrurier que je suis, puisqu'ils m'ont dit qu'ils avaient dû utiliser une masse pour ouvrir la porte. Elle aurait été impossible à crocheter, visiblement elle était fermée au moyen d'un puissant verrou.

— Putain de merde, arrête cette voiture !" Elle crie et Hurtig pile par pur réflexe. Le fourgon juste derrière eux klaxonne rageusement mais stoppe aussi.

“Fais demi-tour, et vite, bordel !”

Hurtig la regarde, interloquée, puis manœuvre avant de repartir pied au plancher, en faisant fumer les pneus. Jeanette baisse sa vitre et fait signe de les suivre au fourgon, qui effectue aussitôt un demi-tour.

“Merde, merde, merde”, lâche-t-elle entre ses mâchoires serrées.

Nulle part

Les moments d'éveil sont les pires. Quand elle est présente et se souvient où. Lors de ses voyages intérieurs, comme en hibernation, elle ne ressent ni douleur ni peur et elle aimerait rapporter avec elle sur terre cette force spirituelle nouvellement conquise.

Mais ses réveils sont de plus en plus durs.

C'est comme si elle perdait tout en chemin, entre l'espace et la terre. Elle sait que ses nouvelles connaissances sont là, mais elle n'y a plus accès. C'est comme essayer de se souvenir d'un rêve.

Elle fait un nouvel effort avec les États américains. Au début, elle les connaissait tous sauf quatre, puis les avait tous retrouvés, sur quoi elle en avait reperdu quatre ou cinq.

Alabama, Alaska, Arkansas et Colombie-Britannique. Non, c'est une province canadienne. Et sa capitale est Columbus. Non, faux aussi.

Elle tente de parler à voix haute, mais aucun son ne sort de sa bouche bâillonnée par l'adhésif. Ses cordes vocales restent inertes.

Columbia, tente-t-elle. Warner, Columbia et NLC.

Aucun bruit, alors qu'elle crie intérieurement. Son cerveau est en train de dépérir lui aussi, comme le corps.

Warner n'est pas un État américain, ni une province canadienne. C'est aux compagnies de cinéma américaines qu'elle pense. Columbia Pictures, Warner Bros et New Line Cinema.

Elle tente de bander ses muscles, mais ne sent absolument rien. Elle n'a plus de corps, et pourtant elle a mal et elle a l'impression de se déplacer, car elle entend un bruit de peau qui racle sur du bois. Un grincement sec, âpre. Elle ne peut pas non plus bouger la langue et se doute que la fin approche, que son corps est en train d'être anéanti.

Warner Bros, NLC, New Line Cinema.

Elle revoit des scènes du film *Seven* avec Brad Pitt et Morgan Freeman, distribué par la compagnie NLC.

Elle l'a regardé très souvent sur son ordinateur : un os à ronger pour son cerveau, elle essaie de se souvenir des sept pêchés capitaux dans l'ordre où ont lieu les meurtres, d'abord la gourmandise, quand le tueur force un obèse à manger jusqu'à en crever.

Puis l'avarice, où un homme d'affaires est vidé de son sang.

Ensuite la paresse…

Elle ne va pas plus loin, car elle comprend soudain ce qu'on pense faire d'elle.

Dans le film, l'homme puni pour sa paresse est attaché à un lit dans le noir, et elle frémit en y songeant.

Sa peau grisâtre à moitié déchirée par le crâne, les veines et les articulations à moitié saillantes, l'aspect de ces cadavres retrouvés ici ou là dans les tourbières : vieux de mille ans, mais à l'expression du visage intacte.

Ressemble-t-elle à ça ?

Tandis qu'elle revoit le cadavre sur son lit dans *Seven*, elle croit entendre à nouveau ce grondement. Elle s'étonne de voir devant elle un grand bloc de métal vibrant et non un ascenseur ordinaire.

Dans le film, des centaines de sapins déodorants pendent au-dessus du lit pour purifier la pièce de la puanteur du corps. À un moment, la police fait irruption : ce sont peut-être leurs pas qu'elle entend à présent. Brad Pitt et Morgan Freeman.

Des pas lourds, de plus en plus forts.

Elle écarquille les yeux dans le noir. La traînée lumineuse au plafond, la Voie lactée, est rapidement avalée par l'obscurité environnante. Elle entend alors un raclement, puis un choc métallique si violent que ses oreilles se bouchent.

La police est là, se dit-elle. Ils ouvrent la porte pour me libérer.

Quand Brad Pitt et Morgan Freeman trouvent l'homme dans le lit, il est encore vivant, mais le légiste les prévient que son corps est si faible que la simple lumière d'une lampe de poche suffirait à le tuer.

La lumière qui entre à présent dans la pièce où est attachée Ulrika Wendin est si forte qu'il lui semble que sa cornée s'embrase.

Hundudden

La porte du garage de Viggo Dürer était impossible à ouvrir car un gros verrou la bloquait de l'intérieur. Le garage était vide, pas d'autre porte, une seule fenêtre si petite qu'un enfant n'y serait pas passé.

C'est l'énigme policière classique, dont *Double assassinat dans la rue Morgue* d'Edgard Allan Poe est sans doute l'exemple le plus connu.

La pièce close.

Quand, dans la voiture, Hurtig a parlé de la difficulté à ouvrir cette porte, ça a été le déclic pour Jeanette : il y avait forcément une autre entrée. Hurtig et elle sont à présent dans le garage en compagnie du chef du groupe d'intervention. Quand elle a fini d'exposer son raisonnement, ils se retournent tous les trois vers les solides étagères de stockage en bois. C'est derrière elles qu'une porte doit se cacher.

Le chef ordonne d'aller chercher des pieds-de-biche, et deux policiers masqués disparaissent en direction du fourgon, resté garé sur la route.

Jeanette examine de près la structure des étagères. Les montants sont robustes, épais d'au moins cinq centimètres, attachés sur leur face interne par une trentaine de gros rivets à des glissières métalliques fixées au mur du fond, au sol et au plafond, comme un grand cadre de métal rectangulaire. Soudain, il paraît évident que la structure a été fixée depuis l'autre côté : plusieurs grosses vis sortent des glissières. Elle n'aurait pas dû se contenter de constater que le garage était vide, soupire-t-elle. Elle a peut-être à présent perdu un temps précieux.

Les deux policiers reviennent, munis chacun d'un pied-de-biche, et entreprennent aussitôt de faire sauter les rivets. Derrière apparaissent bientôt des rainures dans le béton, sans doute les contours d'une porte. Un troisième policier tire sur une des vis, et la porte craque en s'ouvrant de quelques centimètres. Encore quelques secousses et elle bâille d'une dizaine de centimètres.

Ulrika, pense Jeanette. Un bref instant, elle imagine le spectacle atroce qui les attend derrière. Le corps d'Ulrika Wendin, emmuré vivant. Mais l'image s'évanouit quand la porte s'ouvre en grand, sous le coup de boutoir du policier.

Là-dedans, une étroite niche dans le mur, à peine cinquante centimètres de profondeur, et un escalier très étroit qui plonge dans le noir vers la gauche. Au plafond de la niche pend un crochet. Elle sent la tension monter dans toutes les fibres de son corps.

Le groupe d'intervention prend le relais.

L'officier disparaît avec deux de ses hommes les plus expérimentés et, après ce qui paraît avoir duré au moins dix minutes, on entend une voix sortir du trou : "Cave sécurisée !"

Jeanette et Hurtig se dépêchent de descendre par l'étroit escalier, saisis à la gorge par une odeur sèche de renfermé. Rien, se répète Jeanette. Ils n'ont rien trouvé là-dessous.

Elle revoit Ulrika Wendin. Son visage, sa voix, ses gestes. S'ils l'avaient trouvée par ici, vivante ou morte, ils n'auraient pas déclaré la cave sécurisée.

L'escalier mène à une pièce presque carrée, d'environ cinq mètres sur cinq, avec une porte fermée à l'autre extrémité. Une ampoule pend du plafond au bout d'une chaîne, deux grandes cages à chiens sur le sol, les murs entièrement tapissés de cartes, photos, coupures de presse et des couches superposées de papiers de différentes tailles.

"Putain…", gémit Hurtig à la vue des cages, et Jeanette comprend qu'il pense à la même chose qu'elle.

Des jouets divers pendent à des ficelles, Jeanette en dénombre une vingtaine, dont un petit chien en bois à roulettes et un bouquet de poupées Bratz déglinguées. Mais la première impression est cette accumulation de papiers et encore de papiers. *L'homme aux petits papiers*, se dit-elle.

Viggo Dürer est l'homme aux petits papiers. Comment Sofia a-t-elle pu voir si juste ?

Dans la pièce, il y a aussi une petite étagère où s'alignent des boîtes et des bouteilles, et un placard bas, ouvert, avec encore d'autres épaisses liasses de papiers. Posés dessus, deux singes miniatures, l'un avec des cymbales, l'autre avec une caisse claire.

Elle regarde de plus près les bouteilles sur l'étagère. Certaines portent des symboles chimiques, d'autres des étiquettes en cyrillique, mais elle devine leur contenu. Elles ont beau être fermées, il s'en dégage une odeur âcre.

"Des fluides d'embaumement", murmure-t-elle en se tournant vers Hurtig, qui a encore pâli.

La porte du fond s'ouvre. "Nous avons trouvé l'autre entrée, ainsi qu'une autre petite pièce", dit le chef du groupe d'intervention. Il lui semble que sa voix tremble. "On dirait…", il s'interrompt et ôte sa cagoule, "… un séchoir ou quelque chose comme ça…" Son visage est blanc comme la craie.

Un séchoir ? songe Jeanette.

On leur indique un couloir étroit, à peine un mètre de large, entre six et sept mètres de long. Il est entièrement en béton et s'arrête net au pied d'une échelle d'incendie qui conduit à une trappe au plafond. Un rai de lumière tombe sur le métal luisant de l'échelle.

Au milieu du mur de gauche, une porte métallique.

"Le séchoir ?" Jeanette montre la porte et le chef du groupe d'intervention hoche la tête.

"La trappe débouche derrière la maison, dit-il alors pour détourner leur attention de cette porte close. Vous avez peut-être remarqué…

— … le puisard ? le coupe Hurtig. J'ai marché dessus voilà moins d'une demi-heure.

— Exact, dit l'officier, si nous l'avions ouverte de l'extérieur, nous n'aurions vu qu'une grille avec un trou obscur en dessous."

Jeanette va voir au bout du couloir. Un mètre au-dessus de sa tête, une grille ouverte et, encore un mètre plus haut, le couvercle du puisard, tiré sur le côté. Dans l'ouverture en forme de demi-lune, les silhouettes de deux policiers se dessinent sur le ciel nocturne, et il lui semble entendre quelqu'un pleurer.

Elle se tourne vers Hurtig et l'officier, restés devant la porte métallique. "Je l'ouvre, dit-elle. Pourquoi est-elle fermée, au fait ?"

L'officier se contente de secouer la tête en inspirant profondément. "Bordel, c'est quoi, tout ça ? dit-il lentement. Qui c'est ce malade ?

— Nous savons qu'il s'appelle Viggo Dürer, répond Hurtig, à peu près de quoi il a l'air, mais pour le reste nous ne savons pas quelle sorte d'homme…

— Ce n'est pas un homme, celui qui a fait ça, l'interrompt l'officier. C'est autre chose."

Ils se regardent sans rien dire.

Chacun prisonnier de sa propre impuissance. On n'entend plus que le vent sur le toit du garage et le bruit que font les hommes dehors.

Ce qu'ils ont vu les a effrayés au point qu'ils hésitent à nous le montrer, se dit Jeanette, soudain hésitante. Elle songe à sa plongée en enfer du jour, à la criminelle.

Hurtig pousse légèrement la porte.

"Il y a un interrupteur juste à droite de la porte, dit l'officier. Il y a malheureusement des néons pour éclairer ça." Puis il tourne les talons, et la porte métallique s'ouvre lentement.

Convaincue que l'hésitation et la réflexion sont des pertes de temps, Jeanette allume aussitôt et fait un pas. En une fraction de seconde, son cerveau prend toute une série de décisions instinctives qui la conduisent à porter un regard purement rationnel sur ce qu'il y a dans la pièce.

D'abord enregistrer tout ce qu'elle voit, puis elle refermera cette porte et s'en remettra pour le reste à Ivo Andrić.

Le temps s'arrête pour elle.

Elle enregistre qu'Ulrika Wendin n'est pas dans la pièce, ni aucune autre personne vivante. Elle enregistre aussi qu'il y a deux gros ventilateurs de part et d'autre de la pièce, et quatre filins métalliques tendus en travers. Elle enregistre ce qui pend aux filins et ce qui est posé par terre, au centre de la pièce.

Puis elle referme la porte.

Hurtig, qui a reculé de quelques pas, est adossé au mur de béton, mains dans les poches, regard à terre. Jeanette remarque que ses mâchoires bougent, comme s'il mâchait quelque chose, et il lui fait pitié. Le chef du groupe d'intervention se retourne en entendant la porte se refermer, et soupire en s'essuyant le front du revers de la main, sans un mot.

Quand l'équipe médicolégale arrive, Ivo Andrić en tête, Jeanette et Hurtig regardent tous ces jeunes visages intacts avec tristesse et compassion. Même si le lot des assistants se limite à l'antichambre du musée de Dürer, juste des coupures de journaux, quelques vieux jouets et des bouts de papiers, ils verront forcément aussi l'innommable dans le séchoir.

Munis chacun d'une paire de gants en plastique, Jeanette et Hurtig jettent un premier coup d'œil à l'énorme masse de documents. Au bout d'un moment, c'est comme s'ils avaient convenu par une entente tacite de ne pas parler de ce qu'ils ont vu dans l'autre pièce. Ils savent ce qui s'y trouve, et Ivo Andrić leur fournira des réponses en temps voulu. Ça suffit.

Encore une fois, Sofia avait raison, pense Jeanette. L'exposition d'une collection rétrospective de castrations, qui parle d'une identité sexuelle perdue. Oui, pourquoi pas ?

Elle ressent la même lourde lassitude qu'après avoir visionné les films à la criminelle, et se force à entrevoir encore un peu de lumière. Par exemple l'espoir qu'Ulrika Wendin est encore en vie. Cette pensée réconforte Jeanette.

Ils photographient le matériel et font un classement grossier de son contenu. L'examen plus approfondi aura lieu ultérieurement, et d'autres s'en chargeront : il est donc important de ne pas oublier l'impression première, tant qu'on a le regard relativement vierge.

En première approche, on peut distinguer des coupures de journaux et de magazines, des documents manuscrits, de la note à la longue lettre, et des artefacts, principalement des jouets. Une autre catégorie est constituée de copies d'articles ou d'extraits d'ouvrages. Dans la plupart des cas, il est impossible de distinguer les souvenirs personnels de la documentation sur le crime, ce qui complique le classement.

Les bouteilles et les boîtes des étagères sont l'affaire des techniciens, et Jeanette les ignore. Elle sait cependant en gros ce qu'elles contiennent : formol, formaldéhyde et autres liquides analogues utilisés pour l'embaumement.

Hurtig et elle ne touchent pas non plus aux cages à chiens au milieu de la pièce, ni à la grille d'écoulement, même s'il leur arrive de lorgner dans cette direction.

Ils travaillent vite, avec une certaine distance vis-à-vis de ce qu'ils voient. C'est pour cette raison que Hurtig réagit à peine quand il tombe sur une planche illustrant les instruments utilisés pour l'embaumement – et reconnaît les outils découverts dans le tiroir de la cuisine. Une pince, une scie, une pincette et enfin une tige terminée par un crochet.

Ils mettent la main sur plusieurs articles de journaux concernant les trois garçons de Thorildsplan, de Danvikstull et de l'île de Svartsjö, alors qu'il n'y a apparemment rien sur le quatrième garçon retrouvé voilà quelques jours au port de Norra Hammarby, du moins à première vue.

Ce qui est frappant, ce sont les nombreuses coupures provenant de médias soviétiques et ukrainiens. Difficile de savoir de quoi il y est question : ni Jeanette ni Hurtig ne lisent le cyrillique, et ces articles sont presque tous sans illustration. Il s'agit d'une petite centaine d'articles et de notices plus courtes, datés entre le début des années 1960 et l'été 2008. Il faudra tout scanner pour l'envoyer à Iwan Lowynsky, de la Sécurité ukrainienne.

Jeanette décide de cesser le classement et tombe d'accord avec Hurtig : ils ont eu leur dose pour aujourd'hui, la vision d'ensemble attendra.

Encore juste une chose, se dit-elle.

Devant le placard aux singes, elle regarde une photo punaisée au milieu du mur. Elle lui dit quelque chose. Cela lui rappelle les films qu'elle a vus à la criminelle : c'est bien la même personne qu'elle voit à présent en photo. Probablement Viggo Dürer, assis dans la véranda d'une maison, un endroit qu'elle reconnaît.

Elle décroche la photo du mur, s'assoit avec par terre et regarde Hurtig avec des yeux qu'elle imagine injectés de sang et éteints.

"Tu as envie de retourner au boulot ? demande-t-elle.

— Pas vraiment.

— Moi non plus. Mais je ne peux pas rentrer, je ne veux pas me retrouver seule et, pour être franche, je ne me sens pas de voir Sofia. Je crois bien que la seule personne que je peux supporter pour le moment, c'est toi."

Hurtig semble presque gêné. "Moi ?

— Oui, toi."

Il sourit. "Je n'ai pas non plus spécialement envie d'être seul ce soir. D'abord la criminelle, puis ça…"

Soudain, elle se sent proche de lui, d'une façon nouvelle. Ils ont vraiment passé une journée en enfer ensemble.

"On dort au boulot ce soir, lâche-t-elle. Qu'est-ce que tu en dis ? On achète quelques bières, et on se détend. Tout ça, on s'en fout, on n'en parle même pas. On oublie tout ce merdier, juste une soirée ?"

Il éclate d'un rire étouffé. "D'accord. Pourquoi pas.

— Parfait. Mais avant de nous mettre en congé, je dois appeler von Kwist. Merde, il va falloir qu'il se botte le cul et aille au boulot, malade ou pas. Pour Viggo Dürer, il faut lancer un avis de recherche national. Et puis je voudrais vérifier cette photo." Elle montre à Hurtig la photo qu'elle vient de détacher du mur.

Klippgatan, premier escalier

Après le Tournesol, Sofia descend vers le port de Norra Hammarby. La Somnambule n'y retournera jamais et elle veut voir l'endroit une dernière fois.

Elle s'assied un moment au bord du quai. Cherche à comprendre ce qui l'a poussée à toujours revenir là. Un peu plus loin, un périmètre est bouclé par la police et quelques techniciens sont à pied d'œuvre. Elle se demande ce qui s'est passé. Peut-être quelqu'un a-t-il sauté du pont ? Cela arrive. Dix minutes plus tard, elle regagne sa voiture et prend le chemin de chez elle.

Sans savoir qu'elle est suivie.

Elle se gare près de Londonviadukten, remonte Folkungagatan et, au moment où elle traverse Erstagatan, un choc puissant soudain retentit.

Un homme est debout près de sa voiture quelques mètres derrière elle. Il vient de claquer son coffre et regarde avec étonnement dans sa direction tandis qu'il le ferme à clé.

Calme-toi, Sofia, se dit-elle. C'est fini.

Mais non. Pas vraiment.

Au moment où elle tourne dans Klippgatan retentit un autre bruit qui lui paraît anormalement fort.

C'est la cloche de la porte de la boutique du quartier, au coin de la rue. Le propriétaire sort en compagnie d'une vieille femme toute voûtée.

"Fais attention, Birgitta, dit-il. Les escaliers qui montent à l'église peuvent être glissants."

La femme a un chignon gris. Elle marmonne quelque chose avant de se tourner pour fourrer deux magazines dans son sac à main.

Sofia la regarde fixement. Ce n'est pas possible, pense-t-elle.

Le visage de la femme est penché, l'enseigne lumineuse le plonge dans l'ombre, mais Sofia reconnaît le cou rond et le petit creux des fossettes aux joues.

Elle se souvient y avoir mis le doigt, avoir ri.

Les jambes de Victoria tremblent quand la femme s'engage dans Klippgatan, en direction de l'église de la reine Sophie. Le dos familier, les hanches rondes, le chignon serré et le pas chaloupé.

Elle fait quelques pas derrière elle, mais ses jambes la portent à peine.

Les magazines féminins dépassent du sac à main : Victoria sait qu'ils vont rester quelques jours sur la table basse devant la télévision avant d'être lus. Puis passeront aux toilettes et y resteront le temps que les mots croisés soient résolus.

Tu n'existes pas, pense-t-elle. Tu n'es que le fruit de mon imagination. Disparais.

Elle peut encore sentir la chaleur de l'incendie sur son visage, entendre les poutres du toit crépiter et craquer avant de s'effondrer avec fracas dans la cave. Bengt et Birgitta Bergman sont enterrés à Skogskyrkogården dans une urne de merisier rouge sombre. Ils devraient l'être, en tout cas.

Au pied du premier escalier, la femme s'arrête devant une poubelle, commence à fouiller dedans et trouve une cannette de bière qu'elle se dépêche de récupérer. En s'approchant, Victoria voit que sa robe de laine marron est sale et élimée à plusieurs endroits, que ses chaussures sont souillées et usées.

La vieille entreprend alors péniblement de gravir les marches de Klippgatan, en se tenant à la rampe. Comme dans l'escalier à la maison. Celui qu'elle passait son temps à faire semblant de nettoyer.

Victoria la suit.

Attrape la rampe froide et remonte dans le temps. "Il faut qu'on parle, dit-elle. Tu ne peux pas juste t'en aller comme ça, sans m'expliquer ce qui se passe. Tu es morte. Tu ne comprends donc pas ?"

La femme se retourne.

Ce n'est pas elle. Bien sûr que non.

La femme la regarde un moment, sur ses gardes, puis se détourne et continue de monter les marches jusqu'à l'allée de gravier du petit parc.

Victoria reste seule, mais à seulement quelques mètres, au pied de l'escalier, se trouve une personne de tout aussi seule.

Quartier Kronoberg

L'enfer, pour le procureur Kenneth von Kwist, c'est un coup de téléphone qui le dérange, une flûte de champagne à la main, devant le restaurant de l'hôtel de police, en grande conversation avec la directrice de la police à qui il explique l'importance de bien choisir son moment pour tailler ses géraniums.

Le procureur ne connaît rien au jardinage mais, à force, il a appris à faire la conversation : commencer par poser des questions, puis utiliser les informations recueillies pour lancer une affirmation générale et consensuelle. Certains appellent cela de la flagornerie, mais von Kwist y voit un talent social.

En entendant sonner son téléphone, il s'excuse, pose son verre et s'éloigne. Avant de répondre, il a déjà décidé d'affirmer en revenant que février est un bon mois pour tailler les plantes en pot, mais avec précaution.

En voyant s'afficher le nom de Jeanette Kihlberg, son ventre se noue. Il n'aime pas lui parler. Elle porte la poisse.

“Allô ? répond-il, en espérant que ce sera bref.

— Il faut lancer un avis de recherche pour retrouver Viggo Dürer”, dit Jeanette sans se présenter, ce qui l'irrite. C'est la moindre des politesses de commencer par dire qui on est. Et puis le procureur comprend qu'il n'est pas près de regagner la fête et cette agréable conversation sur le jardinage.

"Nous pensons que Viggo Dürer est vivant et je veux un avis de recherche national, continue-t-elle. Priorité maximale. Aéroports, ferries, frontières...

— Minute, papillon ! la coupe-t-il en jouant les idiots. Qui est à l'appareil ? Je ne reconnais pas le numéro."

Merde alors, songe-t-il. Viggo Dürer en vie.

"C'est moi, Kihlberg. Je reviens de la baraque de Dürer, à Djurgården.

— Mais le corps qu'on a retrouvé sur le bateau ?

— Ce n'est pas encore vérifié, mais ça pourrait être Anders Wikström.

— Et qui c'est, ce type ?

— Vous devriez savoir. Son nom apparaît dans l'enquête sur Karl Lundström."

Jeanette Kihlberg marque une pause et il saisit l'occasion pour temporiser. "Allons bon..., dit-il aussi lentement qu'il peut, madame la commissaire, sur quoi vous fondez-vous pour vouloir prendre une mesure aussi drastique que l'utilisation du chapitre XXIV, paragraphe 7, du Code de procédure pénale ? Deuxième alinéa ? Madame la commissaire ne serait-elle pas une fois de plus allée un peu vite en besogne ?"

Il l'entend respirer et s'amuse de la sentir sur le point d'exploser. Il poursuit, encore plus lentement, tandis qu'il voit arriver Dennis Billing. "Enfin, depuis le temps, on se connaît bien, et soyons honnêtes, madame la commissaire : plus d'une fois on s'est avancés sans en avoir assez sous le coude, et il a fallu aller à Canossa en s'en mordant les doigts." Il est sur le point d'ajouter "ma petite", mais il se retient et, à son grand étonnement, il entend Jeanette éclater de rire.

“Toujours le mot pour rire, Kenneth”, dit-elle. Déception : il s’attendait à la voir monter sur ses grands chevaux et se prendre les pieds dans une harangue féministe à rallonge.

Le champagne l’a mis en train et il n’aurait pas craché sur une prise de bec rafraîchissante au sujet de l’existence ou non du sexisme. Pour sa part, il n’y croit pas et trouve ça absurde. Une théorie imaginaire inventée par une basse-cour de poivrotes aigries. Mais avant qu’il ait le temps de décocher une réplique bien sentie, Jeanette continue, sans le moindre signe d’énervement. “Ce que nous avons trouvé sous le garage de Dürer rendrait vert de jalousie votre meurtrier préféré, Thomas Quick. Mais à la différence de son cas, nous avons du lourd, si vous voyez ce que je veux dire ? Je parle de fragments de corps, d’instruments de torture et d’équipements pour des putains d’expériences médicales. Et d’après ce que j’ai vu, pour Dürer, il ne s’agit pas d’un ou deux meurtres. Il faut plutôt les compter par dizaines et arrondir vers le haut. Pour moi, aucun doute, on a trouvé notre homme. Il a tout documenté. Le gros lot !”

Sa tête se met à tourner. “Vous pouvez répéter ?”

Le procureur Kenneth von Kwist respire profondément, cherche des questions pertinentes, des objections juridiques appropriées, des contradictions substantielles dans son analyse de la situation, n’importe quoi pour justifier son désir de différer l’avis de recherche de Dürer.

Mais sa tête est vide.

Comme si un rideau de fer l’empêchait de parler. Il sait ce qu’il veut dire, mais sa bouche ne bouge pas. Comme si l’armée de ses neurones s’était mutinée et refusait tout simplement d’obéir aux ordres : le téléphone collé à l’oreille, il ne peut qu’écouter en silence

Jeanette Kihlberg débiter son boniment. Elle est pire qu'un furoncle au cul, se dit-il. Et ce foutu Dürer, à quoi il joue ?

Des fragments de corps ?

Pour le procureur, l'association est directe et logique : il songe aussitôt à la main desséchée. Mais son nouveau médicament et l'alcool l'aident à se contenir. L'ivresse l'empêche de perdre complètement contenance, même s'il commence à se sentir très mal.

"Ivo Andrić et l'équipe du labo sont toujours sur place. J'ai bouclé le périmètre et ordonné le silence radio. On n'utilise que des lignes privées, et interdiction de faire état de notre découverte. À ce stade sensible, il ne faut pas que la presse s'en mêle. Il n'y a pas de voisins directs, mais les gens du coin commencent à s'inquiéter de tout ce va-et-vient, on n'y peut rien."

Elle marque une pause. Von Kwist serre le poing dans sa poche en espérant qu'elle a enfin terminé, qu'il va pouvoir rejoindre les autres convives. Tout ce qu'il veut, c'est s'amuser, boire aux frais de la princesse et manger des petits-fours avec ses collaborateurs et collègues.

Je vous en prie, faites que ça s'arrête, supplie-t-il le Dieu auquel il a tourné le dos à quinze ans, après une dispute avec le pasteur qui le préparait à sa confirmation, pour ne jamais plus revenir vers Lui. Mais celui à qui il adresse sa prière est myope, sourd, ou simplement inexistant, car Jeanette Kihlberg continue. Les jambes en coton, le procureur va s'asseoir sur la chaise la plus proche.

"Je considère donc qu'un avis de recherche est absolument nécessaire, continue Jeanette. Je veux votre aval mais, comme j'entends que vous êtes à une fête dont vous avez sans doute du mal à vous extraire, on peut attendre pour la paperasse. Vous avez le choix : me faire confiance ou expliquer demain matin à votre chef pourquoi l'avis de recherche a tant tardé. À vous de voir."

Enfin elle se tait. Il entend un violent coup de frein, suivi des jurons de son collègue Jens Hurtig.

"Donc aucun doute qu'il s'agit bien de Dürer ?" Le procureur, sur sa chaise, a repris du poil de la bête, recouvré l'usage de la parole et veut jusqu'au bout croire à la possibilité d'un autre coupable, mais la réponse fuse aussitôt, sans ambiguïté, même pour un sceptique.

"Non." Le procureur von Kwist comprend alors que c'est son tour de partir pour Canossa, et qu'il n'a pas fini de s'en mordre les doigts.

"Bon, d'accord, vous avez ma bénédiction pour prendre toutes les mesures que vous jugerez nécessaires." Il se tait, et cherche une réplique pour retrouver confiance en lui et repousser le spectre du calvaire qui l'attend. "Même si vous en brûlez d'envie, attendez quand même pour mettre Dürer sur la liste des individus les plus recherchés du FBI." C'est tout ce qu'il trouve à dire, mais il est déçu : sa réplique n'a pas fait mouche.

Dennis Billing s'approche de lui avec deux verres de mousseux, et le procureur s'apprête à terminer cette maudite conversation.

Mais il ne sait pas quoi dire. Comme pris dans un piège à renard. Plus il se débat, plus il s'enferre.

"Pour le FBI, j'attendrai demain, dit Jeanette Kihlberg. Après, Dürer finira de toute façon sur leur liste, que vous le vouliez ou non." Il l'entend respirer à fond et pousser un soupir démonstratif. "Et à propos du voyage d'Henri IV à Canossa, reprend-elle en imitant son ton de donneur de leçons, il me semble que la recherche historique récente considère cet épisode comme un coup de maître de l'empereur, car c'est lui qui, à la fin, tire son épingle du jeu, et non le pape corrompu Grégoire VII.

Corrigez-moi si je me trompe : c'est vous l'historien, n'est-ce pas, et moi la pauvre gonzesse."

Il l'entend raccrocher et, quand le supérieur de Jeanette, Dennis Billing, lui donne une tape dans le dos en lui tendant un verre, il bout de colère contenue.

Putain, qui accuse-t-elle de corruption, là ?

Une fois de plus, le procureur est aveuglé par les œillères de sa suffisance.

Klippgatan, deuxième escalier

Le mythe d'Œdipe est la plus ancienne histoire de vengeance.

Quand Œdipe enfant vint consulter la Pythie, elle lui prédit qu'il tuerait son père, le roi de Thèbes, puis épouserait sa mère. Pour éviter ce destin, ses parents résolurent de le tuer. Mais l'homme chargé de cette mission eut pitié de l'enfant et décida plutôt de l'élever comme son propre fils. Ignorant tout de la prophétie, Œdipe devait finir par tuer son père et épouser sa mère, la reine veuve.

Assassinat. Trahison. Vengeance.

Tout recommence.

La famille Bergman est un serpent qui se mord la queue, et Madeleine ne veut plus faire partie de ce cercle maléfique.

À Gröna Lund, Madeleine avait trouvé Victoria Bergman et, croyant qu'elle tenait par la main son fils, son demi-frère, elle avait agi dans la précipitation.

Cette fois-ci, elle l'a trouvée au pied du pont de Skanstull, là où Viggo l'avait vue précédemment, sans se décider à prendre contact.

À présent, elle a suivi sa Mini bleue jusqu'à Södermalm.

Elle regarde de l'autre côté de la rue cette femme qui est sa mère.

Victoria Bergman.

Elle est recroquevillée, elle a l'air d'avoir froid.

Madeleine sort de la voiture, se dépêche de traverser et marche dix mètres derrière elle sur le trottoir. Elle tâte dans la poche de sa veste. Le métal froid du révolver.

Chargé, six balles. Inflexible, impitoyable, sa fonction est claire comme de l'eau de roche.

C'est la clé de sa liberté.

Un homme claque le coffre de sa voiture, ce qui fait sursauter Victoria Bergman. La porte de la boutique du coin s'ouvre alors. Une vieille femme en sort, s'arrête devant, fouille dans son sac puis se dirige vers les escaliers qui montent vers l'église.

La femme qui est sa mère suit la vieille.

Tragi-comique.

Tout le monde se suit. Madeleine réalise qu'elle a passé sa vie à suivre, un pas derrière, trop tard. Le regard fixé sur le dos de quelqu'un. Maintenant qu'elle les a rattrapés et tués, elle ne les a pourtant pas laissés derrière elle. Ils ne seront jamais derrière, toujours devant ou aux alentours, comme des visages flous, dérangeants et absurdes.

Madeleine voit que Victoria est gênée par des ampoules aux talons, tout comme elle.

Elle boite, comme si elle marchait sur des couteaux. Madeleine s'imagine dans vingt ans. Un corps mince et frêle. Jamais en repos. Une traversée de la vie inquiète et errante.

S'ils ne m'avaient pas enlevée à toi, pense Madeleine, que se serait-il passé ?

Pas de Peo. Pas de Charlotte.

Sa vie aurait-elle été meilleure ?

La femme qui est sa mère dit quelque chose à la vieille, à présent parvenue à mi-hauteur des escaliers. Mais Madeleine n'entend rien d'autre que ses souvenirs.

Charlotte qui ment au psychiatre du Rigshospitalet à Copenhague, puis la gronde sur le parking de l'hôpital.

Charlotte qui lui crache à la figure qu'elle est une enfant affreuse, non désirée, que sa vie a été gâchée le jour de son adoption.

Charlotte qui surprend Madeleine en train de visionner la cassette vidéo que ses parents adoptifs ont cachée.

Trois filles qui mangent des excréments.

Autour d'elles, des gens en masques de cochons.

Comme dans les box à la ferme de Viggo.

Comme punition pour avoir regardé le film, elle est interdite de sortie et Peo vient la voir toutes les nuits.

Quels souvenirs d'enfance aurait-elle, si elle avait grandi auprès de sa vraie mère ?

Madeleine n'est pas préparée aux sentiments qui la submergent à présent. Elle n'a pas de mots pour. Ses sentiments ont longtemps sommeillé en elle. Si longtemps que leur souvenir n'en est gardé que par son corps, sans être lié à aucun événement particulier.

Ses sentiments se manifestent par une larme qui coule sur sa joue.

Une seule longue larme de regret de ce qui n'a pas été.

La vieille femme gravit la deuxième volée de marches et disparaît dans l'obscurité.

Victoria Bergman reste là, appuyée à la rambarde. Derrière elle, la silhouette de l'église de la reine Sophie s'élève vers le ciel comme un phare puissant.

Madeleine s'approche. Du bas de l'escalier, elle regarde de derrière le dos penché.

Puis elle le voit se redresser lentement. Victoria lève la tête, sa main pâle serrant fort la rampe.

La mort a beaucoup de points communs avec la vie, songe-t-elle en saisissant le révolver dans sa poche.

La vie ne varie pas, on l'apprend assez facilement. C'est un voyage d'un cri à l'autre, où l'espoir est limité, et les mots d'explication extrêmement rares.

Victoria se retourne et, un bref instant, elles se regardent.

Les souvenirs qu'elle n'a jamais eus affluent, grandissent comme une vague prête à déferler sur une plage rocheuse.

Une unique larme pour un passé volé. Elle ressent alors une fatigue froide en comprenant qu'elle a touché le fond et qu'il ne lui reste plus que le voyage retour. Elle veut fuir ce froid, se réchauffer.

Sa tête s'emplit d'images.

Les souvenirs qu'elle aurait aimé avoir déferlent sur son passé rocailleux. Une houle qui pénètre avec un faible chuintement entre des rochers couverts d'algues, avant de refluer doucement vers le large.

Une mère avec sa fille dans les bras. La chaleur consolante d'une douce poitrine. Une main qui caresse la joue, passe dans les cheveux.

Une fille qui fait un dessin pour sa maman. Dessine un soleil qui sourit dans un ciel bleu et une fillette qui joue avec un chien dans une prairie verte.

Une maman qui ôte précautionneusement une épine du doigt de sa fille. On lui met un pansement, même si ce n'est pas la peine. Et on lui donne du chocolat chaud et des tartines au fromage.

Une fille qui revient de l'école avec un tablier qu'elle a cousu pour sa maman. Bleu avec un cœur rouge.

Les coutures sont un peu de travers, mais ça ne fait rien. Maman est fière de sa fille.

La larme se fige sur la joue de Madeleine. Une unique larme de regret absorbée par la peau, qui ne laisse qu'une trace salée, presque invisible.

Elles auraient pu s'aimer.

Auraient pu.

Mais cette possibilité leur a été volée.

Le regard de Victoria est absent, voilé par une fine pellicule de folie. Elle ne me voit pas, se dit Madeleine. Je suis invisible.

Sa main se desserre autour du révolver.

Maman, se dit-elle. Tu me fais pitié, et c'est déjà une punition suffisante de te laisser vivre. Tu es comme moi. Pas de passé et pas d'avenir. Comme la première page blanche d'un livre qui n'a pas été écrit.

Victoria Bergman commence à monter. D'abord lentement, mais bientôt d'un pas plus rapide, plus décidé. Elle parvient au premier palier, puis au second.

Puis elle a disparu, elle aussi.

Madeleine comprend qu'elle a eu raison.

Il n'y a plus rien à faire, et son corps s'affaisse, soulagé une fraction de seconde.

Désormais, pour moi, vous êtes tous morts, se dit-elle. Je pose mon sac ici. Je suis trop fatiguée, à un autre de le porter.

Il ne lui reste plus qu'une chose à faire. Babi Yar. Après, elle ne reviendra plus. Elle a également décidé d'abandonner sa langue maternelle. Elle ne prononcera plus un seul mot en suédois ou en danois. Jamais plus après ce dernier, qu'elle murmure sans que personne l'entende :

“Pardon.”

Kiev, 1941

Juifs de Kiev et des environs! Lundi 29 septembre, présentez-vous tous à 8 heures avec tous vos biens, argent, papiers, objets précieux et vêtements chauds rue Dorogozhitskaïa, près du cimetière juif. Toute absence sera punie de mort.

Père mangeait en silence. À part le mouvement régulier de sa cuillère entre la soupe et sa bouche, il était absolument immobile. Elle compta jusqu'à vingt-huit allers-retours avant qu'il pose sa cuillère sur l'assiette vide, et prenne sa serviette pour s'essuyer la bouche. Il se pencha alors en arrière, les mains jointes derrière la tête, et regarda ses frères. "Vous deux, allez dans votre chambre finir de rassembler vos affaires."

Son cœur se mit à battre fort tandis qu'elle avalait à contrecœur une dernière cuillère de soupe avec un bout de pain. La soupe de sa mère lui manquait, celle-ci avait juste un goût de terre.

Ses frères allèrent mettre leurs assiettes dans la bassine près de la cuisinière à bois.

"Commencez par laver la vaisselle, dit-il avec le ton irrité qu'elle reconnut. C'est de la porcelaine fine, peut-être qu'ils nous permettront de la garder. Ça vaut mieux que de la laisser là et de la perdre à coup sûr. Les couverts en argent vont dans la caisse en bois près de la porte." Du coin de l'œil, elle vit qu'il s'agitait sur son siège, peut-être était-il en colère après elle aussi ? Parfois il se fâchait quand elle ne finissait pas son assiette.

Mais pas cette fois. Quand ses frères commencèrent à entrechoquer la vaisselle, il lui sourit et se pencha au-dessus de la table pour lui passer la main dans les cheveux.

"Tu as l'air inquiète, dit-il. Pourtant, il n'y a aucune raison d'avoir peur ?"

Non, pensa-t-elle. Pas pour moi, mais pour vous.

Elle évita son regard. Elle savait qu'il ne la quittait pas des yeux.

"*Oj*, ma chérie, dit-il en lui caressant la joue. On va juste nous déporter. Ils vont nous mettre dans un train et nous conduire quelque part. Vers l'est, peut-être. Ou le nord, vers la Pologne. On ne peut pas y faire grand-chose. Il faudra tout recommencer, peu importe l'endroit."

Elle s'efforça de sourire, sans bien y arriver, car elle commençait à se demander si elle avait bien fait.

Elle avait vu l'affiche sur un mur en contrebas de la laure des Grottes, le couvent où ces fous d'orthodoxes s'enfermaient et passaient volontairement leur vie au pain et à l'eau, dans de petites grottes sans fenêtre, pour s'approcher de Dieu. Ils étaient fous.

L'affiche qu'avaient collée les Allemands ordonnait à tous les juifs de se rendre près de leur cimetière.

Pourquoi ne demandaient-ils pas aussi aux orthodoxes d'aller à leur cimetière ?

Voilà trois jours, personne dans la rue ne connaissait leur origine. Ils n'habitaient pas le quartier juif et n'étaient pas spécialement religieux. Mais le lendemain du jour où elle avait envoyé sa lettre aux Allemands, avec leur nom et leur adresse, tout le monde était au courant et des voisins jusque-là ses amis lui avaient craché dessus sur le chemin du marché.

Shmegege, pensa-t-elle en jetant un coup d'œil à son père tandis que ses frères allaient dans la chambre finir leurs bagages.

Elle savait qu'elle n'était pas sa fille.

Avant, elle le croyait, car avant la mort de mère personne n'en parlait, mais à présent il était bien le seul à ne pas être au courant. Même ses frères le savaient, et c'était pour cela qu'ils la frappaient quand ils en avaient assez de se battre entre eux. C'était aussi pour ça qu'ils pouvaient utiliser son corps comme ils voulaient.

Mamzer.

Pendant des années, elle avait cru que les gens chuchotaient en la regardant de travers pour autre chose, parce qu'elle était laide ou avait des vêtements déchirés, mais c'était parce qu'ils la savaient bâtarde. Elle en avait eu la confirmation un jour chez le marchand de légumes : une fille du voisinage s'était moquée d'elle et lui avait raconté que sa mère avait couché pendant dix ans avec le joli peintre, deux pâtés plus loin. Ses frères l'avaient plusieurs fois appelée *mamzer*, sans qu'elle sache ce que signifiait ce mot. Mais après cette révélation chez le marchand de légumes, elle avait compris qu'elle ne faisait pas vraiment partie de la famille.

Elle regarda à nouveau son père. La soupe était froide, elle ne pouvait plus en avaler une cuillère.

"Laisse ça, dit-il. Mais finis le pain avant qu'on s'en aille d'ici." Il lui tendit le dernier quignon sec. "Qui sait quand on nous redonnera à manger ?"

Peut-être jamais, se dit-elle en fourrant le pain dans sa bouche.

Elle se glissa dehors quand son père sortit chercher la charrette sur laquelle leurs affaires allaient être chargées. À part un gros pull, un pantalon, des chaussettes et des chaussures, affaires prises dans la valise d'un de ses frères, qu'elle portait à présent sous le bras, elle n'avait rien d'autre que le rasoir de son père.

Elle dévala les rues, sa robe volant autour de ses jambes, avec l'impression que tout le monde la regardait.

Mamzer.

Il avait beau ne pas faire encore jour, il y avait beaucoup de monde en mouvement. Le ciel était nuageux, gris sale mais, à l'horizon, un trait de rougeur matinale l'inquiétait. Elle évitait les uniformes, allemands comme ukrainiens. Ils avaient l'air de collaborer.

Où aller ? Elle n'avait pas eu le temps d'y réfléchir. Tout était allé si vite.

Essoufflée, elle s'arrêta au coin d'une rue, devant un petit café. Elle regarda autour d'elle, elle avait couru loin et ne reconnaissait rien. Il n'y avait aucun panneau au croisement. Tant pis : elle décida très vite d'entrer là pour utiliser le rasoir. En poussant la porte, elle vit que ses tibias nus étaient couverts de terre.

Elle se retrouva bientôt devant le miroir fendu des toilettes qui ne fermaient pas à clé. Pourvu qu'on ne la dérange pas. Elle commença par laver ses jambes terreuses sous la chasse d'eau des toilettes à la turque. Il n'y avait ni papier ni serviette, et pas non plus de lavabo. L'eau était presque marron.

Elle se déshabilla et, pour ne pas risquer d'être surprise nue, elle commença par enfiler le pantalon d'un de ses frères sous sa robe, qu'elle ôta ensuite et fourra en boule avec sa culotte dans la poubelle. Ensuite elle s'agenouilla, pencha la tête au-dessus du trou des toilettes et tira à nouveau la ficelle. Ça sentait mauvais, elle retenait son souffle pour ne pas vomir.

Elle dut tirer trois fois la chasse pour que ses cheveux soient assez mouillés. Alors elle se releva et se plaça face au miroir brisé. Le rasoir était froid dans sa main.

Elle commença par couper ses longs cheveux noirs à l'arrière du crâne, puis sur les côtés. Soudain, elle entendit des voix devant la porte et se figea au milieu d'un geste.

Elle ferma les yeux. S'ils devaient ouvrir, qu'ils ouvrent, elle ne pouvait pas lutter.

Mais les voix s'éloignèrent et, en quelques minutes, elle fut entièrement rasée et sourit à son reflet dans le miroir.

Elle était à présent quelqu'un d'utile, capable de travailler. Plus une *mamzer*.

Je serai forte, pensa-t-elle. Plus forte que père.

Hundudden

Quand Ivo Andrić arrive à Hundudden avec une poignée de collègues, ses pensées sont encore occupées par son voyage à Malmö.

Comme Goran n'était pas chez lui à Rosengård, Ivo est allé frapper chez son voisin pour s'assurer qu'il s'agissait bien de la bonne personne.

Le voisin s'appelait Ibrahim Ibrahimović, lui aussi bosniaque et militant avec Goran dans l'association de locataires en conflit avec leur bailleur privé.

Dès qu'il s'est présenté, Ibrahim a fondu en larmes et l'a embrassé.

Goran est en vie, songe le légiste en saluant Jeanette Kihlberg et Jens Hurtig dans le sous-sol, sous le garage de Viggo Dürer. Sa femme a éclaté en sanglots quand il le lui a annoncé au téléphone.

Ibrahim Ibrahimović lui a expliqué que Goran était en Bosnie et ne reviendrait pas avant le week-end suivant. Il lui a confirmé que son frère n'avait pas d'autre téléphone que son fixe, et qu'il n'était pas joignable pour le moment.

Encore une semaine à attendre, pense Ivo Andrić. Ça vaut la peine, après toutes ces années de deuil.

"Voilà, c'est ici", lui indique d'un geste Jeanette en ouvrant la porte métallique, avant de retourner aussitôt à son travail dans la pièce voisine.

Le légiste glisse un œil. Avec une forte sensation de malaise, il comprend aussitôt qu'il en a pour la nuit.

S'il a souffert durant toutes ces années de deuil, ce n'est rien face à la somme de désespoir rassemblée dans cette pièce. La pièce elle-même est une installation, une mise en scène réfléchie faite de deuil, de mort et de perversion.

Ce n'est qu'au bout de trois heures qu'il entrevoit la fin de son travail.

L'un après l'autre, ses collègues ont abandonné, et il les comprend. Il ne reste plus que lui et un dernier technicien. Un jeune homme qui, malgré le dégoût exprimé par son visage en entrant dans la pièce, continue à travailler mécaniquement, sans se plaindre. Ivo se demande si son jeune collègue ne reste pas juste parce qu'il se sent obligé de faire ses preuves à tout prix.

"Tu as fait du bon boulot, dit le légiste en coupant le dictaphone qu'il tient devant sa bouche. Tu n'es pas forcé de rester. On a bientôt fini, je peux terminer ça tout seul."

Le jeune homme le regarde du coin de l'œil. "Non, non. Je m'en occupe." Il lui adresse un sourire blême, comme défait. Ivo Andrić le regarde, interloqué.

Il remet en marche le dictaphone. Il faut tout documenter.

Devant lui, il a quatre filins métalliques et, du coin de l'œil, il devine ce machin, par terre. Il essaie de ne pas le regarder et commence par ce qui pend aux filins, au bout de petits crochets.

"Je résume : organes génitaux de quarante-quatre garçons, conservés selon une technique mixte de taxidermie et d'embaumement. Le matériau de rembourrage utilisé est de la simple argile." Il avance lentement le long des filins, le regard fixé vers le haut. "Le type d'argile varie, mais dans la plupart des cas il s'agit probablement de terre à foulon, qu'on ne trouve pas en Suède", ajoute-t-il d'une voix blanche, avant de se racler la gorge.

Il se tourne et jette un rapide coup d'œil à ce qui est par terre.

Il voudrait ne pas appeler ça une sculpture, mais c'est un mot relativement près de la vérité.

La sculpture d'un insecte humain. Un rêve malade.

Il revient ensuite aux filins. "Quarante-quatre photos, une pour chaque enfant, prises après l'embaumement, datées à la main entre octobre 1963 et novembre 2007."

Il regrette qu'il n'y ait aucune indication de nom ou de lieu, et continue jusqu'au bout des filins, contre le mur, devant l'un des deux ventilateurs.

"Au bout de chacun des quatre filins pendent des mains entièrement desséchées, toutes coupées au-dessus du poignet. En tout huit pièces. D'après leur taille, on peut estimer qu'il s'agit là aussi d'enfants..."

Passons au plus atroce, se dit-il en gagnant le centre de la pièce, avec un coup d'œil au jeune technicien qui lui tourne le dos, en train de ramasser des photos. "Au milieu de la pièce...", commence Ivo Andrić, s'interrompant aussitôt.

Il ferme les yeux en cherchant les mots justes. Ce qu'il voit est presque innommable. "Au milieu de la pièce, essaie-t-il à nouveau, se dresse une construction faite de fragments de corps cousus ensemble." Il fait le tour de la terrifiante sculpture. "La technique est là aussi un mélange de taxidermie à rembourrage d'argile et d'embaumement classique." Il s'arrête et regarde la tête, ou plutôt les têtes.

Un insecte infernal.

Il voudrait détourner les yeux, mais il reste un détail.

"Les morceaux de corps sont assemblés au moyen d'un fil grossier, peut-être un fil de pêche de gros calibre.

Concernant les membres, bras comme jambes appartiennent tous probablement à des enfants et sont disposés comme chez…”

Il s’interrompt soudain, car il s’abstient d’habitude de toute considération personnelle dans la description de ses objets d’étude. Mais cette fois, il ne peut pas s’empêcher.

“Comme chez un insecte. Une araignée ou un mille-pattes.”

Il soupire, coupe l’enregistreur et se tourne vers le jeune homme. “Tu as classé les photos que j’avais indiquées ?”

Il répond d’un hochement de tête et Ivo ferme les yeux pour récapituler.

Les frères Zumbaïev. Youri Krylov et le corps encore non identifié, le garçon de Danvikstull. Il les a reconnus tous les quatre parmi les photos. Il a examiné leurs corps desséchés de manière si approfondie qu’aucun doute n’est possible, il s’agit bien d’eux, et d’une certaine façon, c’est un soulagement. “Et les empreintes digitales, dit-il en rouvrant les yeux. Je peux les revoir ?”

Une centaine de photos numériques des mêmes bouts de doigts lisses, rongés par le cancer, identiques à ceux trouvés sur le réfrigérateur d’Ulrika Wendin.

Ici, ces empreintes sont partout, et Ivo Andrić comprend que le dénouement approche.

Quartier Kronoberg

Depuis leur retour à l'hôtel de police, Jeanette et Hurtig ont évité d'évoquer les détails de leur horrible découverte chez Dürer, mais la perspective de voir enfin s'achever l'enquête du printemps et de l'été les rapproche.

Ne reste plus qu'à trouver Ulrika, pense Jeanette.

"C'est où, à ton avis ? dit pensivement Hurtig en examinant la photo trouvée sous le garage de Dürer.

— Ça peut être n'importe où."

La police du Norrbotten vient de les informer que la vieille maison de la famille Lundström à Polcirkeln a été démolie, tout comme la propriété que possédait Dürer à Vuollerim.

"Ça ressemble au Norrland, continue Hurtig, mais je connais des maisons en Småland qui ressemblent aussi à ça. Une putain de maison de garde forestier ordinaire, comme il y en a des milliers partout dans le pays." Il repose les photos et d'un pied fait reculer sa chaise.

"Donne-moi ça", dit Jeanette, et Hurtig lui tend la photo.

Viggo Dürer est assis dans la véranda d'une petite maison, il regarde l'objectif. Il sourit.

À droite, une petite fenêtre aux rideaux tirés, à l'arrière-plan la lisière de la forêt. Pour Jeanette, ça ressemble à une banale photo de vacances. Mais il y a quelque chose qu'elle reconnaît.

Elle tire une bouffée et recrache la fumée par la fenêtre d'aération entrouverte, tout en tapotant nerveusement sa cigarette du doigt, bien qu'il n'y ait pas la moindre cendre.

"Je crois que c'est sur une des vidéos de Lundström que j'ai vu ça", continue-t-elle en pensant aux films qu'elle a visionnés, enfermée dans la petite salle de la criminelle.

Ils sont interrompus par l'irruption de Schwarz avec Åhlund dans son sillage. Tous deux trempés. Les cheveux en brosse de Schwarz dégoulinent et forment une petite flaque.

"Nom de Dieu, quelle pluie ! dit Åhlund en se débarrassant de son manteau mouillé sur une chaise libre avant de s'accroupir, tandis que Schwarz s'adosse au mur et regarde autour de lui.

— Bon, qu'est-ce que vous nous apportez de beau ?" demande Jeanette.

Åhlund raconte que, dans les affaires de Hannah Östlund, on a retrouvé un acte de donation d'où il ressort qu'elle a hérité d'une maison à Ånge, un village au sud d'Arjeplog, en Laponie.

"Mais ce n'est pas tout, continue-t-il. D'après cet acte, Hannah Östlund a légué à son tour la maison à la fondation Sihtunum Diaspora, en pleine jouissance, c'est, je crois, la formulation.

— Mais pourquoi n'avons-nous rien vu en examinant les ressources de la fondation ? demande Hurtig.

— Sans doute parce que la donation n'a pas été enregistrée. D'après le cadastre, la maison est encore au nom de Hannah Östlund, mais était en fait utilisée par la fondation et ses membres. Östlund payait l'impôt foncier tous les ans, et devait sûrement se faire rembourser par la fondation.

— Et qui a fait don de cette maison à Hannah ? se hâte de demander Jeanette, sentant qu'ils brûlent.

— Euh, un certain Anders Wikström", dit Schwarz.

Jeanette fait le tour du bureau pour s'approcher de la fenêtre. "Le même Wikström qui a participé au viol d'Ulrika", dit-elle en allumant une cigarette.

Qu'est-ce qui ne tourne pas rond, chez ces types ? se dit-elle – mais elle voit bien qu'elle n'aura sans doute jamais la réponse.

"Quel est le lien entre Anders Wikström et Karl Lundström ?" demande Schwarz.

Hurtig explique comment tout se tient. "Lundström a raconté avoir tourné un de ses films dans la maison de Wikström à Ånge, et nous en avions déduit qu'il s'agissait d'Ånge près de Sundsvall, puisque c'était là que vivait Wikström. Mais il existe un autre Ånge, en Laponie."

C'est seulement alors que Jeanette comprend ce qu'elle a reconnu. Les rideaux, se dit-elle en saisissant la photo trouvée chez Dürer.

"Vous voyez ? dit-elle en la montrant, tout excitée. Vous voyez la fenêtre derrière Dürer ?

— Rideaux rouges à fleurs blanches", dit Åhlund.

Jeanette prend son téléphone et compose le numéro du procureur. "J'appelle le procureur von Kwist et j'organise un transport vers la Laponie. Cette bière dont on a parlé attendra, nous devons partir pour Ånge dès ce soir. J'espère juste qu'il n'est pas trop tard." Elle pense à Ulrika et prie Dieu qu'elle soit encore en vie.

Arlanda

Deux heures avant le décollage, Madeleine termine le check-in électronique et se dirige vers le contrôle de sécurité. Elle voyage léger. Les agents n'auront à contrôler que son sac à main et son manteau bleu cobalt. Son verre de glace, elle devra le vider avant de passer le portique.

L'eau gelée peut contenir des matières explosives, se dit-elle en jetant les derniers glaçons. C'est vrai, d'une certaine façon. Les isotopes dans l'eau gelée sont puissants.

Elle ferme les yeux en passant le détecteur à métaux. Elle est sensible aux champs magnétiques, sa cicatrice à l'arrière de la tête l'élance. Parfois, elle peut même avoir la migraine.

Elle récupère son manteau et son sac sur le tapis roulant et entre dans la salle d'attente. Les foules l'inquiètent. Il y a trop de visages, trop de destins croisés, les gens sont si tragiquement inconscients de leur vulnérabilité. Elle hâte le pas et va directement au contrôle des passeports.

Quand elle prend place dans la queue, sa migraine se déclare. Le champ magnétique a agi. Elle cherche aussitôt un cachet dans son sac, l'avale et passe le doigt sur sa cicatrice à la racine de ses cheveux.

Le policier inspecte ses documents, passeport français au nom de Duchamp et billet simple pour Kiev, Ukraine. Il la regarde à peine avant de lui rendre ses papiers. Elle consulte sa montre et vérifie les écrans. L'avion semble à l'heure, décollage dans une heure et demie. Elle s'assied à l'écart, dans un coin du hall.

Après Kiev et son rendez-vous à Babi Yar, elle pourra tout laisser derrière elle. Le contrat avec Viggo est un point final. Maintenant qu'elle a tiré un trait sur Victoria Bergman, il ne reste plus rien à faire.

Elle est fatiguée, infiniment fatiguée, toutes ces voix, surtout, l'irritent. Conversations ordinaires et disputes bruyantes se mêlent et aggravent sa migraine.

Elle essaie d'écouter le brouhaha sans entendre les mots et les phrases. Mais impossible, il y a toujours des voix qui surnagent.

Elle sort son téléphone de son sac, met les écouteurs et sélectionne la fonction radio. C'est un programme culturel, une voix masculine douce parle avec l'accent du Norrland.

"Edmund est le benjamin de la famille Pevensie. C'est un enfant querelleur et jaloux et, à mon sens, le plus intéressant des personnages. Sa méchanceté a, selon moi, des modèles bibliques. C'est Judas Iscariote et Barabbas transposés dans un roman pour la jeunesse. C'est aussi un vengeur plein de haine qui trahit sa famille."

Elle sait que la haine est la vengeance des faibles, mais tout ce qu'elle a fait était pourtant nécessaire. Sa vengeance n'aurait jamais pu s'accomplir si elle n'avait été profondément enracinée dans la haine qu'elle nourrissait contre les personnes qui lui ont fait du mal. Mais à présent, tout est bientôt fini.

Une voix féminine, plus incisive, prend la parole à la radio.

"Un autre exemple est le personnage de Jack dans *Sa Majesté des mouches*. Comme Edmund, il est envieux, manipulateur, haineux et vindicatif. Mais il n'est pas né ainsi, il le devient, entraîné vers le mal. Dans *Sa Majesté des mouches*, le mal est représenté par la Bête censée régner sur l'île où les enfants ont échoué. La Bête symbolise aussi la peur dans le cœur des enfants."

L'offrande à la Bête est une tête de cochon, se dit-elle.

Oui, elle a lu le livre. Le cadavre du cochon est ce qui attire les mouches, et celui qui l'offre en sacrifice au Mal devient Sa Majesté des mouches. Ou quelque chose comme ça.

La conversation est bien trop pédante. La conclusion semble être que les personnes haineuses et vindicatives basculent du côté du mal.

Elle change de fréquence. Que de la friture. Un chuintement sourd, apaisant : à présent, elle peut écouter ses propres pensées.

Je suis sur la plage de Venöbukten en train de ramasser des galets.

Le bruit de la mer et du vent n'appartient qu'à moi. J'ai dix ans, un manteau rouge, un pantalon rouge et des bottes en caoutchouc blanches.

Le chuintement dans ses écouteurs est la mer. Elle voyage en pensée. La mer d'Åland voilà quelques jours.

Celle qui s'appelait ma mère n'a pas supporté la honte. Je lui ai montré les photos où elle assiste et regarde sans rien faire.

Photos d'enfants qui crient de douleur, photos d'enfants qui ne comprennent pas ce qui se passe, photos de moi, à dix ans, nue sur une couverture, sur la plage.

Elle n'a pas supporté et a emporté sa honte dans les profondeurs.

Un imperceptible changement du chuintement dans ses écouteurs, et Madeleine se souvient du faible grondement de l'autoroute, au loin. Une odeur de shampoing et de draps propres. Elle ferme les yeux, laisse venir les images. La chambre est blanche, elle est petite, quelques jours seulement, elle est dans les bras de quelqu'un. Des femmes en uniformes blancs impeccables, certaines un masque sur la bouche. Elle est au chaud, repue, satisfaite. Se sent en sécurité, ne veut pas être ailleurs que là, l'oreille contre une cage thoracique qui se soulève et s'abaisse au rythme de sa propre respiration.

Deux cœurs qui battent ensemble.

Une main lui caresse le ventre, ça chatouille et, quand elle ouvre les yeux, elle voit une bouche avec une dent de devant ébréchée.

Martin

L'eau clapotait sous le ponton. Il se blottit contre Victoria. Il ne comprenait pas qu'elle puisse être si chaude, alors qu'elle ne portait qu'une culotte.

"Tu es mon petit garçon, dit-elle à voix basse. À quoi tu penses ?"

Les bateaux passaient lentement, Victoria et lui saluaient de la main les types qui les conduisaient. Il aimait les bateaux à moteur, il aurait aimé en avoir un, mais il était trop petit. Peut-être, dans quelques années, quand il serait aussi grand qu'elle. Il imagina comment serait ce bateau et se souvint bientôt de ce que son cousin lui avait promis.

"Ça va être chouette de déménager en Scanie. Mon cousin à Helsingborg a un circuit et j'aurai une de ses voitures. Une Ponsac Failleurbeurd."

Elle ne répondit pas, mais il trouvait sa respiration bizarre. Irrégulière, précipitée.

"L'été prochain, on ira à l'étranger en avion. La nouvelle baby-sitter viendra elle aussi."

Martin rêvait de bateaux, de voitures, d'avions pour quand il serait un peu plus grand. Il aurait un grand terrain avec plusieurs garages, peut-être ses propres pilotes, chauffeurs et capitaines. Car il ne pensait pas être un jour capable de piloter lui-même. Il ne savait même pas faire ses lacets et, parfois, les autres enfants le traitaient d'attardé. Mais en fait il était juste un peu lent, ce que sa mère ne manquait pas une occasion de souligner.

Soudain, un bruit bizarre a retenti dans les buissons sur la pente, derrière eux. Une sorte de cri de petite souris suivi d'une déchirure, comme faisaient les ciseaux de couture de maman, ceux qu'il n'avait pas le droit d'utiliser pour couper du papier. Victoria se retourna et il frissonna quand elle se leva, privé de la chaleur de son corps.

Elle enfila son tee-shirt et lui montra les buissons. "Tu vois, là, Martin ?"

À ce moment, un froissement dans les broussailles. C'était un oiseau qui sautillait sur une patte et semblait mal en point. Tout ébouriffé, il lui manquait l'autre patte. "Elle ne peut pas voler, dit Victoria en s'approchant sur la pointe des pieds. Ses ailes sont cassées."

Il trouva que l'oiseau avait l'air méchant. Il le regardait fixement, la tête baissée : avec un air pareil, on était forcément méchant.

"Pourquoi tu dis *elle* ?" demanda-t-il, mais Victoria, sans répondre, s'accroupit devant l'oiseau. Il se mit alors à battre des ailes en perdant plusieurs plumes noires.

Décidément, il n'aimait pas cet oiseau. Pourquoi avait-il des yeux si méchants ?

"Enlève-le de là, s'il te plaît." Il essaya de se cacher sous la serviette, mais ça ne changeait rien. L'oiseau était toujours là. "Enlève-le, Victoria…

— Oui, oui…", l'entendit-il soupirer. Il risqua un œil au-dessus de la serviette et vit qu'elle avançait lentement les mains vers l'oiseau, qui ne bougeait plus à présent, comme s'il voulait qu'on l'attrape.

Elle finit par le prendre et le soulever du sol. Il ne comprenait pas comment elle avait osé. "Enlève-le, loin", dit-il, un peu rassuré.

Elle éclata de rire. “Quoi ? Tu as peur ? Mais ce n’est qu’un oiseau.”

Martin n’aimait pas quand elle ne le comprenait pas. Il venait de dire qu’il ne voulait pas se baigner, et elle s’était fâchée parce qu’elle croyait qu’il en avait envie. Quand ils étaient montés sur la grande roue, il ne voulait pas, et là aussi elle s’était fâchée. Et voilà qu’elle s’énervait encore.

“Dégage avec cet oiseau ! cria-t-il. Jette-le à la poubelle, qu’il crève !”

Victoria tapota la tête de l’oiseau, qui répliqua par quelques coups de bec sur ses doigts, sans qu’elle paraisse s’en soucier. Martin espérait qu’il la mordrait, pour qu’elle comprenne que c’était dangereux.

“D’accord, dit-elle. Reste là, et ne tombe pas à l’eau.

— Promis, répondit-il. Dépêche-toi de revenir.”

Il se coucha sur le ventre, rampa jusqu’au bord du ponton et recommença à regarder passer les bateaux. Une dame qui ramait, puis deux bateaux à moteur. Il les salua de la main, mais personne ne le vit.

Il entendit alors des éclats de voix, des pneus sur le gravier, et il se leva.

Ils étaient trois sur le chemin, un à vélo et deux à pied. Il les connaissait de l’école, il ne les aimait pas. Ils étaient beaucoup plus grands et forts que lui, et ils le savaient. Ils l’aperçurent, descendirent jusqu’au ponton et s’arrêtèrent.

Alors, il eut peur pour de bon. Plutôt l’oiseau que ça : pourvu que Victoria se dépêche de revenir.

“Petit Martin…, ricana le plus grand. Qu’est-ce que tu fais ici, tout seul ? Le vilain génie de la rivière pourrait t’attraper.”

Il ne savait pas quoi dire, resta planté là à les regarder, sans rien dire.

“T’es muet, ou quoi ?” fit l’un des deux autres. Ils se ressemblaient beaucoup, Martin pensait qu’ils étaient jumeaux. En tout cas, ils étaient en CM2 et le plus grand en sixième.

“Je…” Pour ne pas sembler lâche, il décida de mentir. “Je me suis baigné.”

— Tu t’es baigné ?” C’était à nouveau le plus grand, qui pencha la tête de côté en fronçant les sourcils. “Eh ben mon vieux, on n’y croit pas. Pas vrai ?” Il se tourna vers les autres qui éclatèrent de rire avec lui. “T’as qu’à y retourner. Allez, saute !” Il s’avança sur le ponton et se mit à sauter dessus à en faire craquer les planches.

“Arrête…” Martin recula de quelques pas.

“On peut t’aider, si tu veux, dit le plus grand.

— Pourquoi pas, fit un des autres.

— Sûr”, renchérit le troisième.

Victoria, je t’en prie, pensa-t-il. Reviens.

Pourquoi ça durait tant ? Pourquoi être allée si loin ?

Parfois, quand il avait vraiment peur, Martin se pétrifiait. Comme si son corps décidait de rester aussi immobile qu’une statue, que cela le dispensait de subir l’horreur.

Martin était complètement raide quand ils le soulevèrent et le balancèrent comme un hamac.

Il leva les yeux vers le ciel et, au moment où les trois gamins le lâchèrent, une étoile scintilla.

Nulle part

La lumière de l'ampoule dans la pièce vide lui pique les yeux.

Elle comprend qu'elle a été droguée, et il lui faut un moment pour réaliser qu'elle n'est plus bloquée dans une boîte par deux barres métalliques. Elle voit que son cercueil, appuyé à présent contre le mur du fond, n'est en fait qu'un lit avec une plaque de masonite à la place du matelas. Elle est étendue, nue sur un sol en béton gris et froid, les mains toujours attachées derrière le dos, de l'adhésif sur la bouche. Ses jambes aussi sont entravées aux chevilles.

Ce n'est pas une chaudière qui couvre l'un des murs. C'est un gros ventilateur avec ses tuyaux, qui ronronne faiblement de temps en temps. La pièce est en béton gris, à part la porte en métal brillant, ouverte. Elle entend du remue-ménage de l'autre côté, avant de perdre à nouveau connaissance.

Elle se réveille avec le sentiment qu'on la regarde.

Elle est couchée en position fœtale, la tête de côté. À peine à un mètre d'elle, un homme avec une grosse perceuse à percussion. De là où elle est, il semble de taille monstrueuse.

De grosses chaussures noires, un jean usé et le haut du corps nu, en sueur, avec un gros ventre qui déborde à la ceinture du pantalon.

Elle ne peut détacher son regard de la perceuse. Elle est énorme, avec une mèche très puissante.

Incapable de croiser son regard vide, elle continue de fixer la perceuse et remarque qu'elle est branchée sur l'enrouleur d'une rallonge, devant la porte. Les muscles de son poing se serrent et la mèche se met à tourner. Le bruit de la machine augmente. Elle imagine de la sciure et des échardes qui volent. Des morceaux de ciment et de plâtre.

Il relâche alors sa pression et la perceuse s'arrête. Elle ferme les yeux, entend son pas lourd sortir de la pièce, et ne les rouvre qu'à son retour, quand quelque chose racle par terre.

Il a posé un tabouret sur le sol en béton, et a grimpé dessus. À côté, une bouteille de vodka presque vide, de la Stolichnaïa, une marque russe qu'il lui est arrivé elle-même de boire. Elle ne recommencera jamais, elle se le promet, si seulement elle s'en sort vivante.

La perceuse se remet en marche et l'air s'emplit de poussière sèche de béton. Le bruit terrifiant la paralyse. Impossible d'aligner la moindre pensée.

Elle n'a aucune idée de ce qu'il fabrique, voudrait juste hurler, mais l'adhésif sur sa bouche l'en empêche, elle n'émet qu'un petit gémissement, une bulle d'air remonte de son ventre, elle a peur de vomir.

Ses cheveux et son visage sont bientôt couverts de poussière de béton, son nez la chatouille et, quand le bruit cesse, elle sent qu'il lui faut éternuer.

L'éternuement résonne dans la pièce, elle frissonne de tout son corps. Puis un moment de silence et elle l'entend qui descend de son tabouret. Ses grosses chaussures craquent quand il s'accroupit à côté d'elle.

Elle le regarde en silence poser sa perceuse par terre, saisir la bouteille de vodka et en boire une longue gorgée.

De près, elle voit ses yeux injectés de sang : son visage a une expression morte, il est ivre.

Son torse nu est sale et, sous la couche de poussière, elle devine plusieurs tatouages à l'épaule et sur les bras. Un serpent se love autour de son bras droit et, sur le gauche, du fil barbelé entoure des têtes de femmes. *"Eto konets, devotchka"*, dit-il en lui caressant la joue.

Elle ferme les yeux et sent les gros doigts toucher son visage avant d'arracher l'adhésif de sa bouche d'un coup sec. Ça fait terriblement mal, mais son cri lui reste dans la gorge, car elle se met aussitôt à respirer avidement par ses voies respiratoires enfin libérées. Elle avale son cri en une sorte de râle aspiré, suivi d'une violente quinte de toux provoquée par l'air sec. Elle sent de chaudes gouttes de sang couler sur ses lèvres : le puissant adhésif lui a arraché la peau.

"Devotchka…", murmure-t-il tandis qu'elle tousse. Il lui caresse les cheveux. Presque délicatement. Elle connaît à peine un mot de russe, mais reconnaît celui-ci. *Devotchka* veut dire petite fille, elle l'a appris après avoir vu *Orange mécanique*, en voulant savoir comment étaient appelées les jeunes filles violées dans le film.

Orange mécanique… Columbia Pictures ? Non, Warner Bros.

"Bois ça", dit-il, et elle entend le bruit de la bouteille raclée contre le sol.

Va-t-il la violer ? Et que va-t-il faire d'autre avec la perceuse qu'un trou dans le mur ?

Elle fait lentement non de la tête, mais il lui attrape le menton et la force à ouvrir la bouche. Ses mains sentent l'huile de moteur.

Quand le goulot de la bouteille heurte ses dents, elle regarde vers le haut et, tandis que l'alcool brûle les plaies autour de sa bouche, elle voit qu'il a fixé un crochet au plafond. Et de la même main que la bouteille de vodka, il tient ce qui ressemble à une fine corde de nylon.

Un nœud coulant. Il va me pendre.

"Drink, devotchka... Drink." Sa voix est douce, presque aimable.

Elle serre les dents et ferme les yeux, très fort.

Va te faire foutre. Bois-le toi-même, ton maudit alcool.

Il serre moins fort, et finit par lâcher son visage.

En plissant les yeux à travers ses cils, elle le voit boire encore quelques gorgées, puis secouer la tête. Il lui caresse à nouveau les cheveux, lève doucement sa tête et passe le nœud autour de son cou. Puis il a un rire bref et lui donne une légère tape sur la joue. *"Hey, me Rodya..."* Il ricane en se désignant lui-même. *"And you?"*

Elle ne répond pas, voudrait se débattre, se jeter dans tous les sens, mais son corps est incapable de répondre à ses suppliques. Alors, soudain, un râle sort de sa gorge. *"Rodya... Go fuck yourself!"* Les premiers mots qu'elle prononce depuis qu'on l'a enfermée.

Elle est nouée comme un balluchon qu'il peut frapper à coups de poing ou de pied autant qu'il lui plaît, ses mains sont attachées dans le dos et ses jambes si serrées que ses talons se blessent sous la pression de l'adhésif, mais il ne la bat pas, il garde le même sourire figé, vide ce qui reste de la bouteille de vodka et la repose.

"No, dit-il, *I fuck you."*

Il serre le nœud autour de son cou. Tire si fort que la corde enfonce sa pomme d'Adam. Elle gémit, prise à nouveau du réflexe de vomir.

Il se redresse et la fait rouler sur le côté. Elle l'entend sortir quelque chose de sa poche : quand il attrape ses poignets, elle comprend à la pression que c'est un couteau et qu'il lui a libéré les mains.

"I fuck you dead. Eto konets, devotchka."

Il la relève en tirant sur la corde, qui se resserre encore autour de ses voies respiratoires. Ses yeux se remplissent d'éclairs quand il l'adosse au mur en béton.

Elle n'a plus la force de regarder. Elle va bientôt mourir, et elle ne veut pas.

Elle veut vivre.

Si elle survit, elle ne retournera jamais à sa vie d'avant. Elle réalisera ses rêves. Ne se cachera plus de peur d'échouer et montrera à tous qu'il faut compter avec elle.

Mais elle va mourir. Son corps est bientôt mort, et celui de Rodya une machine qui donne des coups de boutoir.

Son bras tombe à terre, lâche, la corde brûle son cou et sa bouche s'ouvre, par réflexe.

Il a fourré ses doigts dedans. Elle songe à tout ce qu'elle savait sans le savoir.

Les côtes européennes et les cinquante États américains. Elle les connaît tous à présent, tous leurs noms se présentent en même temps, et les quatre dont elle avait du mal à se souvenir sont Rhode Island, Connecticut, Maryland et New Jersey : les plus petits, insignifiants sur sa mappemonde.

Planer. Si seulement je pouvais planer. Comme un petit animal.

Quelque chose de gros et chaud s'enfonce dans sa bouche et elle perçoit le gigantesque aimant sous le sol, sent sa puissance.

Ça se met en branle sous elle, ça secoue les murs. Comme sa tête. Un va-et-vient, d'abord lent, puis plus rapide. Sa tête cogne le mur, elle va à nouveau disparaître dans l'espace. La force du champ magnétique va soulever ses mains, ses bras, et emporter tout son corps.

Quartier Kronoberg

La police suédoise dispose de six hélicoptères EC135, modèle fabriqué par la firme Messerschmitt, fameux fournisseur de la Luftwaffe durant les deux guerres mondiales.

Jeanette Kihlberg et Jens Hurtig attendent sur le toit de l'hôtel de police qu'on vienne les chercher. Jeanette a exigé du procureur un hélicoptère pour rejoindre aussi vite que possible le Nord du Norrland – ainsi que l'aide du groupe d'intervention. Von Kwist lui a tout accordé.

Jeanette s'approche du bord du toit pour embrasser la vue nocturne sur Stockholm. Un fouillis de personnes et de bâtiments, avec chacun une raison d'être invisible. Tout, autour d'elle, a un sens latent mais inaccessible : sa propre insuffisance la déprime.

Hurtig la rejoint et, côte à côte, ils contemplent la vue en silence.

“Le monde est un endroit magnifique, pour lequel il vaut la peine de se battre, déclare soudain solennellement Hurtig.

— Qu'est-ce que tu veux dire ? fait Jeanette en regardant son collègue.

— C'est de Hemingway, dans *Pour qui sonne le glas*. J'ai toujours bien aimé cette phrase. Je m'y suis toujours raccroché dans les moments de doute.

— C'est une belle phrase, sourit-elle.

— Après ce que j'ai vu aujourd'hui, je ne crois plus qu'à sa seconde partie", dit-il avant de tourner les talons.

La force d'intervention ne devrait pas tarder, pense-t-elle. Il le faut, sinon il sera trop tard.

Jeanette regarde Hurtig en se demandant à quoi il pense. Sans doute, comme elle, à la chambre des horreurs de Viggo Dürer.

Comment peut-on être aussi dérangé ? Et que lui a-t-on fait pour en arriver là ?

Mon Dieu, qu'il est gros ! se dit Jeanette en voyant s'approcher l'hélicoptère. Instinctivement, ils se baissent quand l'appareil se pose sur le toit, même s'ils sont à plus de quinze mètres. Ils se précipitent sous les pales hurlantes du rotor et sont accueillis par le chef du groupe d'intervention.

"Montez, leur crie l'officier. Pour les consignes de sécurité, on verra après le décollage."

À bord, parmi les hommes en armes, règne une atmosphère qui serait presque recueillie sans les questions insistantes de Hurtig. "Sept cents kilomètres à vol d'oiseau, combien ça va prendre ? Trois heures ?

— Pas tout à fait, dit l'officier. Impossible d'y aller en ligne droite, à cause de la météo. Comptez plutôt quatre heures. Nous serons sur place vers quatre heures et demie du matin, vous feriez mieux d'essayer de dormir un peu."

Kiev

Il a très souvent voyagé sous un faux nom. Mais cette fois, c'est différent.

Le nom sur son passeport est celui d'une femme. Son vrai nom.

Gilah Berkowitz.

Il n'y a pourtant eu aucun problème, ni avec les douaniers suédois ni avec les Lettons, et les Ukrainiens ont comme toujours fermé les yeux. Vrai ou faux passeport, les étoiles de l'Union européenne leur suffisent.

Avant de rejoindre la voiture qui l'attend, elle achète quelques paquets de cigarettes à une vendeuse aux mains ridées, parcourues par des veines saillantes bleu sombre.

Sa poitrine palpite, une douloureuse succion interne. Puis vient la toux. Une toux sèche, déchirante, au goût de poussière. *"Konets"*, murmure-t-elle. Pour le chauffeur et pour l'agence immobilière, Gilah Berkowitz n'est qu'une Suédo-Ukrainienne fortunée qui s'intéresse aux icônes. Elle paie soixante-dix euros par jour pour un cinq-pièces rue Michaïlovska, près de la place Maïdan. Le loyer comprend aussi un gros 4×4 noir, le genre de véhicule que la police n'arrête jamais. Même si on roule à contresens sous son nez.

Elle sait comment ça fonctionne. Tout fonctionne. Pourvu qu'on ait l'argent.

Les gens sont prêts à tout pour gagner leur vie, et la situation est particulièrement avantageuse en ce moment, avec la crise économique qui frappe de plein fouet le pays. La crise en Europe occidentale est une croisière d'agrément en comparaison. Ici, on voit d'un jour à l'autre son salaire fondre de trente pour cent.

Comme la voiture quitte l'aéroport, elle songe à tout ce qu'elle a pu voir dans les rues de ce pays. Un grand bazar dont la créativité économique n'a jamais cessé de l'étonner. Voilà bientôt dix ans de cela, elle avait vérifié son hypothèse qu'une personne dans la misère était prête à faire tout ce qu'on lui demandait sans poser de question, pourvu que la rémunération soit suffisante.

L'objet de son expérience était une jeune femme seule qui avait déjà deux emplois, mais peinait à joindre les deux bouts. Elle l'avait contactée et lui avait proposé à peine deux euros l'heure pour, chaque matin, aller se poster à un carrefour convenu et compter le nombre d'enfants qui passaient sans être accompagnés d'un adulte.

La première semaine, elle était allée contrôler que la jeune femme venait à la bonne heure, ce qu'elle faisait, sans exception. Puis elle avait fait des contrôles-surprises : chaque fois, qu'il pleuve des cordes ou qu'il neige, elle était là avec son carnet noir.

Après avoir ainsi par l'expérience vérifié que le dénuement était à vendre, elle avait appliqué cette hypothèse à des personnes dont la conscience était plus sombre et le désespoir plus grand. Chaque fois, cela avait donné des résultats satisfaisants.

Elle regarde pensivement par la fenêtre de la voiture. Son contact à Kiev ne fait pas exception. Nikolaï Tymoschik. Kolya. Un homme désespéré qui sait que l'argent est la seule langue incapable de mentir.

Sur l'autoroute, elle sort son téléphone de son sac et appelle Kolya. La confiance entre eux repose sur la conviction commune que la rémunération est proportionnelle aux risques encourus. Ou, comme elle préfère le dire : que la rémunération doit être calibrée pour que les risques paraissent toujours secondaires.

La conversation dure à peine dix secondes, car Kolya sait précisément quels préparatifs entreprendre pour le lendemain. Il ne pose pas de questions.

Quand la voiture la dépose devant son appartement, elle donne son congé au chauffeur. Quelques billets froissés changent de mains et ils se saluent.

Elle ouvre la porte de l'appartement et la fatigue finit par déferler sur elle. Elle s'attend à une nouvelle attaque de vertiges et porte la main au cœur en précédant la douleur.

Son visage grimace sous les crampes, ses yeux s'emplissent d'éclairs et elle sent plusieurs de ses faux ongles se détacher au bout de ses doigts crispés sur sa poitrine. Elle s'appuie au cadre de la porte et compte jusqu'à trente, jusqu'à ce que le vertige et l'angoisse refluent lentement.

Au bout d'une minute, la crise est passée, elle entre dans le séjour et pose son sac sur le canapé. Ça sent le renfermé. En défaisant ses bagages, elle allume une des cigarettes fortes achetées à l'aéroport à la femme aux veines saillantes. Noie sous la fumée l'odeur étouffante du locataire précédent.

Cinq minutes plus tard, depuis la fenêtre ouverte du séjour, elle regarde serpenter trois étages plus bas la rue Michaïlovska, étroite et défoncée.

Elle écarte les rideaux. Par-dessus les toits, le ciel nocturne est dégagé et froid. L'automne est court ici, il y a déjà de l'hiver dans l'air.

C'est donc la fin, songe-t-elle. De retour là où tout a commencé.

Elle se souvient à peine des noms des lieux ici, mais bien de Thorildsplan, de Danvikstull et de Svartsjö. Elle sent encore le goût du dernier garçon. Le goût trompeur de l'huile de colza.

Et avant ça, tous les enfants qui n'ont pas encore été retrouvés. À Möja, Ingarö, Norrtäljeviken et dans les forêts de Tyresta.

Il y a aussi des fillettes. Enterrées dans les bois de Färingsö, au fond du lac de Malmsjö et parmi les roseaux, à Dyviksudd. En tout, plus d'une cinquantaine d'enfants.

La plupart d'Ukraine, mais aussi de Biélorussie et de Moldavie.

Elle a appris à être un homme. Un soldat danois mort et des hormones masculines l'ont aidée à achever sa transformation commencée quand elle a quitté son père et ses frères.

Et elle a fini par être plus forte que son père.

Elle est profondément plongée dans ses pensées et plusieurs sonneries retentissent avant qu'elle entende son téléphone sur la table basse. Mais elle sait de quoi il s'agit, et n'est pas pressée de répondre ni de terminer sa cigarette.

L'homme à l'autre bout du fil dit exactement ce qu'on attend de lui. Un seul mot.

"Konets…", fait une voix sombre et rauque avant de raccrocher : Gilah Berkowitz sait que Rodya a fait son travail avec cette Wendin.

Elle regrette juste d'avoir dû interrompre l'expérience sur le corps de la jeune fille.

Elle retourne à la fenêtre, l'ouvre et laisse entrer le froid, en songeant au lendemain.

Konets..., pense-t-elle avec une toux sèche. La fin. Elle est proche pour moi aussi.

L'achèvement de tout.

Kolya veillera à ce qu'il n'y ait personne dans les environs du monument de Babi Yar entre une et deux heures du matin la nuit prochaine.

Après presque soixante-dix ans, la promesse qu'elle s'est faite sera accomplie, et il lui aura fallu vingt ans pour élever celle qui va l'aider.

Nulle part

Ça cogne contre le mur, la corde de nylon comprime sa pomme d'Adam, et quelque chose de gros dans sa bouche pousse contre le voile du palais.

Mais elle n'entend rien, ne sent rien. Grâce à la puissance du grand aimant, elle peut s'envoler et flotter loin de son corps, n'entend plus les grognements que pousse cet homme, Rodya, ne sent pas ses coups de boutoir au fond de sa gorge comprimée. Elle plane au loin et ne remarque même pas sa main qui cherche à tâtons sur le sol de béton et soudain agrippe quelque chose de chaud.

Elle observe tout depuis le plafond, voit la main de l'autre fille se refermer autour de la poignée de la perceuse qui n'a pas encore refroidi après le trou percé au plafond par le colosse.

La perceuse démarre avec un hurlement un peu étouffé quand la mèche pénètre dans le ventre de l'homme, et elle comprend alors que la force de l'autre fille provient certainement d'en bas, non pas d'une salle des machines en sous-sol, mais bien de la terre elle-même.

Et c'est aussi la force du champ magnétique terrestre qui lui permet de flotter librement et de replonger vers le corps, à terre, quand elle décide de le rejoindre.

C'est l'affaire d'un instant. Elle ferme les yeux et, quand elle les rouvre, elle a atterri et peut enfin bouger. La tête, les bras et le torse. Mais pas les jambes, qui semblent collées comme celles d'une sirène. Une sirène avec les bras chargés d'algues chaudes sorties de la mer.

Il faut encore quelques secondes pour qu'Ulrika Wendin se souvienne que ses pieds sont attachés à la bande adhésive, qu'elle est assise sur le sol de béton d'une cave au milieu de nulle part et qu'elle n'est pas une sirène avec la queue et les mains enfouies sous les algues.

Une de ses mains tient une grosse perceuse qui semble s'être emmêlée dans une longue corde gluante et l'autre est coincée sous quelque chose de lourd.

Autour d'elle, une odeur douceâtre et écœurante. Comme du petit-lait, la même odeur qu'en cours de biologie, quand on forçait les élèves à disséquer un œil de bœuf.

Elle tourne la tête. À côté d'elle, adossé au même mur, un homme assis la fixe, un grand sourire aux lèvres. C'est sous son énorme corps que sa main est coincée. Il a un trou au ventre, cette odeur sort de là.

"Eto konets, devotchka", murmure-t-il, toujours souriant. Il n'a plus le visage inexpressif, elle lui trouve presque l'air heureux.

De son côté, elle est envahie par un calme inconnu. Un calme si grand qu'il ne contient ni haine ni pardon.

Il tousse, et à présent même ses yeux sourient. *"You are strong, devotchka"*, chuchote-t-il tandis qu'un filet de sang coule de sa bouche.

Elle n'a aucune idée de ce qu'il dit. Elle tente de déglutir, mais la douleur est terrible, elle craint que sa pomme d'Adam ne soit abîmée.

Elle entend un tic-tac : la montre de l'homme.

À son poignet gauche, sa montre en or est couverte de sang, mais c'est un vieux modèle, de bonne qualité, qui ne s'arrêtera sans doute jamais. Les siècles passeront, laissant un corps momifié, une montre en or au poignet.

Elle le regarde, fascinée, fouiller laborieusement la poche de son jean souillé. Ça palpite dans son ventre ouvert.

Son couteau, pense-t-elle. Il cherche son couteau.

Sa montre le gêne, elle s'accroche plusieurs fois à la ceinture du pantalon avant qu'il ne parvienne, au prix d'un gros effort, à extraire ce qu'il cherchait – mais ce n'est pas son couteau.

Un téléphone. Si petit qu'il disparaît presque dans son énorme main avant qu'il parvienne à presser une des touches de son pouce ensanglanté.

Un signal. Puis un autre, et encore un, avant qu'il ne porte le téléphone à l'oreille.

Après ce qui lui semble une éternité, les sonneries sont interrompues par une voix à l'autre bout. L'homme ne cesse de la regarder, l'air heureux.

Tandis que ses yeux s'emplissent de sang, il prononce un seul mot.

"Konets", articule-t-il. Quand le téléphone glisse de sa main, son regard s'est déjà éteint.

Elle ne sait pas combien de temps elle reste là, la perceuse à la main. Elle remarque à peine qu'elle la repose, se débarrasse de l'adhésif qui entrave ses pieds et se lève.

Il faut qu'elle parte, mais, d'abord, qu'elle trouve de quoi s'habiller. Mal assurée sur ses jambes, elle va dans la pièce voisine où elle déniche une fine combinaison de protection blanche.

Il neige dans la nuit, elle n'est pas assez couverte, mais elle n'a pas le choix.

De la neige jusqu'aux genoux, elle descend vers la lisière de la forêt.

Laponie

Jeanette et Hurtig sont les derniers à descendre de l'hélicoptère. Une fois la turbine arrêtée, on n'entend plus que le sifflement du vent dans les maigres sapins couverts d'un décimètre de neige fraîche. L'hiver arrive vite dans les montagnes, à mille kilomètres au nord de Stockholm. Il fait froid, la neige crisse sous les pas. La seule lumière provient des lampes frontales du groupe d'intervention.

"On se divise en groupes de trois pour approcher la maison de quatre côtés." L'officier indique les itinéraires sur une carte, puis désigne Jeanette et Hurtig. "Vous venez avec moi, on prend le plus court, tout droit. On y va tranquille, pour laisser aux autres le temps de se mettre en position tout autour sans se faire repérer. OK?"

Jeanette hoche la tête, les autres policiers lèvent le pouce.

La forêt a beau être clairsemée, elle se prend parfois dans des branches, dont la neige lui tombe dessus et lui entre dans le cou. La chaleur de son corps fait fondre la neige glacée, qui la fait frissonner en lui dégoulinant dans le dos. Hurtig avance à grands pas, sans hésiter : on voit qu'il connaît le terrain. Durant toute son enfance à Kvikkjokk, il a dû avoir l'occasion de marcher en forêt dans ce genre de conditions.

Le chef du groupe d'intervention ralentit et lève la main. "Nous sommes arrivés", dit-il à voix basse.

Entre les troncs, Jeanette voit la maison et identifie aussitôt celle de la photo. Une des fenêtres est vaguement éclairée, elle reconnaît la véranda où Viggo Dürer souriait à l'objectif, mais il n'y a aucun autre signe de vie.

"Putain, c'est la bonne baraque", constate Hurtig.

Au même moment, un bruit de branches brisées : les policiers d'élite s'élancent, arme au poing.

En suivant Hurtig vers la maison, les yeux fixés au sol, Jeanette aperçoit des traces de pas qui s'éloignent dans la direction opposée.

Les empreintes de quelqu'un parti de la maison pieds nus dans la neige, vers la forêt.

Vita Bergen

L'entrée est encombrée de gros sacs-poubelles noirs que Victoria va veiller à faire disparaître.

Tout doit partir, jusqu'au moindre bout de papier.

Les réponses à ses questions ne se trouvent pas là, elles sont en elle, et le processus de guérison est si avancé qu'elle sent qu'elle aura bientôt l'accès complet à ses souvenirs. Les notes, les coupures de presse l'ont aidée à faire le premier pas, mais elle n'en a plus besoin désormais. Elle sait où elle va.

La chambre de Gao est vide, le vélo d'appartement est dans le séjour, les matelas au grenier, et il ne reste plus qu'à arracher l'isolation acoustique.

Elle noue le dernier sac-poubelle et le porte dans l'entrée. En tout, il y en a douze de cent vingt-cinq litres chacun : elle va devoir louer une remorque ou un utilitaire pour tout charger en un seul voyage.

Le plus simple serait une déchetterie, mais elle ne le sent pas. Il lui faut un adieu rituel. Une séparation idéologique, un autodafé dans les règles de l'art.

Elle retourne à la bibliothèque du séjour et referme la chambre de Gao.

Quand elle enclenche le crochet, elle se fige, le décroche, le laisse un instant pendre le long du montant de la bibliothèque, puis répète le geste. Une fois, une autre et encore une.

Ce geste lui rappelle quelque chose.

Le placard de Viggo Dürer dans la cave de la ferme de Struer, et la pièce, derrière. Un frisson lui parcourt tout le corps. Ce souvenir, elle ne veut pas y revenir.

Laponie

Le monde est blanc et froid, il lui semble courir dans la poudreuse depuis une éternité.

Malgré le manque de sommeil des derniers jours, elle est bien réveillée. Comme si son corps se faisait violence alors qu'elle n'a plus aucune réserve d'énergie cachée.

Le froid la pousse à avancer. Les flocons de neige coupants lui fouettent le visage.

Plusieurs fois, elle est retombée sur ses traces : elle comprend qu'elle a couru en rond. Elle ne sent presque plus ses pieds et peine à marcher. Quand elle s'arrête pour tenter de les réchauffer, elle écoute si elle est suivie. Mais le silence est complet.

Le monde est tellement blanc que la nuit ne parvient pas à cacher la clarté qui la frappe, cotonneuse et glacée, alors qu'elle avance dans la forêt éparse : elle ne va pas faire de vieux os.

Une heure, plus ou moins, selon le temps qu'elle mettra à mourir de froid. Elle se maudit de n'avoir pas fouillé la maison pour trouver de meilleurs vêtements.

Il gèle et elle est pieds nus, vêtue d'une fine combinaison de protection.

Une heure, ce qui d'ordinaire passe inaperçu, durée négligeable, c'est à présent ce qu'elle a de plus précieux, aussi court-elle, visage ouvert, vers son destin. L'air glacé lui déchire la gorge et elle avance comme s'il y avait un salut, et les branches qui lui fouettent le visage lui donnent l'illusion qu'elle va quelque part. Vers un endroit où n'ont plus cours les expressions comme *encore*, *plus loin* et *après*.

Ulrika Wendin inspire à fond et court comme s'il y avait de l'espoir dans un monde de pierre, de neige et de froid.

Elle court et pense, pense et court. Sans regretter ses choix, elle se souvient de ce qui a été et se permet de rêver de ce qui n'a pas encore eu lieu. Ce qu'elle a fait, et ce qu'elle fera.

Mais le froid impitoyable rend sa respiration irrégulière.

Si seulement je pouvais me mettre au chaud, se dit-elle en voyant une petite maison devant elle. Elle croit d'abord à une hallucination mais, en s'approchant, elle voit que c'est bien une petite maison de vacances peinte en rouge. Des angles blancs, un perron de pierre et quelques meubles de jardin rangés contre la façade.

Des meubles pour goûter au soleil, l'après-midi. Sortir au moment où les taons sont allés se coucher et où les moustiques dorment encore. Sirop de framboise, tarte aux myrtilles et brioches à la cannelle pour tremper dans le sirop. Voilà à quoi la vie pourrait ressembler.

La clé, se dit-elle en gravissant le perron. L'infime chaleur qui émane du granit lui promet de pouvoir bientôt se réconforter devant un poêle qui crépite.

Il doit y avoir une clé. Tout le monde sait qu'on cache quelque part la clé de sa maison de vacances. Elle lève les yeux. Au-dessus de la porte, un fer à cheval.

Pas sur le linteau, trop banal.

À côté de l'escalier, des cannes à pêche, parfaites pour aller de bon matin sortir quelques perches avec le cadet des voisins, qui a le même âge. Mais on ramènera surtout des gardons.

Elle se retourne. Dans la cour, un étendoir, parfait quand on est allé se baigner, pour mettre les serviettes à sécher. Quelle bonne odeur que celle des draps propres séchés au soleil !

Elle regarde autour d'elle et découvre un petit pot de fleurs en bas de l'escalier. Il n'a pas l'air à sa place, il doit y avoir une raison.

Elle le soulève et découvre en effet une clé rouillée. La vie, se dit-elle en sentant un sourire se dessiner sur son visage. Elle saisit la clé, ouvre la porte et pénètre dans une petite cuisine où il fait plus froid que dehors, si la chose est possible : le sol en lino est couvert d'une fine couche de givre. Devant le poêle en fonte, un tas de beau bois de bouleau bien sec : elle est sauvée.

D'abord du feu, puis la chaleur, enfin trouver de quoi manger, se dit-elle en partant à la recherche d'allumettes. Il doit bien y en avoir quelque part. C'est comme la clé sous le pot de fleurs, on laisse toujours des allumettes près du poêle. Elle ouvre le premier tiroir de la cuisine : vide. Pas même un papier de protection, rien que quelques crottes de rats.

Le suivant est tout aussi vide. Et le suivant, et encore le suivant. Elle ouvre le placard. Vide.

Ulrika regarde autour d'elle, et comprend alors seulement que la maison a été entièrement vidée. Pas de meubles, pas de rideaux. Rien d'autre que ce bois de chauffage qui la nargue devant le poêle.

Elle cherche en vain encore quelques minutes, avant d'être forcée d'admettre que cette maison ne lui donnera pas asile. Si elle veut vivre, elle doit retourner dans la neige. Elle ouvre la porte et sort.

Avant de regagner la forêt, elle ferme la porte et replace la clé sous le pot de fleurs. Personne ne verra qu'elle est passée.

Par-dessus les cimes des sapins, elle aperçoit une étroite bande rougeâtre : c'est l'aube, mais elle n'espère aucune chaleur du lever du soleil. Le soleil suédois ne vaut rien. Ça a beau être le même soleil qui brûle les champs des paysans africains, ici, au nord, il est parfaitement glacial.

La vie, pense-t-elle à nouveau, et encore une fois en entendant le bruit d'un hélicoptère. Ulrika s'arrête et tend l'oreille. L'hélicoptère s'approche et, parvenu à ce qu'elle estime un kilomètre de là, il descend, le bruit du moteur diminue et finit pas disparaître. C'est tout près, se dit-elle. Peut-être même à la maison où elle a été séquestrée. Elle sait qu'elle doit faire vite si elle veut retrouver son chemin.

Elle suit ses traces, mais le vent a déjà commencé à les effacer.

Ses jambes avancent et ses pieds engourdis ne sont pas arrêtés par les pierres et les branches du sol qui les lacèrent. Cette douleur signifie la vie, se persuade-t-elle, en comprenant que cet hélicoptère est peut-être venu la sauver. Une fois encore, l'espoir d'une suite l'emplit.

Les traces dans la neige sont de moins en moins visibles, et le vent finit par la prendre de vitesse et les faire complètement disparaître. Le froid fait à présent si mal qu'il l'anesthésie, et que ses nerfs s'efforcent de la tromper. Tout son corps crie de froid, mais son cerveau lui fait croire qu'elle est en sueur. Elle trébuche et sent son vêtement lui brûler la peau.

Le dernier geste d'Ulrika Wendin est de s'arracher cette combinaison beaucoup trop grande. Puis elle se couche nue dans la neige blanche et froide, et comprend que c'est la fin. La vie continue, pense-t-elle. Comme toujours.

Et maintenant, au moins, elle a chaud.

Vita Bergen

Victoria Bergman est à la cuisine, assise sur le profond rebord de la fenêtre, une tasse de café et son téléphone à la main. Il fait grand soleil ce matin, dans la rue les ombres sont nettes.

On dirait un puzzle cubiste dont les pièces seraient coupantes comme des tessons de verre. Elle songe à son puzzle intérieur, bientôt reconstitué.

Peut-elle continuer à travailler comme psychologue ? Elle ne sait pas, mais elle doit accepter pour l'heure d'être Sofia Zetterlund, psychothérapeute libérale, qui loue un cabinet dans l'immeuble Tvålpalatset de Mariatorget.

Victoria Bergman officieusement. Sofia Zetterlund sur ses papiers. Cela dure depuis longtemps, à la grande différence que la Somnambule est désormais morte et que c'est moi qui décide, sens et agis.

Fini les trous de mémoire. Les promenades nocturnes, les tournées des bars, les randonnées titubantes dans les parcs obscurs. Elle n'a plus besoin de rappeler son existence à Sofia. Une fois, elle était même tombée à l'eau, au port de Norra Hammarby. Sofia, le lendemain, avait retrouvé les vêtements trempés à la cuisine, les avait reniflés, avait goûté l'eau, cherchant désespérément à comprendre ce qui s'était passé. La réponse était simple et triviale : elle était allée au Clarion, était montée avec un homme dans une chambre pour y baiser jusqu'à la nausée, avant de descendre au bord du Mälar avec deux bouteilles de vin, de s'enivrer et de tomber à l'eau.

Victoria quitte le rebord de la fenêtre, pose sa tasse vide dans l'évier et va dans l'entrée. Il ne reste plus qu'à s'occuper de ces sacs.

Elle sait à présent quoi en faire et où aller avec. L'endroit coule de source.

Elle appelle Ann-Britt et l'informe qu'elle compte fermer le cabinet pour une durée indéterminée. Elle a besoin de vacances, de partir, n'importe où, et ne sait pas pour combien de temps. Peut-être un mois ou deux, peut-être rentrera-t-elle au bout de quelques jours. Le loyer de son cabinet est payé d'avance pour l'année à venir, il n'y a donc aucun problème.

Elle donnera de ses nouvelles, promet-elle avant de raccrocher.

Un autre coup de téléphone, cette fois à une agence de location de voitures de Södermalm.

Elle réserve un petit utilitaire d'une capacité de vingt-deux mètres cubes, disponible dans l'heure. Tant mieux, car elle a de la route, et il lui faudra déjà quelques heures pour descendre et charger les sacs.

En raccrochant, tout lui paraît plus léger.

Elle va à un endroit qui signifie encore quelque chose pour elle.

Un endroit où elle aura la paix et où, en cette saison, les maisons sont désertes, et le ciel étoilé vaste et clair comme quand elle était toute petite.

Kiev

On dit que les deux villes industrielles de l'Est de l'Ukraine, Donetsk et Dniepropetrovsk, sont les seules villes au monde où la neige est noire. Elle sait désormais que c'est faux. La neige noire tombe aussi sur la capitale : un essaim de flocons de suie s'abat contre le pare-brise.

Madeleine est assise à l'arrière. Le visage du chauffeur se reflète sur un fond sombre de grues, de cheminées et d'usines. Ce visage est pâle, maigre et mal rasé. Les cheveux sont noirs, les yeux bleu clair, froids et aux aguets. Il s'appelle Kolya.

Les rues disparaissent derrière eux dans la brume. Ils franchissent un des ponts sur le Dniepr. L'eau luit dans la nuit noire et elle se demande combien de temps elle pourrait y survivre.

De l'autre côté du fleuve s'alignent les hangars industriels. À un croisement, Kolya ralentit et tourne à droite. *"It is here…**", dit-il sans la regarder.

Il s'engage dans une plus petite rue, se gare sur le trottoir près d'un haut mur, sort de la voiture et vient lui ouvrir.

Le soir crisse de froid et le courant d'air la fait frissonner.

* "C'est là…"

Kolya ferme la voiture et ils descendent la rue en longeant le mur. Ils s'arrêtent devant une barrière en bois usée, couverte d'écailles de peinture rouge et blanche, à côté de ce qui ressemble à une guérite. Kolya lève la barrière et lui fait signe d'entrer. Elle obéit et il la suit après avoir rabaissé la barrière. Après quelques pas, il ouvre la porte du bâtiment principal.

*"Fifteen minutes** ", dit-il alors en regardant sa montre. Un homme petit, maigre, en noir, sort aussitôt de l'ombre et leur fait signe de le suivre.

Ils se trouvent dans une cour intérieure, l'homme ouvre une des portes tandis que Kolya s'arrête et sort ses cigarettes. *"I wait outside**."*

Madeleine entre dans un couloir dont l'unique fenêtre est obturée par des planches. À gauche, une porte ouverte, elle aperçoit à l'intérieur une grande table, où s'alignent plusieurs armes à feu. Le maigre prend un pistolet automatique et lui fait un signe de tête.

Elle entre et regarde autour d'elle dans la pièce. On a arraché les papiers peints, gratté et enduit les murs, prêts à être repeints, mais personne n'a jamais commencé le travail. Les fils électriques pendouillent en diagonale le long des murs, comme si on avait tiré les fils jusqu'aux interrupteurs par le plus court chemin, par souci d'économie.

L'homme lui tend l'arme. *"Luger P08*, précise-t-il. *From the war***."*

Elle prend l'arme, la soupèse un moment, étonnée de son poids. Puis elle sort une liasse de billets de la poche de son manteau et la lui tend. L'argent de Viggo Dürer.

* "Quinze minutes."
** "J'attends dehors."
*** "Il date de la guerre."

Le vendeur lui montre le fonctionnement de la vieille arme. Elle voit qu'elle est attaquée par la rouille et espère qu'elle ne va pas s'enrailler.

"What happened to your finger?"* demande-t-il. Madeleine ne répond pas.

Tandis que Kolya la reconduit dans la nuit, elle songe à ce qui l'attend.

Elle est certaine que Viggo Dürer honorera sa part du contrat. Elle le connaît assez bien pour pouvoir lui faire confiance.

Pour elle, ce contrat signifie pouvoir tirer un trait sur le passé, l'oublier et continuer le processus de purification. Bientôt, tous ceux qui avaient une dette envers elle seront morts.

Sauf Annette Lundström. Mais elle a déjà été assez punie. Elle a perdu toute sa famille et a plongé dans la psychose. Et puis Annette n'a jamais été qu'une spectatrice passive des viols.

Désormais, Madeleine n'aspire plus qu'à retrouver ses champs de lavande.

Kolya ralentit, s'arrête à un feu rouge et elle comprend qu'elle est bientôt arrivée. Il se range sur le côté, monte sur le trottoir et se gare à côté d'un arrêt de bus.

"Syrets station, dit-il. *Over there***. "Il montre un bâtiment bas en béton gris, un peu plus loin. *"You find the way to monument? The Menorah***?"*

Elle hoche la tête et tâte la poche intérieure de son manteau. La vieille arme rouillée est froide sous sa main, qui frôle le manche légèrement strié.

* "Qu'est-il arrivé à votre doigt ?"
** "La station Syrets. Là-bas."
*** "Vous allez trouver le monument ? La Menorah ?"

"*Twenty minutes*, dit-il. *Then the area will be safe**."

Madeleine sort de la voiture et claque la portière.

Elle sait qu'il faut prendre à droite à la gare pour arriver au monument, mais elle commence par descendre vers les petites boutiques sous le bâtiment. En cinq minutes, elle trouve ce qu'elle cherchait, un petit fast-food où elle demande un gobelet de glaçons.

Elle remonte à la surface et se dirige vers le grand parc. Elle a mal aux dents en croquant la glace, elle se souvient de la sensation de perdre une dent, quand on est petite. Cette sensation de succion froide dans le trou de la gencive. Le goût de sang dans la bouche.

L'allée conduit à une petite esplanade, avant de continuer dans le parc. Un cercle dallé, avec, en son centre, une statue sur un socle. La sculpture, sans prétention, représente trois enfants. Une fillette les bras tendus et deux enfants plus petits à ses pieds.

D'après l'inscription sur le socle, la statue a été érigée en mémoire des milliers d'enfants exécutés là pendant la guerre.

Madeleine mâche ses glaçons et quitte l'endroit en suivant l'allée qui s'enfonce dans le parc. Son cri est encore intérieur, mais bientôt elle pourra le pousser.

* "Donnez-moi vingt minutes. Et la zone sera sûre."

Dala-Floda

Il s'est mis à neiger dès Hedemora et elle a abandonné l'idée d'un ciel étoilé au-dessus de la ferme de Dala-Floda.

De toute façon, le ciel n'est jamais aussi clair que dans les souvenirs d'enfance.

La forêt se fait plus dense, ce n'est plus très loin. La dernière fois qu'elle a fait le trajet, c'était son père qui conduisait, elle s'en souvient comme d'un brouillard de disputes. Le moment était venu de vendre la ferme, et maman se faisait des idées fausses sur le prix qu'on pouvait espérer en tirer.

Elle se souvient aussi d'autres voyages et, heureusement, les endroits où il s'arrêtait pour qu'elle le satisfasse ont changé d'aspect. La route a été élargie, les aires supprimées.

Elle traverse des localités familières. Grangärde, Nyhammar et un peu après Björnbo. Tout semble différent, plus laid et plus noir, même si elle sait que c'est faux.

Comment peut-elle avoir des souvenirs aussi lumineux, malgré tout ce qu'elle a subi là-bas ?

Peut-être est-ce grâce à cet été-là, celui de ses dix ans, quand elle a rencontré Martin et sa famille. Quelques semaines sans papa, avec juste tante Elsa dans la maison voisine pour la surveiller.

Un dernier croisement puis la ferme sur le côté gauche.

La maison est toujours là. Elle range la camionnette le long de la haie et coupe le moteur. Le vent s'est un peu calmé ou peut-être est-ce la forêt qui lui fait obstacle. Les gros flocons de neige tombent doucement dans le noir tandis qu'elle s'approche de la grille.

Comme les autres maisons des environs, leur ancienne ferme est toujours une résidence secondaire, déserte et plongée dans le noir. Mais elle a été transformée jusqu'à en être méconnaissable. Deux annexes, une terrasse qui court sur toute la façade et les deux côtés, des fenêtres et un toit neufs.

Ce mélange d'ancien et de moderne est d'un mauvais goût provocateur.

Elle retourne à la camionnette et s'assoit à l'avant. Incapable de tourner la clé de contact, elle reste là un moment. La neige tombe en silence sur le pare-brise et ses pensées s'envolent en remontant le temps. Elle a souvent couru avec Martin le long de cette route, vers la maison que louaient ses parents. On ne la voit pas d'ici et c'est peut-être pour cela qu'elle ne se décide pas à démarrer. Elle a peur de ses souvenirs.

Je dois descendre au lac, se dit-elle en mettant le contact pour suivre la route. Au croisement, on voit la maison, elle n'y jette qu'un coup d'œil, assez pourtant pour voir qu'elle a également été agrandie et pourvue d'une grande terrasse. Elle est aussi déserte que le reste du village. De là, la route descend et elle aperçoit à présent le lac un peu plus loin. Il y a du verglas, elle roule avec deux roues sur le bord de la congère pour ne pas déraper. Un dernier croisement et elle passe devant une pancarte qui indique une baignade autorisée.

Elle sort et ouvre les portes arrière.

Douze sacs pleins de fragments de sa vie, des millions de mots et des milliers d'images qui tous, d'une façon ou d'une autre, conduisent vers elle.

Se connaître soi-même peut être une énigme.

Vingt minutes plus tard, elle a aligné tous les sacs plastique sur la plage couverte de neige.

La glace n'a pas encore pris sur le lac, c'est une chance. Elle s'accroupit sur le rivage et trempe ses doigts dans l'eau glaciale.

Ses yeux se sont un peu habitués à l'obscurité et la lumière réfléchie par la neige permet de voir assez loin sur le lac. La chute de neige est toujours silencieuse. Un peu plus loin, au-delà des croûtes blanches en formation à la surface du lac, elle sait qu'il y a un gros rocher.

Quand elle nageait ici, petite, l'eau noire se refermait autour d'elle en la protégeant du monde extérieur. Sous la surface, c'était la sécurité. Elle avait l'habitude de nager quatre longueurs entre le vieux ponton et le rocher plongeoir, quatre fois cinquante mètres, puis de se coucher sur la plage au soleil. C'est ainsi qu'elle avait rencontré Martin.

Il avait alors trois ans et elle avait été sa Fifi durant un long et lumineux été. Une Fifi Brindacier, une enfant mais pourtant une adulte, forcée de se débrouiller seule.

Avec Martin, elle avait appris à s'occuper d'autrui, mais tout s'était effondré six ans plus tard, quand elle l'avait laissé seul au bord du Fyrisån à Uppsala.

Elle s'était absentée cinq minutes. Cela avait suffi.

C'était peut-être un accident, peut-être pas.

C'est en tout cas là, au bord de l'eau, que la Fille-corneille a reçu son nom. Elle existait déjà en Victoria, mais comme une ombre sans nom.

À présent, elle est certaine que la Fille-corneille n'est pas une de ses personnalités.

Le battement d'ailes ressenti sous sa paupière et les taches aveugles dans son champ de vision signalent tout autre chose.

La Fille-corneille est la réaction immédiate au stress d'un traumatisme. Un trouble épileptique du cerveau, qu'elle a, toute jeune, interprété à tort comme une présence étrangère en elle.

Elle retourne à la camionnette prendre une serviette dans son sac. Elle revient sur la plage, ôte ses chaussures et retrousse le bas de son pantalon.

Dès le premier pas qu'elle risque dans l'eau, elle sent l'engourdissement. Comme si le lac avait des mains qui saisissaient ses chevilles et les serraient très fort.

Elle attend un moment. L'engourdissement se transforme en douleur aiguë qui ressemble presque à de la chaleur. Quand cela devient agréable, elle revient sur le rivage prendre un premier sac.

Elle le tire vers elle, le laisse flotter à la surface. Au bout d'une dizaine de mètres, quand l'eau lui monte aux cuisses, elle vide délicatement son contenu dans l'eau.

Les mots et les images flottent doucement sur l'eau noire comme de petites plaques de glace. Elle regagne le bord pour prendre le sac suivant.

Elle travaille alors dur, sac après sac. Au bout d'un moment, elle oublie le froid brûlant et enlève son pantalon, son blouson et son pull. Juste vêtue d'une culotte et d'un caraco, elle s'avance plus loin. L'eau atteint bientôt sa poitrine et elle oublie de respirer. L'étreinte glaciale du lac comprime ses muscles, et elle ne ressent plus le fond dur sous ses pieds. Autour d'elle tout est blanc de papiers, ils s'accrochent à ses bras, dans ses cheveux. La sensation est indescriptible. Euphorique, parfaite. Et quelque part, sous son enthousiasme, elle a le contrôle.

Elle n'a pas peur. En cas de crampe, elle a pied.

Tout va pâlir, songe-t-elle. Tous les papiers finiront par se délaver, les mots se dissoudront dans l'eau et ne feront plus qu'un avec elle.

Le vent faible pousse le contenu des sacs vers le centre du lac. De petites plaques de glace qui coulent en se défaisant et disparaissent hors de vue, plus loin.

Le dernier sac vidé, elle rentre à la nage mais, avant de sortir, elle se couche un petit moment sur le dos dans quelques décimètres d'eau en regardant tomber la neige. Le froid est chaleur. C'est une immense libération.

Babi Yar

Babi Yar. Le ravin des Femmes. La barrière d'octroi de la ville se trouvait jadis là, un endroit inhospitalier : les sentinelles égayaient leur existence en y invitant leurs femmes et leurs amantes.

Le ravin des Femmes était alors symbole d'amour. Mais elle se rappelle l'endroit tel qu'il était, ce jour d'automne, voilà presque soixante-dix ans, et entend encore la terre gémir.

En moins de quarante-huit heures, les nazis ont exterminé la population juive de Kiev, plus de trente-trois mille personnes jetées dans le ravin, qui a été recouvert après le massacre et est aujourd'hui un parc luxuriant. Comme toujours, la vérité est relative. Elle est tapie dans le sol sous cette apparente beauté, sous la forme d'un mal profond, imprévisible et calculateur.

Un petit serre-joint en bois. Un presse-doigt. Encore un tour. Et un autre.

Ça doit se ressentir. La douleur doit être physique. Elle doit se diffuser du pouce vers le cœur, portée par le sang. Le presse-doigt contrôle la douleur, qui devient méditation.

Le doigt vire au bleu. Encore un tour, et un autre, et encore un. Les cris des morts palpitent dans son doigt.

Viggo Dürer, Gilah Berkowitz de son nom de naissance, a encore dix minutes à vivre et tombe à genoux devant le monument, une *menorah*, un chandelier à sept branches. Quelqu'un a pendu un bouquet à l'une des branches les plus solides.

Son corps est âgé, les crevasses dans ses mains sont profondes, son visage est blême et délavé.

Elle porte un manteau gris avec une croix blanche dans le dos.

La croix signale un prisonnier libéré du camp de concentration de Dachau, mais le manteau n'est pas le sien. Il était destiné à un jeune soldat danois nommé Viggo Dürer, et sa liberté est donc factice. Elle n'a jamais été libre, ni avant, ni après Dachau. Soixante-dix ans durant, elle a été prisonnière, et c'est pourquoi elle est revenue ici.

Le contrat passé avec Madeleine va être honoré.

Au fond du ravin, elle reposera enfin auprès de ceux qu'elle a jadis envoyés à la mort.

Encore un tour de presse-doigt. La douleur dans son pouce est presque muette, les larmes brouillent sa vue. Il lui reste sept minutes à vivre.

Qu'est-ce que la conscience ? pense-t-elle. Les remords ? Peut-on regretter une vie entière ?

Tout a commencé quand elle a trahi sa famille pendant l'Occupation. Elle l'a dénoncée aux Allemands comme juive, et ils se sont rendus à Babi Yar avec tous leurs biens dans des charrettes. C'est la jalousie qui l'avait poussée.

Elle était une *mamzer*, une bâtarde qui n'appartenait pas à la communauté.

Ce jour d'automne, elle a décidé de vivre toute sa vie sous une autre identité.

Mais elle voulait revoir une dernière fois son père et ses deux frères aînés. Elle est venue ici. Non loin de là où elle se trouve en ce moment, il y avait alors un bosquet entouré de hautes herbes. Elle s'y est cachée, à plat ventre, à vingt mètres à peine du bord du ravin, et a tout vu. La douleur palpite dans son pouce, tandis que les souvenirs lui reviennent.

Un *Sonderkommando* allemand et deux bataillons de la police ukrainienne assuraient la logistique. Car il s'agissait d'un travail systématique, presque industriel.

Elle a vu des centaines de personnes conduites au ravin pour y être abattues.

La plupart étaient nues, dépouillées de tous leurs biens. Hommes, femmes et enfants. Peu importait. Tous égaux devant l'extermination.

Encore un tour autour de son pouce. La vis de bois grince, mais la douleur a comme disparu. C'est juste une forte pression, qui brûle. Elle a appris à détourner la souffrance psychique par des moyens physiques. Elle ferme les yeux, puis regarde à nouveau devant elle.

Un policier ukrainien est arrivé en poussant une vieille brouette rouillée remplie de nourrissons hurlant. Deux autres policiers l'ont rejoint pour jeter à tour de rôle les petits corps dans le ravin.

Elle n'a pas vu son père, mais ses frères, oui.

Les Allemands avaient attaché ensemble un groupe de jeunes garçons, deux ou trois douzaines, ligotés avec du fil barbelé qui pénétrait profondément leur chair nue. Ceux qui vivaient encore étaient forcés de traîner leurs camarades morts ou sans connaissance.

Ses deux frères faisaient partie du groupe, encore vivants quand ils se sont agenouillés au bord du ravin pour recevoir une balle dans la tête.

Il lui reste cinq minutes à vivre. Elle dévisse le serre-doigt et le remet dans sa poche. Son pouce palpite et la douleur revient.

Elle est agenouillée là comme ses frères, aujourd'hui comme jadis. Elle avait alors dénoncé sa famille, et tout avait commencé.

Toute sa vie découle des événements de ces jours d'automne.

Elle vivait dans une société de dénonciateurs. La dictature de Staline transformait ses amis en ennemis, et même les stalinistes les plus dévoués n'étaient pas à l'abri. À l'arrivée des Allemands, cela a continué, en inversant les rôles. Désormais, c'étaient les juifs et les communistes qu'on dénonçait, et elle avait fait comme tous les autres. S'adapter et essayer de survivre. C'était impossible pour une fillette juive, *mamzer* ou non, mais tout à fait possible pour un jeune homme en bonne santé.

Il n'a pas été facile de dissimuler son sexe, surtout à Dachau, et elle n'y serait probablement pas parvenue sans la protection du gardien-chef. Pour lui, elle était un hermaphrodite, un *forficule*, à la fois homme et femme.

Mentalement, Gilah Berkowitz est à la fois homme et femme, ou aucun des deux, mais extérieurement il a toujours été plus pratique de jouer le rôle d'un homme, à cause des avantages sociaux.

Elle a même épousé une jeune fille de l'internat de Sigtuna, Henrietta Nordlund, un mariage blanc. Elle assurait l'entretien de Henrietta en échange de son silence et de prestations régulières d'épouse, en société.

Elle n'aurait pas pu souhaiter meilleure épouse. Mais ces dernières années, elle était devenue un boulet.

Comme Anders Wikström : il a fallu organiser un accident.

La nuit est silencieuse, les grands arbres arrêtent la lueur de la ville et il lui reste trois minutes à vivre. Elle a désigné son bourreau voilà dix ans, quand Madeleine était une fillette de dix ans.

L'âge qu'elle avait quand elle a trahi son père et ses frères.

Madeleine est à présent une adulte, avec bien des morts sur la conscience.

Gilah Berkowitz guette des pas, mais tout est encore silencieux. Rien que le vent dans les arbres et les morts sous terre. Un faible gémissement.

"Holodomor", murmure-t-elle en resserrant autour d'elle le manteau à la croix blanche.

Les images affluent en elle. Des visages desséchés et des corps décharnés. Des mouches sur un cadavre de porc et le souvenir de son père à table, avec les couverts en argent et, dans son assiette, un pigeon. Père avait mangé du pigeon au dîner, et elle de l'herbe.

L'*Holodomor* est la famine mise en scène par Staline, un meurtre de masse qui a coûté la vie à sa mère. Ils l'avaient enterrée hors de la ville, mais les tombes avaient été pillées par les foules affamées, car les morts récents étaient encore comestibles.

Pendant la guerre, les nazis ont fabriqué des gants et du savon avec de la peau et de la graisse humaines – des objets qu'on montre aujourd'hui au musée, moyennant l'achat d'un ticket d'entrée.

Tout ce qui est malade finit au musée.

Si elle est malade, tout le monde est malade, et elle se demande si c'est vraiment un hasard qu'elle soit arrivée au Danemark, pays du monde où l'on trouve le plus de cadavres naturellement momifiés. On perçait un trou dans le crâne des morts pour faire sortir les mauvais esprits, puis on les coulait dans les tourbières.

Et non loin de Babi Yar se trouve la laure des Grottes, avec les momies des moines qui s'enfermaient dans des trous exigus pour se rapprocher de Dieu. Sous leurs vitrines, aujourd'hui, leurs corps ressemblent à ceux de petits enfants. Ils sont couverts d'étoffes, mais leurs mains racornies dépassent et, parfois, une mouche parvient à se glisser sous le verre pour aller sucer sur leurs doigts ce qui reste à manger. Leurs cadavres au fond des grottes obscures sont exposés au public, qui paie le prix d'un petit cierge pour venir pleurer sur leur sort.

Soudain, elle entend des pas, le claquement lent mais décidé de talons sur la pierre. Elle n'a donc plus qu'une minute à vivre.

“*Konets*, chuchote-t-elle. Viens.”

Elle songe à l'œuvre qu'elle a créée, sans pouvoir expliquer ce qu'elle a fait ni répondre à la question du pourquoi de sa création. L'art se fait de lui-même car il est inexplicable et immémorial.

C'est la Gnose, un jeu d'enfant libéré de tout but déterminé.

Si elle n'avait pas vu ses deux frères mourir à Babi Yar et si sa mère n'avait pas disparu lors de la Grande Famine, elle n'aurait pas forcé deux frères kazakhs à s'entre-tuer à mains nues tandis qu'elle regardait, déguisée en sa mère, une vraie juive.

Mamzer, c'est le nom générique de toute sa vie. *Mamzer*, c'est le remords et l'exclusion, la vie et la mort en même temps, des instants gelés de ce qui est perdu.

Devenir adulte est un crime contre son enfance en même temps qu'une négation de la Gnose. Un enfant n'a pas de sexe, et être sans sexe c'est se rapprocher de l'origine. Découvrir son sexe est un acte criminel à l'encontre du créateur originel.

Je suis un insecte, pense-t-elle en écoutant les pas derrière elle. Ils ralentissent et finissent par s'arrêter tout à fait. Je suis un mille-pattes, un myriapode qu'on ne peut pas expliquer. Celui qui me comprendrait serait aussi malade que moi. Pas d'analyse possible. Rends-moi à la terre gémissante.

Elle ne pense plus à rien quand la balle transperce sa

tête inclinée, mais son cerveau enregistre une puissante détonation et le battement d'ailes d'oiseaux effrayés dans le ciel nocturne.

Puis les ténèbres.

Dala-Floda

Après s'être séchée et rhabillée, elle reste plusieurs heures assise au bord du lac. Ce que contenait une petite chambre est maintenant dispersé sur une surface d'au moins cent mètres carrés. Au début, on aurait dit des nénuphars, mais maintenant on ne voit plus que des touches grises éparses.

Quelques papiers ont reflué vers la rive. Peut-être quelques phrases incompréhensibles tirées d'un livre, peut-être une photo découpée dans un journal ou une note sur Gao Lian ou Solace Aim Nut.

Quand viendra le printemps, ces papiers se décomposeront à leur tour dans le sable ou au fond du lac.

Quand elle retraverse le village, il a cessé de neiger et elle n'accorde pas un regard aux maisons. Elle se concentre uniquement sur la route qui serpente à travers la forêt, vers le sud.

Bientôt, la neige disparaît également des bas-côtés, la forêt de conifères cède la place à la forêt mixte, où bouleaux et érables cohabitent avec les pins et les sapins. Le paysage s'aplatit et la camionnette paraît toute légère sur l'asphalte.

Le poids qu'elle a laissé derrière elle permet aux roues de tourner plus vite. Elle n'a plus cette cargaison à traîner et, en y réfléchissant, l'agence de location a des bureaux dans tout le pays, elle pourrait rendre la camionnette en Scanie, si elle voulait.

Elle se maintient un peu au-dessus de la vitesse limite, sans pourtant être pressée d'arriver à destination. Cent kilomètres à l'heure est une vitesse méditative.

Au fond, elle a tout ce qu'il lui faut. Dans son sac, son portefeuille, son permis de conduire, sa carte de crédit et des sous-vêtements propres. Côté passager, la serviette mouillée est étendue à sécher dans les vapeurs du siège chauffant.

Elle n'a pas de soucis d'argent : elle a à peine touché à l'héritage de ses parents, et les charges de son appartement sont débitées automatiquement.

Elle approche de Fagersta. En continuant sur la route 66, elle sera rentrée à Stockholm d'ici quelques heures, tandis que la route 68 file vers le sud en direction d'Örebro.

Elle s'arrête sur une aire, quelques minutes avant l'embranchement.

Tout droit pour rentrer, pour retrouver ce qui a été. Si elle quitte l'itinéraire, elle va vers la nouveauté.

Un voyage sans but. Elle coupe le moteur.

Au cours des dernières semaines, elle s'est débarrassée de sa vie antérieure. Elle l'a rasée, mise en pièces et en a jeté les morceaux qui ne lui appartenaient pas. Les faux souvenirs ont été déconstruits, et les souvenirs cachés extraits de leur gangue. Elle a atteint la clarté et la pureté.

Catharsis.

Elle ne donnera plus de noms à ses traits de caractère, ne s'éloignera plus d'elle-même en s'inventant d'autres identités. Elle s'est libérée de tous les noms : Gao Lian, Solace Aim Nut, la Travailleuse, l'Analyste et la Geignarde, le Reptile, la Somnambule et la Fille-corneille.

Elle ne se cachera plus jamais, ne laissera plus des parties étrangères d'elle-même s'occuper de ses difficultés.

Tout ce qui lui arrive désormais arrive à Victoria Bergman, et à personne d'autre.

Elle regarde son reflet dans le rétroviseur. Enfin elle se reconnaît, ce n'est plus le visage déformé et soumis qu'elle avait quand Sofia Zetterlund décidait.

C'est un visage encore jeune où elle ne lit aucun remords, aucune trace d'une vie remplie de souvenirs douloureux : elle a enfin accepté tout ce qui s'est passé.

Son enfance comme ce qu'elle a été : un enfer.

Elle redémarre et reprend la route. Un kilomètre, deux, puis elle prend sur la droite, vers le sud. Ses derniers doutes l'abandonnent tandis que la forêt noire bruit à sa fenêtre.

Désormais, elle ne fera plus de plans.

Tout ce qui appartient au passé ne regarde plus sa vie. Ce passé l'a faite ce qu'elle est, mais son histoire ne doit plus l'empoisonner. Jamais plus influer sur ses choix et son avenir. Elle n'est responsable de personne d'autre qu'elle-même, et elle comprend qu'elle vient de prendre une décision cruciale.

Un nouveau panneau indicateur, mais elle continue tout droit en pensant à Jeanette. Vais-je te manquer ?

Oui, mais tu le surmonteras. Comme toujours.

Tu me manqueras aussi. Peut-être même que je t'aime, mais je ne sais pas encore si c'est pour de bon. Alors il vaut mieux que je parte.

S'il s'agit vraiment d'amour, je reviendrai. Sinon, c'est aussi bien comme ça. Alors nous saurons au moins qu'il ne fallait pas trop en attendre.

L'aube se lève tandis qu'elle roule à travers les forêts du Västmanland. Des forêts, et encore des forêts, interrompues çà et là par une coupe forestière, un pré ou un champ. Elle passe Riddarhyttan, la seule localité le long de cette route, et, quand la forêt reprend, elle décide de tirer sur la corde jusqu'au bout. Tout doit être rasé, tout doit disparaître.

Elle regarde sa montre. Huit heures et quart, ce qui veut dire qu'Ann-Britt devrait être arrivée au travail. Elle prend son téléphone et compose le numéro. Ann-Britt répond après quelques sonneries. Victoria va droit au but et lui annonce qu'elle a décidé de fermer son cabinet. Un peu curieuse de la réaction d'Ann-Britt, elle lui demande si elle a des questions.

"Non, je ne sais pas quoi dire, répond la secrétaire après un silence. C'est si soudain, c'est le moins qu'on puisse dire.

— Je vais te manquer ?" demande Victoria.

Ann-Britt se racle la gorge. "Oui, c'est sûr. Je peux demander pourquoi tu fais ça ?

— Parce que je le peux", répond-elle. Pour le moment, cette explication fera l'affaire.

Après avoir raccroché, au moment de ranger son téléphone, elle sent ses clés dans sa poche.

Elle sort le trousseau et le tient devant elle. Il est lourd, toutes ses clés sont là. Celle du cabinet, et toutes celles de son logement de Borgmästargatan. La clé de son appartement, la clé du grenier et celle de la buanderie, et une autre dont elle ne se souvient plus ce qu'elle ouvre. Le garage à vélos, peut-être.

Elle baisse sa vitre et jette le trousseau dehors. Dans le rétroviseur, elle le voit rebondir sur la voie d'en face et finir dans le fossé. Elle laisse la vitre baissée et le froid envahit l'habitacle.

Elle n'a pas dormi depuis presque deux jours, mais ne ressent pas la moindre fatigue.

Victoria regarde son téléphone. À quoi va-t-il lui servir, au fond ? Il ne contient que des contraintes, des numéros oiseux et un agenda rempli de rendez-vous qu'Ann-Britt va à présent annuler. Ça n'a pas de sens.

Elle s'apprête à jeter aussi le téléphone, mais se ravise.

Une main sur le volant, elle tape de l'autre un court SMS qu'elle envoie ensuite à Jeanette. "Pardon", écrit-elle en franchissant un pont.

Victoria Bergman aperçoit une dernière fois son téléphone rebondir sur la rambarde avant de disparaître dans l'eau noire.

Cathédrale Sainte-Sophie

Madeleine Silfverberg est assise sur un banc, dans l'ombre chiche de quelques arbres aux branches couvertes d'oiseaux noirs. Le soleil chauffe malgré l'automne bien avancé, et les coupoles dorées de l'immense monastère luisent devant elle dans le ciel bleu.

Le flot tranquille des passants est terne, tandis que le bâtiment flamboie en blanc, vert et or.

Elle met ses écouteurs et allume la radio. Une faible friture avant que le récepteur trouve une station : des voix ukrainiennes, puis un accordéon, une section de cuivre et enfin une caisse claire qui bientôt matraque ce qui évoque un croisement hystérique de musique klezmer et de tube bavarois. Le contraste entre cette musique et le calme qui règne ici autour du monastère est à l'image de sa vie.

Sa vibration intérieure, personne ne la connaît.

Les gens ne font que passer, occupés par leurs affaires. Hors d'elle, enfermés en eux-mêmes.

Elle se penche en arrière et lève les yeux vers le fouillis des branchages. Ici ou là on voit les contours d'oiseaux dans les tons gris et noirs, en relief, comme l'arbre contre la platitude bleu clair du ciel.

Un jour d'été, dix ans plus tôt, Viggo l'avait emmenée au phare rouge et blanc au bord de l'Oddesund, elle était restée plusieurs heures sur ses genoux tandis qu'il lui racontait sa vie, et le ciel était le même qu'aujourd'hui.

Elle se lève et se dirige vers les murs blancs qui protègent la zone du vacarme de la ville, de l'autre côté. À la radio, la musique cède la place aux voix, aussi agitées, exaltées et présentes que la batterie, l'accordéon et les cuivres.

Quand elle avait dix ans, Viggo lui avait parlé de cet endroit, lui avait expliqué pourquoi les moines s'enfermaient dans les grottes sous le cloître de Kievo-Petchersk. Il lui avait aussi dit qu'il n'y avait rien de pire dans la vie que les remords, et elle avait déjà à l'époque compris ce qui le tourmentait.

Quelque chose qu'il avait fait enfant, quand il n'était encore ni homme ni femme.

Et aujourd'hui, elle a fait ce qu'il voulait et tout est fini.

Il avait fait d'elle sa confidente, et elle ne l'a jamais oublié. À dix ans, elle en avait été fière, mais elle comprend aujourd'hui qu'elle a juste été son esclave.

Elle franchit le porche voûté sous le haut clocher tandis que les voix se taisent à la radio et que la musique revient à un tempo toujours aussi effréné, mais cette fois avec une chanteuse accompagnée d'un tuba. Elle entend ses talons claquer au même rythme sur les dalles. Une fois l'esplanade traversée, en arrivant sur la rue, elle ôte ses écouteurs.

Un vieil homme qui lui rappelle Viggo est assis à une petite table au coin de la rue.

Le même visage, la même posture, mais cet homme est vêtu de haillons et, sur la table branlante, s'alignent des verres de différentes tailles. Elle le prend d'abord pour un vendeur mais, en la voyant, il lui adresse un sourire édenté, humecte le bout de ses doigts crasseux et effleure le bord d'un des verres.

Au moment où les verres se mettent à vibrer sous le va-et-vient de ses doigts, elle voit qu'ils sont remplis d'eau. Ils sont placés comme les touches d'un piano, sur trois octaves, avec les tons et les demi-tons, en tout trente-six verres. Elle reste comme pétrifiée devant lui. Alentour, le bruit de la circulation et des gens, dans les écouteurs pendus à son cou, le bavardage brouillé de la radio, mais de la table devant elle montent des sons qu'elle n'a jamais entendus.

L'orgue de cristal du vieil homme sonne comme depuis un autre monde.

Dans l'enceinte du monastère, un instant plus tôt, la musique était un chaos contrastant avec le calme du cloître.

À présent, c'est le contraire.

Les notes des verres se mêlent et communiquent comme un balancement, l'impression de flotter librement dans les airs ou d'être bercée par la houle. Les sons cristallins et flûtés s'élèvent dans le brouhaha chaotique ambiant, créant une bulle de paix.

Sur le trottoir, une petite boîte métallique avec quelques billets froissés et, sous la table, près des chaussures abîmées du musicien, un bidon d'eau en plastique.

Elle comprend que l'eau sert à accorder l'orgue de cristal à mesure que le liquide s'évapore des verres, et elle voit aussi de gros morceaux de glace dans le bidon.

De l'eau gelée aux isotopes purifiés, comme dans son propre corps.

Quartier Kronoberg

Après avoir parlé avec Ivo Andrić, Jeanette reste assise à son bureau sans rien dire, face à Jens Hurtig, muet lui aussi. Ils viennent d'entendre le légiste leur expliquer ce qu'Ulrika Wendin a subi avant de mourir de froid, et cet exposé les laisse sans voix.

Ivo Andrić leur a parlé de momification vivante, une technique immémoriale utilisée, entre autres, par certaines sectes du bouddhisme japonais.

De sa voix réfléchie, traînante, il leur a décrit le procédé en lui-même, qui ne nécessite rien d'autre qu'un local sec et une alimentation en oxygène minimale. La graisse corporelle est brûlée grâce à un régime à base de graines, noix, écorces et racines, tandis que les fluides corporels sont drainés avec de la sève. Dans le cas d'Ulrika Wendin, celle d'une espèce de bouleau des montagnes.

Le légiste leur a aussi parlé de privation sensorielle : dans un espace clos, isolé du bruit et de la lumière, on interdit les perceptions fondamentales. Il a souligné qu'il était très rare qu'une victime supporte mentalement ce traitement plus de quelques heures. L'environnement pauvre en stimulations est aussi dévastateur pour le corps, et c'est un miracle que cette jeune fille ait survécu si longtemps. Et qu'elle soit *de facto* parvenue à s'échapper par ses propres moyens.

Quand, pour finir, Ivo Andrić l'a informée de son intention de prendre six mois de congé pour un long voyage avec son frère sur les lieux de leur enfance dans la péninsule balkanique, Jeanette s'est étonnée, ignorant jusqu'alors que le légiste avait un frère.

Elle scrute l'expression accablée de Hurtig, sachant qu'ils partagent le même sentiment d'impuissance, d'échec et de culpabilité.

Hurtig la regarde droit dans les yeux, mais il pourrait aussi bien regarder le placard à travers elle. C'est leur faute.

À dire vrai, surtout la mienne, pense-t-elle. Si j'avais agi plus vite en suivant mon flair au lieu d'être rationnelle, nous aurions pu sauver la vie d'Ulrika Wendin. C'est comme ça.

Jeanette sait qu'en ce moment même deux policiers accompagnés d'un pasteur vont annoncer son décès à sa grand-mère. Il y a des gens doués pour ce genre de mission, Jeanette sait qu'elle n'en fait pas partie. Aimer vraiment quelqu'un peut être terrifiant, se dit-elle en songeant à Johan qui va bientôt embarquer dans l'avion pour rentrer de Londres. Dans quelques heures, elle va le revoir, ravi d'un week-end réussi avec son père. Elle l'a compris à son SMS réceptionné juste après la découverte du corps d'Ulrika Wendin à moitié recouvert de neige sous un pin décharné. Sa fin a été effroyable, Jeanette ne pourra jamais oublier combien elle a dû avoir peur.

Elle essuie quelques larmes sur ses joues et regarde Hurtig. Un être cher lui manque-t-il ? Ses parents, naturellement. Ils ont l'air de bien s'entendre, et ils ont en plus appris à vivre avec la perte d'un membre de leur famille. Quelqu'un qui ne reviendra jamais.

La grand-mère d'Ulrika Wendin n'a peut-être personne avec qui partager son deuil. Tout comme Annette Lundström, la seule survivante de cette tortueuse moisson.

Sur son bureau, une dizaine de classeurs et d'innombrables dossiers empilés, dont un contenant les copies des photos de Viggo Dürer des cadavres de Thorildsplan, Svartsjö, Danvikstull et Barnängen. Que Dürer ait été pendant plusieurs années traité pour un cancer de l'utérus ou que la voiture qui est rentrée dans un arbre en reculant près du lieu de la découverte du corps sur l'île de Svartsjö soit la même que celle stationnée sous une bâche à Hundudden, ce sont des détails insignifiants.

Mais l'enquête ne s'arrête pas avec l'élucidation de ces quatre meurtres. Une quarantaine d'autres corps sont documentés : toutes les pièces du dossier vont être transmises à Europol.

Au fond, rien de tout ça n'a d'importance, pense Jeanette, puisque toutes les personnes concernées sont mortes. Y compris l'assassin.

Les corps carbonisés sur le bateau de Viggo Dürer étaient très probablement ceux de Henrietta Dürer et d'Anders Wikström.

Dürer a été retrouvé mort dans un parc de Kiev, une balle dans la tête. Un meurtre sur le bureau d'Iwan Lowynsky, en attendant qu'Europol prenne là aussi le relais.

C'est fini, pense-t-elle. Et pourtant je ne suis pas satisfaite.

Il reste toujours quelque chose qui tracasse, qu'on ne comprend pas complètement et qui vous laisse à la fin avec des questions sans réponses. Toute enquête contient ce genre de déception, mais impossible pour elle de s'y habituer et de l'accepter. Comme par exemple le fait de n'avoir pas retrouvé Madeleine Silfverberg. Peut-être n'était-elle qu'un mirage ? Peut-être les meurtres des anciennes élèves de Sigtuna étaient-ils bien l'œuvre de Hannah et Jessica ? Elle ne le saura sans doute jamais et devra vivre avec cette incertitude.

Que ferais-je s'il n'y avait pas Johan ? Démissionner, partir ? Non, je n'en aurais pas le courage. Peut-être un congé pour faire autre chose ? Mais je reviendrais travailler au bout d'une semaine, je ne sais rien faire d'autre que mon métier. Ou qui sait ?

Elle ne sait pas et en vient à songer que sa vie privée est aussi pleine de questions sans réponses que ses enquêtes. A-t-elle seulement une vie privée ? Une liaison ?

"À quoi tu penses ?" dit soudain Hurtig.

Ils sont restés silencieux si longtemps que Jeanette a presque oublié qu'il était assis en face d'elle.

Dans nos relations avec les autres, on ne se voit que par fragments, pense-t-elle. La vie véritable se déroule dans la tête, elle est difficile à traduire en mots.

"À rien, répond-elle. Je ne pense absolument à rien."

Hurtig la regarde avec un sourire las. "Moi non plus. Et c'est assez agréable, en fait."

Jeanette hoche la tête. Elle entend alors des pas dans le couloir et de faibles coups frappés à sa porte. C'est Billing, qui les regarde d'un air grave en refermant derrière lui. "Comment ça va ?" demande-t-il d'une voix sourde.

Jeanette montre d'un geste les piles de dossiers sur son bureau. "Nous avons terminé, c'est maintenant à von Kwist de venir récupérer tout ça.

— Bien, bien…, murmure le chef de la police. Mais je ne suis pas venu pour ça. Il se passe quelque chose dont je voulais vous avertir avant que vous l'appreniez autrement. Vous avez peut-être entendu la rumeur selon laquelle une enquête interne est en cours à la criminelle ?"

Billing semble gêné. Jeanette comprend aussitôt de quoi il s'agit.

"Oui, nous en avons entendu parler. Un délit de pédopornographie."

Elle s'y attendait depuis que Sofia lui avait parlé de l'autobiographie de Carolina Glanz, sans vraiment y croire. Les rumeurs demeurent souvent des rumeurs, et elle songe à ses collègues de la criminelle, au jeune Kevin et à Lars Mikkelsen, et son malaise revient.

"Nous avons arrêté un des nôtres pour avoir, des années durant, vendu à grande échelle du matériel pédophile, continue Billing. La plupart provient de nos saisies, et il a avoué. Putain de triste histoire."

Il lui dit alors un nom que Jeanette n'a jamais entendu.

Elle est soulagée, mais la déception demeure. Des questions sans réponses, la plupart commençant par *pourquoi*.

"Le pire, c'est qu'on n'avait vraiment pas besoin de ça maintenant, soupire Billing. La presse va nous exécuter." Il secoue la tête et part en laissant la porte ouverte.

La presse ? réagit Jeanette. Le pire dans tout ça serait donc ce que les journaux vont écrire de nous ? C'est drôle.

Elle jette un œil aux dossiers de preuves empilés sur son bureau en se demandant comment la presse réagira quand il sera rendu public que le prédécesseur de Billing, l'ancien chef de la police Gert Berglind, a été mêlé au financement de tournages de films pédophiles. Ce ne sera plus une exécution, mais plutôt un massacre.

Quand Hurtig la ramène à Gamla Enskede, le temps de Laponie a atteint Stockholm et il s'est mis à neiger. Ils ne disent pas un mot du trajet et se quittent après avoir échangé une chaleureuse accolade. Elle vide la boîte aux lettres qui contient un peu de publicité, quelques factures et une carte de ses parents qui lui disent qu'il fait assez beau, que papa lui a acheté une casquette de la police chinoise et qu'il leur tarde de rentrer.

De gros flocons légers comme des boules de coton flottent au-dessus du jardin, et elle se demande à quoi elle va pouvoir occuper les deux jours de congé qui l'attendent.

Passer du temps avec Johan, a-t-elle le temps de penser avant que son mobile vibre.

En ouvrant la porte de la maison, elle sort son téléphone et regarde l'écran. Un SMS de Johan lui dit qu'ils ont bien atterri. Elle voit alors un autre message qui lui avait échappé. Probablement arrivé tandis qu'elle revenait d'Ånge.

Un message de Sofia.

Pardon.

Il est toujours trop tard, pense Jeanette.

OUVRAGE RÉALISÉ
PAR L'ATELIER GRAPHIQUE ACTES SUD
ACHEVÉ D'IMPRIMER
SUR ROTO-PAGE
EN AVRIL 2014
PAR L'IMPRIMERIE FLOCH
À MAYENNE
POUR LE COMPTE DES ÉDITIONS
ACTES SUD
LE MÉJAN
PLACE NINA-BERBEROVA
13200 ARLES

DÉPÔT LÉGAL
1re ÉDITION : MAI 2014
N° impr. : 86758
(Imprimé en France)